김비서가 **왜** What's up Ms.Kim
그럴까

김비써가 왜 그럴까

What's up,
Ms.Kim

정경윤 장편소설
Special Edition

가하

김 비서가 왜 그럴까 2

지은이 정경윤
펴낸이 이형기
펴낸곳 도서출판 가하

초판인쇄 2018년 2월 2일
 1판 5쇄 2018년 7월 5일
출판등록 2008년 10월 15일 제 318-2008-00100호

주소 서울 영등포구 양평로 67, 1209 (당산동5가, 한강포스빌)
전화 02-2631-2846 **팩스** 02-2631-1846

www.ixbook.co.kr

ISBN 979-11-300-2672-5 04810
      979-11-300-2670-1 04810(set)

값 11,000원

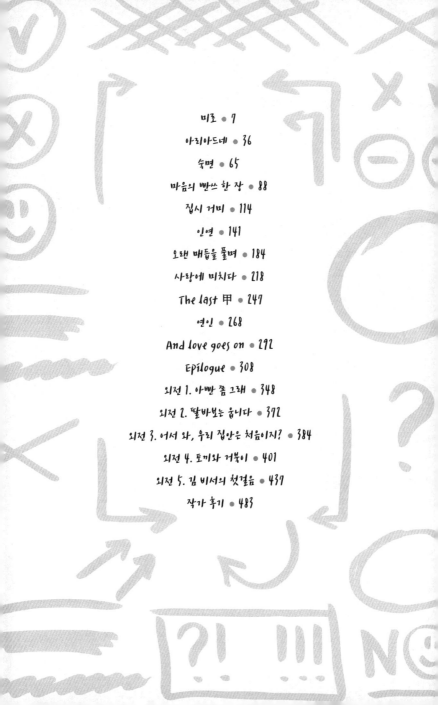

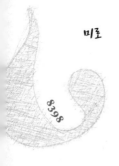

미로

8398

쏴아아.

다른 건 몰라도 수압만큼은 최고인 원룸의 샤워기에서
쏟아져 내리는 물소리는 꼭 빗소리를 연상케 했다.

이른 새벽, 눈을 감고 뜨거운 물에 몸을 내맡긴 미소는
어젯밤 야경을 내려다보던 중 영준에게 꼭 안겼던 그 순간
을 되새겨봤다. 말로 표현할 수 없이 따스하고 포근한 감
촉, 동시에 무척이나 생경한 느낌. 그 순간의 영준은 지금
까지 그녀가 알아왔던 그가 아닌 것만 같았다.

아프도록 몸을 때리는 물줄기를 한참이나 맞고 선 채 미
동도 않는 동안 얼굴과 귓불은 뜨거운 물 때문인지 아니면
다른 이유에서인지 어느새 잔뜩 붉어져 있었다.

「미소였으니까.」

무슨 뜻이었을까, 그건.

그 중요한 순간 박 박사가 전화를 걸어와 산통을 깨뜨리

지 않았다면 영준은 헤어지기 전에 그 말에 대해 제대로 설명해주었을까. 아니. 애초에 설명할 생각이 조금이라도 있었다면 그동안 함구하지도 않았을 사람이다.

그가 어떤 생각을 가지고 있는지 알 수는 없었지만, 적어도 한 가지는 확실했다. 영준은 분명 미소가 입사하기 전부터 그녀를 알고 있었다는 사실 말이다.

언제, 어디서, 어떻게, 왜 만났을까, 도대체.

둘 사이의 과거엔 아무리 생각해도 접점이 없었다. 실마리라고 할 수 있다면 오직 성연의 유괴사건뿐.

만약 그게 사실이라면 이상하기 짝이 없는 일이다.

유괴됐던 당사자인 성연은 아무리 충격이 컸다지만 미소를 전혀 기억하지 못했다.

그런데 아무도, 심지어 함께 있었던 당사자조차 기억하지 못하는 미소를, 그 충격으로 당시의 모든 기억을 잃었다던 영준이 알고 있었다면 앞뒤가 안 맞지 않나.

왠지 보이는 것만이 다가 아닐 거란 의심이 자꾸만 들었다.

"어머, 내 정신 좀 봐."

멍하니 정신을 팔다 보니 스펀지에다 끝도 없이 클렌저를 짜내고 있었다.

너무 많이 짠 클렌저를 타일 바닥에 흘려보내던 중, 미소는 손이 미끄러져 그만 스펀지를 놓치고 말았다. 스펀지를 줍기 위해 몸을 숙였던 그녀는 한쪽 발목에 아직도 남아 있는 멍을 발견하고 인상을 찡그렸다.

"아아, 그놈의 1등이 뭐라고."

체육대회 때 2인 3각 경기를 위해 발목을 너무 꽉 묶었던 것이 화근이었을까. 젖 먹던 힘을 다해 전력질주했던 후유증은 고스란히 흉한 멍으로 남아, 흔적이 다 사라질 때까지는 며칠 더 검은 스타킹을 신을 수밖에 없었다.

그런데, 발목을 둘러 둥그렇게 남은 그 멍을 보고 있자니 왠지 오싹해지며 온몸에 극심한 한기가 들었다.

"내가…… 갑자기 왜 이러지?"

몸서리를 치며 고개를 갸웃거리던 그녀는 뭔가를 애써 외면하려는 양 서둘러 샤워를 마친 후 욕실을 나가버렸다.

♣⚜❖⚜♣

어젯밤 헤어지던 길, 영준은 미소에게 아침엔 회사로 바로 출근하라고 지시했다. 평소대로라면 그의 숙소로 가 출근 준비를 도우며 하루 스케줄 브리핑을 했겠지만, 조금이라도 더 쉬라고 배려해준 것이다.

진한 포옹에 이어 생각지도 않았던 배려라니. 얼떨떨한 건 둘째 치고 혹시 어디 아픈 건 아닌지 걱정이었다.

오전 6시. 아직은 이른 시각이었기에 회사 로비는 한산했다.

가드와 인사를 나눈 후 출입카드를 찍고 엘리베이터 홀

로 걸어가는데, 다급한 발소리가 가까워졌다.

"미소 비서, 같이 가!"

익숙한 목소리에 뒤를 돌아본 미소는 박 박사를 발견하고서 눈을 가늘게 떴다.

"아잉. 그런 눈으로 보지 마. 진짜 미안해. 설마 그때까지 둘이 같이 있었을 줄이야 누가 알았겠어?"

"누가 들으면 새벽 4시쯤 됐는 줄 알겠네요. 완전 초저녁이었거든요?"

"아, 그래, 그래. 미안해. 어……? 그런데 혹시……?"

유식은 갑자기 얼굴을 잔뜩 붉히더니 진지하게 속삭였다.

"혹시 모텔 캘리포니아?"

"어어어어뭐! 무슨 말씀이세요요욧!"

당황한 나머지 미소가 엄청난 괴성을 지르자 로비에 있던 몇 명의 가드와 사원들이 화들짝 놀라 그녀를 쳐다봤다.

"부회장님 자택에서 이야기 중이었단 말이에요."

미소가 뒤늦게나마 침착을 되찾고서 차분히 내놓은 대답에 유식은 안도의 한숨을 내쉬며 고개를 끄덕였다.

"휴우, 다행이다. 혹시라도 중요한 순간이었으면 오늘 종일 영준이 피해 다녀야 했을 거야."

해맑은 유식의 반응에 무슨 일인지 갑자기 눈물로 앞이 흐려진 미소는 코를 크르르 들이마시며 생각했다. 드럽게 중요한 순간이었다고요, 이 아저씨야.

"아, 참. 그리고 보니 전(前)? 사모님하곤 오해 푸셨다면서요?"

"부탁인데, '전' 하고 '사모님' 사이의 그 물음표 좀 어떻게 해줄 수 없을까? 응?"

"죄송해요. 어떻게 불러야 좋을지 몰라서."

"뭐, 됐어. 어쨌든 이번 주말에 둘이서 술 한잔하기로 했으니까."

"잘됐네요. 이 기회에 다시 시작해보세요!"

"그게 어디 말처럼 쉽겠어? 물론 노력은 해보겠지만. 그건 그렇고, 그쪽은 어때? 둘 사이에 진전은 좀 있었어?"

"진전은 무슨 진전이요."

발그레하게 물든 미소의 뺨에 유식은 기분 좋게 웃으며 대꾸했다.

"표정관리 연습 좀 해. 얼굴이 거의 트레이싱페이퍼 수준인걸."

"몰라욧."

임원전용 엘리베이터의 문이 열리자 두 사람은 천천히 안으로 들어섰다.

유식이 무척 뜬금없는 말을 꺼낸 건 미소가 방글방글 웃으며 층 버튼을 누를 때였다.

"있잖아, 미소 비서. 체육대회 때 영준이 발목 다쳤을 때 말이야. 우리 다 함께 병원에 따라갔었잖아?"

"네. 그랬죠."

"그때 미소 비서가 진료실까지 따라 들어갔던가?"

"아니요. 전 복도에서 계속 대기하고 있었는데요."

"그럼 그때 영준이랑 같이 들어갔던 사람이 누구였지?"

차분히 기억을 더듬던 미소가 고개를 갸웃거렸다.

"글쎄요. 그러고 보니 아무도 안 들어갔던 것 같기도 하고……."

"그렇지?"

"아, 맞아요. 확실해요. 부회장님 혼자서 들어가셨어요. 제가 따라 들어가려고 했는데 갑자기 짜증을 내셔서……."

"역시 그랬군."

유식의 표정이 굳는 것을 본 미소는 짚이는 바가 있어 물었다.

"어제 병원에서 무슨 일이라도 있었나요?"

"아무리 반깁스였다지만 처량하게 혼자 가서 풀고 오는 건 좀 그렇잖아. 그래서 내가 따라가겠다는 걸 아주 박박 우기며 싫다고 하는 거야. 오기가 생겨서 악착같이 달라붙었지. 미소 비서도 내 고집 알잖아."

"네. 그런데요?"

"아주 잠깐이었어. 간호사가 문을 열고 나오는 사이에 슬쩍 보게 됐는데……."

미소가 의아한 눈을 하자 유식은 다소 심각한 목소리로 말을 이었다.

"처음엔 양말밴드자국인 줄만 알았거든? 그런데, 아니더라고. 분명 흉터였어. 아주 깊고 흉측한."

미소의 얼굴이 금세 핼쑥해졌다.

"그게…… 무슨 말씀이세요?"

"영준이 발목에 오래된 것 같은 흉터가 있더란 말이야. 잘은 모르겠지만 사람 느낌이란 게 있잖아? 뭔가에 묶였던 흔적이란 생각이 들었어."

"단순히 묶인 흔적이 그렇게 흉터로 남을 리가 있나요?"

"전에 무슨 동물보호프로그램에서 전깃줄이 몸에 잔뜩 엉킨 채 돌아다니다 구조된 유기견을 본 적이 있어. 피가 통하지 않아 부은 상태에서 전깃줄이 점점 살을 파고들어……."

"그, 그만요!"

끔찍한 소릴 더는 듣고 있을 수 없었던 미소가 귀를 막아 버리자 유식은 얼른 말을 돌렸다.

"어쨌든, 분명 그런 걸로 보였거든."

그는 창백한 안색으로 아무 말도 하지 않는 미소를 힐끗 곁눈질한 뒤 들릴 듯 말 듯 작은 목소리로 덧붙였다.

"어쩌면 그 녀석……."

"형제 중 유괴 당했던 쪽은 부회장님의 형님이라고 했어요. 제가 어제 직접 얘기 나누고 확인했거든요. 제 기억 속에 남은 이름 역시 '성연 오빠'였고요."

"그래? 그럼 영준이 발목에 있던 그 흉터는 대체 뭘까?"

미소는 갑자기 사방이 핑 돌며 눈앞이 아득해져 비틀거리다 엘리베이터 벽면에 기대었다.

마치 고장 난 텔레비전처럼 캄캄한 화면, 꿈인지 현실인지 모를 음성이 울리기 시작했다.

「아파, 흐흑. 이거 풀어줘. 나 집에 갈래. 무서워. 으앙.」

「울지 마. 오빠가 풀어줄게.」

「훌쩍. 이걸 어떻게 풀지?」

「가위로 자르면 돼.」

「여기 아무것도 없는데.」

「밖에 아마도……..」

「싫어, 무서워. 밖엔 커다란 거미가 있잖아.」

「괜찮아. 넌 여기 있어. 내가 가져올 테니까.」

「안 돼. 싫어, 오빠! 나만 두고 가면 안 돼! 으앙!」

「너 놔두고 안 가. 오빤 절대 너 버리고 혼자 안 간다고. 그러니까 울지 마.」

"미소 비서?"

"아, 네."

"왜 그래, 갑자기? 얼굴이 핼쑥한데?"

유식의 목소리에 가까스로 정신을 차린 미소는 눈을 깜박거리다 얼버무렸다.

"아, 아무것도 아니에요."

14

그때 묶여 있었던 건 성연만이 아니었나 보다. 그래, 상식적으로 유괴된 어린이와 함께 있었다면 자유로운 상태로 놀고 있진 않았겠지.

상식……? 상식이라.

상식적으로 생각해보자. 유괴범이 스스로 목숨을 끊은 후 아이들이 어려움 없이 집을 나왔다는 것은 갇혀 있던 곳의 문이 밖에서 잠겨 있진 않았단 뜻. 그렇다면 당시의 성연이 사흘 동안이나 쉽게 그 자리를 떠나지 못했던 이유는 무엇이었을까.

발이 묶여 있었다면 가능한 일이다. 실제로 미소의 기억에 남은 성연의 마지막 모습은 심하게 다리를 저는 뒷모습이었다.

생각이 거기까지 닿자 또 한 번의 의심이 고개를 들었다.

그 소년은 과연 성연이었을까? 확신하기엔 여러모로 정황이 애매하다. 만약 어제 유식이 본 게 정확하다면 오히려 이 상황엔 영준이 유괴당한 당사자라고 보는 게 맞았다.

상황이 왜 맞질 않는 거지? 대체 자신은 그날 왜 거기에 있었던 걸까.

마치 끝없이 이어진 미로를 따라 헤매는 기분이었다.

미소가 길게 한숨을 내쉬는 순간, 맑은 차임벨 소리와 함께 엘리베이터 문이 열렸다.

"어? 이야, 우리 부회장님 일찍도 출근하셨네."

내려갈 일이라도 있었던지 영준이 문 앞에 눈부신 자태로 버티고 서 있었다.

"네가 늦게 출근한 거 아니고? 아, 그리고 박 박사 너 왜 그냥 와?"

"응?"

"내가 네 엑스와이프한테 해명해주는 대신 너는 오늘 빨간맛 안무하면서 출근하기로 했었잖아."

"어우, 야아아아! 얘는 아침부터 무슨 헛소리야!"

"헛소리라니? 출근할 때 빨간맛 추든지 아니면 앞으로 죽을 때까지 형님으로 모신다고 하지 않았던가?"

"멋대로 기억 날조하지 마! 빨간맛 얘긴 했지만 죽을 때까지 형님으로 모신다는 말은 안 했⋯⋯."

"그렇지?"

"크헉! 말렸다!"

"얼른 시작."

"으윽."

출근하자마자 울상을 하는 유식을 놀리듯 바라보던 영준이 미소를 향해 웃으며 인사를 건넸다.

"김 비서, 안녕?"

무방비 상태에서 영준을 맞닥뜨린 미소의 얼굴이 확 달아올랐다.

영준은 귓불까지 새빨갛게 물들인 채 우물쭈물하는 미소를 의아하단 듯 바라보더니 그녀의 한 걸음 앞으로 바싹 다가가 진지하게 명령했다.

"고개 들어."

"네……?"

"잠깐 고개 들어보라고."

미소가 얼떨떨해하며 고개를 들자 영준은 그녀의 얼굴에 시선을 고정한 채 불쑥 거리를 좁혔다.

"웨웨웨웨, 웨이러세요!"

미소는 당황한 나머지 우스꽝스러운 설레발을 쳤지만, 영준은 아무렇지도 않은 양 손을 들어 그녀의 뺨을 살짝 쓸어내렸다.

"눈썹 떨어졌잖아. 칠칠치 못하게."

"아…….."

잔뜩 부끄러운 표정으로 말도 못 한 채 뻐끔뻐끔하고 있는 미소와 평소답지 않게 한없이 부드러운 눈으로 그녀를 애틋하게 바라보는 영준. 한 발짝 떨어져 있던 유식은 그런 그들의 모습에 의미심장한 어조로 중얼거렸다.

"진전은 무슨, 이라더니. 뭔가 있었구먼."

❧ ✧ ❖ ✧ ❧

성연은 귀국한 이후로도 줄곧 밖으로만 돌더니 주말 다 보낸 후 월요일 오후 늦게야 집에 돌아왔다.

"오랜만에 들어왔으니 집에서도 좀 자야지, 넌 밤낮 외박이니, 이 녀석아."

최 여사의 살가운 핀잔에 성연은 환하게 웃으며 그녀를 꼭 안아보았다.

외국생활하다 오랜만에 집에 돌아왔을 때 가장 놀라게 되는 건 부모님의 변화였다. 하루하루 보낼 때는 모르다 부쩍 세월의 흔적이 내려앉은 부모님의 얼굴을 마주하게 되면 '아, 어느새 이만큼이나 시간이 지났구나.' 하게 되는 거다.

"오랜만에 친구들 만나다 보니 그렇게 됐어요."

"아아, 친구는 친구인데 여자친구들? 요 바람둥이 같으니라고."

"에이. 엄마도 참."

키득거리며 소파에 벌렁 드러눕는 성연을 안쓰러운 눈으로 건너다보던 최 여사는 가사도우미가 가져다준 사과를 깎으며 물었다.

"어젠 전화도 안 받고 뭐 했니? 아버지가 오랜만에 바둑이나 한 수 두자고 하려 했더니 영준이는 깁스 풀러 병원 간다고 하지, 너는 전화도 안 받지, 얼마나 서운해하셨다고."

"아, 어젠 누굴 좀 만나느라. 죄송해요."

"바쁜 줄은 알지만, 아버지도 좀 챙겨드려라."

"네, 엄마."

길게 드러누운 채 응접실의 샹들리에를 물끄러미 올려

다보던 성연이 부드럽게 웃으며 물었다.

"엄마. 어제 내가 만난 사람이 누군지 알아요?"

"글쎄. 우리 아들이 누굴 만났을까?"

"아주 반가운 사람이었어요. 오래전 그때, 내가 혼자 잡혀 있었던 게 아니었대요. 그 춥고 어두웠던 곳에 나 말고도 한 명이 더 있었던 거예요."

"무슨…… 소리니, 그게?"

금시초문이다. 놀란 최 여사가 눈을 크게 뜨고 쳐다보자, 성연은 해맑고도 벅찬 얼굴로 그녀를 마주 보았다.

"내가 거길 탈출하던 날 그 애가 곁에 있었대요. 우리 둘이서 함께 그 끔찍한 곳을 벗어났대요. 정말 놀랍지 않아요, 엄마?"

최 여사의 얼굴이 돌연 창백해졌다. 그녀는 사실여부를 가려내기라도 하려는 듯 성연의 얼굴을 뚫어져라 관찰하기만 할 뿐 더는 아무런 말도 하지 않았다.

"아아, 그 얘길 듣는 순간 내가 얼마나 안도했는지 아세요? 거기서 나 혼자서 외롭고 쓸쓸하지만은 않았겠구나, 다행이다. 다행이야……. 그런 생각에 눈물이 다 날 것만 같았어요."

"그, 그럴 리가 없잖니. 그날 새벽 파출소에 찾아왔던 건 너 혼자였어."

"내가 그 애를 집까지 데려다주고 갔대요. 아마 그 근처에 살던 애였나 봐요."

"믿을 수가 없구나. 엄만 왠지 좀 꺼림칙하다. 누군지는 몰라도 그런 소리 귀담아듣지 말거라. 분명 너한테서 관심을 끌려고 억지로 지어낸 말일 거야."

최 여사가 고개를 저으며 다시 사과를 깎기 시작하자 성연은 짓궂은 표정으로 그녀를 바라보다 몸을 일으켰다.

"그날 나랑 함께 있었다던 여자애가 누군지 아세요?"

"글쎄다."

"미소였어요."

"뭐……?"

"김미소요."

"누구……라고?"

"바로 영준이 비서, 김미소였다고요."

툭, 쨍그랑!

최 여사는 사과와 과도를 떨어뜨리고선 백지장처럼 하얘진 안색으로 진저리를 쳤다.

"얘가 지금…… 뭐라고 하는 거야? 무슨 소리를 하는 거야? 미소가…… 그날 거기에 있었다니, 대체 왜…….."

최 여사의 귀에 얼마 전 이 회장이 중얼거리던 말이 맴돌았다.

「여보. 실은 전부터 느낀 건데 영준이가 혹시 예전 기억을 되찾은 건 아닌가 싶어…….」

"영준이, 그 녀석 혹시 처음부터……."

파사삭.

수면을 가리고 있던 얇은 살얼음에 천천히 금이 가고 있었다.

❦ ❖ ♣ ❖ ❦

늦은 오후, 미소는 지아가 들고 온 박스들을 받아 비서실 책상에 내려놓고서 물었다.

"뭐가 이렇게 무겁지?"

"노트북이요."

"아아."

영준이 망가뜨렸던 것을 대신할 새 랩톱이었다. 필요한 프로그램을 깔 시간을 가늠하기 위해 탁상시계를 확인한 미소는 눈을 동그랗게 뜨고 호들갑을 떨었다.

"어머! 벌써 시간이 이렇게 흘렀다니! 지아 씨, 부회장님 오실 때 다 됐어. 서둘러."

"네!"

"거기 가위 좀 줘봐!"

"여기요!"

가위를 건네받은 미소는 다급하게 박스를 열려 했고, 그러던 중 그만 손이 미끄러지고 말았다.

"꺄악!"

순식간에 벌어진 일이었다.

날카로운 가위 날이 미소의 왼쪽 손등을 긋고 지나갔다. 살짝만 스쳤는데도 짜릿한 아픔이 전신으로 퍼졌고, 시큰 거리는 상처에서 이내 새빨간 핏방울이 배어나왔다.

야속한 눈으로 비둘기가 그려진 검은색 손잡이의 길쭉 한 가위를 쳐다보는데, 무슨 일이었을까, 미소의 눈앞이 또 한 번 아득하게 멀어졌다.

「오빠, 많이 아파?」

어린아이들이 훌쩍거리는 소리. 아마도 함께 울고 있었 나 보다. 왜였을까?

「아파……, 흐으으……. 너무 아프다, 미소야……. 아아, 아파 죽겠어, 흑…….」

바닥에 툭툭 떨어져 고이는 핏방울, 비둘기가 그려진 검 은색 손잡이의 가위, 그리고 급류에 떠내려가지 않으려고 가느다란 줄 하나에 의지한 채 스스로를 달래는 사람처럼 '미소야, 미소야.' 하고 끝도 없이 되뇌며 울던 소년.

"오빠, 아프지 마……."

"김 비서."

"울지 마, 오빠, 울지 마……."

"김미소! 정신 차려!"

싸늘하기 짝이 없는 영준의 목소리에 마치 찬물이라도 뒤집어쓴 듯 정신이 든 미소는 자신이 어느새 바닥에 주저앉아 있었다는 것을 깨달았다.

"부회장님……?"

영준의 얼굴을 올려다본 미소의 몽롱한 눈에서 별안간 눈물이 왈칵 솟구쳤다.

"어머……? 내가 왜 이러지? 흑."

미소는 크게 당황해 구슬처럼 커다란 눈물방울을 후드득 떨어뜨리며 어쩔 줄을 몰라 했지만 한번 열린 눈물보가 쉽사리 닫히질 않았다.

"근무하다 말고 뭐 하는 짓이야? 빨리 정신 안 차려?"

영준의 불호령에 미소의 눈물이 거짓말처럼 뚝 멈추었다.

"아…… 죄, 죄송합니다."

미소가 얼떨떨한 표정으로 뺨을 쓱쓱 문지르자 영준은 차분하게 지시했다.

"김지아 씨. 멍하니 거기 서 있지만 말고 가서 찬물하고 구급함 챙겨 와요."

"아……, 넵!"

지아가 서둘러 비서실을 떴고, 영준은 바닥에 한쪽 무릎을 대고 앉더니 찬찬히 미소의 얼굴을 살핀 후 조심스럽게 물었다.

"괜찮아?"

"아, 네. 이제 괜찮아요."

"무슨 일이야?"

"모……르겠어요. 갑자기 옛날 기억이…….."

영준의 미간이 맞붙을 듯 좁아졌다. 그는 낮고 긴 한숨을 내쉬고 그녀의 흐트러진 머리카락을 정돈해주며 나직이 말했다.

"컨디션이 안 좋은 것 같으니 오늘은 이만 퇴근해."

"아니에요. 정말 괜찮아요."

"퇴근하라면 해!"

영준이 돌연 예민한 태도로 소리치자 미소는 놀란 나머지 어깨를 잔뜩 좁혔다.

한동안 굳은 채 입을 다물고 있던 영준이 담담한 목소릴 냈다.

"찾던 오빠 만나서 두 눈으로 확인했으면 그걸로 된 거잖아. 더 이상 뭐가 남았어?"

"아…… 아니, 그런 건 아니에요."

"그리고 사귈 생각이 아니라면 앞으로 성연 형 만나는 것도 그만둬. 옛날 일 들춘답시고 자꾸 쓸데없는 생각을 하니까 머리만 복잡해지는 거라고."

"그치만…….."

"'그치만'이 아니야. 사적인 일로 업무에까지 지장 생기면 나 정말 화낼 거야. 김 비서답지 않게 왜 안 하던 짓을 하고 그래?"

"조심하겠습니다."

그때, 지아가 물이 담긴 컵과 구급함을 들고 돌아왔다.

컵을 받아 미소에게 건넨 영준은 다시 지아에게 손을 내밀었다.

"구급함 이리 줘요."

"제가 하겠습니다, 부회장님."

"내가 분명 두 번 말하게 만들지 말라고 했을 텐데요."

싸늘한 대꾸에 뜨끔했던 지아가 냉큼 구급함을 들이밀자 영준은 소독약을 꺼내 미소의 손등 상처를 소독했다. 따가웠던지 그녀는 잔뜩 인상을 찌푸리며 신음을 흘렸다.

"아야아……."

"아파?"

"조금요."

상처에 연고를 바른 뒤 일회용 반창고를 단단히 붙여준 영준이 냉정하게 내뱉었다.

"이딴 건 아픈 축에도 못 끼어. 참아."

❦ ✣ ✢ ✣ ❦

재깍재깍.

침대에 등을 기댄 채 방바닥에 앉아 있는 미소는 벌써 꽤 오랜 시간 동안 미동도 없었다.

일찍 퇴근해 아무것도 하지 않고 시계 초침 움직이는 것만 멍하니 바라보고 있다 보니 어느새 9시가 넘은 시각이었다. 배도 고프지 않아 저녁도 굶었다.

「이 세상엔 내 앞에서 '배려'에 대한 이야기를 꺼내선 절대 안 되는 사람이 단 두 명 있어. 한 명은 형. 그리고 나머지 한 명이 바로 김미소야. 기억해둬.」

「빅뱅은 죽고 없지만, 지금도 우리 집 마당 어딘가엔 빅뱅이 묻혔던 개껌이 남아 있겠지? 기억은 그런 거라고 생각해. 깊이 묻고 덮은 후 외면한다고 해서 있었던 사실 자체가 사라지는 건 아니지. 형하고 사이가 안 좋은 건 아니야. 형하곤, 말하자면…… 빅뱅의 개껌 같은 사이랄까.」

「사람의 기억은 언제나 자기 자신을 보호하기 위한 쪽으로 발동하지. 뭔가가 기억에서 사라지는 데는 다 이유가 있다는 말이야.」

「미소였으니까.」

머릿속엔 많은 생각들이 부유하고 있었다. 여러 판이 뒤섞이는 바람에 조각이 전혀 맞지 않는, 알쏭달쏭한 퍼즐처럼 말이다.

미소는 손등의 반창고를 가만히 쓰다듬어보았다. 이걸 붙여준 이의 손에서 전해졌던 온기를 떠올리자 또 한 번 얼굴이 확 달아올랐다.

갑자기 한가해진 탓일까. 괜스레 쓸쓸하고 허전해 참을 수가 없다. 이럴 줄 알았으면 억지로라도 회사에 남아 있다 예정대로 영준의 디너 스케줄을 수행할 걸 그랬나 보다.

"지금쯤 끝났을까?"

휴대전화를 들어올린 순간 화면이 환하게 밝아지더니 카톡메시지 수신음이 울렸다.

"악! 깜짝이야."

화들짝 놀라 가슴을 쓸어내린 미소는 얼른 휴대전화를 들고서 메시지를 확인했다.

[안 자?]

음성지원이라도 되는 듯한 메시지. 영준이었다.

저도 모르게 픽 웃음을 터뜨린 미소는 조금 전까지 축 처져 있었던 것과는 정반대의 활기찬 모습으로 답장을 찍어 보냈다.

[이렇게 초저녁부터 잠은 무슨 잠이에요.]

[모처럼 일찍 퇴근했으면 모자란 잠이나 실컷 잘 것이지, 또 형이 쓴 이상한 소설 보고 있었어?]

[어머, 이상한 소설 아니에요.]

[형이 썼으면 이상한 거 맞아.]

미소는 습관적으로 대화창에 키읔을 세 개 쳐 넣었다.

[다친 데는 좀 괜찮아?]

[이 정돈 아픈 것 축에도 안 든다면서요. 하나도 안 아파요.]

한동안 대화창이 잠잠했다.

미소가 '어라, 엄살을 떨었어야 했나?' 하고 고민하는 순간 하얗고 기다란 말풍선 하나가 떴다.

[그 어떤 때에도 나약한 모습을 보이지 않는 것.]

이게 무슨 소리?

[내가 미소를 좋아하는 여러 이유들 중 하나지.]

어머머, 어제부터 이 남자, 낭만낭만 열매를 먹었는지 던지는 대사 하나하나가 다 주옥같다.

당황한 미소가 얼굴만 붉히고 있는데, 메시지 한 줄이 더 떴다.

[내일부턴 다시 성심성의껏 부려먹을 테니까 정신무장 제대로 해.]

[제가 제출한 사직서는 아주 깡그리 잊으신 태도네요.]

[당연하지. 난 필요 없는 기억은 바로바로 그 자리에서 삭제하는 사람이니까.]

[두말하면 잔소리지만 참 화끈하셔요.]

키득키득 웃던 미소는 혼자서 조그맣게 중얼거렸다.

"물론 그건 내가 부회장님을 아주 조금, 짚신벌레 눈곱만큼 좋아하는 이유들 중의 하나고요."

[일찍 자.]

어머? 벌써 끝내려고? 미소는 괜히 아쉬운 마음이 들어 손톱을 잘근잘근 씹으며 그를 자극할 구실을 떠올리기 시작했다.

그때, 아주 의미심장한 메시지 한 줄이 화면에 나타났다.

[잘 때 잊지 말고 커튼 치고.]

"아……!"

답답해서 젖혀두었던 핑크색 커튼을 바라본 미소는 휴대전화를 팽개친 채 벌떡 일어나 무작정 밖으로 뛰쳐나갔다.

언제부터 거기 서 있었을까.

3층을 한달음에 뛰어내려오는 바람에 숨이 턱까지 찬 미소는 차에 홀로 기대선 채 휴대전화를 매만지고 있는 영준의 쓸쓸한 모습을 발견하고서 하마터면 울음을 터뜨릴 뻔했다. 오늘따라 왜 이렇게 자꾸 눈물이 나는 건지 알 수가 없었다.

"부회장니이이임!"

달려오는 미소를 발견한 영준의 눈이 단번에 휘둥그레졌다.

그는 미간을 잔뜩 좁히고 다급하게 코트를 벗어 그녀의

어깨에다 둘러주며 벌컥 화를 냈다.

"감기 걸리면 어쩌려고 이런 차림으로 나와!"

"너무 급해서 그만……."

"뭐가 그렇게 급한데? 일단 타."

미소는 영준이 직접 열어준 조수석 문을 통해 차에 올랐다.

문이 닫히고 이어서 영준이 운전석에 올라타자, 바깥 소음이 차단된 차 안에 완벽한 정적이 내려앉았다.

시동을 걸고 히터를 최대로 틀어주는 영준에게선 세심한 배려가 느껴졌다. 저밖에 모르고 저만 잘났던 저 이영준에게서 말이다.

아니, 그러고 보니 꼭 그런 것만도 아니었지. 늘 잘난 척 눈을 내리깔고 재수 없게 굴긴 했어도 영준은 언제나 미소에게만은 특별대우를 해주었으니까.

미소의 어깨를 감싼 영준의 코트에선 묵직하고 진한 향이 풍기고 있었다. 무슨 마법이라도 부리는 걸까. 그는 똑같은 향수를 써도 다른 남자들과는 전혀 다른 향기가 났다.

그녀의 어깨보다 훨씬 더 크고 넓은 그의 어깨가 새삼스러웠다. 어젯밤 그에게 안겼던 때로 되돌아간 것만 같아 가슴이 뛰고 눈앞이 아득해졌다. 같은 공간에 둘만 있는 게 하루 이틀 일도 아닌데 갑자기 왜 이러는지 그 이유도 모르겠어서 더욱더 당황스러웠다.

"무슨 생각 해?"

영준이 나직이 묻는 말에 미소는 뺨을 붉힌 채 어색하게 샐쭉 웃으며 대답했다.

"아무 생각도 안 하는데요."

"그래?"

"부회장님은요?"

"나도. 아무 생각 안 해."

두 사람은 약속이라도 한 듯 똑같은 얼굴이었다. 누가 봐도 거짓말이란 걸 한눈에 알아볼 정도로 머리 복잡한 표정.

차 안엔 또다시 긴 침묵이 흘렀다.

짧은 한숨을 쉰 영준이 긴 침묵을 깨고서 뜬금없는 소릴 했다.

"전에 집 앞 골목에서의 로맨틱한 키스가 소원이라고 했지?"

"아…… 네. 그랬죠."

두근두근.

미소의 가슴이 알 수 없는 기대감으로 천천히 속도를 올려 뛰기 시작했다.

"그거……."

줄곧 앞만 보고 있던 영준이 시선을 돌려 미소를 마주 보며 아주 진지하게 덧붙였다.

"지금 해줄까?"

그 소리에 제법 좋았던 분위기가 홀딱 깨졌다.

"해줄까, 라고요?"

미소는 섬뜩할 정도로 환하게 방글방글 웃으며 말을 이었다.

"하여튼 캐릭터가 참 일관성 있다니까요, 부회장님은."

"무슨 소리야?"

"'해줄까?'가 뭐예요? '지금 할까?' 내지는 '지금은 어때?' 정도도 괜찮잖아요?"

"그게 그거지. 괜히 꼬투리 잡으면서 분위기 깨지 마."

"분위기 따위 있지도 않았지만, 있다 쳐도 진즉에 박살 났거든요?"

"어떻게 말 한마디를 안 지려고 해? 김 비서는 대체 사람이 왜 그래?"

"부회장님을 9년이나 모셨는데 이 정도의 내공은 필수죠."

"잘났다."

"어디 부회장님만 하겠습니까?"

"당연하지. 어딜 감히 날 이기려고?"

마주 보고서 한참이나 주거니 받거니 하던 중, 미소는 얼굴을 잔뜩 붉히고 뾰로통하게 내뱉었다.

"됐어요! 그만두세요!"

팩 토라진 미소가 고개를 돌린 순간, 영준이 다소 과격한 태도로 양손을 뻗어 그녀의 뺨을 감싸더니 그녀의 얼굴을 다시 제 쪽으로 향하게 했다.

"그만두긴 뭘 그만둬!"

운전석에서 몸을 일으키다시피 한 영준은 곧장 미소의 뺨을 끌어당기고 단숨에 입술을 포개버렸다.

"으읍!"

눌린 입술 아래 미소의 치아가 선명하게 느껴질 때까지 입술을 눌러 맞추던 영준은 다급하고 절박하게 느껴질 정도로 그녀의 입술을 탐했다. 두 눈 역시 핏발이 설 정도로 부릅뜬 채였다.

"으음······."

영준에게 단단히 붙잡힌 미소의 뺨이 싸늘하게 식어가고 있었다. 그의 손으로부터 전해진 냉기였다.

절박한 입맞춤은 둘째 치더라도 부들부들 떨리는 손길이 예사롭지 않아 살며시 눈을 뜬 미소는 어느새 새하얗게 변한 얼굴과 공포에 질린 듯 짙어진 눈동자를 하고 있는 영준을 발견하고 문득 가슴이 미어졌다.

「가끔씩 눈을 감으면 귀신이 보여.」

그게 아주 거짓말은 아닌 것 같더라니.

영준이 가위에 눌리며 몹시 고통스러워하던 모습을 떠올린 미소는 놀고 있던 손을 들어 느릿느릿 그의 팔뚝을 쓸어올렸다. 팔꿈치, 어깨, 목을 더없이 부드럽게 쓰다듬어

올라간 그녀의 따스한 손은 영준의 차가운 두 뺨에서 마침 내 멈추었다.

미소는 아무 말도 하지 않은 채 그저 입술만 맞대고 있었을 뿐이었지만, 눈앞에 있는 건 나라고, 그러니 괜찮다고 말하는 듯했다.

슬쩍 떨어진 입술 사이로, 영준이 꽉 잠긴 목소리로 중얼거렸다.

"이제 괜찮아……. 괜찮아졌어. 안 밀어낼게."

아주 조금 떨어져 있던 입술이 다시 한 치의 틈도 없이 맞물리며 이번엔 조금 더 깊고 열린, 그리고 부드러운 키스가 이어졌다.

미소와 따스한 서로의 숨결과 타액을 교환하며 깊은 교감을 나누던 어느 순간, 영준은 폐부 깊숙이 숨어 있던 길고 무거운 한숨을 내뱉기 시작했다.

끝도 없을 것만 같던 그 긴 숨이 다 빠져나가자, 떨림이 멈추고 눈은 저절로 감겼다.

더 이상은 아무것도 보이지도 들리지도 않았다. 지금 이 순간 그가 느낄 수 있는 거라곤 고통과 공포가 아닌, 오직 미소의 체온과 향기뿐.

반복되는 악몽 따위, 계속해서 떠오르는 장면 따위, 끝도 없이 울리는 목소리 따위, 될 대로 돼라. 마음대로 해. 나는 이제 그곳에서 나올 테니까. 거기서 조그맣고 포동포동했던 손 하나를 맞잡고 나왔던 오래전 그날처럼.

영준은 미소의 입술을 살며시 벌리고 아주 깊숙한 곳까지 찾아들었다. 진한 키스에 흠칫 놀라던 그녀는 고개를 비스듬히 기울여주기까지 하며 이내 적극적으로 응대했다.

둘 사이의 입맞춤이 점점 더 깊고 은밀해지는 동안 차창밖에 아주 작은 변화가 일어나기 시작했다. 작은 솜털 같은 싸락눈이 내리기 시작한 것이다.

좁은 골목길. 시동이 켜진 차 한 대 외에 소리를 내는 것은 아무것도 없었다.

뜨거운 첫 키스를 나누는 연인들을 방해하지 않기로 모두 약속이라도 한 듯, 눈발조차 까만 하늘에 소리 없이 흩날리고 있었다.

다음 달 내정되어 있는 출장 건에 대한 이야기를 하러 영준의 집무실로 건너왔던 유식은 들어간 지 채 일 분도 되지 않아 가져갔던 서류를 그대로 들고 다시 밖으로 나왔다.

"닭 병이라도 걸린 건가? 생전 안 하던 짓을 하네."

"네?"

"부회장님 말이야. 아까 회의 때도 졸더니 또 자고 있는데."

미소 역시 걱정스러운 마음에 집무실 문을 힐끗 쳐다봤다.

"어젯밤에 둘이 무슨 일 있었지?"

"일은 무슨 일이에요."

"에이. 뭔데, 뭔데. 나한테만 솔직히 말해봐."

"아무 일도 없었다니까요."

"어……? 그런데 미소 비서 목이 왜 그래? 엄청 불편해 보이는데?"

아닌 게 아니라 그녀의 목은 정확히 30도 각도로 삐딱하게 돌아가 있었다.

"모, 모르겠어요."

첫눈 오는 날 집 앞 골목길에 세워둔 차 안에서의 격렬한 키스 시도까진 더할 나위 없이 좋았다. 다만, 토라져 고개를 돌린 여자를 다시 자기 쪽으로 돌아앉게 만들기 위한 남자의 손길이 너무 다급했던 게 문제였을 뿐.

영준이 박력 터지는 태도로 미소의 고개를 단번에 돌렸던 게 고스란히 후유증으로 남았다. 경추가 우두둑하고 내지른 비명이 아직도 귓가에 왕왕 울릴 정도니 뭐, 목이 똑 부러지지 않은 걸 다행으로 여겨야겠다.

"아프겠네. 쯧쯧."

손재주 없는 농부가 만든 허수아비처럼 부자연스러운 포즈로 앉아 있는 미소를 측은하게 내려다보던 유식이 물었다.

"지아 씨는 어디 갔어?"

"은행 업무 보러 갔어요."

"그럼 돌아오는 길에 내 방에 좀 들르라고 해. 파스 넉넉히 있으니까 좀 나누어줄게."

"고맙습니다."

"부회장님 곧 외부일정 나가지?"

"네. 센텀모터스 권 사장님과 오찬 스케줄이 있어서요."

"그럼 지금은 자게 내버려두자. 미소 비서가 나중에 내 대신 서류 좀 올려줘."

유식은 들고 왔던 서류를 책상에다 툭 내려놓더니 포켓에서 뭔가를 꺼내 살포시 내밀었다. 졸음방지 껌이다.

"중요한 모임에 가서 또 졸기라도 하면 큰일이니까."

"나중에 깨시면 꼭 전해드릴게요."

유식이 방을 나간 후 미소는 서류를 들고서 조용히 집무실 안으로 들어섰다.

영준은 소파에 몸을 누인 채 정신없이 곯아떨어져 있다.

일과 중 낮잠이라니. 평소엔 상상도 하지 못했던 일이다.

어젯밤, 영원히 계속될 것 같았던 그 길고도 뜨거운 키스 끝에 영준은 미소의 어깨를 꼭 끌어안고서 그녀의 목덜미에다 얼굴을 묻었다. 따뜻함과 편안함을 온몸으로 느끼며 미소는 한동안 아무 말도 없이 영준과의 진한 포옹을 만끽했다.

그런데 얼마 지나지 않아 그녀의 어깨를 안고 있던 그의 팔에서 스르르 힘이 풀리며 묵직한 체중이 느껴지는 것이다. 이상한 느낌에 아래를 보니, 영준은 그 짧은 사이에 미소에게 기대어 마치 기절한 것처럼 깊이 잠들어 있었다. 깨우느라 아주 고생했을 정도로 깊이.

그뿐이 아니다.

영준은 오늘 아침에 이유 없이 늦잠을 잤다. 그것 역시 몸이 아플 때를 빼곤 없었던 일이었다. 거기다 아침 회의 때 졸다가 찻잔을 떨어뜨려 깨뜨리기도 했으며 집무실에 돌아온 후로도 계속해서 수마를 이기지 못하겠는 듯 **뺨**을 찰싹찰싹 때리고 머리를 마구 흔들더니, 지금은 아예 이렇게 편하게 드러누워 본격적으로 숙면하고 있는 것이다.

미소는 세상모르고 쿨쿨 자고 있는 영준의 얼굴을 가만히 매만지다 그의 손을 살며시 잡았다.

누가 앞에 있는 것도 모를 정도로 깊이 잠든 영준은 꼭 오랜 여행을 갔다 돌아온 사람 같았다. 정처 없이 헤매다 이제야 짐을 내리고 누운 사람처럼 고단한 그의 얼굴을 보고 있자니 왠지 모를 애틋함마저 샘솟았다.

"썰렁할 텐데 담요라도 좀…….."

비서실에 있는 무릎담요를 가져오려고 돌아서는 미소의 걸음이 딱 멈추었다. 영준이 잠도 덜 깬 채로 그녀의 손을 꽉 붙잡고서 놔주지 않았기 때문이다.

"일어나셨어요?"

살며시 눈을 떴다가 다시 감은 영준은 나른한 목소리로 중얼거렸다.

"지금 몇 시……?"

"삼십 분 정도 여유 있으니 눈 좀 더 붙이세요."

"그럴까…….."

과음을 해도 이 정도로 흐느적거리진 않던 영준이었다. 잠에 완전히 취한 듯, 미소의 손을 잡고 있던 손아귀 힘도 약해졌다.

"춥진 않으세요?"

"아까부터 추워 죽겠어."

"제 무릎담요 가져와 덮어드릴게요."

"필요 없어."

"괜찮아요. 어제 깨끗이 세탁한 거⋯⋯."

미소의 손을 놓은 영준의 오른손이 거침없이 그녀의 날씬한 허리를 두르는가 싶더니, 이내 그녀는 중심을 잃고 소파에 주저앉아 그의 몸 위로 반쯤 겹쳐 쓰러졌다.

"엄마야!"

영준이 조금 전보다는 약간 더 또렷해진 목소리로 중얼거렸다.

"이럴 땐 엄마 말고 날 불러야지."

"그러게요. 부회장님, 이것 좀 놔주실래요? 춥다면서요. 담요 가져다 드린다니까요."

"담요 따위 필요 없다고 했잖아. 미소가 따뜻하게 해줘."

"미치셨어요?"

"안 미쳤는데."

"여기 집무실이에요. 지아 씨가 보기라도 하면 어쩌시려고."

"나갔잖아."

"그렇지만⋯⋯."

"거부하면 어젯밤에 김 비서가 저질렀던 일, 사내게시판에다 낱낱이 까발려버릴 거야."

"네에? 어젯밤에 제가 무슨 짓을 저질렀는데요?"

40

"감히 하늘같은 부회장님을 유혹해서 악의 구렁텅이로 몰아넣었지."

"어머머머머."

"미소 때문에 난 타락했어. 음탕해졌다고."

"내가 못 살아, 정말. 부회장님이랑 얘기하다 보면 나까지 이상해지는 것 같다니까요."

못마땅한 한숨을 내쉰 것과는 달리, 미소는 영준이 인도하는 대로 소파로 꼬물꼬물 기어올라갔다.

그의 가슴에다 등을 딱 붙인 채 누운 그녀는 온몸으로 느껴지는 뜨거운 체온과 향기에 흠뻑 취해 정신이 몽롱해지고 말았다.

'아, 이거 안 되겠다, 위험한데.' 하고 생각하는 순간, 아니나 다를까, 그가 천천히 움직이더니 그녀의 목덜미에다 입술을 꾹 찍어 눌렀다.

"하앗!"

전기라도 통한 듯 그 자리에서 펄쩍 요동친 미소의 목에서 우두둑, 하는 소리가 났다.

"이게 무슨 소리지?"

"신종 물리치료네요. 어우, 시원하다."

미소는 제자리로 돌아온 목을 문지르며 흐흐흐, 헛웃음을 흘리고 말았다.

얌전한 고양이처럼 누워서 제 눈앞에 가지런히 놓여 있는 영준의 손을 응시하고 있던 미소가 걱정을 비쳤다.

"어디 아프신 건 아니죠?"

"응. 왜?"

"갑자기 너무 피곤해하시는 것 같아서요."

한동안 말이 없던 영준이 담담하게 중얼거렸다.

"아픈 데 없어. 이제는."

그 순간, 미소의 등줄기를 타고 뭔가가 찌르르 흘러내렸다.

'이제는'이라는 단어는 원래 그렇게 의미심장하고 애틋하게 들리는 말일까.

❧ ❧ ❧ ❧ ❧

오찬 스케줄을 앞두고 회사를 나가기 직전, 영준은 급하게 부탁받았다며 미소에게 개인 서류와 도장을 모친에게 직접 전달하도록 지시했다.

무척 급한 사안인가 보다 싶은 생각에 미소는 그길로 영준의 개인 차량을 몰고 본가로 향했고, 서두른 덕에 예상보다 훨씬 더 일찍 도착할 수 있었다.

최 여사는 현관까지 나와 직접 미소를 맞아주었다.

"우리 미소 안 그래도 바쁠 텐데 괜한 심부름까지 시켜서 미안해."

"아니에요, 사모님."

"고마워."

급하게 부탁했다면서, 최 여사는 봉투를 열어 내용물을 확인하지도 않았다. 게다가 그녀에게선 평소와는 달리 다소 부자연스러운 느낌마저 들었다.

"그럼 전 이만 가보겠습니다."

"미소, 여기까지 왔는데 차 한잔하고 가, 응?"

"말씀은 감사하지만 자리를 오래 비워둘 수가 없어서요."

"잠시, 아주 잠깐이면 돼."

미소는 조금 전 느꼈던 부자연스러움의 정체를 알아챌 수 있었다. 서류는 구실일 뿐, 최 여사가 그녀를 부른 진짜 볼일은 따로 있었던 모양이다.

다소 불안한 기분으로 응접실까지 최 여사를 따라간 미소는 그녀가 권하는 자리에 앉았다.

가사도우미가 다과상을 다 차리자 최 여사는 아무도 방해 않게끔 지시한 후 문이 닫힐 때까지 침묵을 지켰다.

"볼 때마다 예뻐지는 것 같아, 우리 미소는."

"과찬이세요."

"좋은 일이라도 있나 봐? 얼굴에서 빛이 나네?"

"어, 어머, 일은 무슨요."

방글방글 웃으며 손을 내젓는 미소의 말간 얼굴을 한동안 부드러운 눈으로 바라보고 있던 최 여사는 어렵사리 본론을 꺼내놓았다.

"바쁜 사람 오랫동안 붙잡는 건 실례니까 바로 이야기할

게. 내가 오늘 미소를 여기까지 부른 건, 하고 싶은 말이 있어서야."

"말씀하세요, 사모님."

"얼마 전에 우리 성연이를 만났다며?"

역시. 최 여사가 일부러 불러 개인적으로 물을 일이라면 영준에 관한 게 아닌 이상, 성연 때문이리라.

"아…… 네."

"실은, 내가 그 애한테서 묘한 소릴 들었거든."

"어렸을 때의 일에 대해서인가요?"

"그래. 그때 미소가 거기 있었다고 하던데……, 그게 정말이야?"

"네. 사실이에요."

최 여사의 얼굴에서 핏기가 가셨다.

"어떻게……! 도대체 왜……?"

의외의 일이었을 것이다. 미소 역시 그랬으니까. 그녀는 차분한 어조로 설명했다.

"어렸을 때 그 근처에 살았거든요. 저 역시 너무 어릴 때 일이라 기억이 정확하진 않지만, 하룻밤을 오빠와 함께 있었어요. 거기서 같이 나온 후 저희 집 앞에서 오빠와 헤어졌고요. 얼마 전까진 저도 꿈이 아닌지 의심했었는데, 성연 오빠가 쓴 책을 보고서 확신했어요."

최 여사는 안절부절못하더니 이내 미소의 손을 붙잡고서 다급하게 물었다.

"자세히…… 그때 일에 대해서 조금만 더 자세히 얘기해 줄 순 없을까?"

최 여사의 얼굴엔 짙은 불안감이 드리워져 있었다.

미소는 굳이 묻지 않아도 그 이유를 알 수 있을 것 같았다. 최 여사와 이 회장 부부는 경찰에서 밝혀낸 사건경위와 인과관계는 알아도 아들이 사흘간 겪었던 자세한 일에 대해선 모르는 게 분명했다.

묻고 싶은 말이 많은 것으로 따지자면 미소 역시 만만치 않았지만, 그녀는 질문을 뒤로 미뤄두고서 지금껏 찾아낸 기억을 담담히 말로써 풀어냈다.

"저희 집 작은방보다 더 좁고 훨씬 더 추운 방이었어요. 바닥을 밟을 때마다 몸이 오싹오싹했어요. 오빠는 한쪽 구석의 스티로폼패널 위에 쪼그리고 앉아 있다가…… 확실히 기억나지는 않지만, 저한테 계속해서 바보, 바보 하면서 화를 냈어요. 아마도 여기 왜 왔느냐는 뜻이었겠죠. 그 뒤로 기억나는 건 똑같은 신세가 되어 오빠 옆에 쭈그리고 앉은 것, 낡은 문 밖에서 여자 목소리가 들렸던 것, 그리고 언제부턴가 끼익끼익 하는…… 섬뜩한 소리에 맞춰서 커다랗고 무서운…… 거미……."

거기까지 얘기한 미소는 창백한 안색으로 잠시 몸서리를 치다 힘겹게 이야기를 이었다.

"오빠는 무서워하던 저를 달래려고 노래까지 불러주면서 어딘가로 기어가 가위를 들고 돌아왔어요. 그다음에 제가 기억하는 건······."

미소의 눈앞에 흐릿한 영상 하나가 스쳤다. 비둘기가 그려진 검은색 손잡이의 가위, 그리고 뭔가를 잘랐는데······. 그건 뭐였지?

「명심해. 케이블타이는 절대 쓰지 마. 무능한 사람 다음으로 내가 세상에서 제일 싫어하는 게 그거니까.」

「케이블타이를 그렇게 싫어하시는 이유가 뭔데요?」

「미소가 거미를 싫어하는 것과 같은 이유.」

"아파······ 아파. 너무 아파, 미소야······. 아파 죽을 것 같아······."

미소는 뭔가에 홀린 듯 중얼중얼하다 최 여사의 울음소리에 정신을 번쩍 차렸다.

"사모님!"

두 손에다 얼굴을 묻고 서럽게 흐느끼던 최 여사는 미소가 건네주는 티슈로 눈물을 닦아내며 재촉했다.

"으흐흑, 괜찮아. 난 괜찮으니까 계속······."

딱히 계속할 말도 없다. 그 집에서의 기억은 그게 다였으니까.

"오빠는 저를 집 앞까지 데려다주면서 나중에 꼭 다시 만나자고 했어요. 그리고 절뚝거리면서 걸어갔고요. 밤색 체크무늬 셔츠······ 그리고 흰색 점퍼 같은 걸 입고 있었던 것 같아요."

멍하니 미소를 바라보던 최 여사의 눈에서 굵은 두 줄기 눈물이 다시 주르르 흘러내렸다. 그녀는 몹시 고통스러운 듯 입을 틀어막고서 흐느끼더니 물기 어린 표정으로 애써 웃었다.

"점퍼가 아니라 카디건이었단다. 그 셔츠랑 카디건은 천 재봉 선생이 그 애를 위해 직접 만들어준 옷이었어. 따로 의뢰하지 않았는데도 꼭 입혀보고 싶다며 지어준 건데, 아 유…… 내 아들이지만 얼마나 예쁘던지. 입힌 보람으로 충 분하다며 돈도 안 받는 바람에 내가 나중에 따로 선물을 보 냈을 정도였어. 걘…… 어려서부터 그랬어. 하늘의 선물이 아닐까 싶을 정도로 정말 특별했어. 처음엔 그저 조금 빠 른가 보다 했는데, 커갈수록 그 차이는 점점 더 벌어져 항 상 또래보다 월등히 뛰어났지. 어디에 섞어놔도 단번에 알 아볼 수 있을 정도로 눈에 띄는 애였단다."

최 여사의 말을 가만히 듣고만 있던 미소의 얼굴이 살짝 변했다.

"그날 아침, 그 옷을 입고 책가방을 메고 나가는 뒷모습 이 얼마나 예뻤는지 몰라. 정말 밖에 내놓기 아까울 정도 로 그렇게 예뻤는데……. 그렇지만 조금 추워 보이기도 해 서 다른 옷으로 갈아입힐까 말까 고민하던 사이 애는 벌써 나가버렸고…… 뭐, 하루 정도는 괜찮겠지, 했던 게…… 흑, 내가…… 내가 그때 붙잡았어야 했는데, 쓸데없는 멋

같은 건 집어치우고 더 두꺼운 옷을 입혀 보냈어야 했는데 에에! 흐흑."

울컥 넘어오는 흐느낌을 삼킨 최 여사는 겨우겨우 감정을 추스른 후 입을 떼었다.

"그 사흘간 단 한숨도 잘 수가 없었다. 대체 어디를 혼자 헤매고 다니는 건지, 누가 데리고 있는 건지는 몰라도, 제발, 아아, 제발 뭐라도 좋으니 한 장이라도 더 입혀주었으면 하고 얼마나 빌었는지 몰라. 그 애가 춥다고 엄마 엄마 하고 부르면서 우는 것만 같아서. 아아, 정말이지 미칠 것만 같았어. 흐흑!"

미소는 기억 속의 그날로 돌아가 오열하는 최 여사의 손을 꼭 잡아주었다.

"그 녀석 지금도 추위라면 아주 질색팔색을 하더구나. 어려서부터 추위를 그렇게 타더니 그날 이후로 더 심해진 게 아닌가 싶어서 날씨가 추워질 때마다 너무…… 마음이 아파, 흑."

미소는 나지막이 한숨을 쉬며 최 여사의 손을 꼭 잡았다. 애끊는 모정에 최 여사의 손은 어느새 싸늘해졌다.

테이블 위의 앤티크 시계가 내는 초침 소리만이 이어질 뿐, 응접실은 귀가 먹먹할 정도로 조용했다.

침묵을 깨고 미소가 조심스럽게 말을 붙였다.

"부회장님은 집안 얘기를 잘 안 하니…… 저는 성연 오빠에 대한 일은 전혀 몰랐어요."

"혹시 우리 영준이한테서 어렸을 때 얘기 들은 적 있니?"

꽤 오랫동안 기억을 더듬던 미소가 고개를 저으며 대답했다.

"키웠던 개 이야기를 빼곤 그다지……."

"아아. 빅뱅안드로메다슈퍼노바소닉."

심각하게 듣고 있던 미소가 푸우웁, 하고 뿜으며 믿을 수 없다는 듯 최 여사를 건너다봤다. 최 여사는 우느라 빨개진 코끝을 문지르며 부드럽게 웃었다.

"순한 녀석이었지. 틈날 때마다 붙어 있었으니 당연한 일이었겠지만 영준이하곤 사이가 아주 각별했고."

"이름이 너무 황당해서 장난일 줄로만 알았는데 정말이었나요?"

"영준이 빼고 우리 가족들은 다들 해피라고 불렀었어."

"아아, 그것 참 다행이네요."

"그 애한테는 비밀로 해줘."

미소가 입을 가리고 웃자 최 여사 역시 마주 웃으며 담담하게 말을 이었다.

"해피는 치료견이었어. 회장님이 멀리 스웨덴의 지인에게 직접 부탁해 데려왔던."

"치료견……이라고요?"

뭔가 이상했다. 특별한 이름을 붙이고 각별한 사이로 지냈다면 그 개는 분명 영준을 위로하기 위한 목적으로 데려온 것일 터. 그렇다면 앞뒤가 안 맞지 않나. 그 사건으로 가장 상처를 많이 받았을 사람은 누가 봐도 유괴된 당사자였을 텐데 말이다.

"사모님, 실례되는 질문이겠지만…… 부회장님이 어렸을 때의 기억을 잃었다고 하던데, 어떻게 된 건가요?"

최 여사의 눈동자에서 초점이 사라졌다. 흐릿한 눈으로 허공 어딘가를 응시하던 그녀는 떠올리기 싫은 일이라도 상기했던지, 몸서리를 쳤다.

"그때 우리 가족은 정말이지 엉망진창이었어. 아무 근심 없이 행복하기만 했던 시간들은 사라지고 매일이 지옥이나 마찬가지였지. 성연이를 영준이와 같은 공간에 도저히 놔둘 수가 없었어. 눈에 띄기만 하면 잡아 죽일 듯이 달려드는 성연이도, 바보처럼 멀뚱멀뚱 눈만 뜨고서 어쩔 줄을 몰라 하는 영준이도 보기 힘들더구나. 심리치료도 효과가 없고 앞으로 얼마나 더 긴 세월을 이렇게 살아야 할지, 생각만으로도 끔찍해져서 매일매일 우는 것밖에는 할 수 있는 일이 아무것도 없었어. 그러던 어느 날…… 영준이가 아침식사 도중에 갑자기 기절했어. 다시 깨어난 그 애는 아무것도 기억하지 못했지. 정확히는, 그 사건이 있던 날 오후부터 기절하기 직전까지의 일을 꼭 지우개로 지워낸 것처럼 깔끔하게 잊어버린 거야."

"아……."

"영준이가 기억을 잃은 순간, 거짓말처럼 모든 건 다시 제자리로 돌아왔어. 거짓말처럼."

그 애길 들은 미소가 가장 먼저 느낀 건 강한 위화감이었다. 뭔가 많이 이상하다. 단지 한 사람이 기억을 잃은 것만으로 모든 게 제자리로 돌아왔다니. 이유가 뭐기에. 대체 무슨 일이 있었기에.

"그날 이후 오랫동안 평온한 생활을 누려오면서 어딘지 모르게 이상하다는 느낌은 들었지만 일부러 외면하고 있었던 건지도 몰라. 지금의 이 조화를 깨기 싫어서. 그래. 어쩌면…… 어쩌면 영준이는……."

미소는 지금껏 마음속 깊은 곳에 숨겨왔던 희미한 의심을 확인하기 위해 조심스럽게 물었다.

"사모님, 그때 유괴됐던 사람이 정말 성연 오빠가 맞나요? 혹시……."

최 여사의 눈빛이 심하게 흔들렸다. 그녀는 오랫동안 멍하니 있다 고개를 돌려 미소의 눈을 들여다봤다.

"만약 그날 같이 있었던 오빠가 성연이라면…… 미소는 성연이가 좋아질 것 같아? 사귀자고 하면 사귈 생각이야?"

미소는 고개를 가로저으며 단호하게 대꾸했다.

"오래전 일이잖아요. 그런 이유로 사람을 좋아하거나 사귈 순 없어요. 그리고 전 이미 부회장님을……."

미소는 말하다 말고 크게 당황해하며 얼굴을 확 붉히더니 손을 내저었다.

"이미 영준이를?"

"아, 아무것도 아니에요."

미소가 잔뜩 부끄러워하며 시선을 피하자, 최 여사는 무척이나 안도한 듯 참았던 숨을 내쉬고 눈물을 글썽였다.

"그랬구나. 다행이다. 정말 다행이야."

최 여사는 조용히 울음을 삼키고 미소의 손을 꼭 잡았다.

바로 그때, 응접실 문밖에서 시끄러운 발소리와 우렁찬 목소리가 가까워졌다. 성연이었다.

"엄마! 미소가 왔다면서요?"

얼마나 반가웠는지, 성연은 노크도 없이 문을 벌컥 열어 젖혔다.

조깅을 하고 돌아왔는지 그는 이 추운 날씨에도 반팔 반바지 차림으로 땀을 뻘뻘 흘리고 있었다. 그 모습을 본 미소의 눈빛에 한 줄기 의심의 빛이 강하게 스쳤다.

"우와! 정말이네? 미소야! 왔으면 연락이라도 하지 그랬어?"

한달음에 미소 앞으로 달려온 성연은 환하게 웃으며 그녀의 손을 잡고 세차게 위아래로 흔들었다.

"안녕하세요, 오빠. 부회장님 심부름 왔다가 사모님께 차 한 잔 얻어 마시고 있었어요."

미소는 자리에서 일어나 인사하며 성연의 다리를 살폈다.

인상과 마찬가지로 사내답지 않게 하얗고 선이 가느란 다리였다. 모양 좋은 발목 역시 양쪽 다 깨끗하기만 했다.

"우리 집에서 저녁 먹고 갈 거지?"

성연이 정답게 묻는 말에 미소는 방글방글 웃으며 화답했다.

"근무 중에 나왔으니 빨리 들어가야죠."

"괜찮아. 내가 영준이한테 전화해서 얘기할 테니까 그러지 말고…….'"

최 여사는 자리에서 일어나더니 단호한 태도로 성연을 제지했다.

"바쁜 사람 붙잡아서야 되겠니? 미소 그만 회사로 돌아가게 성연이는 어서 가서 씻어라."

"에이."

성연은 아쉬운 듯 입맛을 다시더니 미소를 향해 눈부신 웃음을 지으며 손을 놓고 작별인사를 건넸다.

"그럼 오빠가 나중에 전화할게."

대답 없이 방글방글 웃기만 하는 미소를 뒤로하고 성연은 응접실을 곧장 나갔다.

성연의 뒷모습을 자세히 관찰하던 미소는 시야에서 그가 사라지자 최 여사 쪽으로 몸을 돌리고 말했다.

"사모님, 그럼 저도 이만 가보겠습니다."

"미안하구나."

"어머, 무슨 말씀이세요. 서류 심부름이야 늘 하는 건데요, 뭐."

"아니, 정말…… 정말로 미안해. 그리고…….'"

대체 뭐가 미안하다는 건지, 미소가 혼란스러운 눈으로 바라보자 최 여사는 또다시 눈물을 글썽이며 덧붙였다.

"사실 내가 오늘 미소에게 하려 했던 말은…… 그날 그 애 곁에 있어줘서 고마웠다, 그거였어."

여기서 '그 애'는 성연을 지칭하는 단어겠지만, 어쩐지 이상했다. 바로 지척에 있는 사람을 가리킬 땐 그냥 이름을 부르는 게 보통 아닌가.

몇 번을 생각해도 의심스러웠다. 게다가 그 사건 이후 지금까지도 몹시 추위를 탄다는 성연은 어쩌자고 이 추운 날 반팔에 반바지 차림으로 조깅을 하는 건지.

깊이 들어가면 갈수록 혼란스러운 일은 한두 가지가 아니었지만, 다만 단 하나는 확실했다.

이 퍼즐 어딘가에 분명 남아도는 조각이 하나 있다는 것 말이다.

❦ ❖ ❖ ❖ ❦

매년 이맘때쯤 영준은 유일그룹에서 공식후원하는 오페라단의 정기공연을 관람하기 위해 유일아트센터에 들렀다. 원래는 영준의 부친인 이 회장의 일이었지만 경영권을 물려받으며 함께 관리하게 된 것이다.

올해 초 리모델링을 마친 유일아트센터의 오페라극장은 프라하 국립 오페라하우스를 본떠 만들어 고풍스럽고 화려한 내부시설을 자랑하고 있었다.

그중에서도 영준과 미소가 차지하고 앉은 2층의 로열박
스석은 뷰나 음색, 프라이버시 면에서 나무랄 데 없이 완
벽한 명당이었다. 게다가 붉은색 실크 벽지와 벨벳 휘장이
드리워진 발코니에 딱 두 개만 놓인 앤티크 의자는 꼭 데이
트하러 나온 연인을 맞이하는 것처럼 로맨틱했다.

서막이 오를 때까지도 영준은 무대에 집중하지 못하고
이런저런 상념에 잠겨 있었다. 충분히 이해되는 일이었다.
저녁식사도 제대로 못 했을 정도로 하루 종일 바쁜 스케줄
에 쫓겼는데 갑자기 느긋하게 풀어져 오페라를 감상하는
게 가능할 리가 없다.

"출출하진 않으세요?"

미소가 나직이 묻자 영준은 깊은 생각에서 깨어났다.

"뭐라고?"

잔뜩 들뜨고 경쾌한 관현악 선율이 대화를 가로막았다.
미소는 잠시 기다렸다 소리가 잦아들 때 즈음 영준에게로
몸을 기울여 소곤거렸다.

"배 안 고프시냐고요."

"아아, 배고파 죽겠어."

영준이 툴툴거리자 미소가 기다렸다는 듯 핀잔을 주었
다.

"그러게 아까 차 안에서 샌드위치라도 드시라니까."

"샌드위치 따윈 됐고. 라면 먹고 싶다."

놀란 미소가 오페라글라스를 무릎 위로 떨어뜨렸다. 눈을 동그랗게 뜬 그녀는 믿을 수 없다는 얼굴이었다.

"라면이요?"

그러자 영준은 의자 등받이에 편하게 기대며 아무렇지도 않게 대답했다.

"그래. 라면."

"인스턴트 음식 안 드시잖아요."

"그날 미소가 끓여줬던 건 먹을 만했어. 이름이 뭐였지? 족제비? 라쿤?"

"오소리요?"

"그래, 그거."

미소는 괜스레 얼굴을 붉혔다.

"별것도 아니었는데……."

피곤한 듯 잠시 눈을 감았다 뜬 영준은 피가로와 수잔나가 선율을 주고받는 무대를 감상하며 중얼거렸다.

"18세기에도 막장요소가 대세였나 봐."

"그러게요."

무표정한 영준의 옆모습을 가만히 관찰하던 미소가 의외라는 듯 물었다.

"오페라 싫어하세요?"

"알잖아. 싫어하진 않지만 즐기지도 않는다는 거."

"몰랐어요. 당연히 좋아하시는 줄 알았거든요."

"왜 그렇게 생각했지?"

"회장님 모시고 자주 보러 가시잖아요."

"아버지가 좋아하니까."

미소는 그제야 알 것 같다는 얼굴로 웃으며 대꾸했다.

"회장님은 사모님하고 보시면 되죠."

"어머니는 오페라보다는 뮤지컬 파거든."

"그럼 회장님 혼자 보셔도 될 텐데요. 아니면 회장님 모실 사람 많지 않아요? 굳이 부회장님이 직접 모시고 가지 않아도."

미소가 약이라도 올리듯 방글방글 웃으며 계속해서 내놓는 말에 영준은 눈살을 찌푸리더니 마침내 고개를 돌려 그녀를 마주 봤다.

"무슨 얘길 하고 싶은 거야?"

휘장이 그림자를 드리운 둘만의 공간엔 부드러운 이중창이 울리는 중이다.

그러고 보면 영준은 처음부터 지금까지 한결같았다. 겉으론 잘난 맛에 살고 저밖에 모르는 것처럼 보여도 실은 주변 사람들 챙길 것 다 챙기고 살아왔으니까.

"재수 없다, 재수 없다, 늘 말을 그렇게 하긴 했지만…… 실은 재수 없지 않다고 생각해요."

"뭐?"

"재수 없지만 재수 없진 않아요. 잘났으니 잘났다고 얘기하는 게 좀 아니꼽긴 해도, 실은 다정하고 속 깊은 면도 많으니까요. 부회장님 말이에요."

미소가 방글방글 웃으며 내놓는 말에 영준은 어울리지 않게 살짝 얼굴을 붉혔다.

"무슨 고백을 그렇게 어렵게 해?"

"고백은 아니에요. 그냥…… 그냥 그렇다고요."

"싱겁긴."

어둠 속에서 가만히 미소를 관찰하던 영준이 이내 희미하게 웃음을 띠었다.

"잘난 것뿐 아니지. 다정하고 속 깊고 꿋꿋하고 착하고 영리하고 부지런하고 아름답고 그리고……."

"아유, 내 이럴 줄 알았지. 알았어요, 알았어. 부회장님 잘났으니까 그만하세요."

"내 얘기가 아니야."

잠시 말을 끊은 영준은 팔걸이에 가지런히 놓여 있는 미소의 손을 잡아 손가락 사이사이에 깍지를 끼워넣더니 덧붙였다.

"그리고 이건 명백히 진심을 담은 고백이고. 내가 미소에게 하는."

한동안 뺨을 붉힌 채 말을 잇지 못하던 미소는 수줍게 손으로 얼굴을 가렸다.

영준은 진지하게 말을 이었다.

"언젠가 박 박사가 우리더러 권태기 온 부부 같다고 한 적이 있었어."

잠시 생각에 잠겨 있던 미소가 조용히 고개를 끄덕이며

수긍했다.

"그럴 만도 하죠."

첫눈에 반해 사랑에 빠지는 사람들도 어딘가에는 있겠지만, 이렇게 오랫동안 서로에게 스며들어 자기도 모르는 새 깊이 빠져 있는 사람들도 분명 있을 것이다.

미소는 지난 9년 동안의 일을 차근차근 돌아보다 새삼스러운 사실을 발견했다. 그녀는 그 오랜 시간 동안 단 한 번도 영준을 진심으로 밉다고 생각했던 적이 없었다는 것을 말이다.

"사랑은 그저 한순간의 감정일 뿐이야. 잠들 땐 까맣게 잊어버리거나 오랜 시간이 지난 후엔 변질되기도 하지."

무슨 말을 하는 건지, 미소는 물끄러미 영준의 눈을 들여다봤다. 그의 눈동자는 지금 이 순간 그 어느 때보다 더 깊고 진중한 빛을 띠고 있었다.

"하지만 사는 건 그렇지 않아. 숨을 쉬는 한, 삶은 내가 잠들었을 때조차도 계속되니까. 비록 권태기 온 부부 같대도 난 오랫동안 함께하는 게 더 의미 있는 일이라고 생각해. 그러니까."

미소의 손을 잡은 영준의 손아귀에 바짝 힘이 들어갔다.

"아무 데도 가지 말고 계속 내 곁에 있어."

"부회장님……."

"나랑 가자. 끝까지."

말문이 막혔던지, 미소는 한동안 아무 말도 하지 못한 채

발치만 바라보았다.

"대답은?"

"부회장님은…… 사람이 항상 왜 그래요?"

예상외의 반응인지 영준의 어깨가 살짝 굳었다.

"난 돈도 많고 잘생겼고 애니팡도 잘하니까 시집오라고 하는 거랑 이게 다를 게 뭐예요? 꼭 이런 데 숨어서 이렇게 소곤소곤 프러포즈해야 했어요?"

"아, 그런가……? 미안."

"그리고 평소엔 달변으로 둘째가라면 서러워했던 사람이 멋대가리 없이 '나랑 가자.'가 뭐냐고요, 대체. 가긴 어딜 가요? 저 지평선 너머로 달려가자고요?"

목소리를 낮추고 투덜투덜하던 미소는 영준의 얼굴을 똑바로 마주 봤다.

"어쨌든……."

어차피 사랑이란 건 형체 없는 감정을 표현하기 위한 단어다. 명쾌하게 정의 내릴 수 없는 말이지만, 오히려 그렇기 때문에 그리 거창할 것도 없다.

한 남자와 9년이라는 긴 시간을 함께 보내며 단 한 번도 진심으로 밉다는 생각을 해본 적 없는 것. 그리고 그가 말한 대로 삶이 계속하는 한 끝까지 함께 가는 것.

그런 게 사랑이 아니라면 대체 뭐란 말인가.

서로의 코끝이 닿을 듯 말 듯한 거리에서 멈추어 선 그녀는 아주 작은 목소리로 대답했다.

"아무 데도 안 갈게요."

"만날 사표 써서 들이미는 여자라 못 믿겠는데."

"약속해요."

"정말이지?"

"네. 이대로 계속 곁에……."

다음 말은 영준의 입술에 가로막혀 이어지지 않았다.

고개를 기울인 채 오랫동안 주고받던 깊고 뜨거운 키스에 이어 가볍게 입을 맞췄다 떼기를 반복하던 중, 영준이 나직이 속삭였다.

"아무래도…… 이쯤에서 그만두는 게 좋겠어."

"네?"

"건너편 박스석에 앉은 일행들이 대놓고 구경하고 있거든."

"어머나."

화들짝 놀라 서둘러 자세를 바로 한 미소는 무대를 보는 척하면서 건너편을 힐끗 살폈다. 세상에나. 제법 먼 거리에다 어두워 안 보일 줄 알았더니 무대 조명에 비쳐 희미하게 얼굴까지 확인할 수 있을 정도였다.

영준 역시 뒤늦게 그 사실을 깨닫고 다소 당황한 눈치였다.

"이거 곤란한데. 당장 어머니한테 한소리 듣겠어."

"네?"

"천재봉 선생님 계시네."

"디자이너 천재봉 선생님?"

"그래. 어렸을 때 내 옷도 직접 만들어 입혀주셨을 정도로 어머니랑 친하셔서."

미소의 머릿속에 뭔가가 번쩍 스쳐 지나갔다.

"천재봉 선생님께서 특별히 부회장님 옷을 지어 입혀주셨다고요? 재벌가 자제분들한테 쫙 돌린 건 아니고요?"

"아니야. 당신 친조카들한테도 절대 안 하는데 나한테만 해주는 거라고 직접 얘기하셨거든. 그것 때문에 형은 디자인 단계부터 옷이 완성될 때까지 삐쳐서 한동안 난리도 아니었어."

"정말이에요?"

"지금 날 의심하는 거야?"

"아니, 천재봉 선생님이라면 세계적으로 유명한 분이신데 아무리 부회장님이라 해도 초딩 옷을 자처까지 해서?"

발끈한 영준은 그 끝에서 기다리고 있는 게 미소의 낚싯대인 줄도 모르고 떡밥을 덥석 물었다. 무섭도록 진지하게.

"거짓말 아니야. 비록 한 번 입고 버리긴 했지만."

"왜요?"

"그럴 만한 사정이…… 있었어."

어둠 속에서 미소의 눈빛이 날카로워졌지만 영준은 여전히 눈치채지 못한 채 무대만 바라보았다.

"어떤 옷이었는지 궁금하네요. 코트? 정장?"

"밤색 체크무늬 셔츠에 흰색 카디건이었지."

그 대답을 듣는 순간, 방글방글 웃고 있던 미소의 얼굴에서 웃음기가 싹 사라졌다. 그녀는 빳빳하게 굳어선 주변을 둘러보더니 아무 관계도 없어 보이는 질문을 덧붙였다.

"여기 공기가 좀 썰렁하지 않아요?"

"김 비서도? 실은 나도 아까부터 좀 추웠거든."

"추위 타는 건 여전하시네요."

"체질이니 어쩔 수 없지. 겨울이 아예 없어져버렸으면 좋겠어. 제길. 적도 근처에서 국수나 팔면서 살까."

"좋은 생각인데 이참에 아예 짐 싸시죠."

"조금만 더 고민해보고."

피식 웃은 영준은 피곤을 이기지 못하겠는지 늘어지게 하품을 했다.

"졸려 죽겠네."

"피곤하면 눈 좀 붙이세요."

"열심히 공연하는 사람들에게 실례를 저지를 순 없잖아."

"실례는 진즉에 넘어섰고, 이미 무대를 모독했거든요. 우리 둘이서."

키득거리며 등받이에 몸을 편하게 기댄 영준은 느긋하게 눈을 감고 잠을 청했다.

피로가 상당했는지 영준의 숨소리가 규칙적으로 잦아드는 데까진 얼마 걸리지도 않았다.

그의 눈앞에다 손을 흔들어본 미소는 아무런 반응도 없는 것을 확인한 후 차근차근 생각을 정리했다.

지금까지 겪었던 모든 이상한 일들을 조합해보면 결론은 하나였다. 너무 얼토당토않은 결론이어서 몹시 의심스럽기도 했지만 아무리 봐도 역시 그것 외엔 답이 없다.

다만 한 가지.

「바보. 성연이 아니야. 내 이름은 성. 연! 이. 성. 연. 이라고!」

지금껏 기억의 혼란이라고만 여겼다. 그러나 그게 아니었다면?

당시 미소는 다섯 살이었다. 듣는 대로 이해하는 나이. 그러니 인지의 문제였을 수도 있다. 비슷한 발음을 착각한 것이라든지.

천천히 고개를 돌린 미소는 잠든 영준의 귓가에 바싹 입술을 들이대고 속삭여봤다.

"성연 오빠."

잠든 영준에게선 아무런 반응도 돌아오지 않았다. 역시 이런 식으로의 확인은 힘든가 하고 물러나려던 순간.

영준의 입술 사이로 한마디가 새어나왔다. 잠결이었지만, 뻔뻔스러우리만치 자연스럽게 들리는 한마디가.

"성……현이라니까."

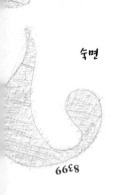

성현 오빠.

아주 오랜만에 듣는 소리였다.

어딜 가나 그놈의 권력욕이 문제다.

이름 잘 지어 다 될 것 같으면 이 세상에 대통령 아닌 사람이 어디 있겠나.

놀부가 인생의 롤모델이었을까 싶을 정도로 욕심쟁이였던 할아버지가 당시 부유층 작명계의 스티브 잡스였던 무천도사에게 의뢰해 받은 이름, 그게 이성현이었다.

형의 이름 '성연'과 발음이 비슷한 탓에 충분히 배제될 수도 있었던 그 이름은 무천도사가 하필 아버지에게 '이 이름을 쓰면 틀림없이 대통령이 된다!'고 강력하게 주장하는 바람에 최종적으로 호적에 오르고 말았다. 아버지의 귀는 지금도 그렇지만 당시엔 정도가 더 심해, 굳이 비교하자면 미소가 화장을 고칠 때 쓰는 파란 기름종이만큼이나 얄팍했다.

❧ ✤ ✤ ✤ ❧

"오빠, 다음에 꼭 미소 보러 오기로 했지? 잊으면 안 돼."

"그래."

"약속해."

"약속."

새끼손가락 고리를 걸고 엄지손가락으로 도장까지 꾹 찍은 미소는 소매로 코 밑을 쓱 닦으며 배시시 웃었다. 달빛을 받은 볼우물이 왼쪽 볼에만 깊게 패었다.

"성연 오빠."

"성연이 아니라니까. 내 이름은 성현. 벌써 몇 번이나 얘기해?"

"성연 오빠."

"이. 성. 현. 이라고! 현! 히읗 여 니은!"

"아항. 성혀언."

"그래. 바보야."

"잊어버리지 말아야지. 성연 오빠 아니고 성현 오빠, 성연 오빠 아니고 성연 오빠."

오물오물 작고 통통한 입술을 놀리며 제멋대로 이름을 외우던 미소는 작은 대문 안으로 폴짝 뛰어 들어가버렸다.

"잘 가, 오빠."

바로 곁에 꼭 붙어 있던 온기가 사라져서인지 몹시도 추웠다.

"잘 있어."

돌아서서 걸음을 옮길 때마다 깊은 상처가 쓸려 발목이
끊어질 것만 같았다. 너무 아파서 주저앉고 싶었지만 아직
도 그 자리에 서서 손을 흔들고 있을 미소 때문에 그럴 수
도 없었다.

그렇게 발을 질질 끌고 거의 기다시피하며 얼마쯤 걸었
을까.

골목을 벗어나 뒤를 돌아보니 이제는 더 이상 미소도, 미
소의 집도 보이지 않았다.

그제야 눈에 띈 주변 풍경은 너무도 낯설고 무서웠다. 그
여자가 끔찍한 모습을 하고서 다시 잡으러 올 것만 같아 두
렵고 초조해 견딜 수가 없었다.

절박한 상황에서 인간은 얼마든지 감각을 컨트롤할 수
있다는 것을 깨달은 게 아마 그날이었을 것이다.

발목의 상처에서 흘러내린 피가 양말을 흠뻑 적셔 얼음
장처럼 차갑게 식었지만, 아픔도 추위도 전혀 신경 쓰지
않은 채 말 그대로 미친 듯이 뛰고 또 뛰었다.

환하게 불이 켜진 파출소 앞마당에 들어서는 순간 가장
먼저 되찾은 감각은 참을 수 없는 졸음이었다.

파출소 문은커녕 몇 개 안 되는 계단까지 다다르지도 못
했다. 탈진해서 기절한 게 아니라 너무 졸려서 그냥 콘크
리트 바닥에 드러누워 잤다. 이젠 다 괜찮을 것 같아서.

미소와 첫 키스를 나누기 전까지의 인생을 되돌아본다면 그것이 가장 마지막으로 푹 잔 기억이었다.

깨어났을 땐 병원이었다.

9시를 알리는 작은 시계 뒤의 창가가 그렇게 밝을 수가 없었다.

살아 돌아왔다는 게 다행스러웠다. 진심으로 걱정해주고 안도의 눈물을 흘려주는 가족들을 보니 그동안 잊고 지냈던 행복을 새삼스럽게 다시 느낄 수 있었다.

나는 아홉 살. 앞으로의 내 삶도 오전 9시의 아침 창가처럼 그저 밝을 것만 같았다.

다시 잠들기 전까진 그렇게 생각했었다.

지나치게 좋은 기억력은 독이다.

현장은 깨끗하게 정리됐을 테니 그 집엔 이제 아무것도 없을 거란 걸 머리론 잘 알고 있었다. 그러나 기억은 그렇지 않았다. 발작하며 깬 후 다시 잠이 들면, 아니, 눈만 감아도 섬뜩한 소리와 끔찍한 장면이 잔상처럼 남아 끝도 없이 구간반복됐다.

몸의 고통 역시 쉴 새 없이 정신적 혼란을 부추겼다.

사람들은 많이 아플 때 흔히들 '안 아픈 곳을 찾는 게 더 빠를 거다.'라고 표현하지만 그건 덜 아픈 사람들이 하는 소리고, 그때의 내 경우엔 안 아픈 곳을 아예 찾을 수가 없었다. 사흘이나 그 추운 곳에서 웅크리고 있다 일시에 긴장이 풀렸으니 당연한 일이었다.

가장 고통이 심했던 곳은 발목이었다.

인간이 만든 물건 중 가장 흉악한 것은 뭘까. 나라면 주저 없이 케이블타이를 선택하겠다.

고리 모양으로 서로 엮인 한 쌍의 나일론 케이블타이 덕분에 내 발목엔 끔찍한 상처가 남고 말았다. 평생 흉이 남을 거라는 말을 들었을 때 가장 두려웠던 건 흉터 그 자체보다 그때의 기억을 남은 평생 짊어지고 가야 한다는 사실이었다.

악몽에서 깨어나 아픔에 몸서리치며 울고, 약기운에 취해 다시 잠들었다 악몽에서 깨서 또다시 몸서리치며 울고……. 밤새 그런 과정을 몇 번이나 반복하고 나니 새벽녘엔 정말이지 미칠 것만 같았다. 잠을 제대로 자지 못해 신경은 극도로 날카로워졌고 쉬지를 못하니 몸은 더욱더 아파, 매 순간이 맨 정신으로 맞닥뜨리는 지옥이었다.

먹지도 자지도 못하고, 언제부턴가 결국 말도 못 하게 됐다.

말문을 닫으니 바보가 된 것 같았다. 그래서 정말 바보처럼 생각도 멈추고 그저 침대에 누워 멍하니 시간이 지나기만을 기다렸다.

내가 병원에서 지내는 동안 어머니는 저 많은 눈물이 다 어디에서 나오나 싶을 정도로 울었다. 아버지는 회사에 출근도 하지 않은 채 내 곁을 지키며 밤을 지새우다 탈진해 링거를 맞기도 했고.

형은…….

형은 줄곧 뒤에서 그들을 말없이 지켜만 보았다. 가끔씩 나와 눈이 마주치면 코끝이 빨개지곤 했지만 그는 끝까지 눈물을 보이지 않았다.

아이러니하게도 그래서 고마웠다. 부담 없고 쿨해서 좋았다. 나중에 괜찮아지면, 집으로 돌아가게 되면 그때 가서 주먹으로 한 대 야무지게 패줄 생각이었다. 어떻게 날 그렇게 골탕 먹일 수가 있냐고. 네가 그러고도 형이냐고. 쌍코피 한번 내주고 깔끔하게 풀 생각이었다.

당연히 풀 수 있을 줄 알았다.

발목 상처가 아물어갈 때 즈음 퇴원했지만 그때까지도 아직 말은 되찾지 못한 상태였다.

병원을 떠나 집으로 가는 차 안에서 나는 심리치료를 받기 위해 당분간 학교를 쉬어야 한다는 말과 함께 형이 이미 전학했다는 소식을 전해 들을 수 있었다. 티격태격하긴 했어도 형과의 사이가 그렇게 나쁘진 않았는데 어쩐지 벽이 생긴 것 같아 아쉬웠다.

그러나 아쉬움은 딱 거기까지였다. 집에 돌아가니 헬게이트가 완전 개방 상태로 나를 기다리고 있었다.

한동안 충격으로 말문을 닫아버렸던 내가 집에 와서 가

장 먼저 한 말은 '어머니, 아버지, 고마워요. 사랑해요.' 같은 훈훈한 감동과는 거리가 먼, '형이 왜 저래요?'였다. 사랑으로 말문을 연 게 아니라 황당해서 말문이 트였다.

형은 나를 보자마자 미친개처럼 덤벼들었다.

"내 방에서 당장 나가!"

형이 앉아 있던 곳은 내 방, 내 침대였다. 입고 있는 옷도 내 옷, 신고 있던 슬리퍼도 다 내 것이었다.

"너 때문에! 네가 거기다 날 버리고 가서 내가 얼마나 힘들었는지 알아? 나쁜 자식! 나쁜 자식!"

거기다 날 버리고 간 건 형이었는데 무슨 소릴 하는 건지 도무지 알 수가 없었다.

저러다 말겠지 했지만 형의 이상행동은 나아질 기미를 보이지 않았다. 계속해서 자신을 나라고 생각했다. 유괴되어 사흘간 납치된 뒤 입원했다가 이제 집에 돌아왔다고 믿고 있었다.

억울했던 나 역시 가만히 있을 수는 없었다. 형에게 한 대 맞으면 두 대 되돌려주고 한 번 걷어차이면 아예 바닥에 쓰러뜨려놓고 두들겨 팼다. 그렇게 시작된 싸움은 시간이 지나면 지날수록 더욱더 거칠고 야만스러워졌다. 나중엔 집안에서 가장 힘센 정원사아저씨가 간신히 뜯어말려 떼어놓을 수 있을 정도로, 형도 나도 죽자고 싸웠다.

모든 게 엉망이었다.

좋은 일도 아니고 형제가 유괴 피해자를 두고 매일 서로 다투는 이 웃지 못할 상황에 부모님 속이 점점 타들어가는 게 어린 내 눈에도 보일 정도였다.

상담치료를 받을수록 형의 증세는 점점 더 악화되었다. 가족 전체가 자기를 이상하게 몰고 있다며 급기야 식음을 전폐한 채 방에 틀어박혀 울기만 했다.

그러던 어느 날 밤이었다.

여느 때처럼 악몽에서 깨어나 살짝 열린 커튼 사이로 창 밖을 바라보니 온 세상이 하얗게 빛나고 있었다. 보름달이 었다. 어느덧 그날로부터 벌써 한 달이나 지나 있었던 것이다.

「오빠, 다음에 꼭 미소 보러 오기로 했지? 잊으면 안 돼. 약속해.」

문득 미소가 보고 싶어졌다.

다음 날 병원에 다녀오는 길, 기사아저씨에게 그날 그 자리에 데려다달라고 했다. 어머니는 극구 말렸지만 꼭 가보고 싶다며 고집을 부렸다.

겨우 한 달 사이에 동네는 흔적도 없이 사라져 있었다.

유일랜드 공사현장이라고 크게 적힌 철제 담장만 둘러쳐져 있을 뿐, 그때 있었던 사건도 미소를 만난 것도 전부다 꿈으로 느껴질 정도로 아무것도 남아 있지 않았다.

바로 그날 밤이었다. 서재에서 부모님의 대화를 엿들은

것은.

"어떻게 그런 말을 그렇게 쉽게 해요……? 어떻게……! 흑흑!"

"나도 속상해, 여보. 하지만 지금은 성현이가 더 급하잖아. 어린애가 그런 끔찍한 걸 목격했다고. 어른도 견디기 힘든 충격을 받았는데, 성연이가 저렇게 날뛰는 곳에서 어떻게 안정을 취하겠어."

"성연이가 심약해서 그런 거라잖아요. 자기 스스로 동생을 그렇게 만들었다는 죄책감 때문에 혼란이 온 것뿐이라잖아요. 괜찮아질 거예요. 치료하면서 우리가 감싸주면…….''

"그렇게 말한 지 벌써 2주가 넘었어. 당신, 어제 성연이가 야구배트까지 휘두르는 거 못 봤어? 언제까지 저대로 놔둘 순 없잖아. 이러다 우리 애들 둘 다 망가진다고!"

"성현이도 가엾지만, 그렇다고 어떻게 성연이를 정신병자로 만들어요!"

"정신병자라니! 무슨 말을 그렇게 해? 그저 성연이가 지금 불안정한 상태니 현이에게서 떼놓고 병원에서 본격적으로 입원치료를 받아보자는……."

"그게 그거잖아요!"

"여보!"

"아아, 흑흑! 왜 우리 애들한테 이런 일이 생긴 거지? 왜 애!"

만약 내가 그 다음에 이어진 어머니의 말을 듣지 않았다면, 지금 모두의 인생은 어떻게 바뀌어 있을까.

"그러면 안 된다는 걸 알면서도, 차라리 성연이가 믿고 있는 게 사실이면 좋겠다는 생각마저 들어요. 차라리 유괴된 애가 성연이였다면, 그럼 지금 이 정도로 엉망이진 않을 텐데……. 여보, 나, 너무 괴로워. 흐흑, 정말 죽고 싶어요……."

사람들은 보통 자신이 겪는 큰 고통을 '죽음'이라는 말을 통해 강조한다. 그건 아마도 그 단어가 내포하는 감정의 극한 때문일 것이다. 마지막. 그 뒤는 없다는 것을 나타내는 추상적인 단어, 죽음.

그러나 그 사건을 겪은 후 내게 있어서 '죽음'은 더 이상 추상적인 단어가 아니었다. 내가 아는 죽음은 형체도 소리도, 냄새도 더없이 선명했다.

여기서 더 힘들어지면 어머니도 그 여자처럼 될지도 모른다는 생각이 들었다. 아버지도 형도, 더 나아가 나를 둘러싼 모든 사람들이 다 그렇게 될 것 같다는 생각에 두려워서 견딜 수가 없었다.

곧장 방으로 돌아간 나는 이불을 뒤집어쓰고서 밤새 벌벌 떨었다.

어머니의 말이 옳았다. 처음부터 유괴된 아이가 형이었다면 이런 일은 생겼을 리 없었다. 나는 어리긴 해도 형처럼 죄책감을 이기지 못해 스스로 기억을 조작할 정도로 나약하진 않으니까.

똑같은 조각이 두 개.

딱 한 조각이 남는 퍼즐이니 내가 가진 조각만 아무도 모르게 땅에 묻어버리면 모든 것이 다 완벽해질 것 같았다.

그렇게 난 기억을 잃은 척 연기를 시작했다.

"아버지, 정말로 모르겠어요. 하나도 생각이 안 나요."

"아무것도 기억이 안 나. 내가 형을 거기다 버리고 왔다고? 나 때문에 유괴 당했다니, 그게 사실이야?"

"형이 그런 끔찍한 일을 겪게 만들어서 죄송해요, 어머니."

내가 백지상태로 돌아가고 형이 내 자리를 채우자 꼬였던 일은 술술 풀렸다. 마치 하얀 도화지에 새 그림이 그려지듯 모든 일이 재구성되었다.

언론 입막음하기 쉬운 시절이었다. 내가 유괴되었다 사흘 만에 돌아온 일은 사건 당시에도, 그 이후로도 보도되지 않았다. 발목의 흉터는 어렸을 때 형과 장난치다 생긴 것으로 조작되었고, 발음이 비슷해 형의 혼란을 부추긴 요인이 되었을지도 모를 내 이름 역시 새로운 것으로 바뀌었다. 형의 불안감을 자극할 수 있는 모든 환경은 그로써 모두 사라졌다.

극도로 예민한 상태에서 혼란스러운 기억에 고통받던 형은 새빨간 거짓 속에서 마침내 안정을 찾았다. 더 이상은 내게 죽일 듯 달려들지 않고, 오히려 기특하게도 날 용서하려 애쓰기까지 했다.

부모님 역시 어차피 좋을 것 하나 없을 끔찍한 기억을 내가 모조리 초기화시켰으니 어느 정도 마음의 부담을 던 눈치였다.

그렇게 마침내 완성된 퍼즐은 더할 나위 없이 완벽한 '홈 스위트홈' 액자로 탈바꿈되어 벽에 걸렸다.

물론, 그 이후로 난 악몽에 시달리거나 그 여자와 비슷한 또래의 젊은 여자를 마주하는 게 싫다거나 케이블타이를 보면 병적으로 구토 증세를 느끼거나 하는 트라우마에 내내 시달렸지만, 괜찮았다.

나 혼자서 다 짊어져도 괜찮았다. 뭐든지.

나는 이 세상 누구보다도 더 대단하고 강한 사람이니까 나는 괜찮았다. 정말로 괜찮았다.

❦ ❖ ❖ ❖ ❦

"으음."

잠에서 깬 영준은 붉은색 천장을 올려다보며 가만히 눈을 깜박인 후에야 이곳이 유일아트센터의 오페라극장이라는 것을 기억해낼 수 있었다. 그런데 무슨 일인지, 음악도 들리지 않고 다소 소란스러운 분위기가 느껴졌다.

몸을 일으킨 그는 옆자리에 앉은 미소를 돌아보며 얼떨

떨한 어조로 물었다.

"왜 이렇게 시끄러워?"

"인터미션이에요."

"아……. 벌써 2막이 끝났나."

바른 자세로 앉아 앞만 보고 있는 미소에게서 어딘지 모르게 부자연스러운 분위기가 났다.

"왜 그래, 김 비서?"

"뭐가요?"

미소는 멍한 눈으로 여전히 앞만 바라보고 있었다. 기분 탓인지, 코끝과 눈가도 빨갛게 보였다.

"어디 아파? 코는 왜 그래? 울었어?"

아니, 피가로의 결혼에 그 정도로 감동적인 장면이 있었던가?

혼란스러워진 영준이 고개를 갸웃거리자 미소는 그제야 그를 마주 보고 평소처럼 방글방글 웃더니 대꾸했다.

"하품했어요."

공연이 끝난 후 오페라단과의 회식을 마치고 나니 어느새 자정에 가까운 시각이었다.

자택 서재 리모델링 때문에 영준은 유일호텔의 프레지덴셜 스위트룸에서 머무는 중이다. 전담 버틀러를 만나 이 것저것 세심하게 지시하고 의견을 전달한 미소는 룸으로 돌아왔지만 먼저 들어간 영준의 모습은 보이지 않았다.

응접실과 집무실에 이어 메인침실의 문을 노크하고 열자 침실 한쪽에 마련된 욕실에서 물소리가 들렸다. 오페라 공연 내내 코까지 골고 잤으면서도 피곤이 덜 풀렸던지, 업무 마무리 브리핑도 듣지 않고 샤워부터 하는 모양이다.

태블릿 PC를 품에 안고 다시 거실로 나온 미소는 창가의 암체어로 가 털썩 앉은 후 야경을 바라보며 생각에 잠겼다.

「성현이라니까.」

잠꼬대로 들은 영준의 그 대답에 꼭 누군가한테서 세게 뒤통수를 후려 맞은 것처럼 눈앞이 캄캄했다. 성연과 대화를 나누면서 석연치 않은 느낌을 받았던 건 역시 이유가 있었던 것이다.

그건 그렇고, 세상에나, 지금껏 9년이나 곁에 두고서 아무런 내색도 않았단 말이지? 여러모로 대단한 인내심이다. '님이 짱 먹으세요!' 소리가 턱밑까지 차올랐다.

그러나 그를 찾은 것에 대한 반가움도 잠시, 미소는 이내 갈등에 빠졌다.

아니, 내색을 안 한 게 아니라 어쩌면 정말로 기억이 없는 상태일지도 모르지. 영준이 미소를 전부터 알고 있었다는 건 아직은 의심일 뿐 확실한 증거도 없었으며, 잠결에 반응한 것 역시 무의식적인 걸 수도 있으니까.

"하아."

나직이 한숨을 쉬는 순간 산뜻한 코롱 향기와 따끈따끈하고 습한 공기가 훅 끼쳤다.

뒤에서부터 기대듯 미소를 감싸 안은 영준은 젖은 머리카락을 그녀의 뺨에다 부비며 나직이 속삭였다.

"갑자기 웬 한숨?"

미소의 귀밑 예민한 피부가 바짝 당겨졌다. 얼굴은 화끈거리고 심장은 제 페이스를 잃은 채 멋대로 폭주하기 시작했다.

"아, 아무것도 아니에요."

"와인 한잔할래?"

"내일 스케줄 엄청 빡빡한 거 아시잖아요. 일찍 일어나려면 지금 빨리 가서 자야 해요."

"여기서 자. 내 옆에서."

"진심이세요?"

"농담하는 것 같아?"

말문이 막힌 미소가 입을 다물고 고개를 돌리자 영준은 그녀의 눈을 똑바로 마주하며 덧붙였다.

"이제 아무 데도 안 가기로 약속했잖아."

"의역하셔야 할 문장을 직역하셨네요."

"직역이든 발번역이든, 약속은 약속이라고."

눈을 흘기긴 했어도 싫진 않은 모양인지 미소가 얼굴을 잔뜩 붉히며 대꾸했다.

"갈아입을 옷도 안 가져왔단 말이에요."

"아침에 사줄 테니까 벗고 자. 전부 다."

빠악!

방글방글 웃던 미소가 전력으로 박치기를 하자 영준은 얼얼한 이마를 문지르고 키득거리며 물러났다.

"벌써 12시야. 지금 가봤자 세 시간도 못 잘 텐데 그냥 여기서 자는 게 낫지 않아?"

아주 틀린 말은 아니었다. 격무에 몸은 천근만근이라 솔직히 아무 데서나 드러누워 자고 싶은 마음이 절실했으니까.

"그럼 서브침실 제가 쓸게요. 문 잠그고 잘 테니까 음흉한 마음 같은 건 품지 마시고요."

"음흉한 마음 품지 말라고? 김 비서 한동안 좀 풀어줬더니 너무 건방져졌군."

뜬금없는 소리에 미소가 눈을 동그랗게 뜨자 영준은 잠옷 위의 나이트가운 벨트를 다시 묶으며 진지하게 덧붙였다.

"구석구석 꼼꼼히 씻고 와. 내가……!"

말이 끝나기도 전, 영준은 바로 눈앞을 향해 직구로 날아오는 태블릿 PC를 발견했다. 두 손으로 그것을 착 받아든 순간 미소가 방글방글 웃으며 내뱉었다.

"내일 스케줄이나 구석구석 꼼꼼히 확인하시지요."

원룸 방만큼이나 넓은 욕실의 거대한 욕조에서 느긋하게 거품목욕을 즐기던 중 머리가 핑 돌아 시계를 확인하니 어느새 시간이 훌쩍 지나 있었다.

서둘러 거품을 헹구고 나온 미소는 물기를 닦아내고 바디로션을 바른 후 아무것도 입지 않은 맨몸에 배스가운을 걸치며 중얼거렸다.

"아아, 이게 무슨 가출소녀 코스프레람. 좋게 택시 타고 집에 가서 자면 됐을 텐데."

세면대 앞에서 거대한 거울을 마주 본 그녀는 구비되어 있는 고급 화장품을 손에 덜어내 바르고 드라이어로 머리를 말리며 생각했다.

지금껏 9년간 출장을 제외하고는 거의 매일 그의 집으로 출근해 그의 집에서 퇴근했다. 출장을 수행했을 때도 언제나 퇴근은 일과 브리핑을 마친 후 그의 숙소에서 이루어졌다.

그렇지만 그 긴 세월 동안 단 한 번도 그의 집이나 숙소에서 자고 온 적은 없었다. 물론 얼마 전에 살짝 아슬아슬했던 적은 있었지만 그것 역시 성연의 난입으로 인해 불발되었고.

"아아, 내가 미쳤나 봐. 어떡하지, 어떡하지. 이제라도 그냥 집으로 갈까?"

겉으론 음흉한 마음 품지 말라고 온갖 싫은 티를 다 냈건만 홀라당 벗고 목욕까지 했다. 게다가 여전히 홀라당 벗은 상태. 이건 '어므나, 안 돼요, 돼요, 돼요, 돼요.'나 마찬가지 아닌가.

"아아, 나도 모르겠다, 이제."

어린애도 아니고, 서로 마음 확인한 후 평생 함께 가자고 약속까지 한 마당에 뭐가 두렵단 말인가. 괜찮다. 이제 모임에서 친구들이 '그게 차암 좋은데 설명할 방법이 없네. 우리 미소도 이 좋은 걸 알아야 할 텐데.' 할 때마다 얼굴 붉히며 발끈할 일도 없을 테고. 그러니 괜찮다.

마음의 준비를 하고서 다시 한 번 거울을 들여다본 미소는 크게 숨을 들이마시며 욕실을 벗어났다.

환한 보름달이 창가를 파랗게 물들이고 있을 뿐, 무드램프가 빛나던 방은 어느새 어둠에 잠겨 있었다.

씻으러 들어갈 때만 해도 전망 좋은 창 앞에 앉아 혼자서 잔을 기울이고 있던 영준은 오간 데 없었다. 의자는 텅 비었고 테이블엔 와인이 반쯤 남은 잔 하나와 빈 잔 하나, 버킷에 담긴 와인병만 덩그러니 자리했다.

이상한 기분에 고개를 돌려 이리저리 살펴본 미소는 침대에 모로 드러누워 있는 그를 발견했다.

또 기절이냐.

박 박사 말마따나 닭 병이라도 걸린 건지, 첫 키스 이후로 정신을 못 차리고 픽픽 곯아떨어지는 사람을 보고 있자니 한심하기도 하고 걱정스럽기도 했다.

높고 커다란 침대로 다가가 살며시 그의 발치에 걸터앉

은 미소는 자신이 이렇게 가까이 다가와 있는데도 세상모르고 자는 영준을 가만히 내려다봤다.

쌕쌕, 규칙적으로 울리는 그의 숨소리를 듣고 있으니 괜스레 가슴이 뛰고 귓불이 뜨거워졌다.

어색하게 모서리에 걸터앉아 있던 그녀는 몸을 돌려 침대로 기어올라갔다.

매트리스가 출렁거리고 이불이 바스락 소리를 내는데도 그는 여전히 미동도 없다.

추위 타는 사람이 이불 덮는 것도 잊어버릴 정도로 급히 잠들었나 보다. 안쓰러운 마음에 이불을 끌어다 덮어주려던 미소의 손이 멈칫했다.

그녀는 천천히 손을 내밀어 파자마자락을 젖혀보았다.

남자답게 뼈대가 굵고 곧은 그의 양쪽 발목, 복사뼈 바로 위에 깊고 진하며 끔찍하기 짝이 없는 흉터가 남아 있었다. 박 박사에게서 들었던 것처럼 뭔가에 묶였던 흔적. 아마도 케이블타이일 터였다.

그 흉터를 보는 순간 미소의 가슴이 쿵 내려앉았다.

아아, 이제야 알 것 같았다.

그래. 다시 만나면 꼭 해주고 싶었던 말이 있었다. 그래서 그렇게 오랫동안 잊지 않고 기다리고 있었는데……, 그건 대체 어떤 말이었을까.

크게 눈을 뜨고 굳어버린 미소는 덥석 손목을 잡히고서야 고개를 돌렸다.

"흉터…… 봤어?"

"네."

언제 깼는지 영준이 눈을 뜨고서 빤히 쳐다보고 있었다.

"어렸을 때 형이랑 장난치다 생긴 흉터래. 잘 기억은 안
나지만."

역시 알려주지 않는구나. 미소의 얼굴에 짙은 그림자가
드리워졌다. 기억이 없는 건지 아니면 일부러 모르는 척하
는 건지, 그가 직접 자신의 입으로 말해주기 전까진 물을
수가 없게 돼버렸다.

"아프진 않았어요?"

"글쎄……. 잘 모르겠어. 기억이 안 나니까."

기억이 안 난다면서 대답은 빨리 돌아오지 않았다. 애써
한 템포 쉬었다가 말하는 게 꼭 그때의 아픔을 참는 것처럼
느껴졌다. 미소는 갑자기 숨 쉬기가 힘들 정도로 가슴이
미어졌다.

"아팠을 것 같아요. 엄청."

"그랬을지도 모르지."

침묵이 흘렀다.

꽤 길었던 침묵을 깨고서 영준이 다소 긴장한 목소리로
물었다.

"혹시 너무 흉해서 싫어?"

"그런 거 아니에요."

미소는 왼손으론 영준의 발목을, 오른손으론 자기 발목

을 쓰다듬으며 떨리는 목소리로 물었다.

"체육대회 때 2인 3각…… 기억하세요?"

"그걸 어떻게 잊겠어? 내가 보는 앞에서 고귀남하고 아주 딱 붙어서 뛰었는데."

영준이 잔뜩 약 오른 목소리로 되물었지만 미소는 그런 건 별로 중요하지 않다는 듯 담담하게 말을 이었다.

"그때 묶었던 한쪽 발목에 멍이 남았었어요. 하루가 지나니 새파랗게 됐더라고요. 꽤 부었고요."

"저런."

"별것 아닌 멍이었는데 스치기만 해도 무척 아픈 거예요. 손만 대도 후끈거리고 가만히 있어도 묵직하고……. 며칠 후면 사라질, 진짜 별것 아닌 멍이었는데……."

미소의 귓가에 오래전 한 소년의 여린 울음소리가 맴돌기 시작했다. '미소야, 너무 아파, 아파.' 하고 하염없이 울던 그의 목소리가.

"난…… 나는 정말 별것 아닌 멍도 그렇게나 아프던데…… 흑."

떨리는 목소리가 이내 흐느낌으로 바뀌었다.

미소가 갑자기 손으로 얼굴을 가리며 울음을 터뜨리자 영준은 황당한 얼굴로 벌떡 일어나 어쩔 줄을 몰라 했다.

"어어? 김 비서! 갑자기 왜 그래? 왜 울어, 응?"

"얼마나 아팠을까 흑흑, 얼마나…… 얼마나 아팠을까……."

고개를 숙이며 구슬 같은 눈물을 후드득 후드득 쉴 새 없이 떨어뜨리는 미소를 가만히 바라보던 영준의 얼굴에 희미한 웃음이 어렸다.

"울지 마. 이제 괜찮으니까."

"그치만……."

그는 팔을 벌려 그녀의 가녀린 어깨를 으스러져라 끌어안고 나직이 속삭였다.

"나는…… 미소가 아니면 안 되나 보다."

그래. 역시 처음부터 그녀가 아니면 안 됐던 거다.

좋은 향기를 풍기는 미소의 정수리에다 가볍게 입 맞춘 영준은 그녀의 고개를 들게 하더니 이마고 눈물 젖은 눈이고 뺨이고 할 것 없이 자잘한 키스를 퍼부었다.

촉촉한 그녀의 입술에서 오래도록 머물렀던 그의 입술이 가느다란 턱선과 부드러운 목덜미를 지나 벌어진 배스가운 앞섶으로 옮겨갔다.

"아……."

입술 사이로 새어나오는 달뜬 한숨조차 아까웠던지, 그는 다시 한 번 그녀의 입술을 자기 입술로 꼭 막아버렸다.

꼭 끌어안은 두 사람의 몸이 어느 순간 기우뚱하더니 침대로 곤두박질쳤다.

"아얏."

"왜요?"

"이게 뭐지? 부딪쳤어."

"스케줄 보다 좋았지요?"

베개에 놓여 있던 태블릿 PC 모서리에 머리를 부딪친 영준이 툴툴거리자 미소는 어이없는 웃음을 흘렸고 이내 두 사람은 키득키득 웃으며 서로를 다시 껴안았다.

"아아, 이 일생일대의 중요한 순간에……."

점점 느려지는 영준의 목소리에 미소는 다 안다는 듯 고개를 끄덕이며 그의 품으로 파고들었다.

"괜찮아요. 이제 아무 데도 안 간다니까요. 졸리면 그냥 자요."

"그렇지만……."

"시간은 많아요."

"하긴 그래…… 앞으로도 시간은 많으니까……."

미처 말이 다 끝나기도 전이었다. 영준은 길고 나른한 숨을 내쉬더니 잠들고 말았다.

그의 가슴에 꼭 붙어 심장 소리를 듣고 있던 미소 역시 얼마 지나지 않아 깊은 잠에 빠져들었다.

자리가 바뀌거나 불안할 때면 꼭 나타나 괴롭히던 악몽이나 가위눌림 없이, 그저 편안하기만 한 잠이었다.

마음의 빨쓰 한 장

8400

"성연이 일어났니? 아침 먹어야지."

노크하고 방에 들어온 최 여사는 커튼 사이로 내리쬐는 아침햇살에 눈이 시려 저도 모르게 눈을 지그시 감았다 떴다. 생전 그런 적이 없었는데, 근래에 노안이 온 모양이다.

지금은 가구고 벽지고 다 바뀌었지만 이 방은 원래 영준의 것이었다. 가장 볕이 잘 드는 방. 어렸을 때부터 유독 추위를 탔던 영준은 집에 있을 때면 이 창가에 앉아 볕을 쬐며 책 보는 게 일이었다.

살짝 열린 창문에서 들어온 바람에 얇은 속 커튼이 나부꼈다. 펄럭이는 커튼 사이로 영준의 어린 시절 모습이 보이는 듯했다. 그 사건이 일어나기 전까진 해맑기만 했던 그 아이의 모습이 말이다.

성연은 샤워 중인지, 욕실에서 물소리가 들렸다.

최 여사는 씻고 나온 아들이 썰렁한 공기에 감기라도 들지 않을까 걱정되는 마음에 서둘러 창문을 닫아주었다.

꼼꼼하게 커튼을 다시 치고 돌아서는 순간, 테이블에 있던 성연의 휴대전화가 메시지 알림음을 냈다. 호기심에 테이블로 다가간 최 여사는 액정화면에 뜬 메시지를 내려다봤다.

[오케. 그럼 이따 봐. 전래 오지구 지리는 각♥♥♥]

무슨 소리인지 알아볼 수 없는 문자메시지에 최 여사는 피식 웃고서 화면을 터치해봤다.

메시지함에는 국적을 불문하고 온통 여자 이름들뿐이었다.

잘생긴 얼굴에 성격도 유들유들해 전부터도 여자들에게 인기가 좋았던 성연은 회사를 그만두고 전업작가로 돌아선 이후로 주변 눈치 볼 것 없이 화려한 삶을 즐기고 있었다.

나이는 진즉에 찼건만 이렇게 놔둬도 되나 걱정이었지만, 반면에 나이가 진즉에 찼으니 이래라저래라 할 수도 없는 노릇이다.

짧은 한숨을 내쉬고 전화기를 내려놓으려던 최 여사의 손이 멈칫했다. 수많은 여자 이름들 중 눈에 익은 이름 '김미소'가 섞여 있었기 때문이다.

잠시 주저하던 최 여사는 그동안 성연이 미소와 주고받았던 메시지를 확인해보았다.

대부분은 시답지 않은 안부문자였지만, 그중 몇 개는 성연이 늦은 시각 만나자고 하거나 업무시간에 불쑥 보낸 메시지에 미소가 몹시 난처한 듯 응대한 것이었다.

다른 건 다 떠나, 이건 최 여사가 이래라저래라 해야만 할 일이다.

"엄마. 다 큰 아들 휴대전화를 훔쳐보시다니 너무해요."

수건으로 머리를 털며 나타난 성연이 핀잔을 주자 최 여사는 뒤를 돌아보며 그를 힐난했다.

"너, 미소한테 자주 연락하니? 안 그래도 업무 때문에 바쁠 애한테 왜……."

"바쁘면 알아서 답장 안 하겠죠, 뭐. 괜찮아요."

성연은 대수롭지 않은 듯한 태도다.

얼어붙은 채 큰아들의 뒷모습을 지켜보던 최 여사는 짐짓 엄하게 굴었다.

"성연아. 더 이상 미소한테 연락하지 마라."

"네? 그게 무슨 말씀이세요?"

성연이 의아한 눈으로 돌아보자 최 여사는 단호하게 못 박았다.

"영준이한테서 괜한 오해 사서 좋을 것 없으니 거기까지 하란 말이야."

성연의 표정이 묘해졌다.

"그때 함께 있었으니 이야기 나누면서 아픔을 위로받고 싶었던 것뿐이에요."

성연이 아무렇지도 않게 언급하는 '아픔', 그리고 '위로'라는 단어에 최 여사는 말할 수 없이 복잡한 눈으로 그를 바라보다 의미심장한 소릴 했다.

"성연아. 세월이 흐르는 건 눈에 보이질 않더라. 어느 순간 돌아보면 벌써 이만큼 와 있고, 또 이만큼 와 있고…… 그러다 보니 마냥 어린애 같던 너희들이 어느새 이렇게 훌쩍 컸구나."

모친이 무슨 말을 하려는 건지 이해할 수 없었던 성연은 물끄러미 최 여사를 바라보고만 있었다.

"성인이 됐다는 건 이제 어떤 아픔도 감내할 수 있다는 뜻이겠지? 엄마는 이제……."

최 여사는 이내 고개를 젓고서 덧붙였다.

"어쨌든 더 이상 영준이 불편하게 만들지 말거라. 조금 전에 전화 왔더라."

"제가 걜 어떻게 불편하게 만든다는 거예요? 그리고 무슨 전화요?"

"영준이가 조만간 미소 데리고 집에 올 거야."

"둘이 자주 왔었다면서요."

"아니. 이번엔 정식으로 인사하러 온단다."

❦ ✢ ✤ ✢ ❦

평소보다 삼십 분 일찍 개최된 아침 회의를 마치고 나서는 길, 유식은 영준을 곁눈질했다.

잠자리가 바뀌면 얼굴이라든지 피부 톤에서 보통 티가 나기 마련이다. 특히 성격이 예민한 사람일수록.

그렇지만 오늘의 이영준은 뭔가 달랐다. 여러 의미로 달랐다.

원래부터 총기 가득했던 눈빛이 오늘은 아주 주위가 환해질 정도로 밝았다. 거기다 평소에도 고고했던 태도 역시 오늘 아침은 하늘을 찌를 정도로 높았다. 마지막으로 저 피부라니. 어디서 황금으로 마사지라도 받고 온 건지, 얼굴 전체가 반질반질 윤이 났다. 잠자리가 바뀌었는데도 말이다.

삼국지 여몽전에 사별삼일(士別三日)이면 괄목상대(刮目相對)라 하더니 이 인간은 단 하루, 아니 하룻밤 만에 캐릭터가 만렙을 찍어버리지 않았나. 천하를 통째로 혼자 꿀꺽한 얼굴이지 않나.

여기엔 분명 뭔가가 있다는 생각이 딱 들었고, 유식의 그 의심은 지방공장 시찰을 나가기 전 잠시 영준의 집무실에 들렀을 때 마침내 확신으로 굳었다.

"포트넘 앤 메이슨의 아쌈 밀크티입니다. 부회장님은 달게 해달라고 하셔서 특별히 설탕 아주 드음뿍 넣었어요."

"고마워."

"별말씀을."

"미소가 끓여준 거라 그런지 훠얼씬 더 맛있는데."

"오호호, 뭐 잊지 않으셨어요?"

"뭘."

"입술에 침 바르셔야죠."

"아아, 역시 우리 미소는 못 당하겠다니까."

느긋한 태도의 영준과 방글방글 웃는 미소, 주고받는 대화나 그 분위기는 평소와 다를 바 없었지만 그 안의 뭔가는 분명히 변했다. 그게 뭘까, 뭘까, 유심히 둘을 살피던 유식은 묘한 느낌의 근원지를 알아차렸다.

바로 눈빛이다.

찌르는 듯 따갑게 서로를 바라보는 눈빛에는 그저 편안하기만 했던 이전과는 달리 묘한 느낌이 깃들어 있었다. 은밀한 긴장감이랄까.

미소가 나간 후 유식은 영준에게 넌지시 물었다.

"컨디션 최상이네. 어제 무슨 일 있었어?"

"무슨 일 있었냐고?"

영준은 골똘히 생각했다.

죽은 듯 잤다는 말은 분명 그럴 때 쓰는 말이겠지. 미소를 품에 안고서 정말 꿀처럼 달콤한 잠을 잤다. 지긋지긋한 악몽은 언제 적 이야기였나 싶을 정도로 단잠을.

잠에서 깨어났을 땐 꼭 새로 태어난 듯한 기분이었다. 머릿속에 늘 희미하게 서려 있던 안개가 다 걷힌 것만 같았다. 그러니 컨디션 최상인 건 두말하면 잔소리였다.

그런데 대답을 어떻게 해야 할지 모르겠다. 엄청난 일이긴 했는데 다른 의미론 또 아무 일도 없었던 것 아닌가? 말그대로 손만 잡고 잔 거 아닌가? 일이 있었다고 해야 하나 없었다고 해야 하나?

"있었구먼."

유식의 음흉한 중얼거림에 영준은 짐짓 싸늘하게 내뱉었다.

"네가 알 바 아니잖아."

"나한테만 솔직히 말해봐. 괜찮으니까. 남녀 사이의 음양조화는 좋은 거야. 활력소도 되고 건강한 생활을 영위하게 해주는 밑거름이라고."

공식적으로 발표하기 전까지는 이대로 조용히 오붓하게 즐기는 것도 좋을 것 같았다. 미소가 그렇게 바라마지 않았던 평범한 연애. 속이 따갑도록 매운 라면을 함께 나누어 먹는다거나 그날의 소개팅처럼 함께 거리를 걷거나 집 앞에 차를 세워두고 긴 키스를 즐긴다거나 하는 등 소소한 것들 말이다.

"아, 덕분에 확실히 알았어. 남녀 사이의 그 음양조화란 게 깨지면 비루먹은 당나귀처럼 되는 거로군. 바로 박 박사 너처럼."

"닥쳐."

유식이 벌레 씹은 표정으로 입을 다물자 영준은 씨익 웃더니 덧붙였다.

"아무 일도 없었어."

"흐음."

유식은 여전히 의심 가득한 얼굴을 하다 이내 포기했는지 차 한 모금을 마시며 다른 화제를 꺼내놓았다.

"아무 일도 없었다니 뭐, 해줄 말은 없고. 다만 그거 하나는 알아둬라. 사귀고자 마음먹었다면 어떤 상황에도 상대에게 숨기는 게 있어서는 안 돼."

"뭐?"

"연애라는 건 서로 벌거벗고서 마주 보는 거나 마찬가지라고. 생각해봐. 저쪽은 다 벗었는데 나는 짜잔! 빤쓰 한 장 딱 걸치고 있다. 그럼 상대가 얼마나 쪽팔리고 괴롭겠냐. 나는 창피함을 무릅쓰고 다 벗었는데 저놈은 왜 안 벗지? 홀딱 다 벗기로 해놓고 왜 끝까지 안 벗어? 배신감 느끼지 않겠느냐, 이 말이지."

웬일로 딴죽 걸지 않은 채 가만히 듣고만 있던 영준의 얼굴에 살짝 그늘이 드리워졌다.

"내가 겪어보고서 하는 말이야. 난 연애 초에 와이프한테 거짓말했다 들킨 이후로 절대 뭔가를 숨기지 않았어. 그건 서로 곤란해지는 일이라는 걸 경험했으니까."

"어떤 거짓말이었기에?"

"그대가 처음이라고……."

영준의 눈살이 살짝 찌푸려졌다.

"제수씨가 처음 아니었어?"

"와이프 만나기 전에 두 달 정도 깊이 사귀었던 여자가 있었어. 서로 안 맞아 헤어졌고."

"금시초문이군. 어쩌다 들켰는데?"

"첫 잠자리부터 너무 능수능란했거든. 눈치가 빨라서 금세 알아채더라고. 어쨌든 내가 솔직히 털어놓고 사과하니까 와이프는 지난 일이니 어쩌겠냐며 오히려 다 잊자고 해 줬지. 다 털고 나니 어색했던 사이가 더욱더 돈독하고 끈끈해졌어. 어쩌다 보니 구구절절 이야기가 길어졌지만, 내가 영준이 너한테 하고 싶은 말은 딱 하나다."

"뭔데."

"요컨대, 마음의 빤쓰까지 다 벗어던지라 이 말이야. 아무리 오래 입어서 내 몸이나 마찬가지라 여겨지더라도, 뭔가 숨기는 게 있다면 일단 다 털고 시작하는 게 상대방에 대한 예의라고."

음. 하나부터 열까지 와 닿는 말이긴 했다. 비유가 심하게 B급 정서라 그렇지. 영준은 진지한 얼굴로 다리를 꼬며 일인용 소파에 몸을 깊이 파묻었다.

"이영준 너……, 지금 미소 비서한테 뭔가 숨기는 거 있지?"

"무슨 헛소리야?"

유식은 영준을 의심스레 바라보며 뭔가를 더 물으려 했지만, 바로 그때 노크와 함께 미소가 다시 안으로 들어섰다.

"십 분 후 옥상에 헬기 도착 예정입니다."

"이크, 가방 챙겨야겠네."

유식이 시계를 보며 황급히 자리를 뜨자 미소는 곧장 옷장에서 영준의 코트를 꺼냈다.

미소가 꼼꼼하게 코트를 살피는 동안 영준은 천천히 일어나 그녀에게 다가가더니 한 걸음을 사이에 두고 말했다.

"주말에 라운딩 있었지? 그거 취소해줘."

"네? 갑자기 왜요?"

"데이트 신청. 양평별장에 바람 쐬러 가자."

"태산건설 신 사장님 깐깐한 분이라고 하지 않으셨어요? 데이트도 좋지만 그래도 일이 먼저죠."

미소는 짐짓 아무렇지도 않은 듯 방글방글 웃으며 대꾸했지만 귓불이 빨갛게 달아오르는 것까지 막을 수는 없었던 모양이다.

"걔 내 대학원 후배야. 한 번쯤은 괜찮아."

"그래도……."

"그래도는 무슨 그래도. 내가 하라면 하는 거지 어딜 감히."

픽 웃음을 터뜨리는 미소의 붉은 입술 사이로 진주목걸이처럼 가지런하고 하얀 치아가 드러났다.

미소는 오전 중 유일그룹 일원의 갤러리 개관식에 영준 대신 참석해야 했기에 오늘 그의 출장에는 동행하지 않을 예정이었다. 그가 돌아오는 오후시간까지 따로 떨어져 있는 것이다.

그래서일까. 영준은 문득 말할 수 없는 아쉬움으로 미소에게 더욱 몸을 가까이한 채 그녀의 양어깨를 꼭 붙잡았다.

"왜요?"

"키스하려고."

"여기에서요? 어머, 안 돼요!"

"괜찮아."

"지금 밖에 비서팀 직원들……, 으읍."

아침까지의 부드럽고 조심스러운 입맞춤과는 완전히 다른, 무척 거칠고 성급한 키스였다.

영준은 미소와 앞으로도 계속 함께할 수 있다는 것을 확인한 이후로 전보다 훨씬 더 그녀를 구속하고 소유하고 싶어 하는 것처럼 보였다.

"아아, 안 되는데. 안 되는데……."

말로는 안 된다고 하면서도 미소는 양팔로 영준의 목을 휘감고 그의 몸에다 자기 몸을 밀착시켰다.

턱을 단단히 붙잡고 더욱더 깊게 파고드는 그의 키스에 그녀는 아찔해진 나머지 감았던 눈을 뜨고 시선을 돌려버렸다. 이대로 계속 눈을 감고서 빠져들면 꿈인 줄 알 것 같아서.

그러나 시선이 집무실 문가에 닿은 순간, 미소는 지금 이게 차라리 꿈이길 빌고 또 빌 수밖에 없었다.

뭔가 놔두고 갔던지 다시 돌아온 유식이 어느새 훤히 열린 문 앞에 비서팀 직원 세 명과 나란히 서 있었던 것이다.

"어, 엄마야!"

놀란 미소가 영준의 얼굴을 확 밀쳐내자, 그 역시 뒤늦게 사태를 파악하고 입술에 묻은 그녀의 립스틱을 얼른 문질렀다.

영준과 미소 그리고 문밖에서 경악한 표정으로 두 사람을 쳐다보고 있는 사람들. 두 그룹 사이에 뭐라 말할 수 없을 정도로 어색한 침묵이 내려앉았다.

"뭐…… 이렇게 된 이상 어쩔 수 없지."

영준의 중얼거림에 미소를 포함한 나머지 사람들의 시선이 그에게로 집중됐다.

느긋하게 미소의 어깨를 어루만지던 영준은 아무렇지도 않은 듯 내뱉었다.

"기왕 들킨 거 더 숨길 필요 있겠어?"

미소의 왼쪽 어깨에 가 있던 오른손을 그대로 쓸어내려 날씬한 허리를 붙잡은 영준은 제가 무슨 레트 버틀러나 되는 것처럼 그녀의 몸을 기울여 낯 뜨겁기 짝이 없는 키스를 퍼붓기 시작했다. 당하는 사람 입장에선 바람과 함께 사라지고 싶은 걸 아는지 모르는지 말이다.

"꺄악!"

비서팀 직원들이 팔짝팔짝 뛰면서 꽹과리 깨지는 소리를 내는 동안 유식은 입을 헤벌리고 그 광경을 바라보다 코를 훌쩍이며 중얼거렸다.

"아무 일도 없었다면서. 나는 홀딱 벗었는데 자긴 끝까지 무지갯빛 명품빤쓰 한 장을 차고 있었구먼. 제기랄."

❦ ✤ ✤ ✤ ❦

　오후 늦은 시각, 보스가 지방공장 시찰을 마치고 회사로 복귀할 때였다.

　귀빈 접객을 위해 엘리베이터 홀에서 대기하고 있던 박 대리는 문이 열리자마자 광속으로 정신줄을 놓치고 말았다.

　어머, 어떡해, 이 남자 뭐야, 너무 멋있잖아, 큰일 났다, 녹아버릴 것 같아, 그만 봐, 내 얼굴 좀 그만 보라고, 기절할 것 같으니까. 안 돼. 지금은 업무 중이다. 여기서 의식 불명 되면 안 된다고. 난 프로야, 프로란 말이야.

　머릿속으로 쉴 새 없이 생각하며, 박 대리는 엘리베이터에서 내린 미남자를 안내했다.

　"부회장님은 곧 도착하실 예정입니다. 집무실로 바로 모시라는 지시가 있었으니 안내해드리겠습니다."

　"고마워요."

　남자는 살 떨리게 멋진 목소리로 감사를 표했다. 이런 폭풍매력을 봤나.

　"벼, 별말씀을요."

　남자가 습관처럼 눈웃음 짓자 또다시 혼이 나가는 듯했지만, 그녀는 프로정신을 끝까지 고수하며 걸음을 옮겼다.

　부회장의 친형이라더니, 두 사람은 이목구비가 꽤나 닮았다.

사실 허우대나 생김새만 보면 동생 쪽이 조금 더 나은 듯했지만, 차밍지수를 놓고 본다면 이미 비교 불가한 레벨이었다. 동생 쪽은 '치료가 필요한 중증 나르시시스트'의 개념을, 형 쪽은 소설책에서나 보던 '마성의 남자' 개념을 완벽하게 이해하게 만든 타입이었으니까.

"그런데 박 비서님?"

그가 나의 이름을 불러주기 전에는 나는 다만 하나의 비서에 지나지 않았……. 잠시 끊어질 듯 가늘어졌던 정신줄 끝을 꼭 붙들어 맨 박 대리는 뒤를 돌아보며 친절하게 응대했다.

"네?"

"김미소 비서는 어디 갔나요?"

지금껏 보스의 VIP 의전은 전적으로 미소의 담당이었다. 그런데 오늘은 뭔가 좀 이상했다. 형이 온다는 소식을 듣자마자 부회장은 헬기에서 직접 비서실로 전화를 걸어 박 대리에게 안내를 일임하고 미소에겐 자리를 옮기라 지시했다. 마치 형으로부터 미소를 격리하려는 것처럼 말이다.

"잠시 자리를 비웠습니다."

"외근?"

"외근은…… 아니고요."

집무실에 도착한 그는 편안한 자세로 소파에 앉더니 지그시 올려다보며 부탁했다.

"잠깐 김미소 비서 좀 불러줄 수 있겠어요?"

눈치로 봐선 대면시키지 않는 게 좋을 것 같지만, 그쪽으로 특별한 지시를 받지는 않았으니 거절하기도 모호했다. 박 대리는 우물쭈물하다 미소를 부르러 나갔다.

성연을 피해 휴게실에 있다 불려온 미소는 깊은 생각에 잠겼다. 전과는 달리 어쩐지 성연을 마주치는 게 껄끄러웠다. 이유라면 역시 영준과 그 사이에 얽힌 일 때문일 것이다.

평소 질투하던 동생을 모르는 동네에 버리고 왔던 성연. 똑똑한 동생은 알아서 돌아올 거라고 생각했고 실제로 충분히 알아서 돌아올 수 있었겠지만, 중간에서 일이 꼬여버렸다. 그저 골탕을 먹이려고 했던 것뿐인데 그게 유괴사건으로 이어지면서 돌이킬 수 없을 정도로 큰일이 벌어진 것이다. 그렇게 생각하면 앞뒤가 딱 맞았다.

그날 과거 이야기를 하던 성연의 말이 이상하게 들린 이유를 미소는 이제야 알 것 같았다. 성연이 직접 당한 일이 아니었기 때문에 위화감이 생길 수밖에 없었겠지.

어린 마음에 큰 죄책감을 견딜 수 없었던 성연의 기억에 혼선이 왔고 영준은 사건의 충격으로 기억을 잃었던 걸까. 아니, 어쩌면 영준이 가족들을 위해 모든 것을 잊은 척하고 있는 건지도 모른다.

만약 그렇다면 그가 언젠가 말했던 '빅뱅의 개꼼'이란 건 그 기억을 의미하는 것일 수도 있었다. 묻혔다고 해서 사라진 건 아니라고 했지 않나.

마지막으로 남은 건 영준의 부모인 최 여사와 이 회장의 태도다. 그들은 왜 두 아들에게 사실을 알려주고 바로잡지 않았을까.

하긴. 생각해보면 그다지 이해 못 할 일도 아니었다.

아홉 살 난 어린 아들이 미친 여자에게 사흘이나 붙잡혀 있다 힘들게 돌아왔다. 깡그리 잊었다는데 굳이 다시 그 기억을 일깨우는 것은 그 일을 두 번 당하게 하는 거나 마찬가지일 테니 그들은 오히려 지금까지 영준의 기억이 돌아오지 않을까 전전긍긍하며 살아왔을 게 틀림없다.

세상 어디에 이런 비극이 또 있을까.

미소는 참담한 마음에 손톱만 잘근잘근 씹을 뿐 어떤 말도 할 수가 없었다.

말없는 미소를 물끄러미 바라보던 성연이 어색하게 웃으며 운을 뗐다.

"아침에 엄마한테서 들었어."

"네? 뭘 말씀이세요?"

"영준이랑 결혼할 거야?"

아니, 세상에. 벌써 거기까지 얘기가 진행된 건가? 당사자도 모르고 있는 사이에?

"부회장님께서 청혼하시면 아마도……."

미소가 수줍게 얼굴을 붉히며 얼버무리자 성연은 씁쓸

한 웃음을 지었다.

"그래서 날 피했구나. 좀 서운한데."

"피한 거 아니에요. 쉬는 시간이라 휴게실에서 차 한 잔 마시고 있었어요. 정말이에요."

성연은 천천히 자리에서 일어나더니 창가로 걸어가 찬 바람 부는 회색도시를 바라보며 입을 뗐다.

"형이면서도 난 언제나 영준이보다 모자랐어. 세상은 관심도 사랑도 성공도 다 능력순이잖아? 그러다 보니 뭐든지 그 녀석에게 다 뺏겼지. 이젠 함께 아픔을 나누고 위로할 사람마저 빼앗기나 싶어서…… 왠지 쓸쓸하네."

말간 눈으로 성연을 올려다보던 미소는 모든 걸 눈치채고도 이대로 가만히 있을 수만은 없다는 생각에 조심스럽게 물었다.

"오빠. 혹시…… 그날 저랑 같이 있었던 일에 대해서 정말 아무것도 기억 안 나세요?"

"미안하지만 전혀."

"그럼 사흘간 갇혀 있었던 집은요?"

"그때 말했잖아. 을씨년스럽고 지저분한, 그냥 버려진 집이었다고. 골목부터 시작해서 사람이라곤 아예 살지 않는 곳 같았어."

"안은요? 그 집 안은 어떻게 생겼던가요? 방은 몇 개였는지, 어느 쪽 방에 갇혀 있었는지, 창문은 어디 나 있었는지, 그런 거 말이에요."

"그건……."

"오빠를 잡아갔던 여자의 인상착의라든지, 붙잡혔을 때나 탈출했을 때의 상황이라든지……."

성연의 낯빛이 별안간 핼쑥해졌다. 대화하는 동안 본인도 뭔가 분위기가 이상하다는 걸 감지한 눈치였다.

"길에 서서 부회장님을 기다리고 있었다고 했잖아요. 그 여자에게 어떻게 잡혀간 거예요? 당시 상황도 전혀 기억이 안 나세요?"

미소가 계속해서 진지한 질문을 쏟아내자 성연은 웃음기 사라진 얼굴로 그녀에게 되물었다.

"미소는 지금…… 날 의심하는 거야?"

"그런 건 아니에요. 다만."

성연의 목소리가 돌연 높고 날카로워졌다.

"영준이 때문에 지금까지 내가 얼마나 힘들었는지 알아? 난 그 녀석 용서하려고 계속 애썼고 녀석을 위해서 일부러 경영권까지 포기하고 해외까지 나가 지낸 지가 벌써 10년도 넘었어! 그런데 지금 내게 남은 건 뭐지? 대체 뭐야! 말해봐!"

갑작스럽게 돌아온 격한 반응에 미소는 백지장처럼 하얗게 질린 얼굴로 가만히 대답했다.

"지금 여기서 부회장님 이야기가 왜 나오는지 모르겠어요. 전 지금 오빠하고 제가 직접 겪었던 일에 대해 묻는 거예요."

성연의 얼굴 표정이 한층 더 어두워졌다.

"저는요, 어렸을 때부터 줄곧 거미 공포증에 시달려왔어요. 그건 아마도 그때 생겼을 거예요. 그 집 어딘가에서 무서운 거미를 봤기 때문에. 기억이란 보통 그런 거잖아요. 무시무시한 경험을 하면 그때의 상처는 어딘가에 분명 남기 마련이죠. 그렇지만 오빠의 기억은……."

그 순간 갑자기 성연이 눈을 크게 치뜨고 허공을 향해 소리쳤다.

"아……! 그래! 거미! 분명해! 그때 집 안에 거미가 많았어. 아주 징그럽고 끔찍한 거미들이!"

미소는 한동안 아무 반응도 않다가 지극히 담담한 어조로 내뱉었다.

"저를 만난 이야기부터 시작해서 오빠의 기억은 전부 다 누군가에게서 들은 후에 기억해낸 것들뿐이에요. 좀 이상하지요?"

"무슨 소리야, 그게. 그 거미들을 보고 우는 널 내가 달래줬는데 기억 안 나?"

"그럴 리가 없잖아요."

"뭐?"

"제가 거미를 보고 울었을 리가 없어요. 그 사건이 정확히 언제 일어났는지 아세요?"

"11월 말."

성연이 의아한 눈으로 미소를 돌아봤다.

"최근에 깨달았어요. 우리가 주변에서 흔하게 볼 수 있는 거미는……."

싫은 일을 억지로 인정하는 듯, 미소는 창백한 얼굴로 몸서리치다 힘겹게 입 밖으로 이야길 밀어냈다.

"거미는 겨울잠을 자요. 먹이가 없는 11월 말엔 밖에서 활동하지 않는다고요. 아무리 생각해봐도 그건…… 그게 거미였을 리가 없어요."

말문이 막힌 성연은 입을 다문 채 혼란스러운 눈으로 미소를 바라봤다.

"잘 생각해보세요. 오빠는 지금 기억의 틀에다 자신을 맞추고 있는 거예요."

성연이 발끈해 돌연 고함을 치며 흥분했다.

"가족들은 겉으론 웃어도 다들 날 한심하게 봐! 이젠 미소까지 날 외면할 셈이야? 다른 사람은 몰라도 넌…… 너는 그러면 안 되지! 너만은 나한테 이러면 안 된다고! 그날 나랑 함께 있었잖아! 같이 있었으니, 네가 눈으로 직접 봤으니 그날 내가 얼마나 힘들었는지 잘 알 거 아니야! 어떻게 네가 나한테 이럴 수가 있어! 다른 사람도 아니고 어떻게 네가! 으아악!"

마치 궁지로 내몰린 사람이 마지막 발악이라도 하는 듯한 모습이었다. 당장이라도 덮칠 듯 완전히 돌변한 성연의 태도에 미소가 한 발짝 뒤로 물러나는 순간, 그녀의 눈앞에 매우 익숙한 뒷모습이 나타났다.

"남의 사무실에서 이게 무슨 행패야?"

영준이었다.

미소의 앞을 막아선 영준은 성연의 가슴팍을 있는 힘껏 떠밀며 사납게 위협했다.

"진짜 한심한 꼴이 어떤 건지 제대로 보여줄까? 한 번만 더 미소한테 소리쳐봐! 그땐 형이고 뭐고 다 필요 없어! 박살내버릴 테니까!"

마치 맹수가 제 영역을 지키기 위해 무시무시한 이빨을 드러내고 으르렁거리는 것 같았다. 그게 그저 말뿐이 아니라는 걸 누구라도 알 수 있을 정도로 영준의 분위기는 심상치 않았다.

쩌렁쩌렁 울리던 영준의 목소리가 잦아들 때까지 멍하니 서 있던 성연은 뒤늦게 정신을 차리고 심호흡을 한 후 조용히 발길을 돌렸다. 문에 이르러 뒤를 돌아본 그는 미소에게 짤막한 사과를 남겼다.

"놀라게 해서 미안해. 다음에 보자."

미소는 당황한 나머지 대답도 못 한 채 멀뚱멀뚱 성연을 쳐다봤고, 영준이 그녀의 대답을 가로챘다.

"미소한테 다시는 연락하지 마. 어렸을 때 일은 어렸을 때 일로 끝내야지 나잇살 먹고서 이게 할 짓이야?"

평소라면 충분히 트러블을 일으켰을 만한 말이었지만 성연은 웬일로 순순히 입을 다물고 물러섰다.

성연이 자리를 뜬 후 집무실은 무서울 정도로 정적에 휩

싸였다.

영준은 여전히 미소를 등진 채였다.

가까이에서 본 그의 등과 어깨는 기분 탓인지 전보다 훨씬 더 넓고 탄탄해 보였다. 저밖에 모르고 세상에서 제일 잘났다는 남자에게서 마치 보호받고 있는 듯한 기분이 들 정도로 말이다.

"예쁘다고 가만 놔두니 이젠 머리꼭대기에서 놀려고 하는군. 피해 있으라고 내가 분명히 지시했잖아."

"죄송합니다."

미소는 고분고분 사과만 했을 뿐 어떠한 해명이나 변명도 덧붙이지 않았다.

"미소는 어렸을 때 일이라 힘든 부분은 잊을 수 있었겠지만 형은 여전히 불안정한 상태야. 앞으로도 괜한 상처 건드려서 분란 일으키지 마."

등을 돌린 채 나직이 명령하는 영준의 목소리엔 조금의 주저도 떨림도 없었다. 마치 미리 준비한 대본을 들고 읽는 대사처럼 말이다.

미소는 그의 등을 바라보다 또박또박 불러보았다.

"성. 현. 오빠."

지구 반대편에 있는 사람과도 얼굴을 마주 보며 통화하고, 더 나아가 우주선도 빵빵 쏘아 올리는 세상이다. 0과 1만 있으면 풀 수 없는 문제가 없을 것 같은 이런 세상이지만 '느낌'은 여전히 판단을 좌우한다.

'성현'이란 이름을 듣는 순간 영준의 어깨가 약간, 자세히 관찰하지 않았다면 전혀 눈치채지 못했을 정도로 약간 움찔했던 것은 어떤 의미일까.

슈퍼컴퓨터는 모르겠지만 미소는 답을 알 수 있었다. 느낌으로.

"그게 누구야?"

"기억 잃지 않았죠? 잃은 척하는 거죠?"

"갑자기 무슨 헛소리를."

"사람은 거짓말할 때 눈을 똑바로 마주치지 못한대요."

그 말을 듣고도 영준은 계속 미소의 시선을 외면한 채 창밖만 보았다.

"내가 기억을 잃었든 잃은 척을 하는 것이든, 그게 김 비서한테 무슨 의미가 있어?"

"의미……."

"내 과거가 바뀐다면 현재 김 비서의 마음도 변할까? 미소가 지난 9년간 함께해왔고 앞으로도 영원히 곁에 있어주겠다고 약속했던 대상은 지금의 내가 아니야?"

말문이 막힌 미소는 뭐라고 대꾸할 수가 없었다.

맞는 말이다. 과거는 그저 과거일 뿐, 이제 그 일로 영준에 대한 마음이 더 커지거나 작아질 일은 없다. 그저 사실을 확인하고 싶은 호기심, 그리고 무언가 비틀어졌다면 그저 바로잡아주고 싶은 마음뿐이었지만 그의 입장에선 건방지게 구는 것처럼 보일지도 모른다.

"주제넘었다면 죄송해요."

"알면 됐어."

미소는 서운해하는 대신 엉뚱한 말을 덧붙였다.

"아빠가 올해 초에 저보고 '우리 미소는 참 개 같아.'라고 하셨어요."

"뭐?"

"냄새를 잘 맡아도 너무 잘 맡는다고."

아. 뭔가 이해는 가는데 어감이 상당히 안 좋다. 영준이 고개를 갸웃거리는 동안 미소는 여전히 진지하게 말을 이었다.

"사고를 치셨다는 걸 제가 눈치챘거든요. 작년 초에 끌어다 쓴 사채를 못 막으셔서 크게 터졌더라고요. 언니들은 바쁘기도 하지만 순진해서 그런 거 잘 모르니까 안심하고 있었는데 저한테 딱 걸리신 거죠. 결국 다 털어놓은 후에 아빠 너무 편하다고, 그동안 어디다 말할 데가 없었던 게 제일 힘들었다면서 제 손을 붙들고 펑펑 우셨어요. 물론 저는 부회장님한테서 선물 받은 새 차 팔아 빚 갚을 생각에 아까워서 펑펑 울었지만."

"지금 무슨 말을 하고 싶은 거야?"

"세상에 영원히 숨길 수 있는 건 없다고 생각해요."

영준의 입술 양끝이 눈에 띌 정도로 경직됐다.

"그래도 부회장님이 끝까지 숨기고 싶다면 전 이제 더 이상 그 일에 관여하지 않을게요. 다만 약속 한 가지만 해주세요."

"약속……?"

"네. 약속이요. 만약 그동안 부회장님이 힘들었다면……
아주 조금이라도 힘들었다면……."

영준의 앞으로 간 미소는 마주 서서 그의 얼굴을 올려다
보고 방글방글 웃으며 말했다.

"이제는 혼자서만 힘들어 하지 않겠다고 약속해요."

영준은 가끔 미소를 보면서 이렇게 똑똑한 여자가 실은
맹한 구석도 있구나, 하는 느낌을 받을 때가 있었다. 지금
이 딱 그랬다.

너 같은 여자를 곁에 두었는데, 너 같은 여자가 앞으로
평생 함께해주겠다는데. 힘들 리가 있겠니. 바보야.

"비록 전 다 벗고 부회장님은 마음의 빤쓰 한 장을 끝까
지 찼더라도 말이죠."

영준의 눈매가 가늘어졌다.

"박 박사도 될 수 있는 대로 멀리해. 영 못쓰겠다."

방글방글 웃던 미소가 영준의 타이를 고쳐 매주는 동안
그는 한결 마음이 편해진 듯 담담하게 고백했다.

"그래. 맞아. 난 처음부터 기억 잃었던 적 한 번도 없었
어."

손을 들어 미소의 양 뺨을 감싼 영준은 휘둥그레진 그녀
의 눈을 똑바로 들여다보며 단호히 못 박았다.

"잘 들어. 대체 뭘 의심하고 있는 건지는 모르겠지만, 어

렸을 때 미소가 만났다던 그 오빠는 성연이 형이 맞아."

"부회장님……."

"그간 기억이 없는 척했던 건 면피하기 위해서였어. 내가 형을 그렇게 만들었다는 사실을 인정하기엔 자존심이 상했으니까."

잠시 말을 끊은 영준은 그저 사랑스럽기만 한 미소의 얼굴을 다시 한 번 눈에다 각인시키고 마음을 다잡았다.

세상에 영원히 숨길 수 있는 일은 없다는 미소의 말은 전적으로 맞다.

언젠가는 모든 게 다 드러나고 그 와중에 성연이 상처를 받는 것 역시 필연적인 일이었다. 하지만 그때와는 달리 성연도 영준도 모두 성인이다. 어떤 일이 생기더라도 이젠 서로 알아서 헤쳐갈 순 있을 것이고, 앞으로의 인생을 위해 각자 감내해야 할 부분이기도 했다.

그렇지만 미소는 달랐다.

지금까지 지켜왔던 것처럼 계속 지켜줘야 했다.

비록 억지라 하더라도 영준은 그녀에게 조금의 상처도 입히고 싶지 않았다. 알아서 좋을 것 하나 없는 기억을 떠올려 잠시라도 고통받게 하고 싶지 않았다. 절대 그렇게 둘 순 없었다.

"비겁한 놈이라고 생각해도 좋아. 어차피 넌 이제 내게서 도망칠 수 없을 테니까. 난 그걸로 이미 충분해."

"성연 씨. 잠 안 자고 뭐 해?"

부스스한 머리를 긁적이며 호텔 창가로 다가온 알몸의 여자는 성연이 앉은 암체어의 팔걸이에 풍만한 엉덩이를 걸치고서 그의 머리를 꼭 끌어안았다.

"계속 깨어 있었던 거야? 무슨 걱정이라도 있어?"

여자는 테이블 위의 랩톱을 슬쩍 내려다봤다. 원고 작업 중이었나 했지만, 그렇지도 않았던지 워드 화면은 깨끗했다. 새하얀 바탕에 마치 존재감을 드러내려고 애쓰는 것처럼 규칙적으로 깜박거리는 커서가 왠지 모르게 안쓰러웠다.

성연은 커다란 가슴에 파묻혔던 얼굴을 다시 창 쪽으로 돌렸다. 커튼 사이로 파란 새벽빛이 내려앉은 거리가 펼쳐져 있었다.

"지금 딱 떠오르는 장소 하나만 대봐."

뜬금없는 성연의 요구에 여자는 눈을 동그랗게 뜨고 그를 바라보았다. 흐리멍덩한 시선의 성연은 여기가 아닌 다른 곳에 가 있는 사람 같았다.

"으음. 딱 떠오르는 곳이라니…….'"

잠시 머릿속을 더듬던 여자가 덧붙였다.

"시골 할머니 집?"

"어떤 곳이야?"

"으음. 그냥 시골."

"주변 풍경은 어땠어?"

계속되는 성연의 묘한 요구에 여자는 갸웃거리면서도 착실하게 말을 이었다.

"지금은 복개(覆蓋)로 없어져버렸지만 집 담장 옆에 실개천이 있었어. 복개하기 전엔 담장이랑 개천 사이에 차를 세우면 다른 차는 지나갈 수가 없어서 아빠 밥 먹다가도 빵빵거리는 소리에 나가서 차를 빼곤 했지. 감나무 두 그루가 있는 작은 마당이 있었고 뒤뜰엔 텃밭도 있었는데, 토마토랑 오이 같은 걸 따먹다 할머니한테 혼나기도 했어. 아! 그중에 압권이 있었다. 푸세식 화장실. 완전! 장난 아니었다니까! 새까맣고 냄새나는 구멍을 보지 않으려고 얼마나 노력했는지 몰라. 금방이라도 빨간 휴지 줄까 파란 휴지 줄까, 하고 손이 나타날 것 같아서."

여자가 깔깔 웃자 가슴이 출렁거렸다. 새하얀 젖무덤을 물끄러미 바라보던 성연은 쥐어짜는 듯한 목소리로 덧붙였다.

"집 안은 어땠지?"

"음. 방 두 개, 그 앞에 툇마루 그리고 옆쪽에 재래식 부엌 하나 있는 말 그대로 옛날 집이었는데. 작은방엔 갈 때마다 항상 고추나 나물, 메주 같은 게 널려 있어서 냄새 때문에 잘 안 들어갔었고, 안방은 온갖 잡동사니들이 다 들어차 있었지. 우리 할머니 별로 깔끔한 성격은 아니었거든. 장롱 하나, 작은 창문 하나, 그리고 유리가 덧대어진 장지문. 문 앞엔 때 묻은 전화기가 있었는데 그 근처 벽에 커다랗게 우리 집 전화번호가 적혀 있었어. 절에서 얻어온 달력이라든지 옛날 사진 같은 걸 잔뜩 걸어놓은 벽이나 할머니 냄새 풀풀 나는 빨간 밍크담요, 화면이 일그러진 볼록 텔레비전이랑 다 부서진 라디오 같은……."

한 번도 가보진 못했지만, 말만 들어도 그 풍경이 눈앞에 그려지는 것만 같았다.

「오빠는 지금 기억의 틀에다 자신을 맞추고 있는 거예요.」

집 안이 어떻게 생겼는지, 거기서 무슨 일이 있었는지, 기억나는 게 하나도 없었다. 그런데 골목과 집 바깥 풍경은 어쩜 그렇게 생생한 걸까.

오래전 그 골목이 아직도 눈에 선했다. 그 냄새도, 공기도, 심지어 칠이 벗겨진 철제 대문의 감촉까지도. 감옥 창살처럼 생긴 문살을 붙잡고 안을 들여다봤을 때 손바닥과 이마에 전해진 냉기로 등골이 오싹했던 것까지 다 기억났다.

왜지? 왜 그렇게 칼로 딱 자른 것처럼 바깥 풍경만 선명하게 기억하고 있는 거지?

혹시…… 그 집에 들어가본 적조차 없었기 때문은 아닐까?

생각이 거기까지 다다르자 희미한 목소리들이 머릿속에 울리기 시작했다.

「아저씨. 여기가 그 집이에요?」

「네, 도련님.」

「정말로 현이가…… 저기에 갇혀 있었던 거예요?」

「그렇다니까요.」

「나 때문에, 그때 내가 거기다 걜 버리고 가서…… 그래서……!」

「도련님. 고집 그만 부리고 차에 타세요. 사모님께서 제가 몰래 도련님을 여기 데려온 걸 아시면 큰일 난다고요.」

낡은 검은색 대문에 쳐진 노란색 폴리스라인이 섬광처럼 그의 머릿속을 스쳐 지나갔다.

갑자기 머리가 깨질 것처럼 죄어들었다.

"으윽!"

"자기야 왜 그래? 어디 아파?"

"아아아…… 크으윽!"

성연은 돌연 자기 머리카락을 마구 쥐어뜯으며 바닥에 엎드렸다. 단단했던 둑에 균열이 생기며 그 사이로 뭔가가 줄줄 새어나오는 것만 같았다.

"아아…… 나는……! 내가 대체 무슨 짓을……!"

❦ ✦ ❖ ✦ ❦

10층 빌딩의 메인출입구엔 '유일꿈나무교육센터 준공식'이라고 쓰인 알록달록한 현수막이 걸려 있었다. 그리고 그 앞에선 유일그룹 핵심임원들과 교육 관계자들, 그리고 취재진들이 주욱 서서 누군가를 기다리고 있었다.

이 어린이센터는 유일그룹에서 사원 자녀들을 대상으로 보육과 교육서비스를 제공하기 위해 본사빌딩 근처의 건물을 매입한 후 재건축한 곳이었다. 어린이집과 유치원, 실내아이스링크와 수영장까지 갖춘 대형문화센터를 한곳에 밀집시킨 센터건립에 엄청난 자금이 투입되었는데, 그 중 그룹 부회장 이영준의 사재(私財)가 상당 부분을 차지했다.

부쩍 추워진 날씨에 기다리는 사람들 코끝이 벌게졌을 무렵, 센터 앞 대로에 검은색 롤스로이스 팬텀 한 대가 위압적인 비상깜박이를 점멸하며 들어서더니 경호차량 뒤에 정차했다.

대기하던 그룹 관계자가 뒷좌석 수어사이드도어를 열자 마침내 오늘의 주인공 이영준이 눈부시게 늘씬한 자태를 뽐내며 내려섰다. 후광은 옵션이 아니라 디자인 단계부터 기본사양이었던 듯했다.

영준이 마침내 모습을 드러내자 임원진을 포함한 대기 인원들이 절도 있게 인사했고 사방에서 플래시가 터졌다.

눈이 부신지 살짝 인상을 찡그리며 옷매무새를 고친 영준은 테이프 커팅을 위해 곧장 계단으로 향하지 않고서 뒤따라 내리는 여성을 에스코트했다.

차에서 내려 영준의 곁에 선 여성은 유일그룹 임원이라면 누구나 다 아는 김미소였다. 무려 9년이나 영준을 보좌하며 인내심의 아이콘, 비서계의 생불(生佛)로 입지를 다져왔던 그 김미소 말이다.

그런데 비서가 파티 파트너 역할도 아닌 공석에서 보스인 영준의 에스코트를 받다니 이건 상당히 도리에 어긋난 일이 아닌가. 그 모습에 임원진들을 포함해 많은 사람들이 적잖이 놀랐다.

"장갑 끼세요."

"고마워."

차에서 내린 뒤 영준에게 행사용 흰색 면장갑을 건넨 미소는 주변 눈치를 살핀 후 조그맣게 핀잔을 주었다.

"그냥 조수석에 탄다니까 이게 뭐예요."

"왜."

"분위기 썩었잖아요. 다들 보고 있다고요."

장갑을 착용하며 주위를 둘러본 영준은 의미심장한 웃음을 짓더니 보란 듯이 미소의 귓가에다 입술을 바싹 들이대고서 속삭였다.

"원 없이 보라고 해."

파바바박, 무슨 전쟁이라도 난 듯 플래시가 사방에서 터지더니 안 그래도 어수선했던 분위기가 더욱더 심란해졌다. 하나같이 따분해하던 기자들 역시 매의 눈을 하고 수첩에다 뭔가를 휘갈겼다. 거기엔 분명 자극적인 기사 제목이 줄줄이 적혀 있을 터였다. '유일그룹 이영준, 여비서와 충격의 스캔들!', '이영준 곁을 지키는 여인, 그 충격적 실체는?' 따위의 것들 말이다.

미소는 멀어져가는 정신을 붙들어 매며 생각했다. 홍보 실장이 이 사실을 알게 된다면 저 인간을 잡아먹을 순 없으니 대신 나를 잡아먹으려 할 것이다. 어차피 이리 엎어지나 저리 엎어지나 매한가지인데 이제야말로 회사를 그만두는 게 좋지 않을까. 사직서는 자필로 쓸까, 프린트할까. 아니면 화끈하게 혈서(血書)로 가는 게 나을지도.

"안 따라오고 뭐 해?"

미소는 평소의 방글방글 웃는 얼굴 대신 몹시 난처한 기색을 하고 영준의 뒤를 따랐다.

"왜 그렇게 울상이야? 활짝 웃으라고. 활짝."

그 소리에 억지로라도 웃으려던 미소의 얼굴은 한층 더

울상이 되었다.

테이프 커팅과 기념촬영을 마치고 센터내부를 확인하기 위해 빌딩으로 들어선 영준은 썰렁한 로비를 탐탁지 않은 눈으로 돌아봤다.

눈치 빠른 관계자들은 어떤 불호령이 떨어질지 몰라 긴 장했고 미소 역시 걱정스러운 마음으로 그를 살폈지만, 정 작 그의 입에서 나온 말은 엉뚱한 것이었다.

"저쪽 벽의 빈자리 말이야."

"넵."

"너무 썰렁하지 않아? 저기에다 내 초상화를 걸면 어떨 까? 어설픈 유화작품보다는 잘생긴 내 얼굴이 훨씬 나을 텐데."

"어머머, 부회장님 대박!"

"그렇지? 좋은 생각이지?"

"유머감각 쩌시네요. 배 찢어질 뻔했잖아요."

"농담 아닌데."

"농담이라고 하세요. 제발."

"무슨 문제 있어?"

말문이 막힌 미소는 그동안 여러 일들로 인해 잠시 잊고 있었던 영준의 고유 캐릭터를 되새기고서 방글방글 웃으 며 일침을 가했다.

"죄송한데요, 여긴 보육 내지는 교육시설이잖아요. 취지에 안 맞아요."

"어째서?"

저렇게 당당하기도 힘들 텐데 말이다. 차마 '애들이 부회장님 초상화에서 뭘 보고 배우겠어요?'라고 답할 순 없었던 미소는 관계자의 안내에 따라 서둘러 로비를 벗어나며 얼른 대화주제를 돌렸다.

"부회장님 유치원시절은 어땠는지 궁금하네요."

"궁금할 게 뭐 있어? 사람 사는 게 다 똑같지, 뭐."

"똑같다니 어떤 점에서요?"

"으음. 천자문은 거의 다 뗐었고…… 영어랑 프랑스어는 문법 들어갔을 때였지, 아마? 피아노랑 바이올린 레슨 지겨우면 가끔씩 골프랑 승마클럽에도 들렀고 틈날 때마다 아버지랑 바둑도 뒀고…… 뭐 나름 바쁘게 살았네."

"실례지만, 유치원은 왜 다니셨어요?"

"집에만 있으면 심심하잖아."

"아아. 일종의 취미생활이었다?"

"다들 그렇지 않나?"

"아유우, 그럼요. 누구나 그렇죠. 사람 사는 모습 다 똑같네요. 정말."

미소가 떨떠름한 기분을 애써 숨기며 맞장구치자 영준은 산뜻한 얼굴로 되물었다.

"김 비서는 어땠는데?"

선 밖으로 삐져나오지 않게 색칠도 잘하고 가위질도 잘

한다고 매일 칭찬받았어요, 라고 솔직히 말할 순 없는 노릇이다.

"비슷했겠지요, 뭐."

"역시 미소랑은 잘 맞는다니까."

얄밉긴 해도 가지런한 치아를 드러내고서 씩 웃는 영준은 무척이나 매력적이었다. 미소의 가슴이 새삼스레 두근거렸다. 요즘 들어 저렇게 무방비 상태에서 내보이는 그의 모습에 괜스레 설레는 일이 잦아졌다.

"2층은 어린이집입니다. 마감재와 가구는 모두 국내에서 생산된 무독성제품으로 부회장님께서 일전에 지시하셨던 대로 아이들의 안전과 건강을 최우선으로 고려했습니다."

센터소장의 안내에 영준은 찬찬히 교실 내부를 둘러보며 덧붙였다.

"세상에서 절대 돈 아끼지 말아야 할 게 딱 두 가지 있는데 그 하나가 나한테 쓰는 돈, 나머지 하나가 자라나는 아이들한테 쓰는 돈이라고 생각해요."

"아, 네……."

"그러니 교구나 먹을거리들도 미래에 투자한다 생각하고 전부 최고급으로 들여줘요."

"네, 걱정 마십시오."

영준이 관계자들과 심각한 대화를 주고받는 동안 미소는 그들에게서 떨어져나와 자유롭게 어린이집 실내를 둘러보았다.

채광 좋은 창을 통과한 햇빛 덕분에 밝은 색 벽은 더욱더
선명했고 아이들이 그린 그림처럼 일부러 허술하게 그린
풀밭 벽화엔 각종 곤충들이 깜찍하게 자리했다.

나비, 개미, 베짱이를 따라 긴 복도를 걸어가는 동안 스
피커에선 경쾌한 동요가 흘러나오고 있었다.

나비야, 나비야, 이리 날아오너라. 저도 모르게 멜로디
를 따라 흥얼거리던 미소의 발걸음이 한 교실 앞에서 딱 멈
추었다.

벽화는 교실 문 때문에 더 이상 이어지지 않았다. 그림이
끊어진 곳엔 연두색 이파리가 풍성한 고동색 나무가 그려
져 있었는데, 그 나무가 팔처럼 길게 내밀고 있는 가지 끝
에 뭔가가 매달려 있었다. 거미.

"윽!"

아무리 유아용벽화라 해도 미소에게 있어선 다를 게 없
었다. 거미라면 질색하던 그녀는 겁에 질려 저도 모르게
한 발 물러나 고개를 돌려버렸다.

그때, 잠깐 동안 정적이 흐르던 스피커에서 다시 동요가
흘러나왔다. 우연히도, 밝고 경쾌한 리듬과 멜로디의 그
노래 역시 '거미'였다.

– 거미가 줄을 타고 내려옵니다. 거미가 줄을 타고 내려
옵니다…….

익숙한 멜로디에 귀가 멍해지더니 정전이라도 된 듯 돌

연 눈앞이 캄캄해졌다.

「L'araignée gypsie monte à la gouttière…….」

한동안 잊고 지냈던 끼익끼익 하는 소리 너머로 어린 시절 영준이 부른 노랫소리가 겹쳐졌다. 분명 같은 멜로디다.

"김미소!"

영준의 목소리에 정신이 번쩍 든 미소는 어느새 몸을 가누지 못하고 그에게 반쯤 기댄 채 서 있었다는 것을 깨달았다.

"아……."

"왜 그래? 몸이 안 좋아?"

"아, 아니에요. 조금 어지러워서."

"갑자기 무슨 일이야? 얼굴이 새파랗게 질렸잖아."

"아니에요. 이제 괜찮아요."

"안색이 별로야. 병원에 가보자."

"괜찮다니까요. 안 가도 돼요."

"정말 괜찮겠어?"

후들거리는 다리에 힘을 주고 다시 제대로 선 미소는 영준이 건넨 손수건으로 차갑고 끈끈한 식은땀을 닦아낸 후 고개를 끄덕였다.

"괜찮아요. 아무렇지도 않아요. 정말."

미소가 다시 방글방글 웃어 보였지만 영준은 한동안 석연치 않은 표정으로 그녀를 살폈다.

어린이센터 개관식을 마치고 다음 일정을 위해 이동하는 차 안에서 미소가 타이를 다시 매주는 동안 영준은 느긋하게 등받이에 기대앉아 그녀의 얼굴을 관찰했다.

아름답고 뚜렷한 이목구비에 한시도 잃지 않는 웃음, 거기다 매력적인 보조개 하나까지. 9년을 매일같이 보고 또 봐도 질리지 않는 얼굴이다.

영준은 문득 깊숙한 곳으로부터 솟아나는 갈증을 느끼고 뭔가를 기대하는 눈빛으로 미소의 눈을 들여다봤지만 그녀는 운전석 쪽을 곁눈질하며 눈치를 주듯 고개를 저었다.

실망으로 한숨을 내쉰 그는 창밖으로 고개를 돌리며 중얼거렸다.

"막히네."

초대받은 디너쇼에 늦지 않으려 최대한 서둘렀지만 심각한 교통체증으로 차는 아까부터 줄곧 그 자리였다.

"죄송합니다, 부회장님."

운전기사가 난처한 듯 돌아보며 사과하자 영준은 고개를 저으며 대꾸했다.

"막힐 시간인걸. 어쩔 수 없지요."

"그치만 큰일이에요. 이러다가 제시간에 도착 못 하겠어요."

미소가 발을 동동 구르자 영준은 손목시계를 확인하고는 전혀 예상치 못한 질문을 던졌다.

"지하철은 어때?"

"지하철……이요? 사람 많은 거 질색하시잖아요."

"약속시간에 늦는 건 더 질색이야."

행사가 열리는 녹원호텔까지는 세 정거장 정도밖에 안 되는 거리라 괜찮은 의견이긴 했지만 이영준과 지하철이라니 왠지 어울리지 않았다. 실제로 여기저기서 흘끔거리는 시선이 느껴지고 휴대전화 카메라 셔터 누르는 소리가 간간이 들려오기도 했다. 곧 SNS에 '황태자 서민코스프레 목격.', '여보, 부회장님 댁에 지하철 놔드려야겠어요.' 같은 글들이 줄줄이 올라올지도 모른다.

상황이 그런데도 까만 출입구 창문에 비친 영준의 얼굴은 아무렇지도 않아 보였다. 대단한 정신력이다. 여러 의미로.

그를 등진 채 출입구를 마주 보고 서 있던 미소는 지하철이 다음 역 구내로 진입하며 속도를 줄이자 살짝 인상을 찌푸렸다. 플랫폼에는 대기하고 있는 사람들로 가득했다. 안 그래도 혼잡한 객차 내부는 곧 터져나갈 터였다. 벌써부터 기가 질린 미소는 구석자리로 바싹 몸을 밀어넣다 말고 고개를 번쩍 들어 뒤를 돌아봤다. 영준은 지금 격식을 다 갖춘 정장 차림인데 혹시라도 무슨 일이 생길까 걱정이었다.

"부회장님, 저랑 자리 바꿔요."

"왜?"

"옷에 뭐 묻기라도 하면 어떡해요. 빨리요."

미소는 호들갑을 떨며 재촉했지만 영준은 구석으로 몸을 피하는 대신 짐짓 엄한 표정과 목소리로 명령했다.

"가방이나 줘."

"네?"

"핸드백 이리 내놓으라고."

수행하는 데 필요한 온갖 물품들로 미소의 가방은 항상 무거웠다. 숄더백을 빼앗듯이 가져간 영준은 제 어깨에다 그걸 걸쳤다.

지하철이 멈추고 객차의 문이 열리자 익히 예상했던 대로 어마어마한 인파가 쏟아져 들어왔다.

영준은 기다렸다는 듯 미소를 구석으로 몰아넣고서 한 팔로 그녀의 허리를 감쌌다.

"부회장님……?"

툭툭 치거나 밀치며 안으로 밀고 들어오는 사람들 때문에 폭발 직전이었을 텐데도 영준은 끝까지 제법 훌륭하게 잘 참아냈다.

스피커에서 안내방송이 흘러나오고 지하철이 다시 출발하자 시루 속 콩나물처럼 빽빽하게 서 있던 사람들이 한쪽으로 쏠리며 여기저기서 투덜거리는 소리가 났다. 사람들에게 떠밀린 건 영준도 마찬가지였겠지만 그는 평소처럼 화를 내거나 짜증을 내는 대신 씩 웃더니 미소의 귓가에다 속삭였다.

"언제까지 그렇게 더듬고 있을래?"

"네?"

멍하니 눈만 끔벅이다 아래를 내려다본 미소는 영준의 가슴팍에 착실하게 자리한 제 손을 발견하고 펄쩍 뛰었다.

"어머, 죄송해요."

"새삼스럽게 죄송은 무슨."

영준은 부드럽게 웃으며 창밖으로 시선을 돌렸고, 그를 가만히 올려다본 미소는 괜스레 얼굴을 붉혔다.

겨우 십 분도 안 되는 짧은 시간이었지만, 마침내 목적지 역에서 내린 두 사람은 그새 파김치가 되었다.

"우와, 오늘따라 유독 심한 것 같아요. 세 정거장 만에 멀미가 다 나네요."

영준은 지하도 기둥에 기대어 숨을 돌리는 미소의 등을 쓸어내리며 핀잔을 주었다.

"겨우 이 정도로 앓는 소리를 하다니. 살다 보면 더 험한 일도 겪는 법이야. 사람 많은 데 질색하는 나도 참았으니 투덜거리지 말라고."

지옥이나 마찬가지였던 그 지하철로 세 정거장을 오는 동안 미소는 계속 출입구 쪽 모퉁이에 서 있었다. 말은 저렇게 해도 영준이 미소를 보호하기 위해 안간힘을 쓰고 있었다는 것을 그녀가 모를 리 없다.

"네, 네."

"그래도 덕분에 지각은 면했잖아?"

"그건 그렇죠."

미소의 숄더백을 다시 올려 멘 영준은 오른손을 불쑥 내밀었다.

방글방글 웃으며 영준의 손을 맞잡은 미소는 찬 공기에 식은 그의 손을 데워주기 위해 손가락 사이사이에다 깍지를 끼워넣었다.

예상치 못한 행동에 잠시 움찔했지만 그는 이내 기분 좋게 웃더니 깍지 낀 손에다 바짝 힘을 주며 크게 한 걸음 내디뎠다.

"가자."

저녁 무렵, 지하도의 혼잡도는 지상보다 오히려 더하면 더했지 덜하진 않았다. 연말이 다가와 그런지 요란한 크리스마스트리와 장식들이 눈에 띄었다.

미소의 손을 잡은 채 묵묵히 인파를 헤치고 걷던 영준이 물었다.

"올해 크리스마스 선물은 뭐지?"

9년 전부터 미소는 매해 크리스마스에 영준에게 선물을 했다. 대부분 있어도 그만 없어도 그만인 작은 것들이었지만 자필로 쓴 크리스마스카드와 선물에 그는 항상 기다렸다는 듯 비싼 선물들로 보답을 하곤 했다.

솔직히 그 비싼 보답을 바라고 선물한 적도 몇 번 있었던 미소는 머쓱하게 웃으며 되물었다.

"에이. 크리스마스 선물을 미리 물어보는 사람이 어디 있어요?"

"여기."

"아, 넵."

쿨럭, 하고 헛기침을 한 미소가 물었다.

"뭐 갖고 싶으신 거라도 있어요?"

"있으면?"

"능력 닿는 한도 안에선 당연히 해드려야죠. 뭔데요?"

들끓는 인파를 바라보고만 있던 영준이 문득 걸음을 멈추고 고개를 돌렸다.

따라서 걸음을 멈춘 미소는 눈을 동그랗게 뜨고 올려다봤고, 그는 이내 알 수 없는 한마디를 던졌다.

"무조건 Yes."

"네? 그게 무슨……?"

근처의 플라워숍을 눈여겨보던 그는 대답을 피한 채 미소의 손을 놓고서 그쪽으로 다가가더니 주인을 불렀다.

"붉은색 장미는 이게 다입니까?"

"네, 손님."

"꽃다발로 만들어주세요."

"얼마나 필요하신가요?"

"다요."

"헉, 이걸 전부 다요?"

"네."

뒤따라 온 미소가 끼어들었다.

"어머머? 이거 뭐 하시게요?"

"미소 주고 싶어서."

"헉! 아, 넘 영광이고 감사하지만 마음만 받으면 안 될까요? 언뜻 봐도 백 송이 넘어 보이는데 무거워서 행사장까지 못 들고 가요."

"괜찮아. 내가 들어줄 거라서."

당황한 미소가 입을 벌리고 올려다봤지만 영준은 그녀의 반응을 무시한 채 다시 혼잡한 지하도로 고개를 돌리며 담담하게 말을 이었다.

"가끔 이렇게 사람 많은 곳에 나오면 세상에 이렇게나 많은 사람이 사는구나 하고 새삼 놀라면서…… 한 가지 의문에 사로잡히곤 해."

"어떤 의문이요?"

"인연이란 대체 뭔지."

미소 역시 인파로 꽉 막힌 지하도를 바라보며 생각에 잠겼다.

이 작은 땅덩이 안에서도 이럴진대, 세상 사람들이 한자리에 다 모이면 얼마나 많을까. 그 안에서 오직 하나의 인연을 만날 확률. 계산기로는 답을 낼 수 없을 것이다.

오래전, 비록 어린 시절 단 하루의 인연이었지만 이렇게 돌고 돌아 서로 다시 마주하게 된 일 역시 마찬가지였다. 숫자로는 결코 따질 수 없다.

"아마도 기적이나…… 그런 거랑 비슷한 거 아니겠어요?"

시간은 두 사람에게만 멈춰 있는 듯했다. 이리저리 바쁘게 움직이는 사람들 사이에서 영준과 미소는 손을 꼭 붙든 채 오랫동안 미동도 없이 서 있었다.

"아까 그 얘기인데. 이번 크리스마스엔 내가 먼저 선물할 거야. 그리고 안타깝지만 선물에 대해선 선택권을 주지 않을 생각이고."

"주실 선물이 뭔데요? 아, 물론 안 알려주시겠……."

미처 말이 끝나기도 전, 영준이 냉큼 답했다.

"반지."

"반지……라니요?"

"그날 내가 별장의 벽난로 앞에 앉은 미소에게 눈깔사탕만 한 다이아몬드가 박힌 반지를 선물하면서 깜짝 질문을 하나 할 건데, 그 질문에 무조건 'Yes!'라고 대답해. 그게 바로 내가 받고 싶은 선물이야."

영준의 말을 다 들은 미소는 멍하니 서 있다 눈을 깜박이더니 그의 코앞에다 불쑥 머리를 들이밀었다.

"부회장님, 여기 보이시죠? 여기."

손가락으로 이마 윗부분을 가리킨 그녀는 방글방글 웃

으며 무시무시한 어조로 말을 이었다.

"여기 전두엽 부분을 있는 힘껏 내리쳐주세요. 방금 들은 이야기만 깡그리 잊고 싶어서요."

영준이 의아한 표정을 짓자 미소는 돌연 울상을 하고서 항의했다.

"세상에서 제일 나쁜 게 뭔지 알아요? 바로 스포일러충이다아아! 깜짝 질문은 무슨 깜짝 질문이야! 잘도 깜짝 놀라겠다! 놀라서 기절할 것 같은데 이거 심장충격기라도 들고 가야 하나!"

미소의 격한 반응에 영준은 웃음을 참을 수가 없어 저도 모르게 키득거리고 말았다.

그런 그를 잔뜩 얄밉게 흘겨보던 그녀는 주먹을 꼭 쥐고 부들부들 떨더니 하늘을 향해 외쳤다.

"아아! 처음엔 '결혼해주겠다.' 생색을 내질 않나, 다음엔 '돈도 많고 잘생기고 애니팡도 잘하니 시집와.'라고 하지를 않나, 이제 프러포즈 스포일러까지? 아니, 무슨 청혼이 다 이딴 식이야! 어서 때려! 당장 잊게 해달라고오오오!"

❦ ❖ ❖ ❖ ❦

녹원호텔 그랜드볼룸엔 오늘 자선디너쇼를 주최한 센텀모터스 관계자들과 정재계 인사들이 구름떼처럼 몰려들었다.

공식행사는 영준이 식장에 들어서서 센텀그룹 사장단과 인사와 기념촬영을 마치고 착석하자마자 바로 시작되었다.

사장단 대표 권현준의 축사에 이어 공연이 이어지자 영준은 담배 한 대 피우고 오겠다며 자리를 떠버렸다.

혼자 남은 미소는 마술쇼가 시작된 무대를 올려다보며 딴생각에 잠겼다.

얼마쯤 지났을까. 영준이 비운 옆자리에서 익숙한 목소리가 들려왔다.

"내가…… 기억의 틀에 나를 맞추고 있다고 했지?"

고개를 돌린 미소는 성연을 발견하고 적잖이 놀랐다.

"성연 오빠……."

어느새 미소 옆자리에 자리한 성연은 몹시 고통스러운 어조로 어렵게 부탁했다.

"혹시 과거 일에 대해 내가 잘못 알고 있는 게 있다면…… 솔직히 말해주겠어?"

뭐라고 대답해야 할지 판단이 서질 않았다. 영준이 이 일에 대해 어제 단단히 못을 박아두었기 때문이었다.

무슨 이유에서인지는 몰라도 영준은 과거 일을 무척 숨기고 싶어 한다. 그게 만약 심약한 형을 보호하기 위함이라면, 미소가 알고 있는 사실을 여기서 성연에게 털어놓는 건 결과적으로 영준의 뜻을 배반하는 짓이 된다.

"대답을 못 할 정도로 곤란해? 그 말은 곧 내가 잘못 알고 있다는 뜻이겠지?"

성연은 무대에 시선을 두며 비통하게 말을 이었다.

"철든 이후부터 뭔가 이상하다는 생각은 들었었는
데……."

검은 옷을 입고 흰 가면을 쓴 마술사가 아무것도 없는 모
자 속에서 비둘기 한 마리를 꺼내 보이자 주변에서 환호성
과 박수가 터져 나왔다.

"뭐가 뭔지…… 이젠 정말 모르겠어."

화려한 손놀림으로 여러 가지 마술을 선보이던 마술사
는 다음 마술을 준비하기 위해 커다란 단상으로 올라섰다.
중세시대 교수대를 연상케 하는 단상 위의 나무들보에는
둥그런 올무가 지어진 굵은 밧줄이 늘어뜨려져 있었다.

사회자가 흥분된 목소리로 다음 마술을 예고했다.

— 지금부터 여러분께 충격의 교수형 마술을 선보여드리
겠습니다.

"초등학교 4학년 때 나는 영준이랑은 달리 부모님 몰래
친구들과 어울려 여기저기 놀러 다니곤 했는데, 때로는 녀
석들이랑 버스도 타고 지하철도 탔어. 영준이는 입학 때
부터 외톨이여서 기사아저씨가 데려다주지 않으면 학교도
못 가는 녀석이었는데…… 그런 녀석이 나를 버스에 태워
모르는 곳에다 갖다 버렸다니 뭔가 좀 이상해."

마술사가 굵은 올무에다 머리를 깊숙이 들이밀고 줄이
풀리지 않는다는 것을 재차 확인해주자 교수대 위로 검은

장막이 내려졌다.

객석이 조금씩 술렁였다. 이어서 긴장감을 더해주는 음악이 흘러나왔고 늘씬한 미녀도우미들은 새빨간 입술로 웃으며 단상을 돌기 시작했다. 그 단상 한쪽엔 마술사를 마루 밑으로 빠뜨릴 무시무시한 레버가 길게 튀어나와 있었다.

"어제 너랑 이야기하고 돌아간 후 밤새도록 생각해봤어. 설마 그러기야 했을까 하면서도 어쩌면…… 어쩌면. 나 혹시 내가 저질렀던 일을 견딜 수가 없어서…….'"

단상을 돌던 미녀들이 드디어 걸음을 멈추었다.

어느덧 음산한 분위기로 바뀐 음악이 짙게 깔리고 사방이 어두워진 순간 성연은 나직이 한숨을 내쉬고 미소를 바라봤다.

그런데 그녀의 상태가 어쩐지 이상했다.

"미소……?"

"아…… 아아…… 무, 무서워. 무서워. 무서워…….'"

"왜 그래, 무슨 일이야?"

"안 돼, 무서워…….'"

미소는 공포로 얼굴이 하얗게 질려 있었다. 눈을 크게 뜨고서 부들부들 떨고 있는 그녀를 달래기 위해 성연이 손을 내미는 순간, 미녀도우미 한 명이 주저 없이 레버를 당겼다.

쾅!

장막 안쪽, 올무에 목을 맨 마술사의 발밑이 빠지는 소리가 섬뜩하게 울렸다. 그리고 줄에 매여 축 늘어진 사람이 그네처럼 힘없이 왕복운동하는, 소름 끼치는 마찰음이 홀 안을 가득 메웠다.

끼이익, 끼이익…….

"꺄아악!"

근처에서 중년 여성이 날카로운 비명을 지르는 바람에 놀란 성연은 그쪽으로 향했던 시선을 거두어 다시 미소를 쳐다봤다.

귀를 막고 무릎 사이에 고개를 파묻은 미소는 이젠 몸도 제대로 가누지 못할 정도였다.

"미소야, 괜찮아? 김미소!"

마술사는 어느새 줄을 풀었는지 장막을 걷고 관객을 향해 인사를 올렸지만 미소는 여전히 회복될 조짐을 보이지 않고 있었다. 이러다 무슨 일이라도 나는 건 아닌지 걱정될 정도로 완전히 패닉상태였다.

"토할…… 것 같아……. 더 이상은……."

휘청거리며 자리에서 일어선 미소는 부축하려는 성연을 휙 뿌리치고서 위태로울 정도로 비틀비틀 식장을 벗어났다.

❦ ❖ ❖ ❖ ❦

붉은 카펫이 깔린 복도를 따라 걷는 동안 미소는 지나가던 행인과 몇 차례나 부딪쳐 넘어질 뻔했지만 걸음을 멈출수가 없었다. 영준을 찾아야겠다는 생각밖에 없었다.

「오지 마, 미소야! 이쪽으로 오지 마! 보면 안 된다고, 바보야!」

「미소야. 아프리카엔 어른 키만큼이나 커다란 거미가 산대. 밤에만 움직이는 거미. 눈이 마주치면 물어버릴지도 몰라.」

「L'araignée gypsie monte à la gouttière…….」

"아아아, 거미가 아니었어! 거미가…… 아니야."
이제야 알았다. 영준이 그토록 오랫동안 숨기고 있었던 게 무엇이었는지. 그리고 그것을 통해 끝까지 지키고자 한 사람이 누구인지!
온갖 기억들이 머릿속에 봇물 터지듯 쏟아져 나와 소용돌이를 일으키고 있었다.
숨 쉴 수조차 없는 공포에 눈앞이 캄캄해지며 더 이상은 못 버티겠다는 생각이 들었을 때, 따스하고 포근한 감각이 온몸을 감쌌다. 그토록 찾아 헤매던 사람의 체온이었다.
어렵게 눈을 뜬 미소는 애타게 자신의 이름을 부르는 그의 얼굴을 확인하고서 그 자리에 무너지고 말았다.

눈을 떴을 때, 미소는 다시 오래전 그 집 안에 서 있었다.

아무도 없을 것 같았던 어두운 방구석에는 한 소년이 웅크리고 앉아 있었다.

손발이 꽁꽁 묶인 채 고개를 들고 빤히 미소를 올려다본 소년은 이내 인상을 찌푸리며 툭 내뱉었다.

"쳇. 나 같은 바보가 또 있었다니……."

만으로 23년하고도 하루 전의 일이었다.

인연

"엄마아……."

잠에서 깬 미소는 눈을 몇 번이나 비볐지만, 꿈속에서 꼬옥 안아주었던 엄마는 어디에도 없었다.

"엄마 어딨어?"

어린 미소는 아직도 훌쩍거리며 잠들어 있는 필남과 코를 골며 이불을 걷어차는 말희를 멀뚱하니 바라보다 자리에서 일어났다.

손가락을 아프도록 쪽쪽 빨며 미소는 방을 나섰다.

마루에 놓여 있던 오리변기에 앉아 시원하게 볼일을 본후 엉성하게 바지를 추켜올리는데, 커튼을 닫지 않아 훤히 내다보이는 마당이 대낮처럼 환했다.

문득 밖으로 나가보고 싶다는 생각이 들어 살며시 손잡이를 밀어보니 현관문이 쉽게 열렸다.

중병을 앓으며 줄곧 병원에 입원해 있던 미소의 어머니는 지난주부터 상태가 악화되어 현재 사경을 헤매는 중이다. 낮엔 집, 밤엔 병원생활을 이어오던 미소의 아버지는 벌써 이틀째 집에 돌아오지 못했다.

아버지가 자리를 비운 이틀 동안 미소네 연년생 세 자매는 재개발지구에서 아직 퇴거하지 않은 근처 집의 할머니가 돌봐주고 있었는데 오늘 밤은 그 할머니마저 일이 있어 집을 비운 참이었다. 할머니는 미소네 집을 나가면서 유치원에 다니는 일곱 살 필남과 여섯 살 말희에게 문단속 단단히 하고 막내 잘 보라고 신신당부를 했건만, 필남과 말희는 자기 직전 나나인형 때문에 서로의 머리채를 붙잡고 격하게 싸운 바람에 현관문을 잠그는 것도 잊은 채 완전히 지쳐 잠들어버렸다.

손바닥만 한 마당에 서서 보름달을 구경하던 미소의 눈에 대문 밖으로 누군가가 지나가는 게 언뜻 스쳤다.

"어……? 엄마……?"

엄마가 나를 찾으러 왔나, 하는 생각에 미소는 후다닥 대문을 열고 밖으로 나갔다.

정말 골목 어귀에 여자 한 명이 서서 이쪽을 물끄러미 바라보고 있었다.

"엄마!"

한달음에 달려가봤지만 여자는 미소의 엄마가 아니었다. 엄마보다 훨씬 더 예쁜 여자였다.

"얘, 너 엄마 찾니?"

"응."

"이모가 엄마한테 데려다줄까?"

"정말?"

"그래. 이모네 집이 저긴데 저기 가면 장난감도 많고 맛있는 과자도 많아. 거기서 하룻밤 자고 아침에 엄마한테 가자."

"지금 가면 안 돼?"

"지금은 다들 자는 시간이잖아. 아침에 이모가 틀림없이 데려다줄게."

"에이."

"이모네 집에 잘생긴 오빠도 있는데."

"어, 진짜? 오빠가 있어?"

"그래. 이모 따라가자."

"으응!"

아무것도 모른 채 덥석 잡은 여자의 손은 많이 아픈 엄마의 손만큼이나 차가웠지만, 그 손을 놓치면 엄마에게 갈 수 없을지도 모른다는 생각에 미소는 끝까지 그녀의 손을 꼭 붙잡았다.

찬 바람이 고스란히 새어들어오는 창을 통해 대낮처럼 밝은 달빛이 비치고 있었다. 아까까지만 해도 어둠에 잠겨 있던 곳에 달빛이 닿자 시계 자판이 선명하게 확인되었다.

11월 29일 23시 정각.

자정이 지나면 성현이 이곳에 감금된 지 벌써 사흘째다.

성현이 올해 생일에 아버지에게서 선물 받은 고급시계

는 쓸데없이 크고 무거웠다. 겨우 아홉 살 어린이에게 크로노그래프와 날짜 기능까지 들어간 명품시계가 무슨 소용이 있겠냐마는, 아버지는 '무릇 크게 될 사내는 시간을 소중하게 여길 줄 알아야 하는 법.'이라고 했다. 그러나 잔뜩 폼 잡으며 그렇게 말했던 아버지는 그날 저녁 성현의 생일파티에 무려 한 시간 반이나 지각했다. 지인과 오랜만에 술 한잔하다 보니 신선놀음에 도끼자루 썩는 줄 몰랐다고.

"아아. 이 냄새 진짜 싫다⋯⋯."

매캐한 곰팡이와 시멘트 냄새. 재벌가에서 태어나 온실의 화초처럼 자라왔던 성현이 한 번도 느껴본 적 없었던 냄새다.

"추워. 집에 가고 싶어. 아아 배고파⋯⋯."

그동안 그 여자가 싸구려 과자봉지를 몇 번이나 눈앞에 들이밀었지만 그걸 먹고서 또 무슨 일이 생기지 않으리라는 보장이 없으니 쫄쫄 굶을 수밖에 없었다.

성현은 바지 주머니에 캐러멜이 남아 있다는 것을 상기했다. 마지막으로 집을 나서던 날 아침 기사아저씨에게서 받은 노란색 박스캐러멜은 원래 한 갑이 다 차 있었지만 갇힌 동안 배가 고플 때마다 한 알씩 꺼내 아끼고 아껴 먹다 마침내 딱 한 알이 남은 것이다.

전 같으면 거들떠보지도 않았을 캐러멜 한 개를 가지고 먹을까 말까 고민하던 성현은 침을 꼴깍 삼키고서 결국 눈을 질끈 감아버렸다.

여기서 언제 나가게 될지 모르니 그 한 알만큼은 끝까지 남겨두어야 했다. 정말 배가 고파 죽기 직전까지는 절대 건드려선 안 됐다.

"하아. 일이 왜 이렇게 돼버렸을까……."

길게 한숨을 내쉬자 까만 허공에 하얀 입김이 흩어졌고, 그 위로 이틀 전 하굣길의 일이 선명하게 떠올랐다.

「야 이성현. 너, 나랑 놀이공원 안 갈래?」

「놀이공원이라니?」

「아빠 회사에서 놀이공원 짓고 있다는데 거기 가보자.」

「무슨 소리야. 아직도 부지매입 중이라던데.」

「부지매입이 뭐냐?」

「땅 사는 거.」

「아아.」

「무식하긴. 형은 어떻게 그런 것도 몰라?」

「재수 없는 자식. 그리고 네가 틀렸어. 벌써 공사 들어가서 롤러코스터도 생겼다던데? 멀리서도 뚜둔, 하고 보인대.」

「누가 그래?」

「준표가.」

「그게 말이 돼? 아무리 놀이공원이라고 공사 들어가자마자 떡하니 롤러코스터부터 세우겠냐? 생각을 좀 해봐라.」

「준표가 직접 봤대. 가보자.」

「그 형 말을 어떻게 믿어? 난 안 가. 오후에 프랑스어 과외도 있고.」

「짜식. 겁나는구나?」

「뭐?」

「넌 기사아저씨 없으면 바로 집 앞도 못 나가잖아. 겁쟁이같이. 이 겁쟁이 코찔찔아!」

「뭐가 어째?」

발끈한 성현은 기사아저씨를 따돌리고 개구멍으로 학교를 나온 후 성연을 따라 나섰다. 아무것도 없는 허허벌판에서 바보 같은 형의 코를 납작하게 눌러줄 작정이었다.

생전 처음 타보는 버스를 탄 뒤 낯선 동네에 내린 후 얼마나 걸었을까.

놀이공원 따위는 역시 보일 리도 없고 미로처럼 이어진 좁고 더러운 골목을 계속해서 돌다 보니 몹시 목이 말랐다.

성현은 앞서 걷던 성연을 향해 짜증을 냈다.

「이게 뭐야! 나, 집에 갈래.」

「조금만 더 가면 돼.」

「놀이공원 같은 건 없다니까!」

「아니, 분명히 있어. 겁쟁이 자식. 모르는 동네 오니까 무섭지? 무섭지?」

「안 무섭다고 했잖아. 목마르니까 물이나 좀 내놔봐.」

「학교 나오기 전에 다 버렸는데.」

「아아. 형 진짜 밉다.」

「그럼 너, 여기서 기다리고 있을래? 형이 가서 음료수 사올게.」

「같이 가.」

「아니야. 괜찮아. 내가 형이니까 내가 가서 사올게.」

「탄산음료는 절대 안 돼. 치아에 안 좋으니까.」

「잘난 척하지 말고 대충 아무거나 먹어, 짜식아.」

「빨리 갔다 와.」

그렇게 멍하니 서서 기다린 지 삼십 분이 넘은 후에야 성현은 뒤늦게 깨달았다. 아. 당했구나.

사라진 형을 찾는 것도 일이었지만 우선은 물이 급했다. 건강한 치아 따윈 개나 줘버려 하고 탄산음료를 시원하게 들이켜고 싶었다. 건조한 바람에 입술은 점점 타들어갔고 목구멍은 진작부터 딱 붙어버린 것만 같았다.

지갑에 돈도 있으니 걷다가 가게가 나오면 들어가 뭐든 사 마시려 했다. 그렇지만 뭔가 이상했다. 계속 동네를 뱅글뱅글 돌았지만 개 한 마리도 마주치지 못한 것이다. 마치 아무도 살지 않는 곳처럼 말이다.

왠지 오싹해져서 몸서리를 치던 그때, 누군가가 성현을 불렀다.

「꼬마야.」

천사같이 착한 담임선생님과 비슷한 인상의 젊고 예쁜 아가씨였다. 검은색 코트를 입고 날카로운 굽의 부츠를 신은 여자는 긴 머리를 쓸어넘기며 빨대 꽂힌 요구르트병을 불쑥 내밀었다.

「요구르트 줄까?」

「아니요. 괜찮아요. 고맙습니다.」

목은 말라 미칠 지경이었지만 성현은 예의 바르게 거절한 후 다시 걸음을 옮겼다.

여자가 재차 그를 불렀다.

「꼬마야. 저기 미안한데, 내가 지금 다리가 몹시 아파서…….」

뒤를 돌아보자 여자는 검은색 여행용 캐리어를 가리키고 다리를 절뚝거리며 슬픈 표정을 지어 보였다.

「이 가방 좀 들어다주면 안 될까? 많이 무겁진 않은데.」

「어디까지요?」

「우리 집이 저쪽이거든. 거기까지 가야 해.」

「저도 빨리 집에 가야 하는데요.」

「지금 집에서 남편이랑 딸이 기다리고 있는데 다리를 다쳐서 빨리 갈 수가 없어. 큰일이야. 오늘 아침부터 우리 딸, 열이 많이 났었는데. 빨리 가야 하는데…….」

「아…….」

「역시 무리겠지?」

「아니에요. 제가 들어다 드릴게요.」

「정말 착한 꼬마구나. 어서 요구르트 마시렴.」

「그치만.」

「예의 바른 꼬마네. 사양할 것 없어. 이모가 정말 고마워서 그래.」

「그럼⋯⋯ 고맙습니다.」

더 이상 사양할 수도 없고 목도 마르기도 해 요구르트로 갈증을 해소한 후 가방을 끌고 여자를 뒤따른 지 얼마나 됐을까. 갑자기 졸음이 쏟아지더니 절뚝이는 여자의 뒷모습이 가물가물해졌다. 그러고 보니 가방이 지나치게 가볍다. 다친 사람이라 해도 쉽게 끌 수 있을 정도로.

그제야 뭔가 이상하다는 느낌에 가방을 놓고 뒷걸음질 쳐 도망가려고 했지만 몸은 이미 마음대로 움직이지 않았다.

언제 정신을 잃었는지 모르게 눈을 감았다 떴을 땐 사방이 캄캄했다. 덜그럭거리는 소리와 심한 진동, 몹시 비좁고 어두운 공간. 자신이 옮겼던 그 가방 안에 갇혀 있다는 생각에 섬뜩해졌지만 잠이 쏟아져 견딜 수가 없었다.

제대로 정신을 차렸을 땐 이미 한밤중이었다. 성현은 좁고 낡고 어둡고 추운 방, 더러운 스티로폼패널 한 장만이 깔린 바닥에 손발이 묶인 채 누워 있었다.

담임선생님을 꼭 닮아 선한 인상의 여자는 날이 긴 가위를 들고서 성현을 내려다보았다. 소리를 지르거나 말썽을 피우면 좋지 않은 일이 일어날 거라는 것을 금세 깨달을 수 있었다.

"아…… 아파."

몸을 조금이라도 움직이면 추위가 가실 것 같았지만 아파서 도무지 꼼짝달싹도 할 수가 없었다. 수갑처럼 8자 모양으로 얽어 손발을 묶어둔 케이블타이 때문이다. 손목은 약간 여유가 있어 그나마 나았지만 발목은 맨살에다 너무 꽉 조여놓아 피가 통하지 않았다.

도망은커녕 움직이기만 해도 고통이 너무 심해 여자에게 조금만 풀어달라고 애원했지만 아무런 효과도 없었다. 결국 어제 오후부터는 줄곧 같은 자세로 누워 있거나 웅크린 채 앉아 있을 수밖에 없었다.

"으아…… 바보. 바보. 바보. 나 같은 바보가 세상에 또 있을까."

인간은 후회하는 동물이라고 했던가.

만약 하굣길에 형을 따라나서지 않았다면, 도와달라는 사람을 그냥 무시하고 갈 정도로 성격이 모질었더라면, 그리고 곧 죽을 것처럼 목이 너무 마르지만 않았다면……. 이런 일은 생기지 않았을 텐데.

언젠가 아버지의 지인인 모 유명영화감독이 성현을 붙들고 '데우스 엑스 마키나(Deus ex machina)'에 대해 이야기한 적이 있었다.

오. 뭔가 꽤 있어 보이는 뉘앙스. 지구방위대 후뢰시맨의 개조생명체제국 보스 이름이랑 비슷하지 않나.

머리만 컸지 아직은 어렸던 성현은 그렇게 어이없는 이

유로 외워버렸던 라틴어를 떠올리고 중얼거렸다.

"데우스 엑스 마키나……라."

극의 긴박한 국면을 타개하기 위해 초자연적인 힘을 개입시키는 극작술. 쉽게 말하자면 어려운 문제를 풀다 도저히 답을 낼 수 없을 때 과외선생님이 뚜둥 하고 나타나 문제를 딱 풀어주는 것.

자력으로 도망칠 수 있는 방법이라곤 하나도 없는 지금 이 상황에서 성현에게 그 '데우스 엑스 마키나' 같은 게 무척이나 절실했다.

"신이든 뭐든 제발 나타나주세요. 바빠서 직접 못 오겠으면 대신할 사람이라도 보내서 부디 제가 집에 갈 수 있도록 도와주세요. 쌍코피 확 터뜨려버리고 싶은 형이라도 괜찮으니, 아니 누구라도 좋으니, 아무나 보내주세요, 제발. 제발 부탁이에요……."

간절히 바라면 이루어진다고 하더니 잠시 후 정말로 누군가가 성현의 눈앞에 나타났다.

"이모, 나 여기서 하룻밤 자면 진짜 엄마한테 데려다줄 거지?"

기다리던 신이나 그 사자(使者)가 출현한 건 아니었다. 십분 전쯤 자리를 비웠던 여자가 네다섯 살 정도로 보이는 여자아이를 데려온 것이다.

자다가 일어난 듯 엉망으로 헝클어진 단발을 하고 눈을 끔벅거리던 아이는 성현과 눈을 마주치자마자 방글방글 웃었다.

어라……? 이게 아닌데.

"이모, 이모! 나도 저 오빠랑 똑같은 팔찌 해줘!"

똑같은 꼴로 손발이 묶인 채 옆에 내던져진 아이가 에헤헤 하며 천진하게 웃자 성현은 생각했다.

신이시여. '아무나'도 '아무나' 나름이지, 이런 바보를 보내달라고 빌었던 게 아니잖아요.

"이름이 뭐야?"

"김미소."

"몇 살?"

"다섯 살."

"좋을 때다."

"오빠는?"

"이 몸은 무려 아홉 살이시다."

"후와. 어른이네."

"에헴."

"필남이 언니보다 더 어른이야. 진짜 좋겠다. 이름은 뭐야?"

"성현. 이성현."

"성연."

"성. 현."

"아항. 성. 연."

"너…… 진짜 바보구나. 딱 우리 형 보고 있는 것 같다."

"와! 오빠, 형도 있어?"

"그래. 개떡 같은 놈 하나 있지."

"개떡이라고?"

"그래. 순 개떡."

"이야아."

"개떡이라는데 뭐가 '이야아'야?"

"부럽다아! 나 떡 좋아하는데."

"나 지금 웃어야 하니 울어야 하니?"

"미소는 형 없어. 언니들밖에 없는데 만날 때리고 뺏고 인형놀이 할 땐 나한테 못난이 인형만 줘. 나한테도 순 개떡 같은 형 있으면 좋겠다."

"너는 여자애니까 형은 절대 못 가지지. 그리고 꿈도 꾸지 마. 형 두면 나처럼 이 꼴 된다. 여기서 나가면 제일 먼저 그놈한테 어퍼컷을……."

"어퍼컷이 뭐야? 먹는 거야?"

"어린애는 몰라도 돼."

"아, 맞다. 그럼 성연이 형이 미소 형 해주면 되잖아!"

"난 성! 현! 이라니까. 그리고 형 아니라 오빠라고, 이 바보야."

"미소 바보 아니야! 미소는 다섯 살인데 유치원 다니는 필남이 언니보다 책도 더 잘 읽어."

"장난해? 난 네 나이 때 천자문 떼고 있었다."

"흥! 미소도 스티커 잘 뗀다. 안 찢어지게 잘 뗀다."

"우와. 입은 있는데 할 말이 없다. 관두자."

방글방글 웃는 미소를 보고 있으니 왠지 마음이 편안해져, 이런 바보라도 아예 없는 것보단 나은가 싶기도 했다. 그러나 꽁꽁 묶인 손을 들고서 천연덕스럽게 코를 후비는 미소의 한심한 작태에 성현의 입술 사이로는 한숨이 절로 새어나왔다.

"너 지금 상황 파악 못 하고 있구나?"

"그게 뭔데? 먹는 거야?"

"됐고. 넌 어쩌다 여기까지 왔어?"

"자다 일어나서 대문 밖에 나갔더니 저 이모가 있었어."

"자다 말고 왜 바깥에 나가?"

"엄마…….."

"뭐?"

"엄마 찾으려고. 저 이모가 내일 엄마한테 데려다준대."

"엄마가 어디 가셨어?"

"병원에."

"편찮으셔서?"

"그건 뭐야? 먹는 거야?"

"아니. 아프시냐고."

"응. 울 엄마 아파. 엄마 죽을지도 모른대."

"누가 그래?"

"아빠가. 필남이 언니는 어젯밤에 너무 슬퍼서 많이 울었어. 그런데 말희 언니가 필남이 언니 나나인형 머리통을 뿌왁! 뽑고 빙빙 돌려서 둘이 엄청 싸웠어. 웃겨서 막 웃었는데 말희 언니가 머리 때렸어. 헤헤헤."

다섯 살 어린아이라 그런지 이야기가 럭비공처럼 두서없이 마구 튄다.

"그런데 오빠."

"응."

"죽는 게 뭐야?"

"아…… 음."

말문이 막힌 성현이 입을 다물어버리자 미소는 재차 물었다.

"엄마가 죽으면 어떻게 돼?"

죽음의 개념을 완전히 이해하지 못한 건 성현 역시 마찬가지였지만 책에서 읽은 게 있으니 그대로 설명해줄 순 있었다. 하지만 그러고 싶은 생각은 전혀 들지 않았다. 만약 어머니를 다시는 만날 수 없다면, 하고 생각해보니 갑자기 코끝이 시큰하고 안에서 뭔가가 울컥 치밀어 올랐다. 미소에겐 그게 가정이 아니라 현실이라고 하니 사실을 알게 되면 무척 상심하겠지. 역시 대답을 피하는 수밖에 없었다.

"나도…… 몰라."

어려운 질문을 하면 아버지는 항상 '글쎄다. 우리 성현이 숙제는 다 했니?' 하고 말을 돌리곤 했다. 그럴 때마다 아버지는 저렇게 큰 회사 사장인데도 모르는 게 진짜 많구나, 했는데 그게 정말로 몰라서 대답을 피한 건 아니었을 거란 생각이 들었다. 다들 이렇게 어른이 되는 건가 보다.

"오빠는 바보야?"

"뭐……?"

"필남이 언니가 엄마가 죽으면 이제 엄마를 못 만나는 거라고 했는데. 오빤 어른이면서 그것도 몰라? 바보네. 바보야."

"이 코딱지만 한 게 지금 누구더러 바보래? 죽으면 못 만나는 게 당연하지, 바보야!"

날 때부터 '천재' 소리만 듣고 살았던 성현이 계속되는 '바보'라는 말에 울컥해 발끈하자 미소는 갑자기 눈을 동그랗게 뜨더니 눈물을 그렁그렁 달고 훌쩍이기 시작했다.

"그럼…… 흑, 미소는 이제 엄마를 못 만나?"

"아, 아니! 잠깐 그게 아니라."

"우우! 우애앵!"

미소가 갑자기 크게 울음을 터뜨리자 성현은 뒤늦게 당황해 어쩔 줄을 몰라 하며 고개를 도리도리 저었다.

"쉿, 쉿! 뚝! 울지 마. 알았으니까 조용히 좀 해봐."

아니나 다를까, 줄곧 마루에 앉아 혼자서 중얼거리고 있던 여자가 문을 열고 들어와 섬뜩한 눈길로 둘을 노려보았다.

"애들이란 정말 어쩔 수가 없다니까. 조용히 좀 해. 곧 아빠 오실 시간이잖니. 우리 모두 반갑게 맞아드려야지.

가만, 이게 무슨 소리지?"

아무 소리도 들리지 않았지만 여자는 미간을 좁히며 바깥 기척에 귀를 기울였다.

"아아, 마당의 메리가 짖는 소리구나."

환하게 웃는 여자를 본 성현의 등골이 오싹해졌다.

"아빠가 퇴근할 시간이 넘었는데 안 오셔서 우리 메리도 걱정이 되나 보다. 호호호."

처음 여기 끌려왔을 때부터 이미 저 여자가 제정신이 아니란 건 알고 있었다. 지금껏 들었던 말로 미루어 보아 사귀던 유부남에게서 버림받고 정신줄을 놓은 모양인데 시간이 흐르면 흐를수록 상태가 점점 더 악화되는지 이젠 스스로를 그 유부남의 아내에다 동화시킨 것 같았다. 그 남자는 아빠, 성현은 아들, 미소는 딸, 아예 존재하지도 않는 마당의 개까지. 여자의 머릿속엔 어느새 완벽한 한 가정이 완성되어 있었다.

"어? 울 아빠는 지금 엄마랑 병원에 있는데?"

아무것도 모르는 미소가 천진난만하게 대꾸하자 여자는 싸늘한 눈을 내리깔더니 앙칼지게 소리 질렀다.

"무슨 헛소릴 하는 거야? 아빠는 회사에 갔어! 오늘은 좀 늦는다고 했단 말이야! 얌전히 기다리지 못하고 너흰 왜 이렇게 엄마를 힘들게 해? 혼나야겠구나! 매를 좀 들어야겠어!"

"이, 이모……? 오빠, 저 이모 이상해. 흑!"

시퍼런 서슬에 눌린 미소가 잔뜩 겁에 질려 또다시 울먹이자 성현은 얼른 나서서 여자에게 말을 붙였다.

"엄마! 어린애가 뭘 알겠어요? 미소가 아직 잠이 덜 깨서 정신을 못 차리나 봐요. 죄송해요. 제가 알아서 잘 달랠 테니까 엄만 나가 계세요. 저흰 그냥 조용히 있을게요. 없는 것처럼 조용히."

아무 대꾸도 하지 않은 채 성현을 바라보던 여자는 못마땅한 얼굴을 하더니 유령처럼 스르르 물러나 자리를 떴다.

낡은 문이 삐걱거리다 마침내 탁 닫혔고 미소는 다시 한 번 크게 울음을 터뜨리고 말았다.

"으아앙! 어떡해! 무서워, 오빠! 나 집에 갈 거야! 흐흑!"

"뚝! 조용히 해, 미소야. 조용히. 너 우는 소리 듣고 저 아줌마 또 오면 어떡하려고 그래?"

성현이 짐짓 으박지르며 겁을 주자 미소는 어린 마음에도 뭔가 깨달은 게 있는지 손으로 입을 틀어막고 끅끅 울음을 삼켰다.

그 모습이 안쓰러워 성현은 묶인 손을 바지 주머니로 옮겨 뭔가를 꺼내 건넸다.

"뚝 그치면 이 캐러멜 줄게."

"흐어, 진쨔?"

"그래. 진짜."

"흐흡!"

코뿔소처럼 콧김을 훅 내뱉고서 거짓말처럼 울음을 뚝

그친 미소는 성현의 손바닥에 놓인 마지막 캐러멜을 덥석 집어다 껍질을 까 제 입에 톡 털어넣었다.

"아아! 내 최후의 비상식량이 이렇게 허무하게……."

손등으로 눈물과 콧물을 쓱 닦은 미소는 성현이 세상 다 무너진 표정을 하든 말든 반쯤 녹아 끈적끈적해진 캐러멜을 짭짭 씹으며 방글방글 웃었다.

"뭐, 그래도 웃으니까 훨씬 낫다."

"에헤헤."

깜찍한 미소의 얼굴을 마주하고 있자니 성현 역시 저도 모르게 환하게 웃게 되었다.

혼자서 계속 갇혀 있는 동안 몸의 고통만큼이나 마음의 고통도 심했다. 홀로 외로움과 공포에 시달리다 보니 저 여자처럼 자신도 미쳐버릴 것 같아 걱정도 했는데, 이제 혼자가 아니란 생각에 다소 위안이 되기도 했다. 물론 다른 의미론 첩첩산중이었지만.

하지만 잘 생각해보면 그다지 첩첩산중이랄 것도 없다. 어쩌면 미소 덕분에 여기서 빨리 나가게 될 수 있을지도 모르니까.

성현이 그 요구르트를 마시고 정신을 잃었을 땐 오후였다. 이 집에서 다시 눈을 뜬 건 한밤중이었으니 처음 납치된 장소에서 얼마나 떨어진 곳에 감금되어 있는지 알 도리가 없었다. 할 수 있는 한 모든 인력을 동원했을 아버지가 아직까지 자신을 찾아내지 못했다는 것을 미루어 보아 상당히 멀리 왔는지도 모를 일이다.

그렇지만 미소의 경우는 달랐다.

여자가 자리를 비운 것은 겨우 십 분 남짓. 자다 일어나 대문 밖으로 나온 미소를 여자가 이곳까지 데려왔다는 것은 미소가 바로 근처에 살고 있다는 이야기다. 잠에서 깬 미소의 언니들이 동생이 사라졌다는 사실을 어른들에게 알린다면 경찰은 곧장 집 근방부터 수색을 시작할 것이다.

그런데 문제가 하나 있었다. 과연 그때까지 무사히 버틸 수 있는가, 였다.

저 여자가 만약 일말의 제정신이라도 남아 있다면 아홉 살 아이도 눈치챌 수 있는 사실을 모를 리 없다. 그리고 이 유괴의 의미가 애초부터 돈을 노린 협박이 아니었다면? 만약 처음부터 어린애들을 해칠 목적이었다면?

그렇다면 이제 어떻게 되는 거지? 어떻게 해야 하는 거지?

성현은 스스로에게 물으며 착잡한 마음으로 미소를 돌아봤다.

멀뚱하니 성현을 쳐다보던 미소가 돌연 뜬금없는 소릴 했다.

"근데 있잖아아, 오빠 되게 멋있다. 완전 잘생기고 목소리도 멋있고. 왕자님 같아."

그 소리에 지금까지 심각했던 성현의 어깨가 미묘하게 으쓱 올라갔다.

"응. 나도 알아."

"오빠 돈도 많아?"

잠시 고민하던 성현이 대답했다.

"으음. 엄밀히 말하자면 내 돈은 아니고 아버지 돈이 많지만, 나중에 내가 크면 물려주신다고 했으니까 많다고 볼 수 있겠지."

"그래서 돈 얼마나 많아? 팔천 원보다 많아? 나나의 스위트홈세트 살 수 있어?"

"나나? 나나인형 말이야? 와이실업에서 나온?"

맞는지, 미소의 눈이 어둠 속에서 반짝반짝 빛났다.

성현은 떨떠름한 표정으로 대꾸했다.

"와이실업이라면…… 유일그룹 자회사잖아."

"자회사가 뭐야? 먹는 거야?"

"먹는 거 아니야. 와이실업이 우리 아버지 회사 중 하나라고."

"뭐래? 그러니까, 나나의 스위트홈세트 살 돈 있냐고, 없냐고."

미소가 재차 묻는 말에 성현이 짜증을 냈다.

"나나의 스위트홈세트가 문제가 아니라 그걸 만든 공장이 아예 다 우리 거라니까!"

"뜨헉!"

공포의 눈알 비우기를 3회 시전한 미소는 한동안 믿을 수 없다는 표정으로 성현을 건너다보다 조심스럽게 입을 뗐다.

"그, 그럼, 그 공장에 가면…… 나나의 스위트홈세트가 엄청 많아? 다섯 개도 넘게 많아?"

"다섯 개? 모르긴 몰라도 기계로 만드는 걸 텐데 하루에 백 개도 넘게 만들 수 있지 않을까?"

"백 개면 다섯 개보다 많은 거지?"

"한글도 뗐다면서 아직 백까지도 못 세?"

"다섯 개보다 많은 거지?"

"그래. 엄청 많지. 그런데 갑자기 그 얘긴 왜?"

미소는 뭔가를 결심한 것처럼 성현을 똑바로 쳐다보며 엄숙하게 선언했다.

"나, 오빠랑 결혼할래."

"푸우웃! 뭐?"

성현이 크게 뿜으며 황당함을 감추지 못했지만 미소는 무섭도록 진지한 표정으로 또박또박 말했다.

"아빠가 꼭 부자랑 결혼하라고 했거든."

"아…… 으응. 그, 그래?"

"미소는 밥도 꼭꼭 잘 씹어 먹고 시금치랑 당근이랑 콩도 잘 먹고 가지고 논 나나도 꼭 제자리에 돌려놓는 착한 아이 야. 아 그리고 미소는 심부름도 엄청 잘해. 그러니까 나랑 결혼해. 지금."

"그건 안 돼."

"왜애?"

"우린 아직 너무 어리잖아. 결혼은 어른들이 하는 거야."

"지금은 안 된다고?"

"그래."

"그럼 나중에 어른 되면 하자."

"그것도 안 돼."

"아, 왜애애애애?"

"결혼은 사랑하는 사람하고 하는 거니까. 그때 가서 사랑하는 사이가 아니면 결혼 못 해."

"그럼 그때 가서 사랑하는 사이 하면 되잖아."

눈을 동그랗게 뜬 미소를 마주 본 성현은 하, 하고 헛웃음을 흘린 후 성의 없이 대꾸했다.

"그래 그래. 하자, 해."

"약속이야."

"알았어. 약속."

"에헤헤."

"그런데 너……."

방글방글 웃는 미소의 왼쪽 뺨에 깊게 볼우물이 파였다. 가만히 그걸 보고 있던 성현은 씩 웃으며 중얼거렸다.

"너, 좀 귀엽게 생겼다."

"으응. 나 그런 소리 엄청 많이 들어."

"나야 뭐 늘 듣고 살아서 지겨운 소리지. 참. 나는 공부도 잘해. 내 친구들은 아직 2학년인데 난 벌써 4학년이야."

"그래? 난 퍼즐 맞추기 완전 잘하는데. 언니들 못하는 거 내가 다 해줘."

"그렇구나. 아 그리고 난 운동도 잘한다. 승마선생님이 나처럼 말 잘 타는 애는 처음 봤대."

"오올. 나도 말 완전 잘 타는데. 울 아빠가 내가 말 타는 거 보더니 바퀴에 불날 것 같다고 그만 타랬어."

"바퀴……? 말에 왜 바퀴가 달렸지?"

"어? 오빠 말은 바퀴 안 달렸어? 고장 난 거 아니야?"

둘이서 핀트가 맞는 듯 묘하게 맞지 않는 대화를 도란도란 주고받는 동안 창밖의 달은 조금씩 서쪽으로 기울고 있었다.

살짝만 움직여도 찌릿찌릿 저려오는 발목을 내려다본 성현은 길게 한숨을 내쉬었다.

"아프다……."

시간이 더 흐를수록 미소의 발목도 부어오르며 똑같이 아파질 텐데 걱정이었다. 제발 아침까지 아무 일 없기를, 어른들이 달려와 어서 우리를 구해주기를. 성현은 계속해서 간절히 빌었다.

"오빠, 우리 언제 집에 가……?"

"조금만 기다려. 아침 되면 갈 수 있을 거야."

"징……챠……?"

"그래. 진짜."

"빨리…… 가고…… 싶…… 드르렁."

꾸벅꾸벅 졸던 미소는 성현의 몸에 기대 코까지 골며 잠들어버렸다.

"천하태평이네. 부럽다."

잠들면 무슨 일이 생길지 몰랐기에 정신을 차리려 애썼지만, 어젯밤까지만 해도 없었던 미소의 따끈따끈한 체온 때문인지 피로 때문인지 점점 눈앞이 가물가물했다. 천근만근인 눈꺼풀을 가까스로 밀어올렸으나 멀어지는 정신을 도무지 붙잡을 수는 없었다.

꾸벅.

고개를 툭 떨어뜨렸다가 번쩍 든 성현은 눈에다 잔뜩 힘을 주고 다시 정신을 차렸다. 그런데 어째 느낌이 이상한 것이, 조금 전까지 미소가 기대 있던 왼쪽 몸이 무척 썰렁했다.

고개를 돌린 성현은 바로 옆의 바닥에 모로 눕혀져 있는 미소와 그런 그녀를 빤히 노려보는 여자를 발견하고서 경악했다. 여자의 손엔 나일론 줄로 보이는 길쭉한 물체가 들려 있었다.

"아, 아줌……! 아니, 엄마! 왜……!"

"쉿. 동생이 자고 있잖니. 조용히 해야지."

"그거 내려놓고 얘기해요, 엄마. 미소 깨면 또 시끄럽게 울지도 모르잖아요. 아빠 오실 때까지 조용히 있을 테니까 엄만 밖에서 기다리세요, 네?"

"아빠는 안 와."

"아니에요, 엄마. 꼭 올 거예요. 조금 늦는다고 했잖아요. 아침이 밝으면 분명히……."

"아니, 아빠는 안 와. 절대로. 왜냐면……."

엄마, 엄마, 하며 어떻게든 여자를 안심시키려던 성현은 이어진 여자의 말에 머리털이 쭈뼛 솟는 공포를 느꼈다.

"그런 건 없으니까. 난…… 네 엄마가 아니잖아."

우려가 현실로 나타났다. 조금만 더 기다리면, 몇 시간만 있으면 동이 틀 텐데, 신은 그 짧은 시간을 기다려주지 않았다.

성현이 새파랗게 질린 가운데 여자는 담담하게 말을 이었다.

"사랑이면 다 될 줄 알았는데 그게 아니더라. 나는 그 사람에게 다 주었는데 그이는 내게 아무것도 주지 않았어. 나한텐 이제 남은 게 하나도 없는데 그 사람은 지금 와이프랑 아들딸 끼고 편안한 잠을 자고 있겠지. 억울해. 아파. 왜 나만 힘든 일을 당해야 하는 거지? 이렇게 계속 힘들 바엔 그냥 가는 게 나아. 같이 가자. 혼자 가긴 싫으니 너희가 나랑 같이 가."

여자는 팽팽하게 잡아당긴 나일론 줄을 미소의 목에 가져다 대려 했다. 그때, 성현이 다급하게 외쳤다.

"미소는 엄마가 편찮으시대요. 나도 학교에서 외톨이라 많이 힘들었어요. 모양은 다르지만 누구나 다 힘들어요."

여자가 말간 눈으로 성현을 돌아보자 느슨해진 나일론

줄과 함께 긴장도 느슨해졌다.

성현은 그 순간을 놓치지 않고 똑 부러지는 어조로 덧붙였다.

"남은 게 하나도 없다니, 그런 게 어디 있어요? 지금 다 포기하면 진짜 남은 게 없게 돼버려요. 그런 비겁하고 못된 아저씨 따위는 잊고 지금부터 많이 만들어가면 되잖아요."

물끄러미 성현을 바라보던 여자가 중얼거리듯 물었다.

"너…… 지금 날 위로하려는 거니?"

성현은 경계의 눈초리로 여자를 살피며 대답을 미루었고, 여자는 희미하게 웃었다.

"어린 녀석이 친절하기도 하지. 그래. 처음엔 그이도 너처럼 친절하고 다정했지. 그런 점이 정말 좋았고. 그러고 보니 참 행복했다. 그이를 만나는 동안은 세상을 다 가진 것 같았어. 하긴, 비록 이룰 수 없는 사랑이긴 했어도 아름다운 추억이 있으니 남은 게 하나도 없는 건 아니구나."

부드럽게 웃는 여자의 얼굴을 보며 성현은 문득 몹시 역겹다는 생각이 들었다.

물론 없는 일이긴 해도 아버지가 젊은 여자와 바람을 피운다는 상상을 해보니 더욱더 그랬다. 저 작자들이 소위 '이루어질 수 없는 사랑'을 통해 '아름다운 추억'을 만드는 동안 그 남자의 아내는 얼마나 많은 눈물을 흘렸을까. 그 아들딸은 얼마나 많은 불안한 밤을 보냈을까. 그뿐이 아니

었다. 아무 상관도 없는 아이들까지 데려다 괴롭히지 않았
나. 그런데도 저 여자의 눈에는 자기 아픔밖에 보이질 않
는 모양이다.

나약해. 정말이지, 저렇게 나약하고 제 생각만 하는 한
심한 어른만큼은 절대로 되고 싶지 않았다.

성현은 어금니를 사리물고 고개를 돌리며 억지로 맞장
구쳤다.

"맞아요. 그러니까 지금이라도 다시 돌아가자고요."

"지금이라도 돌아가……?"

성현은 고개를 주억거리며 그녀를 올려다보고 간절히
애원했다.

"이것 좀 풀어주세요. 지금 미소랑 절 내보내주시면 절
대 신고 안 할게요. 절대로. 이 일은 죽을 때까지 아무한테
도 얘기 안 할게요. 제발 부탁이에요."

물끄러미 성현을 내려다보던 여자는 꽤 오랜 시간이 지
난 후에야 다 포기한 듯 내뱉었다.

"너무 늦었어. 내게 이미 돌아갈 곳은 없는걸."

여자가 다시 나일론 줄을 집어 들자 성현은 크나큰 절망
에 몸서리치며 입을 다물어버렸다.

그녀가 성현 쪽으로 천천히 몸을 숙였다.

그간 열심히 버틴 게 허무할 정도였다. 결국 이렇게 끝나
는 건가.

주마등이란 게 뭘 뜻하는 건지 늘 궁금했던 성현은 이제

야 그 의미를 알 것 같았다. 그동안 살아왔던 인생, 누군가에겐 짧은 시절이겠지만 그에게 있어선 꽤나 길고 알찬 세월이었다. 이런 상황에 닥쳐보니 자신이 얼마나 따뜻하고 행복한 삶을 살아왔는지 새삼스럽게 깨달을 수 있었다.

그런데 겁에 질려 눈을 질끈 감아버린 성현의 귀에 예상하지 못했던 말이 들려왔다.

"네 이름이…… 아니, 알 필요는 없겠지. 고마웠다, 꼬마야. 그리고 미안해."

다시 눈을 뜬 성현은 조용히 물러나는 여자의 뒷모습을 의아한 눈으로 바라봤다.

여자는 낡은 문을 반쯤 열어둔 채 곧장 마루로 나가 뭔가를 준비하기 시작했다.

줄 같은 것이 싹둑싹둑 잘리는 소리, 끼익끼익, 천장의 낡은 무언가가 내는 섬뜩한 마찰음 그리고 바닥에 지익 끌리는 의자다리 소리까지.

한 번도 겪어본 적 없었지만 영리한 성현은 소리와 분위기만으로도 바로 알아차릴 수 있었다. 그녀가 지금 무엇을 하려는 건지 말이다.

"안 돼요!"

크게 소리 쳐봐도 밖에선 아무런 반응도 돌아오지 않았다. 성현은 더욱더 목소리를 높였다.

"안 돼요, 아줌마! 그러지 말아요! 신고 안 한다니까! 나, 절대 신고 안 할 테니까, 내가 아버지한테 얘기해서 아줌마 도와주라고 할 테니까……! 그러니까, 제발요!"

몹시 절박한 성현의 목소리에 미소가 잠에서 깨어났다.

"오빠……?"

삐그덕.

여자가 의자를 밟고 올라섰는지 섬뜩한 소리가 귓전에 울렸다. 성현은 더욱더 놀라 아픈 발목도 아랑곳 않은 채 엉금엉금 기어 방문 앞으로 가며 계속 외쳤다.

"그러지 마요! 아줌마! 안 돼요! 안 돼!"

"미안해. 너한테는 신세만 지고 가는구나. 날 봐. 그이 대신 네가 날 봐줘. 내 마지막을 지켜봐줘."

손발이 묶인 채 바닥을 기다 중심을 잃고 뒹군 성현은 격렬하게 온몸을 뒤틀며 발악했다.

"안 돼요! 누가 좀! 누가 좀 도와주세요! 도와주세요! 제발!"

"모두 안녕."

"안 돼! 아아악!"

덜컹! 끼이익, 끼이익!

어린 성현이 할 수 있는 일은 아무것도 없었다. 그렇다고 지켜볼 수도 없었으니 성현은 눈을 꼭 감고 고개를 돌린 채 떨고만 있었다. 질끈 감은 눈처럼 귀도 꽉 틀어막고 싶었지만 손이 묶여 있으니 그럴 수도 없었다.

죽음을 앞둔 여자가 고통에 몸부림치는 섬뜩한 소리는 어린 소년의 아직 덜 여문 뇌까지 아무런 여과도 없이 파고

들어 깊숙한 곳에 자리 잡고 말았다.

"아아…… 흐흑, 안 돼…… 안 돼. 왜…… 왜…… 왜 이런 일이……!"

계속해서 들려오는 섬뜩한 소리에 정신이 나간 성현은 몸을 잔뜩 웅크리고 흐느꼈다.

그런데 그때까지 완전히 잊고 있었던 문제가 뒤늦게 불거지고 말았다.

"오빠? 왜 그래? 뭐가 안 되는데? 밖에 이모가 뭐라고 해?"

잠에서 깬 미소가 반쯤 열린 문 앞으로 다가오고 있었던 것이다. 엉금엉금 야무지게 기어오는 미소를 발견한 성현은 몸을 반쯤 일으키고서 다급하게 소리쳤다.

"오지 마! 미소야, 이쪽으로 오지 마! 오지 마! 보면 안 돼!"

무시무시한 소리는 어느새 잦아들었다. 그게 무엇을 뜻하는지 의미를 알고 있는 성현은 애써 그쪽을 외면하려 노력하며 미소를 말렸다.

"보면 안 돼! 저리 가! 저리 가라고!"

"오빠 왜 그래? 왜……."

열린 문틈을 살짝 내다본 미소의 표정이 딱딱하게 굳었다.

"어? 이모가 왜 저러고 있지……?"

"바보야! 보면 안 된다니까!"

"이모 이상해졌어……! 으아앙! 무서워! 무서워, 오빠!"

사실 무서워 죽겠는 건 마찬가지였지만 성현은 적어도 미소보다 오빠였다. 도와줄 사람이라곤 아무도 없는 곳이니 자신이라도 어린 동생을 돌봐주어야만 한다는 생각이 번쩍 들었다.

미소가 겁에 잔뜩 질린 채 마구 울부짖자 성현은 그녀를 달래기 위해 임기응변을 발휘했다.

"아, 아니야, 미소야! 네가 잘못 본 거야! 저건 이모가 아니라…… 거미야. 커다란 거미라고!"

"거미? 저렇게 큰 거미가 있어……?"

"그래! 있어!"

"아아, 너무 무섭다!"

"무섭지? 그러니까 이제 저쪽은 절대 쳐다보면 안 돼. 알았어?"

떨리는 목소리를 억지로 누르며 침착하게 말하자 미소는 고개를 주억거렸다. 그 틈을 타 성현은 묶인 손을 쭉 뻗어 반쯤 열려 있던 문틈을 좁혔다.

훌쩍거리며 웅크린 미소를 올려다보며 성현은 혼란스러운 머리와 마음속을 정리하기 위해 안간힘을 썼다.

어떻게 하면 좋지? 이제 어떻게 하면 좋을까?

패닉 상태로 멍하니 누워 있은 지 얼마 지나지 않아 미소의 훌쩍임이 점점 더 커졌다.

"오빠. 흑흑!"

"왜 울어? 울지 마. 이제 거미 안 와. 괜찮으니까 그만 울어."

"아니, 발이이 히잉, 내 발이 너무 아파……! 으아앙!"

케이블타이로 꽉 묶인 미소의 발목도 슬슬 붓기 시작한 것이다. 여기서 시간이 흐르면 흐를수록 더 아파질 터였다.

"아파, 흐흑. 이거 풀고 나 집에 가고 싶어. 무서워. 흐으, 흐아앙!"

한동안 고민하던 성현은 바닥을 짚고 힘겹게 몸을 일으켰다.

"울지 마. 오빠가 풀어줄게."

"훌쩍. 오빠가 이거 풀 수 있어……?"

"그래. 가위로 자르면 돼."

"가위 없잖아."

아니, 있다. 그 여자가 계속해서 들고 다녔던 것이.

"바깥에 아마도…….."

'바깥' 소리에 미소는 경기를 일으키며 고개를 도리도리 저었다.

"히이익! 싫어! 무서워! 밖에 왕거미 있잖아!"

"괜찮아. 넌 여기 있어. 내가 가서 가져올 테니까."

"안 돼! 싫어! 오빠! 나만 두고 가면 안 돼애애! 으아앙!"

미소가 안달이 나 매달리며 울음을 터뜨리자 성현은 한마디 한마디 힘주어 단호하게 못 박았다.

"너 놔두고 안 가! 오빠 절대 너 버리고 혼자 안 간다고! 그러니까 울지 마."

"약속?"

"그래. 약속."

새끼손가락을 걸고서 꼭꼭 약속한 성현은 마음을 다잡고 미소의 얼굴을 다시 한 번 내려다본 후 조심스럽게 문을 열고 밖을 향해 기어나갔다.

"오빠아 무서워……."

뒤에서 들리는 미소의 목소리에 성현은 나직이 한숨을 내쉬고 잠시 고민하다 물었다.

"노래 불러줄까?"

"으응."

조금씩 포복해 앞으로 나아가며 성현은 굳어서 돌아가지 않는 머리를 열심히 돌려 프랑스어 시간에 배운 '집시 거미'를 부르기 시작했다.

"L'araignée gypsie monte à la gouttière. Poom! Voilà la pluie gipsy tombe par terre……."

다급할 때는 몰랐는데, 엉금엉금 기다 보니 발목이 너무 아팠다. 조금씩 움직일 때마다 찌릿찌릿한 통증이 두 다리와 척추를 거꾸로 타고 올라와 사지 전체로 퍼져나가는 듯했다.

"아…… 아파……. 으윽."

기다가 멈추고 몸을 웅크려보니 얼얼한 발목에서 어느

새 피가 흐르고 있었다. 부어 있던 피부가 마찰을 견디지 못한 것이다.

"오빠…… 어디 간 거 아니지? 빨리 와……. 무서워……."

죽을 듯 고통스러웠지만 미소가 잉잉 우는 소리에 쉴 수도 없었다.

다시 한 번 힘을 내서 바닥을 기기 시작한 지 얼마나 됐을까, 성현의 눈앞에 마침내 뭔가가 나타났다. 나일론 줄 꾸러미와 의자다리였다.

그것들을 보는 순간, 아픔보다 더 끔찍한 공포가 덮쳐왔다.

여기 있다. 그 여자가, 죽은 여자가 이 위에 있다.

"아……! 흐, 흐으으……."

머리부터 발끝까지 누군가가 꽉 붙들고 놓아주지 않는 듯한 기분이었다. 선연한 공포로 온몸이 동상처럼 굳은 나머지 꼼짝도 할 수 없었다.

"아아 무서워……, 무서워……. 흐흑."

너무 두렵다 보니 흐느끼긴 하는데 눈물도 전혀 나오질 않았다. 덜덜 떨며 주변을 더듬거린 성현은 멀지 않은 곳에 떨어져 있는 가위를 발견하고 젖 먹던 힘까지 다해 그쪽으로 기어갔다.

"흑, 빨리…… 빨리 여길 나가서……."

가위를 집어 드는 순간 어디선가 찬 바람이 불어왔다. 한

동안 잠잠했던 끼익 소리가 다시 이어지자 성현은 화들짝 놀란 나머지 저도 모르게 고개를 들어 위를 바라보고 말았다.

"으······! 아아, 아아아······!"

죽은 여자의 검은 눈동자는 텅 빈 채 그저 벌어져 있기만 했다. 그걸 정통으로 마주한 그 순간 성현이 크게 외쳐 부른 사람은 '어머니'도 '아버지'도 '형'도 아니었다.

"미소야! 미소야! 미소야아아······! 거기 있지? 너 거기 있지······ 으흐흑! 제발 있다고 해줘!"

"오빠!"

"거기 있지······? 있지······? 으허엉, 미소야, 아무 데도 가지 마! 제발 가지 마······! 나만 두고 가지 마! 가면 안 돼, 안 돼! 흐흑!"

지금 이 순간, 살아 있는 사람이 근처에 있다는 게 그렇게 위안이 될 수가 없었다. 여기는 지옥이 아니라고, 돌아갈 곳이 있다고 얘기해줄 사람이 있다는 게 그렇게 다행일 수 없었다.

"오빠 울어? 왜! 거미한테 물린 거 아니야? 어떡해! 큰일 났다!"

고개를 돌린 채 오열하다 간신히 정신을 추스른 성현은 거기서 케이블타이를 끊고 걸어가겠다는 생각을 고쳐먹었다. 단 한 순간도 더 그 자리에 있고 싶지 않았다. 그래서 다시 죽을힘을 다해 미소가 있는 방으로 기어갔다. 피가

철철 흘러도, 발목의 아픔 따위는 그 끔찍한 공포에 비할
바가 아니었다.

"오빠아!"

방문 앞에서 얌전히 기다리고 있던 미소는 성현이 돌아
오자마자 반색을 했지만 곧 다시 울먹거리기 시작했다.

"오빠, 피가 나잖아!"

"괜찮아. 괜찮아. 하아…… 하아…….."

숨을 몰아쉬던 성현은 다급하게 미소의 손발을 풀어준
후 가위 날을 아래로 향하게 들고서 자기 발목에 감긴 케이
블타이를 끊으려 했다.

"아아…… 으으윽!"

발목에 가위 날이 닿자마자 상처 부위에서 끔찍한 작열
감이 느껴졌다.

고통에 몸서리치는 성현을 올려다보며 미소는 걱정스레
물었다.

"많이 아파, 오빠?"

"아니, 하나도…… 안 아파."

"아플 것 같은데…… 어떡해, 어떡해……, 히잉."

"바보야! 안 아파! 안 아프다고! 안 아프다니까! 흐느
드……."

이를 악물고 오기를 부리던 성현이 마침내 크게 울음을
터뜨렸다.

"으아앙! 아파…… 아파…… 미소야, 진짜 너무너무 아

프다······ 으흐흑!"

"아프지 마, 오빠아, 흑!"

우애앵, 하고 크게 울음을 터뜨린 미소는 눈물콧물을 질
질 흘리며 몸을 숙이더니 성현의 발목에다 후후 열심히 입
김을 불었다.

미소의 응원 덕분에 울음을 그칠 수 있었던 성현은 발목
을 구속하고 있던 케이블타이 한 쌍을 각고의 노력 끝에 잘
라냈다.

"오빠, 가위 줘. 손에 묶인 건 내가 잘라줄게."

미소가 고사리 손으로 어설프게 가위를 놀리는 동안 한
숨을 돌린 성현은 바닥에 다리를 쭉 펴고 앉아 깊은 심호흡
을 계속하며 마음을 가라앉혔다.

이미 성현은 몸도 마음도 지친 나머지 완전히 만신창이
였다. 손발이 자유로워지면 이대로 앞뒤 보지 않고서 도망
치고 싶은 생각이 굴뚝같았다.

그렇지만 아직 해결해야 할 일이 남아 있었다.

"미소야."

"왜, 오빠."

"이제 집에 가자."

"으응. 그치만······ 그치만 밖엔······."

물끄러미 허공을 응시하고 있던 성현이 중얼거리듯 말
했다.

"미소야. 아프리카엔 어른 키만큼이나 큰 거미가 산대.

밤에만 나타나는 거미인데, 아주 사나워서 사람이랑 눈이 마주치면 확 물어버린다나…….”

“헉!”

“무섭지?”

“응. 무서워.”

“밖에 있는 커다란 거미……가 그 거미일지도 몰라. 그러니까 절대 쳐다보면 안 돼. 눈을 마주쳐선 안 돼.”

이런 끔찍한 충격은 자기 하나만으로 족했다. 아직 죽음이 뭔지 모르는 미소에게까지 그런 경험을 안겨줄 순 없었다. 어머니가 곧 돌아가실지도 모른다고 하니 더욱더 그랬다.

“알겠지?”

“으응. 알았어.”

마침내 손목이 자유로워지자 성현은 마음을 다잡고서 자리에서 일어났다.

발목이 몹시 욱신거렸지만 아주 못 걸을 정도까지는 아니었다. 아픔을 참고서 한시라도 빨리 미소를 데리고 여길 나가고 싶었다.

“눈 감아. 내가 뜨라고 할 때까지 눈 뜨면 안 돼. 절대 안 돼. 알았지? 오빠랑 약속해.”

“응, 약속.”

“자, 오빠 손 잡아.”

“이렇게?”

"그래. 이제 나가자."

성현의 손을 잡은 미소는 그의 인도에 따라 더듬더듬 걸었다.

문지방을 넘어선 후 마루로 나가자 꼭 잡고 있던 성현의 손이 차갑게 식으며 부들부들 떨리기 시작했다.

"오빠……? 왜 그래?"

"아, 아무것도 아니야."

어디선가 끼익끼익 하는 소리가 들려왔다.

"무슨 소리 안 나, 오빠?"

"안 들려. 신경 쓰지 마."

"나는데? 이 끽끽 소리 안 들려?"

"아무 소리도 아니니까 계속 눈 감고 있어! 이건 다 꿈이야. 깨고 나면 하나도 기억 안 나는…… 키 크려고 꾸는, 그냥 나쁜 꿈이라고!"

"정말?"

"그래. 여길 나가면 다, 전부 다 잊어버리는 거야."

"그럼 오빠도 잊어버리는 거야? 그건 싫은데. 미소는 다음에 오빠 또 만나고 싶어."

"만나면 되지. 네가 오늘 일을 잊어버려도…… 살다 보면 언젠가는 만날 수 있을 거야."

"응. 나중에 크면 오빠 꼭 나랑 결혼해야 해."

"그래."

"약속이다."

"그래. 약속."

꽉 잡은 성현의 손에 힘이 들어갔다. 차갑게 식었던 피부 아래 다시 따뜻한 피가 돌기 시작했다.

성현의 손을 잡고 무사히 탈출한 미소는 익숙한 골목을 다다다 내달렸다.

저 앞에 제 집이 보였다. 어서 따뜻한 이불 속에 기어들어가 실컷 자고 싶은 마음뿐이었다.

그런데 아무 생각 없이 달리다 보니 뭔가가 허전했다.

"오빠……?"

뒤를 돌아보니 성현은 대문 밖에 우뚝 선 채 멍하니 그 집을 바라보고 있었다.

"오빠, 왜 그래? 빨리 와!"

"으응. 그래."

무거운 발걸음을 돌린 성현은 심하게 절뚝거리며 한 걸음 한 걸음을 옮겨 미소가 있는 곳으로 다가왔다.

"여기가 너희 집이야?"

미소가 서 있는 집 앞에서 대문 안을 슬쩍 들여다본 성현은 마당에 널브러져 있는 말 모양의 승용장난감을 보고서 가볍게 웃음을 터뜨렸다.

"아아. 그 말(馬)이란 게 이거였구나."

"응. 완전 재밌어. 타볼래?"

"아니. 다음에."

"진짜 재밌……는데…… 후아암."

고개를 꺼떡거린 미소가 늘어지게 하품을 했다.

아쉬운 듯 성현은 손을 내밀어 미소의 머리를 쓰다듬었고, 이내 둘은 몇 마디 작별인사를 나눈 뒤 헤어졌다.

"잘 있어, 미소야."

"응, 오빠. 잘 가."

대문 안으로 폴짝 뛰어 들어간 미소는 마당을 가로지른 후 현관문을 열다 말고 걸음을 멈추었다.

"아! 맞다!"

미소는 다시 대문으로 뛰어가 밖으로 고개를 내밀었다. 성현은 비척거리면서도 어느새 꽤 멀리 가 있었다.

"할 말 있었는데 빼먹었네."

입을 삐죽거리던 미소는 어깨를 으쓱이며 집으로 들어갔다.

현관문을 열고 마루를 지나 언니들이 잠들어 있는 안방으로 간 미소는 제 몸이 쏙 빠져나온 이불터널 속으로 다시 비집고 들어갔다. 그 기척에 곁에 누워 있던 말희가 잠에서 깼는지, 어눌한 발음으로 물었다.

"김미소, 오줌 싸고 왔냐?"

"아니."

"그럼?"

"마녀한테 붙잡혔었는데 왕자님이 못된 거미를 물리쳐 줬어. 나중에 크면 결혼할 거야."

"뭔 헛소리야."

필남이 방귀를 뿡 뀌며 뒤척거렸다.

"얼른 자라, 어린것들아. 나 아침에 유치원 가야 하거든?"

편안하게 몸을 누인 미소는 눈을 감고서 중얼거렸다.

"다음에 오빠를 또 만나면 얘기해줘야지. 잊어버리지 말고 꼬옥⋯⋯."

한동안 잠을 이루지 못해 꼬물거리던 미소는 잠시 후 쌕쌕 소리를 내며 편안한 잠에 빠져들었다.

잠시 달을 가리고 있던 구름이 지나가고 휘영청 밝은 달빛이 창으로 쏟아져 들어왔다.

창밖으로 윙윙 시끄럽게 불던 바람도 잠잠해지고, 세상은 아무 일도 없었던 듯 여전히 평화로웠다.

업무의 연장으로 참여한 남의 잔치만큼 지루한 게 또 있을까.

행사 중간에 나가 담배 한 대를 피우고 돌아온 영준은 화려하고 고풍스러운 복도를 걷다 뭔가를 발견하고 눈을 크게 떴다.

저 멀리서 검은 원피스 차림의 한 여자가 언뜻 보기에도 위태로운 걸음걸이로 비틀비틀 걸어오고 있었다. 미소였다. 낮에도 현기증을 호소하더니 어딘가 문제가 생긴 게 분명했다.

"왜 그래? 또 어지러워?"

긴 다리를 교차하며 다급하게 달려간 영준은 힘없이 쓰러지려는 미소를 얼른 받아 품에 안았다.

"김미소! 갑자기 왜 이래? 정신 차려봐!"

안색이 형편없었다. 핏기 하나 없이 창백한 뺨은 얼음장처럼 싸늘하게 식어 있었다.

정신을 잃은 채 축 늘어지는 미소를 바닥에 반듯이 눕히

자 복도에 있던 사람들이 웅성거렸다. 영준은 급히 달려온 수행원들과 호텔 관계자들을 돌아보며 지시했다.

"구급차 부르고 김 비서 가족들에게 연락해."

"네. 병원은 강남유일병원으로 연결할까요?"

"무조건 총수 전담팀으로 배정시켜."

"네? 회장님께서 나중에 아시면…….''

"내가 알아서 할 테니까 시키는 대로 해!"

영준은 서둘러 미소의 블라우스 칼라 맨 위 버튼을 느슨하게 풀어주고 싸늘한 팔다리를 주물러주며 차분하게 그녀의 상태를 살폈다.

수행원으로 동행했던 부하직원 한 명이 뒤늦게 뛰어왔다. 그를 돌아본 영준은 미소가 쓰러진 원인을 파악하기 위해 날카로운 어조로 물었다.

"무슨 일이지? 멀쩡했는데 갑자기 왜 이러는 거야?"

"저도 잘…….''

"조금 전까지 안에 같이 있었잖아. 못 봤어?"

"갑자기 일어나더니 비틀비틀 걸어 나가더라고요. 이유는 저도 잘 모르겠습니다. 아……!"

뒤늦게 뭔가가 생각났던지, 직원은 어렵사리 말을 이었다.

"그러고 보니 부회장님 형님께서 부회장님 자리에 앉으셔서…….''

"뭐?"

그 말에 고개를 드는 순간, 아니나 다를까, 영준은 저 멀리서 쭈뼛거리며 이쪽으로 다가오고 있는 성연을 발견했다.

성연과 눈을 마주친 찰나, 직전까지 무척이나 차분했던 영준의 눈동자가 격하게 요동치기 시작했다. 산대(散大)된 동공에서 시퍼런 불길이 치솟았다.

"제길……."

막았어야 했는데.

안 그래도 요즘 불안해하던 미소에게 저 인간이 접근하는 걸 차단했어야 했다. 보여주지 말고 꼭꼭 숨겨뒀어야 했다. 애초에 저 인간이 잠시 귀국했을 때 미소를 해외출장이라도 보내 아예 만나지 못하도록, 좀 더 적극적으로 떼어놓았어야만 했다. 서로 조각이 맞지 않는 퍼즐을 맞춰보며 열지 말아야 할 뚜껑을 들추는 것을 막았어야 했단 말이다.

자리에서 일어서 성연이 있는 곳으로 뚜벅뚜벅 걸어가는 영준은 극심한 혼란에 시달렸다.

대체 누굴 탓해야 할까.

내 탓? 아니. 저 인간 탓이다. 애초에 이 모든 게 다 저 인간 탓이야. 처음부터 형이 나빴던 거라고!

영준의 걸음걸이가 점점 빨라지는가 싶더니 보폭도 성큼성큼 늘어났다.

순식간에 성연의 코앞으로 다가간 영준은 있는 힘껏 주

먹을 휘둘러버렸다.

퍽!

얼마나 힘을 실어 쳤던지, 정통으로 얼굴을 가격당한 성
연은 그 자리에서 몇 보나 뒷걸음질 치다 털썩 주저앉고 말
았다.

"아, 아으윽……!"

고통에 찬 신음을 흘리는 성연의 코에서 핏방울이 후드
득 떨어져 바닥에 고였다.

다리를 길게 뻗고 완전히 퍼질러 앉은 그의 시야에 앞코
가 반질반질한 영준의 정장구두가 들어왔다.

"미소한테 뭐라고 했어?"

"난 아무 말도 안 했어. 그저……."

"또 옛날 이야기 끄집어냈지?"

"영준아, 혹시…… 혹시 그때 그 여자가 목을……."

우악스럽게 성연의 멱살을 움켜쥔 영준은 양 손아귀에
바짝 힘을 주고 그를 거칠게 끌어당겨 마주 보더니 나직이
으르렁거렸다.

"우리 툭 까놓고 말 좀 해보자, 형."

성연은 영준을 가만히 올려다보기만 했다. 초점 흐린 그
의 눈을 똑바로 들여다보며 영준은 무섭도록 낮게 깔린 어
조로 물었다.

"얼마나 더 괴롭힐 생각이야?"

"영준아, 나는……."

"얼마나 더 오랫동안 날 괴롭히면 성에 차겠어?"

분노서린 고성(高聲)에 주변 시선이 일시에 집중되었지만, 영준은 아랑곳하지 않은 채 더욱더 목소리를 높였다. 금방이라도 무슨 일을 낼 것처럼 위태로웠다.

"말 좀 해봐! 대체 얼마나 더 날 들쑤실 거야! 젠장! 이제 그만하자! 그만 좀 하자고! 나도 좀 살아야 할 것 아니야! 제발 이딴 짓 좀 집어치우자, 제바알!"

공석에선 단 한 번도 평정을 잃지 않았던 이영준이었지만 오늘만큼은 달랐다. 그는 벌겋게 달아오른 눈시울을 하고서 제 형의 멱살을 거칠게 잡아 흔들며 악을 써댔다.

"이젠 정말 지긋지긋해! 형 같은 인간이 한 명이라도 더 있으면 내 피가 다 말라서 정말! 정말로 죽어버릴 것 같다고!"

그동안 꾹꾹 눌러두었던 분노, 고통, 회한 등 온갖 감정을 일시에 폭발시킨 영준의 끔찍한 고함이 복도에 쩌렁쩌렁 울렸다.

대리석 벽에 부딪친 영준의 목소리가 메아리가 되어 울리다 마침내 잦아들자 주변 분위기는 얼음물을 끼얹은 듯 썰렁해졌다.

"하아, 하아……."

침묵 속에서 영준의 어깨는 격하게 들썩이고 있었다.

그로부터 얼마의 시간이 흘렀을까, 영준은 성연의 옷자락을 놔주고 허리를 세운 후 한 발 물러났다. 멀리서 구급대원들이 요란한 소리를 내며 달려오고 있었다.

"동생으로서 처음이자 마지막으로 부탁할게, 형. 제발 이대로 출국해. 서로 더 이상 부딪치지 말고 이쯤에서 끝내자."

"미안하다."

성연이 고개를 숙이며 사과했지만 영준은 아무 대꾸도 하지 않은 채 손수건을 꺼내 툭 던졌다.

"미안하다, 미안해, 정말…… 정말로 형이 미안해……."

"집어치워."

툭 내뱉고 미소에게로 돌아서려던 순간, 영준은 성연의 한마디에 온몸이 얼어붙은 듯 그 자리에 딱 멈춰 서고 말았다.

"미안하다, 성현아."

멍하니 서 있던 영준은 눈물이 그렁그렁한 성연의 눈을 황망하게 바라보다 돌아섰다.

더 이상 아무 말도 하지 않은 채 구급대원을 따라간 영준은 끝까지 성연을 돌아보지 않았다.

❦ ❖ ❖ ❖ ❖

'하아, 하아, 저리 가! 저리 가! 오지 말란 말이야!'

미소는 끝없이 이어진 어둠 속을 마구 달리고 있었지만 컨베이어벨트 위를 뛰는 것처럼 전혀 앞으로 나아가지 못

했다. 뒤를 돌아보니 무시무시한 귀신은 어느새 자신에게 닿을 만큼 가까이 다가와 있다.

도와달라고, 살려달라고 아무리 크게 외치려 해도 목구멍은 꽉 닫힌 듯 더 이상 바람 한 점 새어나오지 않았다.

달리는 것을 멈추고 주저앉은 채 몸을 웅크리고 눈을 질끈 감으니 끼익끼익, 섬뜩한 소리가 점점 더 가까이 다가오는 게 느껴졌다.

아아, 무서워, 무서워, 무서워!

지친 나머지 더 이상은 버틸 수 없어 포기하려던 그때, 어디선가 밝은 빛 한 줄기가 나타나 몸을 감싸 안았다. 포근하고 따스하며 눈물이 날 것처럼 편안한. 바로 영준이 처음으로 뒤에서 안아주었던 때 느꼈던 그 느낌이었다.

「이건 다 꿈이야. 자고 나면 깨끗하게 잊어버리는 꿈. 그러니까 괜찮아.」

손톱 끝에서부터 손가락 마디마디를 지나 손등, 손목, 팔, 그리고 이내 온몸에 서서히 감각이 돌아오기 시작했다.

「이제 그만 돌아와, 김 비서.」

눈을 떴을 때 사방은 꿈속과 똑같이 여전히 어두웠다. 시끄러운 차 엔진 소리와 심한 흔들림, 알 수 없는 말을 다급하게 주고받는 낯선 사람들, 사이렌과 삑삑거리는 기계음들로 온통 혼란스러운 그 공간에서 또 한 번 공포가 엄습했지만, 그런 미소를 단번에 안정시킨 건 그녀의 왼손을 꼭 붙들고 있는 누군가의 손이었다. 크고 강인하며 무척이나 따뜻한 손.

"부회장님……."

절대 놓지 않겠다는 듯, 미소의 손을 붙잡은 영준의 손아귀에 힘이 꽉 들어갔다.

그는 계속해서 그녀에게 뭔가를 말했지만 시끄러운 구급차 사이렌 때문에 알아들을 수가 없었다. 감기려는 눈꺼풀을 억지로 붙든 그녀는 그의 입술을 가까스로 읽었다.

'이제 괜찮아.'

괜찮다고? 정말 괜찮을까?

그러고 보니 돌아보면 늘 그랬었다.

지난 9년 동안 비록 말은 얄밉다, 얄밉다 하긴 했어도, 그가 괜찮다고 했을 땐 한 치의 어긋남도 없이 그냥 괜찮아졌다. 그가 믿을 수 있다고 하는 건 뭐든지 믿을 수 있는 것이었다. 그가 그렇다고 하면 굳이 더 볼 것도, 생각해볼 것도 없이 그냥 그런 것이었다.

그런 그가 괜찮다고 하니 괜찮은 거겠지. 그래. 괜찮아.

다시 눈을 감았을 때, 미소는 춥거나 무섭지 않았다. 무시무시한 모습의 귀신도 더는 보이지 않았다.

깊은 잠에 들었다 다시 깨어난 미소가 가장 먼저 감지한 감각은 바로 청각이었다. 물속에 있는 듯 다소 먹먹하게 들리긴 했어도 누군가에게 전화로 지시를 내리는 영준의 목소리가 비교적 정확히 구별됐다.

"내일 오후까지 공식 스케줄 다 취소합시다. 오전에 잡혀 있는 포럼은 박유식 사장한테 맡겼으니까 차질 없도록 진행하고, 밤새 핫라인 열어둘 테니 혹시라도 무슨 일 있거든 즉각 보고해요."

미소가 보필했던 오랜 세월 동안 사적인 모임을 제외하고 공식행사 스케줄은 단 한 번도 즉흥적으로 어긴 적이 없었던 영준이다. 그랬던 그가 일방적으로 스케줄 취소를 지시하다니.

통화를 마치고 베드로 다가온 영준은 눈을 뜨고 있는 미소를 발견하고 중얼거렸다.

"눈 떴네."

조금 전까지 무슨 일이 있었는지 짐작할 수조차 없을 정도로 아무렇지도 않은, 그저 평온하기만 한 어조와 태도였다.

"좀 어때?"

미소가 아무 대꾸도 하지 않은 채 누워 멍하니 바라보고만 있자 영준은 침대에 걸터앉아 그녀의 위로 몸을 숙이며 가만히 눈을 맞추었다. 그 눈빛이 찌르는 듯 몹시 따가운 것이, 미소가 어디까지 기억해냈는지 확인하려는 것처럼 보였다.

"그렇게 오랫동안……."

미소는 건조해져 붙어버린 입술을 간신히 벌리고 나직이 말을 이었다.

"그렇게 오랫동안 그런 눈으로 보고 있었어요?"

영준은 무슨 뜻인지 묻는 양 미소를 내려다보기만 할 뿐 아무런 대답도 하지 않았다.

그녀는 더 이상 그의 얼굴을 알아볼 수가 없었다. 뭔가 눈앞을 가로막고 있는 듯 시야가 흐릿해지더니 이윽고 뜨거운 두 줄기 눈물이 뺨을 타고 주르르 흘러내렸다.

"혹시라도 내가 그때 일을 기억하게 될까 봐, 그렇게…… 흑, 그렇게…… 조마조마해하는 눈으로, 불안한 눈으로 날 보고 있었던 거예요? 그렇게 오랫동안이나……?"

미소의 입술 사이로 참을 수 없는 흐느낌이 터져 나왔다.

훌쩍거리다 마침내 어린아이처럼 엉엉 울어버리는 미소를 가만히 바라보던 영준은 어깨를 으쓱하더니 긴 한숨을 내쉬고 중얼거렸다.

"완전히 실패했네. 끝까지 숨길 작정이었는데."

갑자기 몸을 벌떡 일으킨 미소가 몸을 마구 흔들며 격하게 울부짖었다.

"바보, 바보! 으흐흑! 왜 그랬어요? 뭐든지 혼자서 다 짊어지고 '나는 잘났어.' 하고 자랑하면 누가 좋아해줄 줄 알았어요? 그렇게 힘든 일을 혼자서만 다 묻고 있었으니 속이 썩어 문드러져 잠도 못 자고 가위눌리죠! 사람이 왜 그렇게 미련해요? 아무리 잘났다고, 혼자서 왜……! 왜! 왜! 나한테는 아무 말도 안 하고 왜 그렇게 오랫동안……!"

마구 악을 쓰며 울던 미소가 두 팔을 뻗어 영준의 머리를 끌어안았다.

"진작부터 나랑 나눴으면 좋았잖아요……. 흐흑. 누구보다도 내가 더 깊이 이해하고 위로해줄 수 있었을 텐데 왜애……."

흐느낌이 잦아들 때까지 가만히 안겨만 있던 영준은 무척이나 뜬금없는 질문을 던졌다.

"벌목장에 가본 적 있어?"

울음을 추스른 미소가 영문을 모르겠다는 얼굴로 고개를 젓자 영준은 부드럽게 웃더니 말을 이었다.

"입이 떡 벌어질 정도로 크고 웅장한 나무가 잘린 채 드러누워 있는 걸 봤어. 그 멋들어진 나무의 나이테에 이상한 자국이 있기에 뭔지 물었더니, 어린 나무 시절에 수피에 큰 상처를 입은 흔적이라고 하더라. 겉으론 정말 더할 나위 없이 멋진 나무였는데 말이야."

영준의 머리를 끌어안은 미소의 양팔에 더욱 힘이 들어갔다.

"나무든 사람이든, 살아 있는 건 모두 똑같은가 봐. 상처를 품고 살아가는 건 다들 마찬가지구나 싶어서 조금은…… 위로가 됐었어."

그는 피를 토하는 어조로 한 단어 한 단어를 힘겹게 이어 갔다.

"단 하루도 아니, 단 한 순간조차 잊을 수가 없었지. 그 때 그 일, 그 모습, 그 소리, 냄새까지, 눈만 감으면 바로 어제 일처럼 선명하게 떠오르는데…… 그 끔찍한 걸…….

말하다 말고 깊고 긴 한숨을 토해낸 영준이 덧붙였다.

"어차피 다 잊어버린 그걸 다시 기억하게 하고 싶지 않았어. 적어도 나로 인해서는."

"부회장님…….

"미소가 말했던 것처럼 세상에 끝까지 숨길 수 있는 비밀은 없다는 걸, 언젠가는 다 밝혀질 거라는 건 잘 알고 있었지만 그래도……. 단 하루, 단 한 시간이라도, 단 일분일초라도. 내가 할 수 있는 한은 최대한 늦춰주고 싶었어. 그 고통을 조금도 나눠주고 싶지 않았으니까."

입을 꼭 틀어막고 흐느끼는 미소의 등을 부드럽게 쓸어주며 영준은 담담히 말했다.

"지난 9년간 내가 그 사실을 숨기고 있었던 게 미소 입장에선 물론 서운할 수도 있겠지만, 나는 괜찮아."

"괜찮긴 대체 뭐가 괜찮아요! 흑. 바보. 바보…….

영준은 미소의 품에서 빠져나와 손가락으로 그녀의 눈물을 지워준 후 가볍게 입 맞추고 중얼거렸다.

"절대 후회 안 해."

미소는 애써 울음을 삼키며 말했다.

"기억이 돌아왔다 해도…… 그때 너무 어렸으니 세밀한 것까지는 생생하게 기억 안 나요. 그냥 '죽은 사람을 보고 무서운 거미라고 생각했구나.' 하는 정도지, 부회장님처럼 고통스러울 정도는 아니란 말이에요."

"그럼 천만다행이고."

"천만다행이 아니에요!"

영준이 의아하게 바라보자 미소는 또다시 눈물을 쏟았다.

"똑같이 봤으니 차라리 똑같이 고통스럽다면…… 흑, 그렇다면 이렇게 미안하진 않을 텐데……. 흐흑!"

들썩이는 미소의 어깨를 어루만지던 영준은 그녀를 품에 꼭 안고서 말허리를 잘라버렸다.

"그런 소리 하는 거 아니야."

"안 어울려요. 부회장님은 세상에서 제일 잘나고 오직 자기만 아는 캐릭터잖아요. 그런 사람이…… 이러면 안 된다고요. 반칙이야."

그 소리에 영준의 눈썹이 꿈틀거렸다.

"왜? 미소 말대로 세상에서 제일 잘나고 나 자신만 아는 나니까 가능한 일인데."

"훌쩍. 무슨 소리예요, 그게?"

"나 말고 누가 또 이렇게 할 수 있겠어? 오직 이영준만이 가능케 할 수 있었던 일이잖아."

너무도 뻔뻔스럽게 들리는 영준의 말에, 미소는 번갈아

울다 웃다 하다가 이내 고개를 도리도리 저었다.

아아, 재수 없다! 재수가 없어도 이렇게 없을 수가! 그런데 또 이상하게 재수 없지가 않아. 이 기분은 대체 뭐지?

하긴. 뭐긴 뭐란 말인가. 이런 기분이 바로 이영준을 마주한 자만이 느낄 수 있는 기분이지.

이 익숙하고도 기묘한 아이러니 덕분에 긴 여행 끝에 이제야 다시 원래 자리로 돌아온 느낌이다.

무표정한 영준의 얼굴을 올려다본 미소는 그가 건넨 손수건으로 눈물을 닦아낸 후 진지하게 고백했다.

"나…… 실은 그날 하지 못했던 이야기, 꼭 전하고 싶었던 말이 있었어요."

"뭔데?"

"고맙다고…….."

미소는 이내 눈물이 그렁그렁한 눈으로 영준의 눈을 들여다보고 방글방글 웃으며 말을 이었다.

"그날 오빠도 많이 힘들었을 텐데…… 지켜줘서 고맙다고. 정말로 고마웠다고."

미처 말이 다 끝나기도 전, 영준의 입술 양끝이 부드럽게 호를 그렸다. 환하게 미소 짓는 그의 얼굴은 그 어느 때보다도 더 평온하고 준수해 보였다.

"아니. 오히려 내가 더 고마웠지."

미소의 아랫눈썹 끝에 아슬아슬하게 매달려 있던 눈물방울이 뺨을 타고 도르르 굴러떨어졌다.

영준이 또 한 번 눈물을 닦아주기 위해 팔을 드는 순간, 미소가 눈을 크게 뜨더니 그의 오른손목을 붙들고 물었다.

"손이……! 손이 왜 이래요? 어디서 다친 거예요?"

아까 분을 참지 못해 성연에게 주먹을 휘두른 흔적이 고스란히 영준의 손마디에 남아 있었다. 이제야 그걸 확인한 영준은 미소를 걱정하느라 잠시 미뤄두었던 형 걱정에 마음이 무거워졌다.

"별것 아니야."

"혹시…… 형님하고 싸웠어요?"

눈치 빠른 미소가 정곡을 찌르자 영준은 고개를 끄덕이며 순순히 인정했다.

"싸운 건 아니고, 일방적으로 팼지."

성연의 기억이 다 돌아왔다면 어떤 방향으로든 결론을 짓고 해결해야 했다. 그렇지만 그동안 잘 눌러두었던 형에 대한 분노를 가라앉히지 않는다면 또 같은 일이 반복될지도 몰랐다.

"실은……."

영준이 심각하게 뭔가를 얘기하려던 때, 문 쪽에서 노크 소리가 들리며 수행원 한 명이 고개를 디밀었다.

"지금 막 로비에 도착하셨다고 합니다."

"아, 내가 내려갈게요."

미소는 벌떡 일어나는 영준을 의아한 눈으로 올려다봤고 그는 다소 긴장된 표정으로 그녀에게 말했다.

"내려가서 아버님 모셔올게."

"아버님……이라니요? 누구 아버님 말씀이세요?"

옷매무새를 가다듬은 영준은 흠, 하고 숨을 고르더니 다시 말했다.

"음. 정정하지. 가서 장인어른 모셔올게."

영준이 병실을 나간 후로도 멍하니 있던 미소는 한 박자 늦게 화들짝 놀라며 얼굴을 붉혔다.

"장인……어른……?"

BGM 자동지원이랄까. 어디선가 80년대 헤비메탈 음악이 들려오는 듯했다.

한 중년 남성이 금속 스터드가 잔뜩 박힌 올블랙 가죽옷을 입고 로비에서 우왕좌왕했다.

훤칠한 키, 긴 팔다리, 뭐 굳이 들춰내자면 해골 모양 허리띠 버클 위로 살짝 튀어나와 처진 아랫배가 아주 약간의 흠이라면 흠인 남자는 중견 영화배우라고 해도 믿을 정도로 잘생긴 얼굴의 소유자였는데, 그 잘생긴 얼굴을 마주하는 순간 영준은 딱 미소를 떠올렸다. 사진에서 본 미소의 언니들이 하도 평범해서 아버지도 그런 줄 알았는데, 언니들은 아무래도 외탁한 모양이다.

영준이 곧장 다가가 정중하게 인사를 올리자 미소의 부친은 부들부들 떨더니 대뜸 담배를 찾았다.

거절하기도 애매해 로비 밖의 흡연구역으로 재깍 모신

영준은 미소 부친이 하도 권하는 바람에 통성명도 하기 전에 예비장인과 맞담배부터 피운, 아주 버르장머리 없는 놈 신세가 되고 말았다.

담배연기를 짧게 내뿜은 미소의 부친은 어울리지 않게 손을 덜덜덜 떨며 소심하게 물었다.

"미소가…… 우리 미소가 대체 어디가 안 좋아 쓰러졌답니까?"

고민하던 영준은 조심스럽게 대답했다.

"과로라고 하더군요. 제가 잘 돌보지 못해서 생긴 일이라 면목 없습니다."

"아아. 아닙니다. 능력 없어 잔뜩 고생만 시킨 이 애비가 면목이 없지요. 부회장님, 우리 딸 부디 잘 좀 부탁드립니다."

"편하게 말씀 놓으십시오."

"아니, 그래도 딸애 상사신데……."

미소의 부친이 어쩔 줄을 몰라 하자 영준은 마른침을 꿀꺽 삼키고 폭탄선언을 했다.

"실은 따님과 결혼을 전제로 교제 중입니다. 조만간 정식으로 찾아뵙고 인사드리려고 했는데 이런 데서 먼저 뵙게 되어 송구스럽습니다."

"네……? 이, 이게 무슨……?"

"장인어른."

영준이 뻔뻔스럽게 내놓은 '장인어른' 소리에 미소 부친은 공포의 눈알 비우기를 두 번 시전하고서 담배를 빠바박 빨아들이더니 되물었다.

"교제 중이라고……요? 그쪽이 지금 말하는 교제가 내가 아는 그 교제가 맞겠지……요?"

"네. 말씀 놓으시라니까요."

"아니, 대체 언제부터?"

"어……."

말문이 턱 막힌 영준의 얼굴이 묘해졌다.

잠깐. 언제부터였지? 처음 만난 건 만으로 23년 전인데 그땐 사귀지 않았잖아. 그럼 9년 전이라고 해야 하나? 아니, 9년 전에도 오랜만에 다시 만나 함께 일하기 시작한 것뿐이고, 그때도 그 이후로도 결국 사귀는 사이는 아니었잖아. 그럼 언제라고 해야 하지? 한 달 전? 지난주? 어라? 잠깐. 그러고 보니 반지 제작에 너무 오랜 시일이 걸리는 바람에 아직 제대로 청혼도 못 했는데?

극심한 혼란에 할 말을 잊은 영준이 어울리지 않게 당황하자 미소 부친은 고개를 주억거렸다.

"기억이 안 날 정도로 오래됐단 말인가! 흐음. 역시 미소의 미친 매력이란."

어색하게 웃는 영준을 바라보며 미소의 부친은 믿을 수 없다는 듯 얼떨떨한 표정과 어조로 말을 이었다.

"살다 보니 이런 날이 다 오는군. 우리 미소가 무려 유일그룹을 먹은 놈을 먹다니……."

"아직 먹진 않았습니다. 저도, 따님도."

"어미 없이 살며 속 한번 썩인 일도 없이 잘 자라주고 학원 한번 안 보내도 1등만 척척 해오던 우리 막내…… 우욱, 가족들 때문에 고생만 했던 우리 미소가, 크흐흑. 그동안 우리가 얼마나 미웠을까, 얼마나 우릴 원망했을까. 그 녀석, 싫다는 말도 못 하고 그 긴 세월 동안 참고 살았을 텐데…… 내가 제일 큰 죄인이지, 내가. 흐흐흑……. 압."

미소 부친은 커다란 해골반지를 주렁주렁 낀 주먹을 깨물며 울음을 삼켰다.

피우지 못한 채 그냥 들고만 있던 담배에서 흩날리는 연기를 가만히 보던 영준이 담담하게 말했다.

"물론 고생이야 했지만, 그렇다고 해서 미소가 아버님을 원망하거나 미워하진 않았을 겁니다. 가족이잖아요."

영준의 말은 그저 위로하고자 아무 뜻 없이 하는 빈말 같지는 않았다. 말의 행간을 짚어낸 미소 부친은 물끄러미 그를 건너다봤다.

"그리고 설사 원망했다 하더라도…… 가족 중 누군가 한 명이 고생하고 있으면 그걸 지켜보는 사람들 마음도 편치 않기 마련이죠. 누가 더 고생하고 누가 덜 고생했는지, 누가 죄인인지 아닌지, 그런 걸 가려내는 건 아무 의미도 없다고 생각합니다."

그 말을 하는 동안 영준 역시 스스로 깨달은 바가 있었다.

아닌 척하고는 있었지만 자신 역시 깊은 곳에선 오랫동안 형과 부모님을 원망하고 있었다는 것.

그렇지만 이제 와서 누굴 탓할 일도 아니었다. 모두의 고통을 경감시키기 위해 스스로 짊어지는 거라고 잔뜩 허세만 부렸을 뿐이지, 사실 고통받지 않고 편했던 사람은 아무도 없었으니까.

이미 지나간 일이라면, 어차피 바뀌지 않을 과거라면, 모든 게 제자리로 돌아온 지금에 와서 악을 쓰고 탓만 할게 아니라 담담하게 받아들이는 것도 인생 아니겠나. 지금까지 그래왔던 것처럼 말이다.

"자네는……."

물고 있던 주먹을 입에서 꺼낸 미소 부친은 오랫동안 영준의 얼굴을 살피다 뜬금없는 소릴 했다.

"내가 예전에 악기상 할 때 잠깐 배워서 관상을 좀 볼 줄 아는데, 자네는 명실상부 제왕의 상이로군. 내, 자네 같은 아들을 꼭 하나 얻고 싶었는데. 마누라가 살아 있다면 지금이라도 늦둥이를 시도해보고 싶은 심정이야."

'아버님으로 모시겠습니다. 아들처럼 대해주십시오.', '아이고 이 친구, 아주 사람이 됐구먼. 허허.' 하는 훈훈한 장면이 연출될 타이밍이었지만 그런 일은 없었다.

영준은 당당하게 웃으며 아주 뻔뻔스럽게 대꾸했다.

"하늘 아래 두 명의 제왕은 있을 수 없지요."

응? 어라?

이건 뭐지? 재수 없어. 그런데 또 재수가 없진 않아. 이게 뭐지? 이게 대체 뭐지?

미소 부친의 얼굴이 확 일그러졌지만 영준은 아랑곳 않은 채 수행원을 불러다 병실까지의 안내를 부탁했다.

"자네도 같이 올라가지?"

"죄송합니다만, 해결할 일이 하나 남아서요. 집에 좀 들렀다 오겠습니다."

대화 도중 뭔가 고민을 해결하기라도 했던지, 부드럽게 웃는 영준의 얼굴은 처음 봤을 때보다 한결 더 편안해 보였다.

미소가 두 시간쯤 전 업무 수행 중 갑자기 쓰러져 병원으로 옮겨졌다는 소식을 측근으로부터 전해 들은 이 회장 부부는 미소가 쓰러진 이유를 추궁하다 그 자리에 성연이 동석하고 있었다는, 그리고 영준이 성연에게 주먹을 휘둘렀다는 사실까지 접했다.

형제다툼은 물론 과거의 일과는 아무런 관련이 없을 수도 있겠지만 그 사이에 미소가 끼어 있어서인지 왠지 모르게 불안한 느낌을 지울 수가 없었다.

응접실 소파에 심란한 표정으로 앉아 있던 최 여사가 조심스럽게 이 회장에게 말을 붙이려던 때, 노크도 없이 문이 벌컥 열리고 성연이 들어섰다.

"성연아! 너, 얼굴이……!"

영준이 주먹을 휘둘렀다는 말을 들었을 때 익히 예상했던 대로, 성연의 잘생겼던 얼굴은 오간 데 없었다. 퉁퉁 부은 코와 터진 입술에 코피가 제멋대로 말라붙어 엉망이고 슈트 상의와 셔츠에도 온통 핏자국이었다.

"이게 무슨 일이니? 응?"

놀란 최 여사가 성연을 끌고 와 소파에 앉혀놓고 물티슈로 핏자국을 닦아주는 동안 이 회장은 말없이 장남을 바라보다 엄한 목소리로 명령했다.

"무슨 일인지 설명해봐라."

얼굴을 닦아주는 최 여사의 손을 잡아 내린 후 한동안 미동도 없이 앉아만 있던 성연은 눈물을 쏟아내며 그 자리에 무릎을 꿇었다.

"죄송해요. 죄송해요. 저 때문에…… 이 모든 게 다 저때문에 일어난 일인데 전 그동안…… 으흐흑."

무슨 일인지 알 수가 없어 안타까운 표정으로 성연을 걱정하던 최 여사와 이 회장은 이어지는 아들의 말에 얼굴이 핼쑥해졌다.

"아버지, 엄마! 성현이는…… 성현이는 모든 걸 다 알고도 그렇게 오랫동안 모르는 척하면서 참고 살아왔던 거예요! 나 때문에, 내가 잘못될까 봐 혼자서 그렇게 오랫동안……! 흑흑! 그런데 나는! 나는 대체! 난 대체 어떻게 돼먹은 놈인지…… 으흐흑."

최 여사는 다리에 힘이 풀려 흐늘흐늘 주저앉았고, 이 회장은 의심했던 일을 확인한 충격에 말문을 닫아버렸다.

한동안 응접실엔 성연이 오열하는 소리만 울렸다.

"그만 울어라. 꼭 네 잘못만은 아니니까."

이 회장이 힘없이 중얼거리는 말에 성연은 울다 말고 고개를 들어 그를 바라봤다.

"아버지……."

처음부터 이상하다는 생각은 들었다.

서로 유괴 피해자를 두고 다투던 형제, 그런데 어느 날 아침, 자고 일어나니 한쪽의 기억이 깡그리 말소되었다니 너무 지나치게 딱 맞아떨어지지 않나. 게다가 그날의 기억만 딱 잊어버렸다고 천연덕스럽게 말하던 작은아들은 평소에 웬만한 어른보다도 더 어른스러웠던 아이. 충분히 의심스러울 상황이었다.

그런데도 그 의심을 외면했다. 아니, 오히려 차라리 잘됐다며 일사천리로 모든 일을 덮어버렸다. 언젠가 바로잡아주면 될 거라고, 그럴 수 있을 거라고 생각하고 23년이나 방치해버렸다.

너무도 어른스럽고 잘난 아이였기에 괜찮을 줄 알았다. 자리만 살짝 바뀌었을 뿐 완벽하게 맞물려진 상황은 그럭저럭 평온했기에 이대로도 괜찮을 거라고 여겼다.

어쩌면 그렇게 오랫동안 영준에게 모든 걸 떠넘겨버리고 뒷짐 지며 물러난 건지도 몰랐다.

"난 너무 두려웠다. 너희들 둘 다 잃고 싶지 않았어. 널

병원에 입원시키려 했을 때 너희 엄마가 아무리 울면서 매달리더라도 내가 독하게 맘먹고 모든 걸 제대로 돌려놨어야 했는데 그러지 못했지. 아비가 비겁했다. 결국 너희 둘을, 성현이를 그렇게 오랫동안 고통스럽게 내버려둔 건 나였어."

최 여사가 두 손으로 얼굴을 가리고 무너졌다.

"여보……! 아니에요, 으흐흑! 내가…… 모두 다 내 잘못이에요!"

어디서부터 틀어진 걸까.

혼란스러운 마음을 가눌 길 없던 성연은 자리에서 일어나 유령처럼 흐느적흐느적 응접실을 나가버렸다.

끝도 없이 길게 느껴지는 계단을 밟고 올라간 그는 자기 방의 문을 열다 말고 고개를 돌려 영준의 방을 바라봤다. 독립해서 집을 나가기 전까지 영준이 썼던 방은 실은 성연 자신의 방이었고 지금 이 방이야말로 영준의 방이었을 것이다.

조용히 문을 열고 들어간 성연은 넓고 깔끔한 방을 주욱 둘러보다 한쪽 벽면을 응시했다.

편수책상이 놓여 있는 벽면으로 휘청휘청 걸어간 그는 연필꽂이의 커터를 꺼내 날을 조금 밀어올린 후 벽 한가운데에다 그었다. 이내 벽지에 난 칼집에 손가락을 넣어 공간을 만든 그는 주저 없이 벽지를 죽죽 잡아 뜯어냈다.

벽지 뒤에 숨겨졌던 과거를 물끄러미 바라보던 성연은

두 팔을 늘어뜨리고 고개를 숙였다.

울컥 솟구치는 눈물을 삼키며 발걸음을 옮긴 그는 창가로 가 밖을 내다보며 생각했다.

그냥 죽어버릴까.

나약한 것도 정도가 있지, 그렇게 오랫동안 모두를 곤경과 비탄에 빠뜨렸던 주제에 뻔뻔스럽게 영준만 탓하며 살아왔다. 모든 걸 알게 된 지금 더 이상 무슨 낯짝으로 살 수 있단 말인가.

그래. 그냥 죽어버리자.

그렇게 맘먹은 순간, 대문에서 이쪽을 향해 똑바로 걸어오고 있는 영준이 눈에 띄었다.

정원을 성큼성큼 가로지르던 영준은 발걸음을 멈추더니 넓은 잔디밭 중 한곳을 뚫어져라 쳐다봤다. 죽은 해피가 개껌을 묻어두곤 했던 자리였다.

어쩌면 영준은 그렇게 기억을 묻었던 걸까. 성연을 위해, 가족 모두를 위해.

아까 '성현아.' 하고 불렀을 때 단 한 번도 뒤돌아보지 않고서 그대로 떠나버린 영준의 등을 지금까지 잊을 수가 없었다.

오래전 그날 그 춥고 황량한 곳에다 버리고 도망쳤을 때 그 녀석은 같은 눈으로 내 등을 바라보고 있었겠지.

어떻게 사과해야 할까. 너무 오랜 세월이 흘러버렸는데, 이제 와서 어떻게 사과해야 할까.

깊은 생각에 잠겨 있던 성연이 두 손에 얼굴을 파묻고 고통에 몸부림치던 순간, 방문이 활짝 열렸다.

"영준아……."

고개를 들지 못한 채 잔뜩 웅크리고 서 있는 성연을 가만히 쳐다보던 영준의 시선이 방을 쭉 둘러 훑었다.

성연의 방 한쪽 벽은 군데군데 벽지가 뜯어져 있었다. 모든 걸 다 깨달은 성연이 확인을 위해 잡아 뜯은 모양이었다.

뜯긴 벽지 아래에는 오래전 역사가 그대로 남아 있어, 원래 이 방의 주인이었던 어린 영준이 그려 붙여둔 그림이라든지 어디서 받아 온 상장 같은 것들이 아직까지도 빼빼했다.

어머니의 악취미였다. 묻을 생각이었으면 화끈하게 묻어야지, 저게 뭐란 말인가 대체.

나직이 한숨을 내쉰 영준은 안으로 들어와 성연과 어깨를 나란히 하고 창밖을 내다봤다.

"영준아. 그동안 내 기억이 왜 그렇게 부자연스러웠었는지 조금이라도 더 깊이 생각해봤더라면……."

금제 담뱃갑에서 담배 한 개비를 꺼내 입에 문 영준은 성연에게도 담뱃갑을 불쑥 들이밀고 권했다.

"피울래?"

담배를 피우지 않는 성연은 잠시 주저하다 한 개비를 꺼내 입에 물었다.

영준이 라이터로 불을 붙여주자 사방이 확 밝아졌다가 다시 어둠에 잠겼다.

담배연기를 들이마신 성연이 발작적으로 기침을 하기 시작했다.

"우욱! 콜록콜록! 캑캑!"

영준은 꽥꽥거리며 펄펄 뛰는 성연을 재미있다는 듯 바라보고 있었다.

"우욱! 이 자식이 일부러……!"

약이 오른 성연이 눈을 부릅뜨고 노려보자 영준은 씩 웃으며 툭 내뱉었다.

"눈물바람하며 죽는 시늉하고 있을 줄 알았는데."

뜨끔한 성연의 어깨가 움찔했다.

"그래도 의외로 멀쩡하네. 역시 대단해. 그래. 이 정도는 뻔뻔해줘야 이성연이겠지."

말문이 막혔는지 성연은 아무 대꾸도 하지 않은 채 다시 고개를 숙였다.

"지금 내가 온 건 형을 탓하고 질책하기 위해서가 아니라, 형한테 사과하기 위해서야."

"뭐……라고?"

이해할 수 없는 말에 성연이 놀라자 영준은 담담하게 말을 이었다.

"언젠가 박 박사가 그런 얘길 하더군. 주인공이 '너희들은 내가 지킨다!' 하는 대사를 습관처럼 내뱉는 만화는 꼭 뒤로 갈수록 스토리가 망한다고."

"무슨 소리야?"

"내가 희생한 게 아니었어. 오히려 나 혼자서 다 지킬 수 있을 거라고 생각하면서 덮어버리는 바람에 모두가 제자리를 찾을 기회를 없애버린 건지도 모르지."

"그렇지 않아…… 영준아."

영준은 불을 붙이지 않은 담배 필터를 잘근잘근 씹으며 라이터 불을 켰다 껐다 장난을 치더니 담담하게 말을 이었다.

"내게 의도치 않게 실수를 저질렀던 형 그리고 제대로 치료 받을 기회를 형에게서 뺏어버렸던 나, 어쩔 수 없이 거기에 맞추며 지켜보느라 맘 졸이며 고생했던 부모님까지……. 우리 모두 다 힘들었잖아. 이제라도 제자리 찾았으니 사과할 건 하고, 남은 상처는 제대로 치료하고, 지나간 일들은 그냥 다 잊자."

성연은 시간의 흐름을 대변하듯 조용히 타들어가는 담배를 물끄러미 내려다보다 눈시울을 잔뜩 붉혔다.

"나쁜 자식. 넌…… 늘 그랬지. 언제나 좋은 것만 제가 하고 뭐든지 척척 해내고…… 아닌 척하면서 결국 멋진 역할은, 주인공은 제가 다 맡아버리고……."

"당연하지. 나만 잘났고 내가 바로 주인공이니까."

영준이 어깨를 으쓱하자 성연은 펑펑 눈물을 쏟아내며 울부짖었다.

"그렇게 은근슬쩍 넘어가지 마! 흑! 넌 내가 그렇게 쉽게 용서가 되니? 그렇게 오랫동안 널 괴롭히며 살아왔던 나를 그렇게 쉽게 용서할 수 있냐고!"

"지난 세월이 괴롭지 않았냐고 묻는다면 그렇지 않다고 는 말 못 해. 하지만 솔직히 말해서 형 때문에 괴롭진 않았 어."

그게 무슨 의미인지 이해할 수 없던 성연은 이어지는 영 준의 말에 또 한 번의 충격을 받았다.

"형이 날 원망하고 괴롭혔던 건, 그 일로 내가 받았던 정 신적 쇼크에 비하면 말 그대로 새 발의 피였으니까."

어린 나이에 그렇게 큰일을 당하고도 멀쩡하게 잘 살 사 람이 있을 리가 없었다. 당해보지도 않고서 그저 흉내에 지나지 않는 고통을 연기했던 자신을 보며 영준이 그간 어 떤 마음이었을지 떠올린 성연의 심정은 참담하기 그지없 었다.

"으흐흑! 미안하다, 영준아…… 미안해. 날 용서해줘. 흑!"

"애초에 형 때문에 괴로웠던 게 아니니까 용서할 것도 없 어."

그 한마디로 모든 것을 다 내려놓았던지, 영준은 이내 무 척 후련한 듯 한숨을 내쉬고 기지개를 켰다.

"아, 그리고 미리 경고해두는데 이후로 괜히 내 걱정 해 준답시고 또 한 번 미소 근처에서 알짱거리면 그땐 정말 이

번처럼 쌍코피로는 안 끝나. 전에 말했었지? 형이고 뭐고 진짜 없다."

이내 포켓에서 담뱃갑과 라이터를 다시 꺼낸 영준은 그걸 성연의 손에다 단단히 쥐여주고 덧붙였다.

"앞으로 친하게 지내. 난 이제 필요 없으니까."

울먹거리며 멍하니 서 있는 성연을 내버려두고 뚜벅뚜벅 걸어간 영준은 문을 벌컥 열고서 그 앞에서 손을 꼭 맞잡고 있던 부모님을 향해 씩 웃어 보인 후 자리를 떠났다.

❧ ✤ ✤ ✤ ❧

링거대를 붙들고 어둠에 잠긴 병실 창가에 서서 밖을 내다보고 있던 미소는 작은 노크 소리에 뒤를 돌아봤다. 영준이었다.

"일어나 있어도 되는 거야?"

"괜찮아요."

"그래도 혹시 모르잖아. 어서 다시 누워."

"계속 누워만 있으려니 좀이 쑤셔서요. 별 이상도 없는 걸요, 뭐."

"아버님은 벌써 가셨다며?"

"네. 자정에 수원의 무슨 성인나이트에서 공연이 있다고…… 그런데 어디 다녀오는 길이세요?"

"집에."

"형님 때문에요?"

"뭐, 겸사겸사."

영준이 얼버무리자 미소는 의심스러운 눈으로 그를 올려다보며 물었다.

"잘 해결됐어요?"

"글쎄."

가족 모두에게 있어서 오랫동안 어쩔 수 없이 묵혀둔 상처였다. 하루아침에 없던 일처럼 될 순 없다는 걸 잘 알면서도 바보 같은 질문을 했다는 생각에 미소는 살며시 영준의 소매를 붙잡으며 덧붙였다.

"잘될 거예요. 걱정 마세요."

"응."

한동안 아무 말 없이 옆구리를 딱 붙이고 서서 창밖을 내다보던 중, 미소가 눈을 반짝이더니 소리쳤다.

"어! 눈!"

"어디? 안 보이는데?"

"방금 한 송이 내렸는데…… 어, 또!"

눈에다 잔뜩 힘을 주고 창문에 아예 딱 붙어 서는 미소를 가만히 바라보던 영준은 뒤에다 감추고 있던 박스를 그녀에게 불쑥 내밀었다.

"이게…… 뭐예요?"

"내가 한창 힘들었을 시절에 와이실업이 정리된 바람에 딱 그것밖에 구할 수가 없었어."

빛바랜 장난감 박스를 받아든 미소의 눈이 휘둥그레졌다.

"어머나! 나나의 스위트홈세트! 정말 오랜만이네요!"

"차에 두 개 더 있어. 이 정도면 신랑감으론 확실하겠지?"

얼굴이 새빨개진 미소가 영문을 모르겠다는 듯 돌아보며 되물었다.

"그때 제가 부회장님한테 이걸 사달라고 했어요?"

아, 기억 못 하는 건가. 어린 시절 발을 동동 구르며 여기저기 수소문해 간신히 구해다 소중히 보관해둔 건데 그 정성이 아까울 정도였다.

하지만 뭐, 괜찮다.

그래. 모두 다 지난 일이니까.

"와아. 세상에나……."

나나의 스위트홈세트를 구경하던 미소는 이내 방글방글 웃으며 말을 이었다.

"어렸을 때 정말 좋아했었거든요. 언니들이 가지고 놀다 질려서 내팽개친, 머리는 다 헝클어지고 군데군데 옷도 찢어진 그 인형을 얼마나 소중히 대했는지 몰라요. 그땐 눈도 예쁘고 코도 예쁘고 레이스가 잔뜩 달린 드레스가 그렇게 예뻐 보일 수가 없었는데…… 그런데 이제 보니 뭔가 좀……."

페인트가 조잡하게 번져 있는 큼지막한 눈, 애매한 크기의 코, 비례가 전혀 맞지 않는 몸매의 인형과 너저분한 레이스가 잔뜩 달린 옷을 찬찬히 살펴보던 미소의 얼굴에 애잔함이 드러났다.

"촌스럽지?"

"으음. 좀 그러네요."

"어차피 인생은 다 그런 거야."

"이것도 언젠가 부회장님이 말씀하셨던 '기억의 풍화' 같은 건지도 모르겠어요."

미소는 창틀에 박스를 내려두고 영준의 팔에 달랑 매달리더니 무척 뜬금없는 소릴 했다.

"참. 혹시 그거 아세요? 보통의 개껌들은 소가죽으로 만들어진대요."

"그래?"

그래서 그게 뭐, 하는 표정으로 내려다본 영준은 이어진 미소의 말에 저도 모르게 웃음을 터뜨리고 말았다.

"그런 걸 땅에다 묻으면 얼마 지나지 않아 흘라당 썩지 않겠어요? 지금쯤은 아마 흔적도 없이 다 없어졌을 거예요. 빅뱅안드로메다슈퍼노바소닉의 개껌 말이에요."

"그런가?"

"그럼요."

그러고 보니, 그 개껌처럼 기억 역시 어딘가에 묻혀 있을 거라고 생각하며 오히려 줄곧 놓지 못하고 있었는지도 몰랐다.

어딘가에 묻힌 개껌이 마침내 사라져버린 영준의 머릿속, 오랫동안 어둠 속에서 꽉 닫혀 있었던 문이 활짝 열리며 눈부신 빛이 새어 들어왔다.

빛 사이로 나타난 것은 아담한 사람 그림자 하나였다. 그리고 불쑥 눈앞에 나타난 하얗고 선이 가느다란 손.

그 손을 맞잡고 일어나 갇혀 있던 방을 나와보니 눈앞에 누군가가 서 있었다.

방글방글, 방글방글, 끝없이 방글방글 웃으며 천하의 이영준을 쥐락펴락하는 유일한 여자 김미소였다.

"사랑해요."

"역시…… 나는 미소가 아니면 안 되나 보다."

희미하게 웃은 영준은 미소의 양 뺨을 소중하게 감싸쥐고서 나지막이 속삭였다.

"나도. 사랑해."

어느새 눈송이가 하늘하늘 내리는 창가를 배경으로 두 사람의 그림자가 하나로 겹쳐졌다.

내리는 눈발은 밤이 깊어질수록 점점 더 굵어졌다.

수없이 많은 눈송이들이 소복소복 쌓여 세상을 온통 하얗게 뒤덮고 있었다. 두 사람을 하나 되게 한 억겁의 인연처럼.

"아아, 12월도 어느덧 중순이라니. 이렇게 또 한 살을 더 먹는구나. 이제 거울 보는 것도 무섭다니까."

사랑받는 여자는 예뻐진다더니, 아무래도 그 말이 사실인가 보다.

호에에 하고 한숨을 내쉬고는 있지만, 엄살을 떠는 것과는 달리 미소의 얼굴에선 빛이 나는 것만 같았다. 안 그래도 눈에 확 띄던 미모가 아예 만렙을 찍었다.

보름 전, 집무실에서 충격적인 애정행각을 목격한 비서들은 아무래도 김미소 부장이 부회장에게 농락당하는 것 같다며 뒤에서 걱정을 해대기 시작했다.

그러나 입원한 미소의 간병을 위해 부회장이 이례적으로 모든 공식 스케줄을 다 취소해버리자 그런 소리는 쑥 들어가고 둘 사이의 일은 어느새 세기에 다시없을 로맨스로 탈바꿈되어 있었다.

"저, 부장님."

"응?"

"부회장님하곤 요즘 어떠세요?"

갑작스러운 질문에 미소가 당황한 기색을 보이자 지아는 다 안다는 듯 짓궂은 표정으로 덧붙였다.

"부장님은 좋으시겠어요. 무슨 근심이 있겠어요?"

지아가 잔뜩 부러운 눈을 하자 미소는 수줍은 듯 얼굴을 붉히며 속으로 중얼거렸다.

그래. 암. 좋지. 저런 남자를 애인으로 뒀는데 무슨 근심이 있겠…….

아니, 그런데 잘 생각해보니 근심 아닌 근심이 좀 있긴 했다.

미소는 주문 대기 줄에 서며 깊은 생각에 잠겼다.

처음은 어디였을까. 아마 병원에 입원해 있었을 때가 그 시작이었던 것 같다.

「와아. 여기가 말로만 듣던 유일 병원 VVIP병동이구나.」

「대박이다. 진짜 좋다.」

미소가 갑자기 쓰러져 입원했다는 소식을 듣고 다음 날 지방에서 급하게 올라온 언니들은 병실을 둘러보며 혀를 내두르고 있었다.

「우리 대학병원 특실도 엄청 좋은데 거기랑 뭐, 비교가 안 되네.」

「장비도 장난 아닐걸.」

필남과 말희는 이후로 어려운 말을 섞어가며 미소는 전

혀 알아들을 수 없는 대화를 길게 이어갔다.

검진 때문에 물 말고는 아무것도 먹을 수 없었던 미소는 선물로 들어온 열대과일, 그중에서 그녀가 가장 좋아하는 망고스틴을 얄밉게도 쏙쏙 까먹으며 전문분야 토론에 빠진 언니들을 물끄러미 바라보고만 있었다.

「어, 어머. 내 정신 좀 봐. 미안, 미소야. 우리가 딴소리 하는 바람에 재미없었지?」

필남이 몹시 미안해하며 뒷머리를 벅벅 긁자 미소는 고개를 저으며 웃었다.

「아니야, 아니야. 오랜만에 언니들이랑 느긋하게 둘러앉으니 좋은걸, 뭐.」

「문병 왔는데 너무 우리 수다만 떨었나 보다.」

「에이, 그런 소리 말라니까. 편하게 계속 얘기해도 돼. 과일도 더 꺼내서 먹고.」

「고맙다, 미…… 으응……?」

필남과 말희의 안색이 급격히 나빠졌다. 기분 탓인지 식은땀도 좀 흘리는 것처럼 보였다.

「왜 그래, 언니들?」

「아, 아무것도 아니야. 그, 그치, 말희야?」

「으응, 언니.」

몹시 따갑고 불길한 시선이 느껴진다 했더니, 언제 들어왔는지 영준이 너른 병실 한쪽의 카우치에 걸터앉아 안 보는 척하면서 세 사람을 바라보고 있었다. 아니, 정확히 말하자면 필남과 말희를 사정없이 노려보는 중이다.

불편한 표정으로 한동안 쭈뼛거리던 말희가 입을 열었다.

「아빠 언제 오신대?」

「새벽까지 공연하느라 피곤하실 것 같아서 일부러 오지 마시라고 했어.」

「그래? 그럼 필남 언니는 피곤할 테니까 먼저 보내고, 오늘은 내가 밤까지 병실 지켜줄…….」

그 문장이 미처 다 끝나기도 전 으흐흠, 하고 몹시 어색한 헛기침이 울렸다. 근원지는 역시나 영준이었다.

그는 예비처형들이 땀을 삐질삐질 흘리며 힐끗 눈치를 보자 날카로운 웃음을 지어 보이며 사과했다.

「목이 잠겨서 그만 실례했습니다. 편하게 말씀들 나누시죠.」

「아, 에…… 예에.」

어색하게 웃으며 영준에게 눈인사를 건넨 필남은 조금 전 말희의 것보다 한 톤 더 낮은 목소리로 말했다.

「아니야. 나도 내일 새벽 첫차 타고 내려가면 돼. 오늘 밤은 언니들이 돌아가면서 지켜줄 테니까 미소 넌 아무 걱정 말고 그냥 편히 쉬…….」

「크흠! 으흐흠! 크흠! 크흐흐흐흠!」

저러다 목구멍에서 생 피 올라오겠다 싶을 정도로 격하고 노골적인 영준의 헛기침에 필남과 말희는 창백한 얼굴로 입을 꼭 다물고 미소와 눈빛을 교환했다.

지금 이거, 그거지? 우리 가라고 눈치 주는 거지? 그렇지? 맞지?

언니들이 어쩔 줄을 몰라 하자 미소는 방글방글 웃는 얼굴로 미간을 바싹 좁히더니 일어났다.

「언니들 잠깐만. 부회장님, 저랑 잠시 얘기 좀 해요.」

병실에 딸린 소회의실로 곧장 자리를 옮긴 미소는 문을 꼭 닫고서 뒤를 홱 돌아봤다.

링거대를 밀고 뒤따라온 영준은 조금 전 억지로 한 게 분명한 헛기침 때문에 몹시 목이 따가웠던지 우거지상이었다.

「부회장님.」

「왜.」

「걱정해주시는 건 정말 감사하고 또 감사하고 대대손손 가문의 영광이긴 한데요.」

그저 빈말은 아니었다.

충격으로 잠시 정신을 잃었을 뿐 특별히 몸에 이상이 있는 것도 아닌 듯한데 영준은 미소를 강제로 병원에 붙잡아두고 그녀의 머리부터 발끝까지 정밀검진을 지시했다. 게다가 스스로 공식 스케줄을 다 취소한 것도 모자랐던지 밤새도록 베드 옆 소파에 앉아 미소를 지키고 그녀가 혹시 뒤척이기라도 하면 벌떡 일어나 상태를 살피느라 한숨도 자지 못했다.

「뭘. 다른 사람도 아니고 미소 일인데 이 정도는 기본이지.」

그가 그녀에게 이 정도로 신경을 쏟아주고 있다는 건 정말로 기분 좋고 감동적인 일이긴 했지만, 한편으로 불편하기도 했다.

오늘 오전 중역회의는 예정되어 있던 장소인 영준의 자택 회의실 대신 미소의 병실에 딸린 간이 회의실에서 진행되었다. 그 말은 곧, 오늘 모인 중역들은 미소와 영준의 관계를 대충 아니, 제대로 눈치챘을 거란 뜻이었다.

영준은 어떤지 몰라도 미소의 입장에서 이건 몹시 부끄럽고 부담스럽기 짝이 없는 일이었다.

「아뇨, 그 얘기가 아니라 저는 이제 정말 괜찮으니까 업무 복귀하시라고요.」

「아직 검사도 다 안 끝났는데 괜찮긴 뭐가 괜찮아.」

회의용 원탁테이블에 놓여 있던 생수병을 돌려 따 입에 대고 꿀꺽꿀꺽 마시던 영준은 아무렇지도 않게 덧붙였다.

「내일 오전까진 내가 있어줄 테니까 언니들은 이만 내려가라고 해.」

「네에? 오늘도 여기서 주무시려고요?」

미소가 믿을 수 없다는 표정으로 쳐다보자 영준은 어이없다는 듯 마주 보며 대꾸했다.

「당연하지.」

「왜요?」

영준은 누가 있는지 확인이라도 하려는 듯 닫힌 문을 힐끗 처다보고 앞으로 한 걸음 성큼 다가서더니 이내 두 팔을 벌려 미소를 품에다 꼬옥 안았다.

「그걸 정말 몰라서 물어?」

아아, 그렇게 되묻는 그의 목소리는 사탕처럼 달콤하고 끈적거렸으며 갓 내린 커피처럼 따스하고 향긋했다.

에라, 모르겠다.

고맙게도 어렵게 일정 조정해 멀리서부터 간병해주러 온 언니들 따위 알 게 뭐냐. 이 남자와 잠시도 떨어져 있고 싶지 않다는 생각에 미소는 영준의 옷깃을 꼭 붙들고 그의 가슴팍에다 얼굴을 몇 번이고 비벼댔다.

그날 밤, 잠들기 전까지 병실에서 도란도란 나누었던 대화들까지만 해도 꽤 좋았었는데 말이다.

뭔가 상당히 미묘하다는 것을 깨달은 건 아마도 퇴원 후 일상에 복귀한 지 얼마 되지 않았을 때였을 것이다.

액수만 들어도 마른침이 꿀꺽 넘어가는 금액 대의 초정밀 건강검진 결과는 미안할 정도였다. 경미한 빈혈.

거의 매일이 다이어트와 격무의 연속이었던 미소에게 있어서 빈혈 정도야 익히 예상했던 일이었지만 영준은 무슨 중병에 걸린 사람이라도 대하듯 심각한 태도로 돌변했다. 일을 더 줄여줄 순 없으니 먹이기라도 잘 먹여야겠다는 다짐이라도 한 건지, 전담 영양사와 요리사를 섭외해 온종일 그녀의 식단을 체크하며 말 그대로 사육에 가까운 섭식을 강행했다.

연말 해외출장을 앞두고 밀려드는 일로 몸살을 앓으면서도 독하게 시간 딱 맞춰 도시락을 들이미는 영준은 무서웠다. 정말 무서웠다. 이렇게 살찌워서 대체 날 어떻게 하려고, 하는 생각마저 들어 정말로 너무너무 무서웠다.

그래서 앞으로는 절대 다이어트 같은 건 하지 않겠다고 읍소한 끝에 가까스로 영양사와 요리사를 돌려보냈다.

사실 그때까지만 해도 이 사람이 나를 이렇게까지 지독하게 생각하는구나 싶어 아직은 괜찮은 기분이었다.

기분이 껄끄러워지기 시작한 건 영준의 출장기간 즈음부터였다.

전용기로 떠난 일주일 일정의 그 유럽 출장에 미소는 동행하지 않았다. 최 여사의 조언 때문이었다.

몸도 안 좋은 애를 데려갔다 더 안 좋아지기라도 하면 어쩌느냐는 모친의 말에 영준은 출국 직전까지 갈등하다 결국 미소 대신 박 대리를 수행팀에 넣어 출장길에 올랐다.

출국 이후 그는 시간만 나면 시도 때도 없이 영상통화를 걸어왔다. 새벽 2시고 3시고 4시고 5시고……, 시간 따위 아랑곳 않고서 줄기차게 걸어 왔다. 거기다 전화를 걸 때마다 옆에 누가 있는 건 아닌지 확인하고 또 확인했다.

처음엔 좋았지만 좋은 것도 어디 한두 번이지, 그게 꼭 사람 의심하는 것 같아서 기분이 상한 나머지 미소는 사흘째 되는 날 솔직하게 그러지 말라고 핀잔을 주었다.

알겠다고 대답한 그는 다음 날부터 칼같이 그 약속을 지켰다. 더 이상은 새벽시간에 영상통화를 시도하거나 통화 시에 곁에 누가 있는지 확인하지 않았다.

그 대신 영준의 자택 하우스키퍼 중 우두머리인 윤 실장이 나타났다.

오십 대 여성으로 여고기숙사 사감선생님처럼 깐깐하게 생긴 윤 실장은 보스의 명령을 착실히 받아들여 나흘 내내 미소의 원룸에서 먹고 자고 머물렀는데, 미소가 출근한 후 퇴근하기 전까지 텔레비전도 없는 원룸에서 더 이상 할 일이 없어 하루 종일 스마트폰 앱 게임만 했다고 했다. 노안으로 고생하던 그녀는 그 때문에 시력이 약화돼 영준이 귀국한 날 미소의 원룸을 나와 바로 안과부터 찾았다고.

앞서의 것들보다 더 깨알 같은 해프닝, 아니 기행(奇行)들을 일일이 열거하자면 끝도 없었다.

그 일련의 일들을 겪어오는 동안 미소는 영준의 절절한 마음을 피부로 느낄 순 있었으나 한편으로는 왠지 숨통이 막히는 듯한 기분이 들기도 했다. 정확한 이유까지는 잘 모르겠지만 말이다.

미소가 깊은 생각에 잠겨 있는 동안 주문했던 음식들이 식판에 담겨 나왔다.

"날씨가 추워서 다들 밖으로 나가기 귀찮은가 봐요. 콩나물시루네요."

"그러게."

점심시간 사내식당은 미어터지기 직전이었다. 음식이 담긴 쟁반을 받쳐든 미소와 지아는 요리조리 인파를 헤치고서야 겨우 자리를 잡을 수 있었다.

쟁반을 내려놓고 자리에 앉으며 지아가 말했다.

"요즘 피부가 엉망이에요."

"아무래도 날씨도 건조하고 피부 탄력도 떨어질 시기니까."

"부장님은 괜찮으세요?"

"나도 마찬가지지 뭐. 냉장고에 유통기한 지난 요구르트 있는데 그거나 좀 발라야겠다."

"아, 맞다. 저 지난 주말에 백화점 들렀다가 기초화장품 전부 다 주름개선 라인으로 바꿨거든요. 에센스랑 나이트크림 효과 꽤 괜찮던데 샘플 받은 것 좀 드려볼까요?"

"전부 다 주름 라인으로 바꿨다고?"

"네. 돈 백만 원 넘게 깨졌어요. 6개월 할부로 긁었는데, 지난달에 피부마사지 끊은 것도 있어서 부담스러워 죽겠네요. 휴우. 부장님은 화장품 어디 거 쓰세요?"

"난 아무거나 막 쓰는데. 기초는 스킨이랑 수분크림만 쓰고 가끔씩 팩 한 번씩 해주는 게 다야."

그 흔한 기미 주근깨와 주름도 하나 없는 미소의 얼굴을 뚫어져라 들여다보던 지아가 되물었다.

"진짜 기초로 그것만 바르신다고요? 거짓말. 피부 엄청 좋으신데요?"

미소는 여전히 방글방글 웃는 얼굴로 생기 있고 매끄러운 자기 뺨을 톡톡 두드리며 말했다.

"화장품 가짓수 좀 줄여. 어차피 화학성분인데. 그리고 돈도 아껴야지, 기초라인을 백만 원이나 주고 사다니 아깝잖아. 그 돈이면 쌀이 대체 몇 가마니인데."

"예……?"

"하긴. 나야 뭐, 워낙 타고난 피부가 돼지껍데기처럼 질겨서 아예 안 발라도 괜찮을지도."

"무슨 말씀이세요. 신생아 피부인데요."

"어머머머, 지아 씨도 참. 신생아 피부라니, 호호호, 아유우, 누가 들으면 진짜인 줄 알겠어. 그런데 사실 그런 말자주 듣긴 해."

으음. 이게 뭐지? 이건 대체 어떻게 이해해야 하는 거지? 겸손하긴 한데 결코 겸손하지가 않아. 지아가 미소를 대하며 종종 느끼는 찜찜함은 늘 누군가를 떠올리게 했다.

"어서 들어. 곧 부회장님 돌아오실 시간이야."

"아, 네. 잘 먹겠습니다."

"지아 씨도 총무부 회식 참석할 거지? 정말 기대된다. 이게 대체 몇 년 만의 회식인지."

미소는 얼마나 좋았던지 어린아이처럼 얼굴을 붉히고 함박웃음을 짓더니 젓가락으로 열심히 비빔밥 위의 고기를 골라 집어내기 시작했다.

"어머, 부장님 채식하세요?"

"아니. 이따 술 마실 거잖아."

"네. 그런데 그게 고기랑 무슨…… 설마 또 다이어트? 부회장님 아시면 어쩌려고 그러세요?"

"오늘 술 마시고 안주발 올리면 분명히 살찔 것 같아서. 지난주부터 오늘만 기약하고 있었거든."

"아."

"많이 먹어, 지아 씨. 우리 지아 씨는 살 좀 쪄야겠다. 그래야 힘을 내서 열심히 일하지. 아, 그리고 방금 본 것 부회장님한테는 절대 비밀이야."

기름기가 잘잘 흘러넘치는 모둠 돈가스세트, 보정속옷으로도 이미 억누를 수 없는 지경에 이른 자기 뱃살, 그리고 미소의 기름기 쫙 빠진 몸매를 차근차근 돌아본 지아는 입맛이 가시는 것을 느끼고 속으로 눈물을 흘렸다. 아아, 얄미워도 이렇게 얄미울 수가.

"부장님은 자기관리에 참 철저하신 것 같아요."

"그래 보여?"

"네. 혹시 부회장님 때문인가요?"

고기를 뺀 비빔밥 반 숟가락을 입에다 넣고 그마저도 무슨 껌이라도 씹는 것처럼 오래오래 씹던 미소는 아무렇지도 않게 대답했다.

"아닌데. 그냥 성격이랄까."

그 대답에 또 다른 의문에 빠진 지아는 어렵게 다시 물었다.

"저기, 이거 진짜 실례되는 질문이긴 한데⋯⋯ 부회장님 이랑 사귀는 거 혹시 부담스럽진 않으세요?"

"부담?"

고개를 갸웃거리며 뭔가를 생각하던 미소가 산뜻하게 대꾸했다.

"별로 그런 건 없는데."

"정말요?"

"응. 왜 부담을 느껴야 하지? 부회장님이 재벌이라서? 내가 한때 돈 때문에 제법 울어봐서 아는데, 돈은 딱 먹고 살 수 있을 정도만 있으면 그만이야. 제일 중요한 건 살아 가는 동안 얼마나 잘, 행복하게, 만족하며 사느냐, 그거 지."

지아는 눈을 동그랗게 떴다.

지존급 외모에 넘사벽의 천재, 무려 유일그룹의 최고 중 추이자 5년 전부터 국내 젊은 부자 10인 중 순위 밖으로 밀 려난 적이 한 번도 없었던 인물 이영준. 중증 나르시시스 트라는 단점만 배제한다면 일반인으로선 감히 넘볼 수 없 을 정도로 높은 곳에 있는 인물 아닌가.

그런 이영준이랑 사귀는데 별로 부담스럽지 않다면 분 명 거짓말일 텐데, 미소의 말은 전혀 거짓말처럼 들리지 않았다.

하긴.

유럽 출장에서 돌아와 살인적인 외부 스케줄을 소화하

느라 얼굴 보기도 힘든 부회장은 안 그래도 바쁜데 담배까지 끊는다고 요즘 무척이나 예민한 상태였다.

전보다 훨씬 더 타이트하게 아랫사람들을 조여대며 완벽을 요구하는 그의 등쌀에 임원 승진한 지 얼마 되지 않은 인물 몇은 벌써 얼굴이 꺼멓게 타들어가는 게 눈에 보일 정도인데 비서들이라고 예외가 있겠나. 다들 일에 지쳐 아예 드러눕고 싶을 지경이었다.

그러나 그중 단 한 명, 미소만큼은 달랐다. 위치상으로도 스트레스에 가장 많이 노출되어 있을 사람이었지만, 그녀는 오히려 무척이나 편안해 보였다. 오히려 둘만 있을 땐 부회장이 더 안달하는 것처럼 보일 정도랄까.

그러고 보면 대단한 건 부회장이 아닐 수도 있겠다는 생각이 들었다. 지아는 더없이 해맑은 표정으로 방글방글 웃는 미소를 마주 보며 저도 모르게 몸서리를 치고 말았다.

대단한 놈이든 뭐든 그놈을 웃으며 쥐락펴락하는 여자가 있다면 그 여자가 더 무서운 거 아닌가?

내 연애도 어려운데 남의 연애까지 알 수 있겠나. 다만, 한 가지는 확실했다.

이 연애에 있어선 어디까지나 칼자루 쥔 미소가 갑일 거라는 사실.

외부 오찬 스케줄을 마치고 돌아온 영준은 기적처럼 난 오후의 짬을 이용해 집무실에서 유식과 담소를 나누며 휴식을 취하는 중이었다.

"성기는 좀 어때?"

"아, 성기, 수술이 잘못됐는지 관리를 잘못했는지 모르겠지만, 아무튼 재수술해야 한대."

"저런."

"조만간 병원 들러볼 생각인데, 너도 같이 갈래?"

"성기인데 당연히 가줘야지. 미소한테 스케줄 좀 빼보라고 해야겠군. 언제쯤?"

"빠르면 빠를수록 좋지 않겠어?"

어머어머, 웬일이니. 듣고 있기 몹시 껄끄러운 대화를 주고받는 보스들을 힐끗 쳐다본 지아는 핼쑥한 얼굴로 다과를 준비했다.

"어? 이거 붕어빵 아니야?"

원두커피 두 잔과 함께 차려진 붕어빵을 본 유식이 소파에 묻었던 몸을 벌떡 일으키며 흥미를 보였다.

"와, 이거 진짜 오랜만이다. 요즘도 파나? 어디서 난 거예요?"

유식의 질문에 지아는 쟁반을 옆구리에 끼며 대답했다.

"김미소 부장이 기획팀 고 과장한테서 받아 온……."

말이 미처 끝나기도 전, 성미 급하게 붕어 머리를 베어 물었던 영준이 푸웃 하고 뿜더니 되물었다.

"기획팀 고 과장이라니, 그거 혹시 고귀남?"

"네."

지아가 어떻게 알았냐는 표정으로 냉큼 대답하자 영준은 싸늘한 얼굴로 쟁반에다 붕어를 패대기치더니 차갑게 내뱉었다.

"가서 김미소 비서 불러와요."

몹시도 예민한 영준의 태도를 이해할 수 없던 유식과 지아는 멍하니 그를 쳐다봤다.

"뭐 하고 있어요? 당장 불러오라니까!"

굳이 불러올 것도 없이, 영준의 언성이 높아지자마자 미소가 재깍 문을 열고 뛰어 들어왔다.

"무슨 일이세요?"

눈을 동그랗게 뜨고서 허겁지겁 달려온 미소는 처참한 몰골로 쟁반에 널브러져 있는 붕어빵과 흡사 맹금의 눈을 하고서 노려보는 영준을 번갈아 보다 격한 어조로 물었다.

"혹시 붕어빵이 덜 익었던가요?"

"푸흑! 크흐흐."

황당한 질문에 저도 모르게 헛웃음을 흘린 유식은 잡아먹을 듯 노려보는 영준의 눈에 얼른 입을 다물고 고개를 돌려버렸다.

"이거 고귀남한테서 받은 거라던데, 사실이야?"

마치 혐오스러운 물건을 가리키는 듯한 태도로 붕어빵을 손가락질하는 영준은 뭔가를 우물거리고 있었는데 아마도 사라진 붕어빵의 머리 부분일 터였다. 그렇다면 저 이율배반적인 행동은 대체 뭘 의미하는 걸까.

"네, 사실인데요."

"한번 풀어주니 끝도 없군."

"네?"

"고귀남이 뭘 요구했어?"

"요구하다니 누가 누구한테 뭘요?"

"내가 묻고 있잖아. 그 작자가 이 붕어빵을 주면서 미소한테 뭘 요구했는지."

그럼 그렇지, 한동안 참는다 싶더니 이제 슬슬 다시 갈구기 시작하는구나. 행동의 의미는 무슨 얼어 죽을 놈의 의미. 아무 의미도 없겠지. 방글방글 웃던 미소의 미간이 종잇장 구겨지듯 우그러졌다.

"아유, 우리 부회장님, 니코틴 패치 갈아 붙일 시간 다 됐나 봐요. 주세요, 제가 붙여드릴게요. 열과 성을 다해서."

"말 돌리지 말고 대답이나 해."

더 이상 할 말이 없었던 미소는 방글방글 웃으며 자세히 해명했다.

"대체 무슨 대답을 원하시는지 알 길이 없네요. 고귀남 과장이 점심 약속이 있어서 밖에 나갔다가 팀원들이랑 나누어 먹겠다고 사가지고 들어오던 중에 사내 식당에서 올라오고 있던 절 보고 반가운 마음에 건네준 거랍니다. 겨우 붕어빵 삼천 원어치에 대가성이랄 게 뭐가 있겠어요? 어차피 연초에 인도네시아 지사로 옮길 사람인데."

"지금 그 말을 나더러 믿으란 말이야?"

"아니, 그게 대체 무슨 말씀이세요? 저하고 고 과장하고 붕어빵을 사이에 두고 무슨 관계라도 있는 것처럼 말씀하시네요? 제가 겨우 붕어빵 삼천 원어치에 홀랑 넘어갈 여자로 보이세요? 잊으셨나 본데 저 그렇게 값싼 여자 아니에요."

"구구절절한 변명은 그만두고 휴대전화나 내놔봐."

"네?"

"김지아 씨, 가서 미소 비서 휴대전화 가져와요."

"어머머, 아니에요! 그러실 것 없습니다! 자요! 제 전화기 여깄어요! 마음껏 보시죠!"

"오호라. 그럼 그렇지! 이것 봐, 여기 번호 있네! 고귀남 과장! 전화번호도 서로 주고받은 사이였어?"

"사내 체육대회 때 번호만 받았지 단 한 번도 통화한 적 없어요! 통화내역서 끊어 보여드릴까요?"

"지금 집중하고 있는 팩트는 통화를 했나 안 했나가 아니라 번호가 있나 없나 아닌가? 김지아 비서!"

"넵!"

"김지아 씨 휴대전화엔 고 과장 번호가 입력되어 있어요?"

"느웨에……? 왜 절……?"

"있어요, 없어요? 대답을 확실히 해요!"

"어, 없습니다!"

"자, 이거 어떻게 설명할 거야? 응? 대답해보시지, 김미소!"

"어머머머머? 우리 부회장님 개그프로 너무 많이 보셨나 보다. 제가 어디서 터져야 하나요? 네?"

별거 아닌 일인 줄만 알았는데 어째 분위기는 점점 더 심각 일변도를 타고 있었다.

방글방글 웃으며 까칠한 티 팍팍 내는 미소와 까칠한 얼굴로 더 까칠한 티 팍팍 내는 영준의 사이에서 곧이라도 무슨 일이 터질 듯 아슬아슬한 긴장감이 흘렀다.

아니, 그러고 보니, 그보다 더 심각한 게 있었다. 유치하게도 이 모든 게 붕어빵 삼천 원어치로부터 일어난 일이라는 것이다. 사실 어떤 의미로는 이게 가장 심각한 문제라 할 수 있겠다.

더 이상은 안 되겠다 싶었던지 유식은 지아에게 눈치를 주며 자리를 비키도록 했다.

지아가 슬금슬금 뒷걸음질 치며 사라진 후로도 영준과 미소의 날선 공방전은 도무지 멈출 기미가 없었다.

"그럼 부회장님은요? 부회장님 휴대전화엔 온 동네 아가씨들 전화번호가 다 들어 있잖아요! 날짜 정해놓고 정기적으로 만났던 여자들도 있었잖아요? 자, 이건 어떻게 설명하실 건가요?"

"사업상 다른 사람들하고 어울리며 인맥 넓히기 위해선 어쩔 수 없는 일이었어! 그리고 난 분명히 미소한테 전부 다 오픈했어! 그 여자들하곤 아무 사이도 아니란 거, 옷깃 한번 스치지도 않았다는 거, 누구보다도 미소가 더 잘 알잖아!"

"아아, 네. 아무 사이도 아니신 거 잘 알죠. 일 때문인 것도 잘 알고. 저는 부회장님을 철석같이 믿었으니까요. 그런데 대체 이게 뭐예요? 왜 말도 안 되는 일로 절 의심하세요?"

"난 흐릿한 거 질색인 사람이야! 여기서 확실히 해! 고귀남하고 무슨 사이야!"

"우와아! 미치겠네? 무슨 사이는 무슨 얼어 죽을 무슨 사이예요? 아무 사이도 아니라니까요!"

"아무 사이도 아닌데 전화번호와 간식을 주고받는단 말이야?"

"으, 으으윽, 아으으으으윽, 속에서 뭔가 시키면 것이……."

"어서 대답해봐!"

이제 알 것 같았다. 그간 영준에게서 받았던 미묘한 느낌, 그건 '집착'이다.

"얼마 전부터 자꾸 왜 그러세요? 왜 자꾸 사람 숨도 못 쉬게 몰아붙이시냐고요! 끊임없이 의심하고 끝도 없이 구속하고 계시잖아요! 한동안 안 그러시더니 갑자기 왜 이러세요?"

"내가 뭘!"

미소는 괴로운 표정으로 가슴을 쥐어뜯다 유식을 돌아
보며 부탁했다.

"사장님! 보고만 있지 마시고 뭐라고 말씀 좀 해주세요."

"으음. 이긴 사람 우리 편."

유식의 장난에 "아악!" 하며 머리를 쥐어뜯던 미소는 숨
을 헉헉 몰아쉬더니 영준을 향해 내뱉었다.

"네! 네! 전 이제 모르겠으니까, 오해를 하든 말든 부회
장님이 다 알아서 하세요! 퇴근시간 되면 제가 알아서 가겠
습니다. 오늘은 맘 놓고 술 마실 테니까 죽어도 연락하지
마세요!"

항상 방글방글 웃던 얼굴을 싸늘하게 굳힌 미소는 더없
이 냉정해 보였다. 게다가 집무실에선 생전 단 한 번도 언
성 높인 적 없던 그녀였는데 얼마나 목소리가 앙칼졌는지
장식장 유리가 다 지잉 몸을 떨 정도였다.

미소가 나간 후 문이 쾅 닫히자 유식은 놀라서 잔뜩 좁혔
던 어깨를 풀고 영준을 올려다봤다.

"야, 이영준, 너⋯⋯."

"시끄러워."

한동안 굳은 채 서 있던 영준은 소파에 무너지듯 털썩 주
저앉아 길게 한숨을 내쉬었다.

"네가 보기에 나, 아무래도 좀 미친 것 같지?"

"아니. 완전 제대로 미친놈 같아."

영준은 머리카락을 쓸어올리며 찬찬히 생각을 정리하려 했지만, 말처럼 쉽지는 않았다.

도대체 그 길었던 세월은 어떻게 버텼는지 모를 정도로 그는 요즘 들어 자꾸만 이상해졌다.

처음엔 갑자기 담배를 끊은 후유증인가 생각도 했지만 그런 것 같지는 않았다.

과거 정리가 모두 끝나고 서로의 마음을 다 확인하고 나니, 매 시간, 매 분, 매 초, 미소를 온전히 갖고 싶다는 생각에 정신이 혼란스러울 지경이었다. 바쁜 일정 때문에 함께하지 못하는 시간이 늘어날수록 더욱더 그랬다. 할 수만 있다면 미소를 작게 접어 포켓에 넣어 다니고 싶을 정도로 점점 더 떨어져 있는 시간을 견딜 수가 없어졌다.

그런데 느낌 탓인지, 그날 이후 지금까지 미소는 줄곧 영준을 피하려고만 하는 것 같았다. 며칠 전엔 심지어 집 앞에서 퇴짜를 맞기까지 했다. 천하의 이영준이 말이다.

목이 마르고 안달이 났다. 애가 타서 죽을 것 같았다. 어떻게 해야 할지 혼란스러워 미칠 것만 같았다. 살아오면서 단 한 번도 겪어보지 못했던 감정이었다.

"다른 사람도 아닌 네가 그렇게 발을 동동 구르다니, 놀랄 노 자다. 애가 연애를 안 해봐서 그런지 밀당의 기본을 모르네."

그 소리에 영준의 이마 3시 방향에 불끈 힘줄이 일어섰다.

"이영준. 흥분만 하지 말고 잘 새겨들어. 비록 이혼한 후에 재결합하려고 공들이고 있는 처지긴 해도 내가 너보다 연애에 있어선 선배 아니냐."

어느 정도 수긍했던지, 영준은 유식을 건너다보며 그의 말을 경청했다.

"알지? 내가 지난 주말에 전처 만났던 거. 만나서 오랜만에 술을 한잔했어. 그간 내가 와이프한테 소홀했던 일들, 와이프가 나한테 서운하게 했던 일들 전부 허심탄회하게 털어놓고 나니 그간 쌓인 감정들도 상당히 가벼워지더라. 그런데 그때부터 마음이 급해지기 시작하는 거야. 아, 진짜, 이 외로운 생활 청산하고 다시 합쳐서 전처럼 도란도란 행복하게, 그냥 막 따뜻하게 살고 싶다, 그런 생각이 들어서 도무지 참을 수가 없더라고."

"그래서."

"마침 술도 얼큰하게 취했겠다, 조르고 졸라서 호텔에 들어갔지. 와이프도 결코 싫은 눈치는 아니었거든. 그래서 룸 문 따고 딱 들어가자마자 잔뜩 가오 잡고 와이프를 벽으로 척 밀어붙인 다음에 아주 격렬하게⋯⋯."

영준이 갑자기 피곤한 표정으로 앞머리를 쓸어올리더니 유식의 말을 딱 잘랐다.

"이 이상 더 들어줘야 하나?"

"응. 들어봐."

"하아······."

"아주 격렬하게 밤새 하려고 했는데, 그랬는데······ 결국은 실패했어. 왜였게?"

"체력 방전?"

"내 아무리 피지컬이 저질이라지만 시작도 안 했는데 방전되는 건 좀 아니지."

"그럼 내가 어떻게 알아."

"스커트, 아니, 바지를 못 벗겼거든."

그 소리에 영준의 눈살이 확 찌푸려졌다. '그럼 그렇지. 시간낭비다. 내가 너한테서 뭘 더 바라겠니. 쯧쯧.' 하고 말하는 듯한 영준의 눈빛을 받아넘기며 유식은 비장한 어조로 덧붙였다.

"아니. 실은 아직도 그게 스커트인지 바지인지 정말 모르겠어."

말을 마친 유식의 표정이 몹시 애잔해졌다.

치맛자락을 올리고 손을 넣었는데 스커트랑 타이즈가 모조리 다 붙어 있었다. 손이 들어갈 자리가 없었단 말이다. 평소 유식하기로 소문난 인물이었던 유식은 스스로의 무식함에 몹시 당황하고 말았다. 오래전 점프슈트인지 뭔지 하는 옷 때문에 황당해했던 이후로 처음이었다. 멘탈붕괴란 바로 그런 상황에 쓰는 말인 것 같았다. 그가 '이 옷은 대체 뭐? 왜 이렇게 생겼어? 나는 어디? 여긴 누구?' 하고 마구 더듬는 사이, 그의 전처는 '자긴 여전하구나. 여전히 여자에 대해선 아무것도 몰라.' 하고 룸을 나가버렸다.

"유감이다. 네가 무슨 말을 하려는 건지 모르겠는 건 더욱더 유감이고."

영준이 툭 내뱉자 유식은 고개를 저으며 첨언했다.

"오리너구리가 오리인지 너구리인지, 고래상어가 고래인지 상어인지 고민할 게 아닌 것처럼 스커트레깅스도 스커트인지 레깅스인지 고민할 게 아니란 말이야. 어차피 그냥 위에서 쭉 벗기면 되는 거니까. 그걸 나중에야 알았어. 그러니까 요는 그거라고, 인마. 급하게 서두르다 보면 결국 시야가 좁아져서 아무것도 안 보인다는 거."

틀린 말은 아니었다.

박 박사의 장점은 일상생활에서 철학적인 결론을 잘 도출해내는 것이었다. 단점은 그 결론을 도출해내는 타이밍이 항상 한발씩 늦는다는 것. 결국 버스 떠난 뒤에 애타게 손 흔드는 스타일이다 그 말이었다.

"여자는 남자보다 훨씬 더 섬세해. 무작정 밀어붙이고 구속한다고 사랑이 견고해지는 건 아니거든. 너, 지금처럼 그렇게 들러붙으면 될 일도 안 돼. 적당히, 느긋하게 대하라고. 알겠어?"

"적당히, 느긋하게……."

누군 몰라서 못 하는 줄 아나. 알면서도 안 되니까 그러는 거지.

영준은 여전히 후련하지 못한 표정으로 소파 등받이에

몸을 기대며 길게 한숨을 내쉬었다.

❦ ✤ ✤ ✤ ❦

12월 14일 밤 9시.

한 고층 빌딩 꼭대기, 남산 전경이 한눈에 들어오는 남성 전용 VIP 사교클럽에선 재계의 젊은 큰손들이 모여 담소를 나누고 있었다.

대화 내용의 대부분은 회사 돌아가는 이야기들이었지만 개중에는 저급한 농담들도 일부 섞여 있었다.

다른 때 같았으면 그러려니 하고 넘겼을 일인데도 오늘따라 영준은 치밀어 오르는 짜증을 견딜 수가 없었다. 니코틴 패치 갈아 붙일 타이밍을 놓치는 바람에 혈중 니코틴 농도가 급격히 떨어진 이유도 있었겠지만, 사실 대부분 짜증의 근원지는 굳이 고민하지 않아도 알 수 있는 것이었다.

"이영준. 얼굴이 왜 그래?"

까만 창에 비친 자기 얼굴을 힐끗 쳐다본 영준은 인상을 찌푸리며 내뱉었다.

"내 얼굴이 뭘. 멋있기만 한데."

"완벽히 우거지상인데. 욕구불만이냐?"

영준이 노려보고만 있자 능글맞게 생긴 모 그룹 3세는 얼른 꼬리를 내리고 다른 사람에게 말을 붙였다.

한숨을 내쉰 영준은 포켓에서 휴대전화를 꺼내 홈 버튼을 눌렀다.

부재중 통화기록 같은 건 남아 있지 않았다. 어디 그뿐이랴. 미소는 영준이 외부행사 때문에 오후 내내 나와 있는 동안 보냈던 개인적인 카톡, 메시지, 전화를 모두 다 무시한 채 응답하지 않고 있었다. 대놓고 시위하는 게 틀림없었다.

[어디야?]

한참이나 주저하다 카톡을 날렸건만 역시 채팅창은 썰렁하기만 했다.

"이영준, 너 요즘 비서랑 사귄다며?"

"그래."

"네가 사귄다고 대답하는 걸 보면 가벼운 관계는 절대 아닐 테고, 결혼할 거냐?"

"내년 초쯤."

"그때 보니까 웬만한 연예인 뺨치게 예쁘던데, 간수 잘해야겠다."

"무슨 소리야?"

"바람은 나만 잘한다고 안 피워지는 게 아니라고. 남자고 여자고 괜찮은 사람들은 주위에서 가만 안 놔두니까 하는 소리지. 얼굴값 한다는 말이 괜히 나오는 줄 알아?"

영준은 전부터 종종 맞닥뜨렸던 의문에 또 한 번 사로잡혔다. 누군가가 뭘 한다고 하면 왜 다들 가만히 있질 않고 꼭 한마디씩 거드는 걸까. 박 박사만 그러는 줄 알았는데 여기저기서 오지랖이 태평양을 뒤덮지 않나.

"맞는 말이야. 술자리 같은 거 특히 조심하라고."

한 친구가 툭 던지는 말에 영준의 귀가 쫑긋하게 솟았다. 솟은 귀 안쪽에선 아까 미소가 던졌던 말이 맴맴 맴돌기 시작했다.

「오늘은 맘 놓고 술 마실 테니까 죽어도 연락하지 마세요!」

"연말이다 뭐다 술자리 많을 때잖아. 여자가 술 취해서 흔들거릴 때 추잡하게 작업 거는 놈들도 태반이야."

영준의 눈동자가 풍랑 맞은 배처럼 격하게 흔들리기 시작했다.

[김밋! 거긔 어디야 대체 뉴규랑 있눈 거야 회식저리 맞기는 맞눈ㅓ야?]

대화창에다 글자를 찍어내는 손가락이 얼마나 떨렸던지 오타가 셀 수도 없었지만 신경 쓸 겨를도 없었다.

"예전에 내 수행비서도 그렇게 어이 없이 여친 잃었잖아. 고등학생 때부터 거의 10년 가까이 사귀었었는데 바빠서 통 신경 못 쓴 사이에 여친이 못 참고 다른 놈이랑 원나잇을 했다는 거야. 그런데 이게 또 무슨 운명의 장난인지. 딱 한 방에 애가 들어섰다지 뭐야? 어쩔 수 없이 바람남한

245

테 시집가버리는 바람에 그 친구, 한동안 아주 술에 절어서 살더니 결국은 급성간염으로 입원하면서 그만뒀지. 아까운 친구였는데 말이야."

미처 말이 다 끝나기도 전, 영준은 초점 잃은 눈을 하고 벌떡 일어났다.

적당히? 느긋하게? 개나 줘버려라!

어딘가로 다급하게 전화를 건 그는 실내가 떠나가라 고래고래 고함을 지르기 시작했다.

"박 박사! 총무부 회식자리 어딘지 알아내서 삼십 초 안으로 회신해!"

The last 甲

커다란 크리스마스트리 장식이 인상적인 대형 브로이하우스엔 연말 회식 중인 회사원들이 꽉 들어차 있었다. 그중 유일그룹 총무부 직원들이 차지한 구역은 다른 자리보다 훨씬 더 시끄러워 실내에 울리는 흥겨운 크리스마스캐럴이 다 파묻힐 정도였다.

"위하여!"

1차만 끝나면 갈 줄 알았던 주 상무가 2차까지 따라와 잔소리를 해댈 줄이야 누가 알았겠는가. 끝도 없는 업무 이야기, 그리고 오지랖 넓게도 처녀들 얼른 결혼하라는 잔소리까지 이어지는 바람에 아무 상관도 없는 미소마저 다 멀미가 났다.

그랬던 주 상무가 다른 망년회 모임이 있다고 몹시 아쉬워하며 자리를 뜨자 마침내 회식은 본격적인 잔치 분위기가 됐다.

"하아. 우리 상무님은 꼭 저렇게 눈치가 없어. 지난번 회식 땐 노래방까지 따라오셔서 얼마나 주사를 부리셨던지.

거기다 얄미운 작은아버지처럼 하루에도 수십 번씩 '결혼 안 하냐?', '영희 얼른 시집가야지.', '우리 영희 때 놓치면 똥값에 팔려가요.' 따님 결혼식 날짜 받아놓은 후로는 아주 귀에 딱지가 앉을 것 같아요. 워어억! 듣기 싫어! 가끔은 손님들 계실 때도 그러신다니까요. 정말 짜잉나 죽겠어요."

내내 술 한 잔도 하지 못하고 억지로 웃으며 앉아만 있던 주 상무의 비서가 남들에게 들리지 않도록 조용히 분통을 터뜨리며 맥주를 쫙 들이켰다.

"저런, 어쩌나. 고생이 많았겠네요."

방글방글 웃으며 위로하는 동갑내기 미소를 쳐다보던 영희는 심드렁한 표정으로 턱을 괴며 중얼거렸다.

"하긴. 부장님 앞에서 할 소린 아니네요. 그간 부회장님 모시면서 스트레스 장난 아니게 많이 받으셨지요?"

"아유우, 스트레스라니, 그런 거 없었어요. 오호호."

무슨 소리야? 사람이 야박하게 받기만 할 수야 있나. 그동안 받은 게 있으면 기회가 왔을 때 열과 성을 다하여 아주 제대로, 눈물 나게 보답해드려야지.

손사래를 치고 휴대전화를 확인한 미소는 저도 모르게 육성으로 뿜을 뻔했다.

얼씨구나. 연락을 모조리 다 씹어버렸더니, 아이고, 이 인간 똥줄 좀 탔던 모양이다. 마지막 카톡은 오타 천지라 뭐라고 쓴 건지 당최 알 수도 없었다. 빈틈이라곤 종벌레 눈곱만큼도 없던 사람이 아주 끝 간 데 없이 망가지는구

248

나. 비로소 흥이 터진다.

"아까부터 뭘 그렇게 열심히 들여다보세요? 게임하세요?"

서둘러 휴대전화를 백에 넣어버린 미소는 고개를 저었다.

"아, 아무것도 아니에요."

영준은 미소가 병원에서 퇴원한 후로 줄곧 구속하고 압박하며 줄기찬 기행을 일삼았다. 담배 금단증상인 줄로만 알았기에 미소는 어떻게든 이해하고 넘어가주려 했지만, 급기야 오늘 오후 말도 안 되는 의심까지 받고 나니 도저히 참을 수가 없었던 것이다.

사실 아까까지만 해도 대놓고 토라진 티 팍팍 내며 며칠 더 애를 태우게 할 작정이었지만, 그동안 온 세상을 다 제 아래 두고 호령하던 사람이 저렇게나 발을 동동 구르는 걸 보니 좀 미안하기도 했다. 그래서 적당한 타협점으로 떠올린 게 이 회식자리까지였다.

이 자리까지만 연락 딱 끊고 있다 자리가 파하고 난 후에 만나서 조용히 얘길 좀 해볼 생각이었다. 어차피 영준은 지금 여기서 멀지 않은 사교클럽에 있었고, 그 자리가 끝나면 다음 스케줄은 없기에 연락만 닿으면 금방 만날 수 있다는 것을 잘 알고 있었다.

가만.

그러고 보니 미소는 영준의 스케줄을 하나부터 열까지

다 꿰고 있지만 영준은 그렇지 않았다. 그의 입장에서 보면 몹시 답답하기도 할 터다.

"제 애인은 술만 마시면 연락이 딱 끊긴다니까요. 어디서 뭘 하고 있는 건지 알 수가 없어서 불안해요. 계속 전화하면 나중에 스토커냐고 버럭버럭 화만 내고. 그럼 애초에 사람 불안하게 만들지를 말든가."

근처의 누군가가 심각하게 토로하자 다들 한마디씩 거들었다.

"하여튼 비밀 많은 사람이 제일 저질이지."

"참. 지난달에 그만둔 기획 3팀 왕순진 대리 있잖아요. 9년 사귄 애인이랑 결혼하려고 상견례까지 마쳤는데 글쎄, 상대가 성병에 걸렸다는 거예요. 병원에선 이게 정상적인 관계에선 절대 생길 수가 없는 거라고 했다고."

"꺄악! 더러워!"

"남자가 하도 바쁘고 외국출장이 잦아 종종 연락이 끊겼었는데, 알고 보니 그게 외국출장이 아니라 문어다리 걸치느라 그랬던가 봐요. 그중에는 회사 접대 중에 만났던 업소녀도 있었다나."

"아이고, 그나마 결혼 전에 알았으니 하늘이 도우셨네!"

"하여튼 남자들이란. 쯧쯧."

여사원들이 쳐다보며 수군거리자 발끈한 남사원들이 여자도 다를 것 없다며 맞받아쳤다. 두 그룹 사이에서 제법 심각한 논쟁이 벌어지는 것을 물끄러미 쳐다보던 미소는 생각에 잠겼다.

「나는 미소가 아니면 안 되나 보다.」

영준의 그 말에는 여러 의미가 담겨 있었다. 그중 하나가 아마도 남성 대 여성으로서의 이야기일 터였다.

미소가 비서로서 영준을 모셨던 세월 동안 그는 젊은 여자와의 스킨십을 극도로 꺼려했었다. 마초들 사이에서 세력을 과시하기 위해 액세서리처럼 달고 다녔던 여자들 역시 그의 몸엔 손대지 않겠다는 약속을 해야만 모임에 참석할 수 있었을 정도였다.

실제로 미소와 첫 키스를 나눌 때조차 극도로 불안한 모습을 보였던 그가 아니던가.

진실을 몰랐을 때는 그저 결벽증의 일환이 아닐까 생각했었지만, 지금은 어렴풋이 알 것도 같았다.

어쩌면 그는 그 사건 이후로 무의식적으로 젊은 여자와 죽음을 동일시했던 걸지도 몰랐다. 여자들을 싫어했던 게 아니라 본능적으로 거부했던 건지도, 더 나아가 두려워하기까지 했던 건지도 몰랐다.

만약 그게 사실이라면 지금 그가 저렇게 안달하는 것도 이해가 갔다.

스스로는 다른 여자를 만날 수 없다는 걸 잘 알지만 미소는 그렇지 않으니 영준은 그게 불안했던 걸까. 그래서 그렇게 의심하고 구속하려고 애를 썼던 걸까.

밀당에 안달하게 만드는 건 만드는 거고, 이 기회에 짚고 넘어가야 할 건 확실히 짚고 넘어가야만 했다.

미소가 깊은 생각에 잠긴 사이 남녀 사이에 벌어졌던 가벼운 논쟁이 어느새 해결 국면을 맞았던지, 영희가 불쑥 질문을 던졌다.

"아, 맞다! 부장님. 언뜻 들으니 부회장님이 연말에 휴가 내셨다면서요?"

"네, 맞아요. 24, 25 양일."

"일요일 껴서 사흘이네요. 웬일로 부회장님이 휴가를 다 내셨대요?"

'웬일로'라는 단어에 미소는 지난 9년을 떠올리고서 영준의 지독함에 치를 떨고 말았다. 그 긴 세월 동안 그 인간, 이번을 제외하고 휴가라곤 독감에 걸려 입원했던 때를 빼고 단 한 차례도 내지 않았었다.

"소식 듣고 다들 놀랐다니까요. 뉴스에도 떴더라고요. '이영준 부회장 9년만의 연말 휴가, 연초 새로운 아이템 구상?' 하고. 정말이에요?"

응. 그런데 아이템은 아이템이지만 그런 쪽 아이템이 아닐걸, 아마도.

미소는 방글방글 웃으며 되물었다.

"글쎄요, 제가 뭘 아나요. 어쨌든 부회장님도 좀 쉬셔야

일의 능률도 오르지 않겠어요?"

"부장님도 그때 휴가겠네요?"

"네."

"그럼 크리스마스이브에 저희랑 클럽 안 가실래요? 누가 알아요? 거기서 운명의 상대라도 만날지."

그 말에 김지아가 미묘한 눈길로 미소를 건너다보며 웃었다.

지아는 영준과 미소의 관계가 업무 파트너에서 인생 파트너로 업그레이드됐다는 사실을 알고 있는 몇 안 되는 사람 중 한 명이었다. 영준은 오히려 화끈하게 소문을 내라고 부추겼지만, 소식을 접한 홍보실장은 그날 키스를 목격한 사람들을 모두 불러다 공식발표 전까진 절대 함구하도록 불호령을 내렸다.

"지아 씨도 간다고 했어요. 그쵸? 갈 사람들 벌써 다섯 명 넘게 모였는데, 부장님도 끼워드릴게요."

"아…… 난 조금 곤란한데…….."

암. 곤란하지. 그 휴가가 어떤 휴가인데. 일생일대의 청혼이 기다리고 있는 휴가 아닌가.

비록 절름발이가 범인이라던데 더 본들 뭐하겠나 하는 기분으로 뚜껑 따자마자 김빠진 맥주 마시는 심정이긴 하지만, 뭐, 괜찮다. 아니, 괜찮지 않아, 제기랄.

새삼스러운 사실을 다시 떠올린 미소의 입술 사이로 웃음인지 흐느낌인지 모를 것이 흘러나왔다.

"부장님 왜 웃으세요? 뭐 재밌는 일이라도 있어요?"

"아무것도 아니에요. 어쨌든 전 그날 일이 좀 있어서……."

"솔로가 크리스마스에 일은 무슨 일이람? 같은 모태 솔로들끼리 이런 식으로 배신 때리기예요? 안 되겠어요. 부장님은 기필코 오세요. 끝나고 다 함께 치맥이나 하러 가게요. 네?"

"미안해요, 난 정말 안 되겠는데."

난처한 듯 어색하게 웃어버리는 미소를 짓궂은 표정으로 쳐다보던 지아가 술김에 대형 사고를 치고 말았다.

"맞아요. 부장님은 절대 안 돼요. 이미 우리랑은 다른 존재로 변신했으니까요."

"뭐?"

"우리 부장님 더 이상 솔로 아니거든요."

"엥? 이게 무슨 소리?"

반경 1미터 이내의 시선이 모조리 미소에게로 쏠렸다.

"어, 어므나, 지아 씨, 술 제대로 취했나 보다, 헛소리하고 막 이래, 아하하."

황당한 나머지 눈을 동그랗게 뜬 미소는 어떻게든 수습해보겠다고 설레발을 치며 지아에게 눈치를 줬지만 그녀는 더욱더 힘주어 선언했다.

"우리 부장님 사실 남친 있어요! 이름만 들으면 다들 아는 유명한 사람이에요!"

남사원들은 갸아아악, 하며 오크 울음소리를 냈고 여사원들은 모두 한마음으로 물개박수를 치며 눈을 빛냈다.

"아니, 대체 누구야!"

"언제부터요?"

"어디서, 뭘, 왜 그랬어요!"

온갖 W들이 사방에서 마구 쏟아지자 미소는 크게 당황해 어쩔 줄을 몰라 했다.

그녀가 열심히 할 말을 찾고 있는 동안 맥주 한 잔을 더 비운 지아가 '임금님 귀는 당나귀 귀!' 하고 소리칠 두건장이처럼 잔뜩 긴장한 표정으로 운을 뗐다.

"부장님 남친이 누군지 다들 궁금하시죠? 자아, 그게 누구냐 하면…… 두구두구두구두구두구 기대하시라!"

방글방글, 방글방글, 끝없이 방글거리는 얼굴로 미소가 싸늘하게 내뱉었다.

"김지아 씨. 홍보실장님 명령 잊었나 본데, 거기서 한마디만 더 하면 다음 달 신용카드 명세서와 권고사직통보서를 번갈아 보는 자신을 발견하게 될 거야."

"어…… 읍읍."

지아가 놀라서 입을 꼭 다물어버리자 좌중은 단번에 난리통으로 변했다. 다들 비누칠하다 물 끊어진 사람마냥 잔을 내려놓고 울분을 터뜨렸다.

"왜! 왜! 누군데! 말을 하다 이렇게 끊으면 어떻게 하란 말이야!"

"부장님! 궁금해 미치겠어요! 누구나 아는 사람이라니, 이니셜이라도 제발!"

"아! 나 오늘 밤 잠 못 자!"

쉽게 수그러들지 않는 분위기를 돌아보며 미소는 심각해졌다.

언젠가 발표될 일이지만 여기서 이런 식으로 말이 나가는 건 경우가 아니다. 무엇보다도 이 일이 스캔들처럼 비춰져 영준이 술자리 안줏거리로 전락하는 게 더 싫었다.

"왜 해명이 필요한지 모르겠지만, 일단 해명할게요. 애인 생긴 건 맞아요. 그치만 전부터 오랫동안 만나왔던 사람이기도 했고, 여러분들이 생각하시는 그런 큰일 아니에요."

"아, 됐고요! 그러니까 상대가 누구시냐고요!"

한 남자 신입사원이 크게 외치자 미소는 방글방글 웃으며 되받아쳤다.

"아이고, 신입사원 패기 넘치네. 이런 데 쓰라고 있는 패기가 아닐 텐데. 회식자리에서 분위기 깨서 미안하지만 진실게임 하는 것도 아닌데 이렇게 다그치는 건 예의가 아니겠죠? 굳이 이 상황이 아니라도 어디서든 상대방이 곤란해할 땐 한발 물러서서 배려해주는 것도 사회생활에서 꼭 필요한 스킬이라고 생각해요."

오. 역시 저 이영준 곁에서 9년이나 산전수전 다 겪은 비서는 달랐다. 환하게 웃는 얼굴과 조곤조곤하게 핵심을 찌르는 어조. 궁금해 미칠 것 같지만 어금니를 악물고 참아야 할 것 같은 저 미친 설득력이라니. 다들 뭔가에 홀린 듯 입을 다물 수밖에 없었다.

아주 침착하게 상황을 정리해버린 미소는 엄마 미소를 지으며 여유 있게 덧붙였다.

"어차피 청첩장 돌릴 때 다 알 텐데 그렇게 안달할 거 뭐 있겠어요? 그때까진 모두 우리끼리의 비밀로 부쳐두자고요. 그게 더 재밌지 않겠어요? 에이, 다 알면 재미없잖아요."

다른 때 같았으면 짓궂게 장난을 걸며 더 덤볐을 남사원들조차 고개를 끄덕이며 수긍했다.

"듣고 보니 그러네요."

하하, 호호. 더없이 훈훈한 분위기에서 미소는 혹시라도 들켰을까 봐 쿵덕쿵덕 방아를 찧는 가슴을 진정시키고 잔을 높이 들며 애써 흥을 북돋웠다.

"자, 이 기회에 파도나 한번 탈까요오오! 오호호! 위하여!"

그러나 자신을 향한 관심을 넘실넘실 파도 너머로 실어 보내려던 미소의 계획은 물거품이 되고 말았다. 불러 오려던 파도 대신 집채만 한 쓰나미가 단숨에 덮쳐왔던 것이다.

별안간 바닥에 의자 끄는 소리가 시끄럽게 울리기 시작하더니 테이블에 둘러앉아 있던 30여 명의 유일그룹 직원들이 일제히 벌떡 일어나 한 방향을 향해 90도로 깍듯이 인사를 올렸다.

만취해 테이블 위에 널브러져 엎드려 있던 모(某) 과장까지 낙지 먹은 소처럼 벌떡 일으킨 이의 정체는 굳이 뒤돌아보지 않아도 알 수 있었다.

"아니, 이 누추한 곳까지 어쩐 일이십니까? 부회장님."

"찾는 사람이 있어서 왔어요."

"찾는 분이라면⋯⋯?"

"우리 김 비서랑 긴히 할 얘기가 있어서 말인데요."

이 자리에 있던 사원들 중에는 텔레비전이나 신문기사에서 사진이나 봤을 뿐, 부회장의 실물을 마주하는 건 처음인 사람들도 있었다.

긴장한 나머지 일제히 군기 바짝 들어 일어서 있는 사원들을 쭉 둘러본 영준은 아무렇지도 않은 어조로 툭 내뱉었다.

"내가 내 여자 데려가겠다는데 이의 있는 사람."

'내 여자' 소리에 좌중은 얼음물을 끼얹은 듯 조용해졌다. 갑작스러운 소동에 이게 무슨 일인가 하고 돌아본 다른 손님들조차 미동도 없자, 넓은 실내에 비장한 캐럴이 울려 퍼졌다. 울면 안 돼, 울면 안 돼.

쿵! 쿵! 쿵!

음악을 뚫고 어디선가 디딜방아 찧는 소리가 들린다 싶었더니, 이영준의 '내 여자'가 혼자서 파도를 타고 한숨 쉬더니 테이블에다 이마를 찧어대는 소리였다.

"어쩜 사람이 그래요?"

"누가 할 소리."

"거기서 밝히지 않으려고 제가 얼마나 노력했는지 알긴
아세요? 그런데 부회장님이 내 노력을 한순간에 물거품으
로 만들었어요. 더불어 홍보실 직원들 어깨엔 덜어낼 수
없는 근심의 짐을 얹어주셨고요."

"미소 찾아내겠다고 내가 얼마나 노력했는지를 먼저 알
아주길 바라는데."

모임이 있던 장소에서 미소가 있는 곳까지 길이 너무 막
히는 바람에 영준은 대충 아무 주차장을 찾아 차를 세워두
고서 그 길로 십오 분을 내리 달려왔다고 했다. 이 추위에
코트도 입지 않은 채 턱시도 정장에 보타이까지 맨 남자가
인파 가득한 길을 조깅하는 꼴을 상상해보니 더 이상 할 말
이 없었다.

"그리고 일단 이렇게 터지면 적어도 사내에서 넘보는 놈
은 없을 테니까."

"대체 누가 절 넘본다고 그러세요? 그런 사람 없다고요
오오!"

앙칼진 목소리가 원룸 공동현관에 찡찡 울리자 미소는
목소리를 조그맣게 줄이고 계단을 올라가며 투덜거렸다.

"왜 갑자기 이렇게 안달복달 캐릭터로 탈바꿈하셨는데

요? 하나도 안 어울려요."

"내 캐릭터가 어울리고 안 어울리고의 문제가 아니야. 지금 미소의 태도가 문제지. 뭔가 많이 달라졌다는 생각 안 들어?"

"제가요?"

"그럼 여기 미소 말고 누가 또 있어?"

주차장에서 차를 찾아 타고 집까지 오는 동안 차에서 단 한마디도 하지 않았던 영준과 미소는 뒤늦게 말문이 터졌던지, 원룸 입구에서 3층 계단을 오르면서 그동안 하지 못했던 말들을 봇물 터뜨리듯 주고받았다.

탐탁지 않은 눈으로 노려보는 영준을 마주한 미소는 뭔가 대꾸하려다 말고 짧은 한숨을 내쉰 후 사과했다.

"아, 네. 네. 제가 잘못했어요. 그런 식으로 연락 딱 끊은 건 죄송해요. 무슨 어린애도 아니고, 설마 그렇게 득달같이 쫓아와서 폭탄 발언하실 거라곤 상상도 못 했네요."

"사과하는 거야, 시비 거는 거야? 태도를 확실히 해."

어깨를 쭉 늘어뜨린 미소가 산뜻하게 대답했다.

"사과하는 거예요."

영준은 더 이상 아무 말도 하지 않았다.

문을 열고 안으로 들어선 미소 역시 가만히 그를 올려다보기만 할 뿐 들어오란 말조차 없었다.

"오랜만에 술을 마셔서 그런지 피곤하네요. 바로 잘 테니까 부회장님도 일찍 들어가 쉬세요."

"말 나온 김에 잠깐 나랑 얘기 좀 해."

"안 돼요. 저 지금 무지 급한 일이 있어서요."

"뭐가 그리 급한데?"

"이게 다 부회장님 때문이라고요. 흐흑."

오는 길에 생각해보니 갑자기 터진 문제도 문제지만 꽤 심각한 일이 남아 있었다.

아까 자연스럽게 미소의 허리를 감싸 안고서 회식자리를 뜨던 영준은 사람들이 사방에서 폰카를 들이밀자 당당하게 브이질까지 해댔다. 네티즌 수사대에게 신상이 다 털리기까지 과연 얼마의 시간이 걸릴까 생각하면 마음이 급해지지 않을 수가 없었다.

"아주 잠깐이면 돼."

영준은 문이 닫히지 않도록 구둣발을 안으로 딱 들이밀고 있었다.

미소는 오래전에 잠깐 이용했다가 폐쇄하지 않았던 와이월드 미니홈피를 생각했다. 이어서 그동안 영준에게서 선물 받았던 명품들을 현금화하기 위해 중고네이션에 올렸던 판매글들, 그리고 다음 포털의 지식검색 서비스에다 '노래 가사인데요, 뿡쒯쒯쒯버둥! 뿡쒯쒯쒯버둥! 하는 노래 혹시 뭔지 아시는 분.' 하고 엽기적인 질문을 했던 걸 지웠는지 안 지웠는지 머릿속을 되짚었다.

큰일이다. 당최 기억이 가물가물하다. 한시가 급하게 그 흔적들을 지우고 모든 닷컴과 닷넷은 아이디째로 다 탈퇴

해야 하는데 이 인간 오늘따라 질기기가 쇠심줄이지 않나.

반쯤 영역을 침범해 있는 영준의 매끈한 정장구두를 내려다보던 미소는 한숨을 쉬며 문을 활짝 열고 그를 맞았다.

"정말 잠깐만이에요."

아담한 공간엔 온기와 미소의 향수 향기가 꽉 차 있었다.

2인용 식탁을 사이에 두고 그녀와 마주 앉은 그는 커피한 모금을 마시고 유식의 조언을 되새긴 후 말문을 열었다.

"미리 말해두는데, 나는 지금 굉장히 느긋하고 적당한 기분이야."

"네에?"

미소가 황당한 얼굴을 하자 영준은 헛기침을 하며 말을 돌렸다.

"내가 갑자기 몰아붙여서 놀랐겠지. 그 점은 몹시 미안하게 생각하고 있어."

"혹시 사과하시는 거예요?"

"그래."

"그럼 넓은 아량으로 받아들이겠어요."

물끄러미 영준을 바라보던 미소는 회식자리에서 오랫동안 생각했던 것을 담담한 태도로 물었다.

"불공평하다고 느꼈던 거죠?"

미소는 따뜻한 머그컵 손잡이를 손가락으로 문지르며 편안한 태도로 말을 이었다.

"제가 앞으로 부회장님만 사랑할 거라는 확신이 없으니까…… 그래서 불안했지요? 지금이라도 붙잡아 매어두고 싶은 거죠?"

영준은 미소의 말에 한동안 뭔가에 얻어맞은 듯 멍한 표정을 하더니 이내 가지런한 치아를 드러내고 피식 웃어버렸다. 허탈한 분위기를 보아하니 본인도 모르고 있다 이제야 깨달은 듯했다.

"아아, 역시 미소는 못 당하겠어."

스스로도 자신이 이해가 안 되는지 고개를 설레설레 젓던 영준은 마침내 평소의 모습으로 돌아와 똑바로 미소의 눈을 마주하고 물었다.

"지금 미소가 내게 그렇게 묻는다는 건, 곧 확신을 가져도 된다는 뜻이겠지?"

"그걸 말이라고 하세요? 솔직히 전, 제가 부회장님에게 확신을 못 줄 정도의 사람으로 보였나 하는 생각에 되게 서운했어요."

영준은 잠시 고민하며 주저하다 어렵게 대꾸했다.

"그렇지 않아. 아무래도 내가…… 모자라서 그런가 보다."

"어……? 우와. 우와아아……!"

다른 사람도 아닌 저 이영준이 제 입으로 자신이 모자라다는 말을 하다니, 이 믿을 수 없는 일에 미소는 바보처럼 입을 딱 벌리고서 뻐끔거렸다.

영준은 뒤늦게 씁쓸한 표정으로 얼굴을 붉혔지만 끝까지 그 말을 철회하지는 않았다. 대신 그는 그동안 마음속에 묻어뒀었는지도 모를 다른 이야기를 꺼내놓기 시작했다.

"어쩌면 주문 같은 것이었을까."

"뭐가요?"

"그날. 너무 무서워서 미쳐버릴 것 같은 그때, 여기 나 혼자만 있는 게 아니라고, 그러니까 괜찮다고…… 미소야, 미소야, 그렇게 부르던 네 이름이 내 몸 속 어딘가에 깊이 새겨졌던 건지도 모르겠어. 그래서 다른 여자들은 다 거부해도 미소만큼은 괜찮았는지도 모르지."

영준은 과거로 돌아간 듯 허공 어딘가를 바라보며 희미하게 웃었다.

안타까운 눈으로 한동안 영준을 바라보던 미소는 손을 내밀어 그의 손등을 덮었다.

"그 여자, 원망스럽지 않아요?"

"글쎄. 이상하게 들릴지도 모르겠지만, 그날 미소랑 같이 집 밖으로 나온 후 뒤를 돌아보던 순간 원망이라기보다는…… 내가 조금만 더 컸더라면 그 여자가 그렇게 죽는 걸 막을 수 있지 않았을까 하는 생각이 들더라고. 그러고 나니 안타깝기만 할 뿐 별로 원망스럽진 않았어. 어쨌든 죽은 사람이니까."

"그럼 왜 그런 일을 당했는지, 운명이 원망스럽진 않았어요?"

"으음. 아주 원망스럽지 않다면 거짓말이겠지. 다만……."

잠시 말을 끊었던 영준은 나직이 중얼거렸다.

"남자와 여자가 만나서 그냥 사랑하는 건 그리 어렵지 않은 일이라고 생각해. 그렇지만 운명은 다르잖아. 만약 내가 미소를 만나기 위해 그 일을 겪은 거라면, 다시 그때로 돌아가 그 일을 또 겪고도 미소를 만날 거냐고 묻는다면……."

손을 뒤집어 자기 손등을 덮었던 미소의 손을 으스러지게 꽉 잡은 영준은 단호하게 못 박았다.

"난 그렇게 할 거야. 널 만나기 위해서라면 몇 번이고, 백 번이고 천 번이고. 그러다 미쳐 죽는다고 해도 결코 후회 없이 말이야."

"부회장님……."

"언젠가 이 말을 꼭 해주고 싶었어."

꼭 잡은 손의 온기를 만끽하며, 미소는 눈물을 글썽이며 방글방글 웃다 말했다.

"부회장님은 내가 본 사람 중에 가장 똑똑한 바보예요. 지금 자기 모습을 좀 보세요. 이런 남자를 두고 다른 남자를 쳐다보는 여자가 어디 있겠어요?"

"그런가?"

"나도 부회장님밖에 사랑할 수 없는 여자란 말이에요. 그러니 찌질이 집착남 코스프레는 이제 그만두세요. 정말 하나도 안 어울린다고요."

마주 보고 키득키득 웃던 두 사람은 누가 먼저랄 것도 없이 의자에서 몸을 일으키고 식은 커피 두 잔 너머로 깊은 키스를 주고받았다.

팔을 들어 목덜미를 끌어안은 것으로는 성에 차지 않았는지, 작은 식탁을 돌아와 몸을 끌어안은 두 사람은 단시간에 서로에게 빠져들기 시작했다.

뜨겁게 달아오른 영준의 입술과 혀가 미소의 입술을 떠나 천천히 아래로 내려왔다. 그녀는 돌연 온몸이 마비된 듯 꼼짝도 할 수 없었다.

"으음."

"아까도 분명 말했듯이."

말하다 말고 미소의 목덜미를 길게 핥아내린 영준은 그녀의 허리를 바싹 끌어당겨 자기 몸에다 밀착시키더니 깊이 고개를 숙여 쇄골 사이의 우물에다 진한 키스를 퍼부었다.

"나는 지금 더없이 적당하고 느긋한 기분이야. 절대 성급하게 몰아붙이는 게 아니라는 걸 명심해둬."

"네……엥?"

온몸이 붕 뜨는 것을 느낀 미소를 게슴츠레하게 눈을 뜨고 고개를 돌려 영준을 바라봤다.

좋아서 기분이 붕 뜬 게 아니라 그냥 뜬 거였다. 그녀는 어느새 그의 양팔 위에 짐짝처럼 들린 채 좁아터진 싱글침대를 향해 다가가고 있었다.

"어? 자, 잠깐만요! 적당하지 않은데요? 충분히 성급한데요? 끓을 만큼 끓어야 밥이 되지, 생쌀이 재촉한다고 밥이 되는 건 아니지 않……."

"살 사람이 좋다는데 무얼 더 깎는단 말이오. 노인장, 외고집이시구먼."

"아아, 하나도 재미없어요! 장난치지 마시고요! 안 돼요! 전 아직 마음의 준비가…… 악!"

딱 한입 물어뜯기고 쟁반에 패대기쳐진 붕어빵 모양으로 침대에 던져진 미소의 위로 몹시 사악한 웃음을 지으며 보타이를 풀어헤치는 영준의 그림자가 겹쳐졌다.

"그간 내 애를 충분히 닳게 한 죄, 지금부터 그 몸에다 묻도록 하지."

최후에 칼자루 쥔 자, 인생 甲.

이영준은 기본적으로 흐트러진 상태, 혼돈, 혼란 등 명
료하지 못한 것을 질색하는 인간이었다. 그런 성격 탓에
그의 주변은 언제나 말끔하게 정리되어 있어야만 했고 그
자신 역시도 늘 완벽한 상태를 유지하고 있었다.

그러나 지금 이 순간만큼은 예외였다.

"아, 안…… 돼. 안…… 돼요……, 거긴…… 제발…… 으
응."

"못 알아듣겠어."

"안…… 된다고……, 하아아!"

"된다는 건지, 안 된다는 건지, 확실히 말해."

"안 돼……."

"그럼 그만둘까?"

"아아, 안 돼! 그것도 안 돼……."

"어쩌라는 거야."

짙은 어둠 속, 벗기 전엔 주름 하나 없이 매끈했던 최고
급 캐시미어 남성 턱시도 상하의와 커머번드는 검은색 여

성 투피스와 뒤섞여 형편없이 구겨진 채 바닥에 널브러져 있었고, 새하얀 셔츠와 보타이는 싱글침대와 벽 사이의 공간에 핑크색 여성속옷세트와 마구 엉켜 처박혀 있었다. 모두 말끔함과는 거리가 있는 풍경이다.

"이제 그만, 제발 그만해요, 부탁이에요……."

"입이랑 몸이 완벽하게 따로 놀고 있잖아. 이 손 좀 놔."

"안 돼! 놓으면 더한 짓 할 거잖아!"

"미소는 눈치가 빨라서 가끔은 무섭다니까."

"알았으니까 이제……."

"그럼 이런 건 어때?"

"하아앗! 엄마야!"

"이럴 땐 엄마가 아니라 내 이름을 부르라고."

천천히 몸을 일으켜 느긋하게 미소의 얼굴을 바라보는 영준에게선 평소의 단정한 모습을 찾아볼 수 없었다. 총기 있던 눈빛은 어느새 취한 듯 흐릿해져 있었고 또렷했던 눈매 역시 가늘어졌으며 늘 카리스마 짙은 말만을 뱉어내던 입술은 타액에 젖은 채 섹시하게 번들거렸다. 이 역시도 완벽함과는 거리가 먼 모습이다.

영준의 눈을 가만히 들여다보고만 있던 미소가 한숨 쉬듯 중얼거렸다.

"너무…… 이상해요."

"뭐가."

"이런 거요."

피식 웃고 미소의 입술에 가볍게 입 맞춘 영준은 그녀의 아랫입술을 살짝살짝 깨물고 몸을 일으키며 중얼거렸다.

"그러게. 9년 동안이나 온종일 함께 있었는데 이렇게 아무것도 안 걸친 모습을 보는 건 처음이잖아."

"그렇게 대놓고 보지 말아요."

그는 부끄러운지 얼굴을 가리고 돌아누워버리는 미소의 뒷모습을 길게 눈으로 훑어 내리며 덧붙였다.

"옷이란 게 있어서 다행이라는 생각이 들어."

그 소리에 미소가 발끈하더니 얼굴을 가리고 있던 손을 치우고 확 뒤를 돌아봤다.

"뭐라고요?"

"미소 몸을 가릴 수 있어서 다행이라고."

"어머, 어머머머! 그게 무슨 소리예요? 제가 이 몸매 만들겠다고 얼마나 피눈물 나는 노력을 했는지 알기나 하세요?"

아예 벌떡 일어나 거칠게 항의하는 미소의 모양 좋은 가슴이 어둠 속에서 가볍게 출렁거렸다.

"그래. 만약 옷이 없었다면 이 예쁜 걸 다른 놈들한테도 보여줘야 했을 거 아니야."

"어……?"

당황한 나머지 단번에 얼굴이 새빨개진 미소는 양팔을 가슴 앞에서 엑스자로 교차하고 몸을 다시 돌려 비비 꼬더니 핀잔을 주었다.

"어, 어머, 손발 오그라들어."

"바라던 바야."

뒤에서 미소의 몸을 꼭 감싸 안은 영준은 그녀의 귓바퀴에다 입술을 바싹 붙이고 속삭였다.

"손발뿐 아니라 아주 손가락 발가락 끝까지 오그라들게 하고 싶어."

그 어떤 것으로도 가로막히지 않은 채 딱 맞붙은 그녀의 매끈한 등과 그의 탄탄한 가슴은 똑같이 뜨거운 체온으로 달아올라 있었다.

그림을 그리듯 미소의 귓바퀴를 따라 혀를 굴리던 영준은 들릴 듯 말 듯 작은 목소리로 속삭였다.

"어떻게 해줄까?"

"아…… 안 돼요! 거긴 안 돼!"

화들짝 놀란 미소가 몸을 비틀며 품을 빠져나오려 했지만 영준은 여전히 양팔과 자기 무릎으로 그녀를 옭아맨 채 목덜미에다 진한 키스를 퍼부었다.

그의 입술과 혀가 닿은 부분에서부터 촉촉하고 부드러운 느낌이 퍼져가는 동시에 그녀의 온몸에서 서서히 힘이 빠졌다.

"그렇게 오랫동안 날 겪었으니 잘 알고 있겠지. 어떤 일이든지 방법을 몰라서 우왕좌왕하다 망치는 거, 난 딱 질색이야. 그게 이렇게 중요한, 일생일대의 우리 첫 경험이라면 더욱더 그래."

영준이 무슨 말을 하는 건지 알 수가 없었던 미소는 아무 대답도 하지 않은 채 가쁜 숨만 몰아쉬었고, 그는 꽤 오랜 침묵 후에 어렵게 말을 이었다.

"도와줘."

"네……?"

"내가 어디를 어떻게 해줘야 미소가 좋아할지, 그걸 아는 사람은 우리 둘 중에 미소밖에 없잖아. 그러니까 솔직히 반응하란 말이야. 부끄러워하면서 그렇게 빼지만 말고."

말을 잇지 못하던 미소가 들릴 듯 말 듯 작은 목소리로 중얼거렸다.

"역시…… 이상해요."

"뭐가 또."

"부회장님 이러는 거 이상하다고요. 제 잘난 맛에 살고 만날 자기만 알던 사람이잖아요. 그런데 갑자기 이렇게……."

미소는 뒤늦게 뭔가를 떠올리고 입을 다물어버렸다. 그러고 보니 갑자기라고 할 것도, 또 무엇 하나 이상할 것도 없는 일이었다.

처음부터 지금까지 계속해서 보이지 않게 참고 배려해 왔던 사람은 바로 영준이었으니까.

미소는 더 이상 아무 말도 하지 않은 채 영준의 팔뚝을 쓰다듬어보았다. 혼자서 묵묵히 주변의 모든 사람들을 지켜왔던 아주 뜨겁고 단단한 그 팔을.

"이상해도 지금은 참아. 아니면 침대에선 미소가 보스라고 생각하든지."

나직한 영준의 말에 미소의 코끝이 시큰해지고 눈시울이 뜨거워졌다. 열기는 어느새 자제할 수 없을 정도로 팽창해 있었다.

"사랑해요."

흐릿한 눈을 하고서 올려다보며 고백하는 미소의 얼굴은 그 어느 때보다 더 아름다웠다. 그 모습이 타는 듯한 갈증을 더욱더 부채질했다.

"나도. 사랑해."

❧ ✦ ✦ ✦ ❧

어둠 속에서 눈을 뜬 영준은 어디서 두들겨 맞고 온 것처럼 여기저기 쑤시는 몸을 일으킨 후 주변을 둘러봤다.

"으음."

여긴 어디지?

서재 확장공사 때문에 잠시 머물고 있는 호텔방이라 낯설게 느껴지는 거라고 생각했지만 그게 아니었다.

책상의 작은 무드등 아래 '유일그룹 하계수련회 기념'이라고 쓰인 탁상시계가 새벽 5시를 알리고 있었다.

어렸을 때 쓰던 것보다 훨씬 더 좁은 침대, 핑크색 차렵이불, 심하게 짜부라진 곰돌이 인형까지를 돌아본 영준은 그제야 이곳이 어딘지, 어젯밤을 어떻게 보냈었는지를 떠올릴 수 있었다.

미소의 몸에서 희미하게 나던 바디로션의 향기가 영준의 몸에 묻어 있었다.

철저한 예습을 통해 알찬 수업을 진행한 후 착실하게 복습까지 하고 나니 어느새 자정을 지나 새벽이었다.

미소는 벌써 일어나 씻고 있는지, 욕실의 목재 문 너머로 희미한 물소리가 들려왔다.

"하여튼 부지런하다니까."

물먹은 솜처럼 처지는 몸을 힘겹게 일으킨 그는 크게 기지개를 켰다. 온몸의 뼈마디가 자리를 잡으며 우두둑 우두둑 거친 소리를 냈다.

침대에서 일어난 후 미소가 주워 의자에다 걸쳐둔 턱시도 하의에 대충 다리만 꿴 영준은 불을 켠 후 곧장 방 한쪽의 냉장고로 다가가 문을 열었다. 배가 고파 견딜 수가 없었다. 눈에 띄는 먹을거리라곤 떠먹는 요구르트 한 개가 다였다.

요구르트 하나를 맛있게 다 비우자 욕실 문이 열리더니 편안한 차림에 수건을 머리에 감은 미소가 나타났다.

문지방을 넘던 그녀는 영준과 그의 손에 들린 요구르트를 번갈아 바라보고 눈이 휘둥그레져 더듬거렸다.

"어! 그거!"

"미안. 딱 하나 있었는데 배고파서 다 먹어버렸어."

"아니, 그게 아니라 그거 얼굴 팩 하려고 남겨둔…….”

유통기한 사흘이나 지난 거예요, 라고 말하려다 말고 미소는 방글방글 웃으며 손사래를 쳤다.

"아무것도 아니에요. 오호호.”

괜찮아. 피부 대신 장이 튼튼해질 거야. 아마도.

"잘 잤어?”

성큼성큼 다가와 미소의 뺨에 가볍게 입 맞춘 영준은 그대로 책상까지 걸어가 의자에 걸터앉더니 랩톱 전원을 켰다. 매일 아침 일과를 시작하기 전 차를 마시며 뉴스를 확인하는 건 그의 오랜 습관이었다.

"차 한 잔 드릴까요?”

"아니야. 됐어. 바쁠 텐데 출근 준비나 해.”

"오늘 일정 브리핑 지금 할까요?”

"머리부터 말리지. 감기 걸릴라.”

"그럼 브리핑은 이따 화장하면서 할게요.”

"그러든지.”

"아, 맞다. 어제 퇴근 후에 연락이 와서 미리 말씀 못 드렸는데요, 대호그룹 강 회장님 측에서 갑자기 일정이 변경되는 바람에 다음 주 모임에 참석 못 한다고.”

"아, 그 아저씨 또 약속 튕기면 곤란한데. 이게 벌써 몇 번째야.”

"일정을 연기할까요? 아니면 아예 취소하는 게 나을…….”

아무렇지도 않게 업무 이야기를 주고받던 중, 미소가 갑자기 말을 흐리더니 피식 웃음을 터뜨렸다.

"왜?"

"아니, 푸훗, 갑자기 너무 웃겨서요."

그녀가 배를 붙잡고 깔깔거리는 것을 돌아본 그 역시 한 박자 늦게 실소를 터뜨렸다.

"뭔가 엄청난 일이 생기긴 했는데."

"변한 게 하나도 없네요."

한마디씩을 이은 두 사람은 누가 먼저랄 것도 없이 손을 뻗어 서로의 목을 끌어당기고 깊은 키스를 주고받았다.

"앞으로도 계속 일할 거지?"

"그럼 저 말고 이걸 대체 누가 하겠어요?"

"그건 그래."

영준이 씩 웃으며 랩톱 화면으로 다시 고개를 돌린 순간, 책상에 놓여 있던 그의 업무용 휴대전화가 몸을 떨어대기 시작했다.

"제가 받을까요?"

"아니. 전화는 내가 받을 테니까 다림질 준비나 좀 해 줘."

이동이 잦고 언제 무슨 일이 생길지 모르는 위치이기에 영준의 집무실과 차 안에는 항상 예비의상들이 비치되어 있었다. 미소는 영준의 벗은 어깨를 손으로 지그시 누르며 상냥하게 대꾸했다.

"그 차림으로 차에 가려고요? 머리 말린 후에 제가 다녀와서 다림질까지 말끔하게 해드릴 테니까 신경 쓰지 마시고 볼일이나 보셔요."

"고마워."

영준은 부드럽게 웃고 인터넷 홈 화면을 불러오며 전화를 집어 들었다.

"누구예요?"

"홍 상무. 안 그래도 기상시간 맞춰서 전화할 줄 알고 있었지."

"아……? 그리고 보니……!"

까맣게 잊고 있던 사실을 '홍 상무' 소리에 되살려낸 미소는 동작을 딱 멈추고 다음 홈 화면을 뚫어져라 응시했다.

─ 부회장님! 이른 시간에 죄송합니다만! 큰일 났습니다!

"알아요."

─ 으아아아아아앙! 왜 그러셨어요오오! 아흑!

"으아아아아앙! 그러게요. 부회장님, 왜 그러셨어요오!"

지금 이 순간 울고 싶은 사람은 홍보실장이 아니었다. 미소는 영준의 손에 들린 마우스를 뺏어들고 오열하며 광클릭질을 했다.

[유일그룹 부회장 이영준 충격의 한밤 데이트. 그 내막은?]

볼드체로 꽝꽝 박힌 기사 제목 아래엔 브로이하우스의 커다란 크리스마스트리를 배경으로 얼굴이 새빨개진 미소의 목을 끌어안고서 자신만만하게 브이 포즈를 취하고 있는 영준의 사진이 선명하게 떠 있었다.

아니나 다를까, 그 아래 죽 늘어선 댓글들이 가관이다.

[실화냐. 로또 열 번 맞았네.]

[정상여고 출신 김미소. 이영준 밑에서 9년 근속한 전속 비서라고 함. 벌써 신상 탈탈 다 털렸음.]

[쟤 내 여고 동창. 거짓말 아니라 진짜 얼굴 예쁘고 학창 시절 내내 전교 1등이었음. 수능 상위 1프로였는데 집안이 쫄딱 망하는 바람에 대박 안습.]

[쌍수 100퍼. 콧대, 턱도 깎고 가슴도 한 듯.]

[여우상으로 남자 여럿 후렸겠네. 하긴 상대가 유일 후계자인데, 로또는 아무나 맞나. 오지고 지리다.]

[충격과 공포다 그지깽깽이들아. 이영준 내 거!]

[와이월드 미니홈피에 가보셈. 지금 장난 아님. 저도 방금 성지순례 다녀왔어요.]

"으아아아악!"

울부짖으며 의자에서 영준을 우악스럽게 밀어낸 미소는 미친 듯이 와이월드에 접속했지만 하도 오래전에 가입한 거라 아이디조차 떠오르질 않았다.

"아아! 어떡해! 나 어떡하면 좋아! 보고만 있지 말고 어떻게든 좀 해봐요워어억!"

미소가 버럭 화를 내자 영준은 키득키득 웃더니 전화에 대고 차분하게 명령했다.

"언론사에 보도 자제 요청하고 지금 바로 김 비서 와이월드 미니홈피 계정 블라인드 처리해요. 바로 회사로 들어갈게요."

전화를 끊고 난 영준은 랩톱 키보드 위에 엎드려 절망하고 있는 미소의 어깨를 툭툭 두드리며 약 오르는 소릴 해 댔다.

"오. 가슴이 어쩐지 너무 예쁘더라니. 언제 수술한 거야?"

"고등학교 졸업하자마자 휴가도 없이 개처럼 일만 했는데 어디 수술할 시간이나 있었겠어요?"

온갖 화를 섞어 바락바락 소리를 지르자 옆집 여자가 단잠에서 깼는지 벽을 마구 두드리며 화를 냈다.

몹시 마음 상한 듯 미소가 울상을 짓고서 의자에 털썩 주저앉아 두 손으로 얼굴을 가리는 순간, 영준의 전화가 또 한 번 울렸다. 문자메시지 도착 알림음이었다.

내용을 확인하고도 영준이 아무 말도 하지 않자 미소는 고개를 들지도 않은 채 긴 한숨을 내쉬었다.

"누구예요?"

"아버지."

"뭐라고 하셔요?"

"빨리 미소네 집에 들러서 랜선 잘라버리라는데."

어므나. 자상하시기도 하지. 그렇지만 이미 홀라당 엎질러진 물인걸요.

"그리고요?"

"당장 데리고 집으로 오래."

"누굴요?"

"누군 누구야. 몰라서 물어?"

"저기요, 부회장님."

"응."

"어제 사람들 앞에서 그렇게 한 거, 부회장님 성격으로 봐서 뒷일 이미 다 생각하고 한 일이죠? 수습할 거 다 시나리오 짜놓고 그런 거죠? 맞죠?"

"미안. 그럴 정신이 아니었어."

한동안 멍하니 방바닥을 보고만 있던 미소가 방글방글 웃으며 고개를 들더니 진지하게 물었다.

"아무리 생각해도 이건 아닌 것 같은데, 저, 여기서 깔끔하게 사표 쓰면 안 될까요?"

미소와 똑같이 방글방글 웃으며, 영준이 딱 잘라 내뱉었다.

"깔끔하게 써봐. 세상에서 가장 지저분한 꼴을 보게 될 거야."

❦ ✧ ✧ ✧ ❦

영준이 대책방안을 상담하기 위해 부친인 이 회장과 함께 서재에서 대화를 나누는 동안 미소는 응접실에서 최 여사와 차를 마셨다.

"사모님. 저……."

최 여사는 차를 다 마신 지 벌써 십 분이 넘었는데도 아직까지 미소의 손을 꼭 잡고서 놔주지 않고 있었다.

"또. 사모님이라니, 이제 어머님이라니까."

정색을 하고서 지적한 최 여사는 이내 비장한 표정으로 덧붙였다.

"다시 한 번 말하지만 미소는 아무 걱정할 것 없어. 회장님이랑 영준이가 다 알아서 해결할 테니까 그냥 가만히 있으면 돼. 알았지? 아유우, 맘 약한 우리 미소가 얼마나 놀랐을까. 쯧쯧. 영준이가 통 안 하던 짓을 다 했네."

우쭈쭈 어린애 달래듯 하는 최 여사를 보며 미소는 어색하게 방글방글 웃었다.

뭐, 사실 악플행렬에 기분이 나쁜 건 있었지만 영준이라면 자기 자신을 위해서라도 어떻게든 수습할 거라 마음속으론 단단히 믿고 있었기에 그다지 걱정되는 건 아니었다.

다만 한 가지 걱정했던 것은 조건이 너무 한쪽으로 기울다 보니 그의 부모님들이 곤란해하지는 않을까 하는 문제였는데, 전에도 그랬듯 그들은 그런 것엔 아무 신경도 쓰지 않는 것 같았다.

"미소 아버님은 언제 뵐 수 있는지 여쭤봤어?"

"지금은 공연이 밀려서 1월 초쯤 가능하시대요."

"그래, 그럼 될 수 있는 대로 언니들하고도 시간 맞춰서 상견례 하도록 하자."

"양해해주셔서 감사합니다."

"어머, 그런 말 하지 말라니까. 그리고 누차 말하지만, 혼수 같은 건 부담 가질 필요 하나도 없어. 우리가 다 알아서 해줄 테니까 미소는 몸만 오면 돼, 알았지?"

"고맙습니다."

"고맙긴……."

말을 하다 말고 눈시울을 붉힌 최 여사는 미소의 손을 더욱더 힘주어 잡았다.

"우리가 고맙지."

부모면서도, 가족이면서도, 깊은 상처를 감싸주지 못한 채 오히려 마음의 짐만 지워줬던 영준의 지난날을 온전히 지켜주었던 미소였다. 그 고마움을 어떻게 말로 표현할 수 있을까.

최 여사는 이후로도 몇 번이고 고맙다 되뇌며 미소의 손을 토닥토닥 두드려주었다.

"사모님, 회장님께서 찾으시는데요."

가사도우미의 기별에 최 여사는 미소에게 양해를 구하고 잠시 자리를 비웠다.

혼자 응접실에 남겨진 미소는 찻잔에 남은 커피를 홀짝거리며 실내를 둘러보며 시간을 때우다 언제 들어와 있었는지 모를 성연을 발견하고 화들짝 놀랐다.

"어머, 성……."

'성연 오빠'라고 부르기도, 그렇다고 '아주버님'이라고 부르기도 어색했다.

우물쭈물하던 미소가 배시시 웃으며 말끝을 흐리자 성연은 씩 웃고서 다가와 미소의 건너편 소파에 털썩 앉았다.

성연은 그새 얼굴이 홀쭉해졌지만 전보다는 다소 편안한 모습이었다. 영준에게 듣기로는 모든 사실을 다 받아들이고 상담치료를 받기 시작했다던데, 그 결과인지도 모르겠다.

"식 올리기 전까지 우리끼리는 그냥 편하게 부르자. 괜찮지?"

성연의 물음에 미소는 고개를 끄덕이며 방글방글 웃어 보였다.

"네."

"영준이가 잘해줘?"

"한결같죠, 뭐."

"잘해준다는 거야, 못 해준다는 거야?"

"으음. 대답하기가 좀 어렵네요."

미소의 너스레에 성연은 크게 웃음을 터뜨리고서 가만

히 그녀를 건너다봤다.

"프러포즈는 제대로 받았어?"

"아직 못 받았어요. 크리스마스 휴가 때 아마도……."

"크리스마스? 영준이 녀석, 안 그럴 것 같은데 꽤 로맨틱하네."

"글쎄요. 그 말엔 동의 못 하겠는데요."

"왜?"

"프러포즈 스포일링 당했어요. 이미 기대고 환상이고 다 깨졌다니까요."

미소가 방글방글 웃으며 "제길!" 하고 중얼거리자 성연은 흥미로운 표정으로 바라보며 되물었다.

"으음. 결말을 다 안다고 해서 과연 그 과정도 시시할까? 내 생각은 좀 다른데."

"네?"

"내 소설은 다 해피엔딩이야. 그렇지만 모두 해피엔딩일 거라는 걸 알아도 다들 손에 땀을 쥐고 두근거려 하고 설레하면서 밤새 읽잖아?"

"아……."

"그런 거랑 마찬가지라고 생각해."

성연이 편안한 어조로 내놓는 말에 미소는 다소 놀랐다.

어딘지 모르게 불안하고 들떠 보였던 모습은 어느새 사라지고 없었다. 이제야말로 모든 게 다 제자리를 찾은 덕일까.

"언제 출국하세요?"

"너희 상견례 끝내면 곧장."

"니스에 머물고 계신다고 했죠?"

"아. 당분간 프랑스엔 안 돌아갈 생각이야. 이제 진짜 여행을 좀 해보려고."

"진짜 여행?"

"그래. 지칠 때까지 돌아다니다 내 자리로 돌아가면 이제야말로 괜찮아지지 않을까 하는 생각이 들어서."

"좋은 생각이네요."

"비록 거짓기억이긴 했어도, 그동안 그 안에서 살아오면서 나도 고통스러웠어. 물론 그동안 영준이는 진짜 지옥 속에서 살았겠지만."

미소는 아무 말도 않은 채 빈 찻잔만 내려다봤다.

"고맙고 죽도록 미안하고…… 그런데 그걸 어떻게 해야할지 도무지 마음이 정리가 안 되더라고. 그래서 내 나름대로 결론 내린 건 다 털고 내 마음부터 진정으로 편해지는 방향으로 가는 거. 그게 영준이랑 부모님한테 속죄하는 길이라는 거야."

말을 마친 성연은 쓸쓸한 표정으로 어깨를 으쓱했다.

"나란 놈, 끝까지 이기적이지?"

"아니에요. 말은 안 해도, 아마 부회장님도 그렇게 생각할 거예요."

미소의 말에 성연은 희미하게 웃어 보였다.

"그럼 어디로 가세요?"

"그거 알아? 코알라는 하루에 스무 시간 넘게 잔대. 굉장하지?"

"알고 있었는데 별로 굉장할 것까진……."

"그래? 난 엄청 신기했는데."

"호주로 가세요?"

"실은 '오래된 이야기' 후속작품을 구상 중이거든."

"호주가 배경인가 보네요."

"응. 오랫동안 비서로서 곁에서 보좌해줬던 여자가 남자를 떠나 호주의 코알라 농장으로 도망치고, 이유도 모른 채 홀로 남겨진 남자는 뒤늦게 사랑을 깨달아 여자를 찾으러 가는 스토리."

지금까지 파격을 뛰어넘는 소재와 전개로 유명세를 탔던 모르페우스 작가의 평소 작품세계와는 다른, 다소 진부하게까지 느껴지는 스토리였다.

아니, 뭐, 스토리야 그렇다 치고 왜 하필 코알라 농장인데? 생뚱맞게.

미소가 묘한 표정을 짓자 성연은 빙글빙글 웃으며 물었다.

"시시하다고 생각해?"

"아, 아니에요."

"아까도 말했듯이 풀어나가는 과정이 중요한 거라고."

"네. 분명 좋은 작품일 거예요. 책 나오면 사인해서 한

권만 주세요."

"그래. 표지에다 '당산동얼음공주님, 행복하세요!'라고 크게 써줄게."

미소가 얼굴을 붉히며 웃어버리자 성연은 물끄러미 그녀의 얼굴을 바라보다 진지하게 덧붙였다.

"주인공은 너하고 영준이를 모델로 삼았는데, 괜찮겠지?"

"어머, 괜찮다마다요. 저야 당연히 영광이죠!"

미소는 단번에 눈을 반짝반짝 빛내며 흥미를 보였고 성연은 그 반응에 힘을 얻었던지 이어서 말했다.

"실은 제목도 이미 지어뒀어."

"뭔데요?"

"김 비서가 왜 그럴까."

"뭐……라고요?"

"김 비서가 왜 그럴까."

조금 전까지만 해도 기대에 부풀어 있던 미소의 표정이 확 구겨졌다.

"왜? 괜찮지 않아? 그 안에 뭔가 숨겨져 있을 것 같은 뉘앙스도 풍기고."

"아니……."

"왜? 이상해?"

"뭐랄까, 솔직히……."

"솔직히?"

방글방글, 방글방글, 끝없이 방글거리는 얼굴로 미소가
내뱉었다.

"되게 병맛이네요."

그날 밤 늦은 퇴근길, 미소와 영준은 그가 묵고 있는 호
텔 대신 그의 아파트로 향했다. 서재에 있던 중요 서류를
찾기 위해서였다.

책장에 꽂혀 있던 책 모두를 분류 그대로 거실에 옮겨놓
고 커버를 씌워두었으니 그다지 어려울 일은 아니었다. 그
러나 도착하는 순간 두 사람은 일이 쉽지 않을 것임을 곧바
로 알아챘다. 확장공사와 함께 전체 천장 등(燈) 교체도 동
시에 진행하는 바람에 집 안에 조명이 하나도 없었기 때문
이다. 온통 어둠에 잠긴 집은 보일러도 돌리지 않은 지 꽤
되어 대리석 바닥에서부터 올라온 한기가 감돌았다.

구두를 신은 채 거실까지 들어온 미소는 을씨년스러운
풍경에 저도 모르게 몸서리를 치고 말았다.

"추워?"

"네. 안 추우세요?"

"나도 추워."

"잘 생각해보니 이 어두운 데서 애를 쓰고 뒤지는 것보
다 내일 날 밝을 때 사람 보내서 찾게 하는 게 낫지 않겠어
요?"

"그럼 산뜻하게 포기?"

미소가 방글방글 웃으며 "콜!"을 외치자 영준은 피식 웃으며 느긋하게 소파로 다가갔다.

"오늘 하루 피곤했지?"

평소라면 아무리 피곤해도 '별로요.'라고 대답했을 미소였지만, 오늘만큼은 달랐다.

"아아, 너무 피곤하네요."

새벽부터 많은 사람들이 매달려 동에 번쩍 서에 번쩍, 발바닥에 불이 나도록 이리저리 뛰어다닌 덕분에 스캔들은 조기 진화될 수 있었고 마침내 늦은 오후 홍보실을 통해 유일그룹 유력 차기 총수 이영준과 수석비서 김미소의 내년 결혼에 대한 공식발표가 나갈 수 있었다.

"이딴 일 다시는 겪고 싶지 않아요."

"미안."

영준의 사과에도 미소는 잔뜩 토라진 표정으로 눈을 흘기기만 할 뿐 아무 대답도 하지 않았다.

키득거리던 그는 먼지 앉는 것을 방지하기 위해 씌워둔 소파 커버를 벗겨내고 털썩 앉은 후 그녀를 불렀다.

"이리 와."

다가온 미소는 영준의 허벅지에 걸터앉아 팔을 내밀고 가만히 그의 머리를 껴안았다.

미소의 목덜미에 얼굴을 파묻고 한동안 숨을 깊이 들이마셨다 내쉬기를 반복한 영준은 반쯤 잠긴 목소리로 중얼거렸다.

"이렇게 끌어안고 있으면 녹아버릴 것처럼 따뜻하잖아?"

"그런데요?"

"서로 똑같은 체온을 가지고 있는데, 이유가 뭘까."

"혹시 부회장님 체온이 유글레나 눈곱만큼 더 낮은 건 아닐까요? 아니면 제 체온이 조금 더 높은 건지도."

"그건 용납 못 해. 체온이든 뭐든 내가 미소보다 더 못하다니, 있을 수 없는 일이지."

"암요, 예, 어련하시겠습니까요. 무슨 말을 못……."

미소가 입을 쭉 내밀고 투덜대자 영준은 키득거리더니 그녀의 귓불을 살짝 깨물었다. 작은 귀고리가 그의 치아에 부딪쳐 달그락거리는 소리가 더없이 야했다.

무방비 상태에서 귓불을 깨물린 미소는 즉시 입을 다물고 몸을 부르르 떨었다. 들이마시는 숨은 꽤 짧고 깊었다. 얇은 블라우스 아래 가슴이 불룩하게 솟아올랐다.

"이걸로…… 조금은 더 높아졌으려나?"

짓궂은 소릴 하는 영준의 입술이 방향을 돌리더니 미소의 입술을 찾아들었다.

깊고 진한 키스가 오래도록 이어진 후, 영준의 입술은 턱을 지나 미소의 목덜미로 내려오기 시작했다. 달팽이가 흔적을 남기며 기어가듯 느릿느릿, 그가 입술과 혀를 이용해 길을 따라 내려가는 동안 미소는 깊은 키스로 살짝 부풀어 오른 입술을 벌리고 뜨거운 숨을 토해냈다. 높아진 건 영

준의 체온만이 아니었던지, 어둠 속에서 하얀 입김이 흩날
렸다.

"지금까지 어떻게 이런 걸 모르고 살았을까."

"동감이에요."

부드럽게 그녀를 소파에 눕힌 영준은 다급한 손길로 타
이를 풀어 헤치고 셔츠 단추를 풀기 시작했다.

엄습하는 추위에 온몸엔 소름이 끼쳤지만 두 사람 다 아
랑곳하지 않는 듯, 옷가지를 벗어 던지는 데 여념 없었다.

어느새 뜨겁게 달아오른 체온을 주고받는 연인에게는
연일 한파가 기승을 부리는 날씨 따위 아무런 걸림돌도 되
지 않았다.

12월 22일 토요일 오후 8시.

유일랜드 내의 타워레스토랑에서는 프라이빗 파티가 벌어지고 있었다. 저 아래 내려다보이는 유일랜드에선 크리스마스를 맞아 불빛축제가 한창이었다.

파티에 초청된 인사들은 한 해 동안 고생이 많았던 유일그룹 간부들이었는데, 그중엔 부회장 이영준의 절친한 친구 박유식과 그의 전처도 있었다.

이혼한 사람에게 무슨 부부동반 파티냐며 거절한 유식의 전처에게 직접 전화를 걸어 정중하게 참석을 요청한 사람은 미소였다. 미소에게 전화를 지시한 사람은 영준이었고, 영준에게 그것을 부탁한 사람은 유식이었다. 유식은 이번 크리스마스를 전처와 재결합을 위한 분수령으로 삼고 총력을 기울일 작정이라고 했다. 물론, 그 총력에는 이번 일과 영준의 내년 해외출장 두 건을 맞교환한 것도 포함되어 있었다.

겨우 전화 한 통과 해외 대리출장 두 건을 교환하다니 언뜻 보기에도 불공정하기 짝이 없는 계약이었지만 유식은 얼마나 절박했던지 아예 신경 쓰지 않는 눈치였다.

유명셰프가 산지에서 직송한 최고급 재료들을 이용해 유감없이 실력을 발휘한 풀코스 디너가 끝난 후 가벼운 와인파티가 이어졌다.

창밖의 영롱한 불빛과 재즈밴드의 크리스마스캐럴 연주가 흥겨운 분위기를 최고조로 이끌었을 무렵, 영준은 손짓으로 웨이터를 불러 귓속말로 뭔가를 지시했다.

잠시 후 조명이 한 단계 어두워지더니 은은한 블루스가 흐르기 시작했다.

한 테이블 건너에 앉아 있던 유식은 새경을 더 얹어 받아 크게 감동하기라도 한 머슴처럼 영준을 쳐다보더니 엄지를 딱 들어 보였다. 아무 표정 없이 멀뚱하니 쳐다보는 영준과 잔뜩 기대에 부풀어 벌겋게 달아오른 유식의 얼굴을 번갈아 본 미소는 웃음을 참기 위해 자기 허벅지를 세게 꼬집어야만 했다.

유식이 전처와 손을 잡고 플로어로 나가 블루스를 추기 시작하자 영준은 슈트 소매를 들어 손목시계를 슬쩍 살핀 후 미소에게 나직이 말했다.

"우린 이만 가지."

"네? 벌써요?"

"더 있고 싶어?"

"아니, 그런 건 아니지만……."

'박 박사님 커플이 과연 어떻게 될지 궁금하니까요.' 하고 말하려던 순간 유식의 전처가 꽥 비명을 질렀다. 발을 밟았는지 유식이 전처를 향해 꾸벅꾸벅 고개를 숙여 사과하는 것을 물끄러미 바라본 미소는 생각했다.

안 보는 게 낫겠다. 여러모로.

그길로 조용히 자리를 뜬 영준과 미소는 곧장 전망 엘리베이터를 타고 지상으로 내려왔다.

사흘간의 휴가를 즐기기 위해 바로 별장으로 출발할 줄 알았던 영준이 주차장이 아닌 놀이공원 쪽으로 발걸음을 옮기자 미소는 눈을 동그랗게 뜨고 그를 올려다봤다.

"시간은 충분하니까 축제 구경이나 하고 가자."

"아······."

믿기지 않는 표정을 하는 미소를 힐끗 내려다보던 영준이 되물었다.

"왜? 싫어?"

"그럴 리가요. 그치만 사람 많은 곳 싫어하지 않으셨어요?"

"싫어하지."

영준은 부연설명 대신 미소의 손을 아프도록 꽉 쥐었다.

꼭 잡힌 손을 내려다보던 그녀는 더 이상 캐묻지 않고서 방글방글 웃더니 그의 팔에 달랑 매달리며 걸었다.

"기념품점에 겨울시즌 한정 루돌프세트가 출시됐대요."

"그게 뭔데?"

"마스코트 소뿔 머리띠랑 반짝이 코요. 커플세트라는데요."

"창피하게 그걸 하고 돌아다니자고?"

"뭐 어때요? 추억도 되고 좋을 텐데요."

"그런 추억은 별로 남기고 싶지 않은데."

"그리고 맨 얼굴로 돌아다니다 여기저기서 시선 끌 수도 있으니까요."

"그건 그렇다. 내 얼굴이 좀 잘났어야 말이지."

"아, 뉘예. 암요. 그렇고말고요."

미소가 떨떠름한 표정으로 툴툴거리는 것을 힐끗 곁눈질한 영준은 고른 치아를 드러내고 씩 웃었다. 마치 어린아이에게 장난을 걸어놓고 반응을 즐기는 듯한 표정으로.

색색의 눈부신 조명들이 축제 분위기를 한껏 북돋워주고 있는 메인로드로는 요란한 야간 퍼레이드가 한창이었다. 마지막 퍼레이드라 그런지 메인로드 쪽에 인파가 죄다 몰려 회전목마 앞은 아까보다 한결 한산했다.

미소는 솜사탕을 뜯어 먹으며 영준을 가만히 바라보았다.

"갑자기 여긴 왜 오자고 하셨어요?"

아련한 눈으로 회전목마를 바라보고 있던 영준이 그 질문에 대답하려던 순간 출입문이 열리고 대기자들이 줄을 지어 안으로 들어가기 시작했다.

영준은 잡고 있던 미소의 손을 놓아주며 어서 들어가라고 눈짓했지만, 그의 눈동자에서 다른 뭔가를 눈치챈 미소는 고개를 도리도리 저으며 열(列)에서 빠져나와 한쪽으로 물러섰다.

"어서 타. 조금 있으면 폐장이야."

"나이가 몇인데 이런 거나 타고 있겠어요? 안 탈래요."

"나이가 몇인데……?"

방글방글 웃는 스물아홉 살 미소의 코끝에서 루돌프 코가 반짝반짝 빨간 빛을 냈다. 마주 보고 있는 서른세 살 영준의 코끝 역시 마찬가지였다.

한동안 서로를 한심한 표정으로 바라보고 있던 두 사람은 이내 크게 웃음을 터뜨리다 사레들기까지 하고 말았다.

"그러니까 그만두자고 했잖아."

"괜찮아요. 다들 한다니까요."

"남들이 다들 죽으면 따라 죽을 셈이야?"

"다 죽었는데 혼자 남으면 뭐하겠어요? 부회장님이나 남았으면 모를까."

그 소리에 영준은 웃느라 눈가에 배어나온 눈물을 손가락으로 닦아내며 되물었다.

"미소는 세상 사람들이 다 죽어도 나만 있으면 살 수 있을 것 같아?"

"그걸 지금 말이라고 하세요? 당연하죠."

부드럽게 웃으며 미소를 내려다본 영준은 그녀가 들고 있던 솜사탕을 한입 크기만큼 뜯어 입에 넣으며 중얼거렸다.

"나도."

입안에 들어간 솜사탕은 혀 위에다 달콤함만을 남기고서 순식간에 형체도 없이 사라져버렸다. 과연 입에 넣었던 적이 있나 싶을 정도로 마술처럼 한순간에 사라져버린 그것은 문득 오래전 일을 떠올리게 했다.

"여기……."

"네?"

"딱 이 자리였어."

"뭐가요?"

빙글빙글 돌아가는 회전목마 위의 행복해 보이는 사람들을 물끄러미 바라보던 영준이 나직이 중얼거렸다.

"갑자기 알아보고 싶어서 항공사진과 옛날 지적자료, 유일랜드 시설물 배치도를 비교해봤거든. 그 집…… 이 회전목마 자리야."

미소는 눈을 크게 떴다가 영준을 돌아봤다.

그는 어깨를 으쓱하고서 그녀를 보더니 희미하게 웃으며 덧붙였다.

"그 사실을 알고서 가장 처음 든 생각이 뭐였는지 알아?"

"글쎄요."

"다행이다, 정말 다행이다……."

사방은 한껏 들뜬 오르간 소리와 사람들의 시끄러운 말소리가 뒤섞여 무척이나 혼잡했지만, 영준은 평온한 얼굴로 말을 이었다.

"다 밀어버렸다는 걸 알면서도 어딘가에 꼭 그 집이 남아 있을 것 같은 생각이 들어서 정말 싫었거든."

"이젠 괜찮아요."

"그래. 적어도 이걸 타고 고통스러워하면서 우는 사람은 없으니까. 유치하다고 비웃긴 했지만 그래도 얼마나 다행인지."

미소는 행복해하는 사람들을 아련한 눈으로 바라보는 영준의 어깨에 가만히 기댔고, 그는 나직이 속삭였다.

"미소한테도 이걸 보여주고 말해줘야 한다고 생각했어. 그래서 오자고 한 거야."

"고마워요."

아무런 대꾸 없이 그저 웃기만 하던 영준은 미소의 어깨를 끌어안고서 천천히 걸음을 옮겼다.

"그리고……."

영문을 모른 채 영준에게 이끌려 걷던 미소는 회전목마와 벤치를 지나 어딘가에서 걸음을 멈추었다.

"여기가 미소네 집."

"어머나."

영롱한 불빛이 반짝이고 있는 작은 분수대를 바라보는 미소의 눈동자에 포근한 빛이 어렸다.

"화장실이나 귀신의 집, 사파리 곰소굴이 아니라 천만다 행이네요. 호호호."

입을 가리고 웃으며 시답잖은 농담을 던지고 있었지만 그녀의 눈가가 촉촉해진 걸 영준은 놓치지 않았다.

"함께 나눌 추억이 있다는 건 좋은 일이야. 그게 좋은 일 이든 나쁜 일이든 말이지."

미소는 가만히 손을 내밀어 영준의 허리를 끌어안고서 그를 올려다봤다.

"키스해주세요."

"여기서?"

"뭐 어때요. 어차피 반짝이 코 때문에 누군지도 못 알아 볼 텐데."

"그건 그러네."

영준은 조금도 주저하지 않고서 미소의 입술을 부드럽 게 쓸어 삼켜버렸다.

키스는 뜨겁긴 했어도 그리 오래 지속되진 못했다.

산타할아버지 썰매 쌍라이트마냥 반짝반짝, 반짝반짝, 꼭 발광(發狂)하듯 발광(發光)하는 코 한 쌍 때문이었다.

♥ ✧ ♣ ✧ ♥

12월 25일 오후 4시.

이영준 소유의 양평 별장 침실 안은 뜨거운 열기로 가득

299

차 있었다.

미소의 머리카락을 부드럽게 쓰다듬으며 느긋하게 긴 한숨을 내쉰 영준이 중얼거렸다.

"벌써 휴가를 다 보냈다니. 허무하네."

"그래도 오랜만에 잘 쉬었잖아요?"

"우리 그동안 뭐 했지?"

"어……."

유일랜드에서 곧장 양평으로 와 짐을 푼 후 야외 자쿠지에서 함께 목욕하다 달아오르는 바람에 한 번. 그 후 배가 고파 야식으로 과일을 먹다 가볍게 와인 한잔 나누어 마신 것이 화근이 되어 식탁에서 또 한 번. 씻은 후 지쳐 잠이 들었고 깨어보니 이미 정오가 다 된 시각이었다.

가볍게 아침 겸 점심식사를 챙겨 먹고 밖을 내다보니 눈이 펑펑 내려 쌓였기에 나가서 과격한 눈싸움을 벌였고, 흠뻑 젖은 채 집에 들어왔다 또 달아오르는 바람에 거실 한복판에서 선 채 한 번. 씻은 후 살짝 낮잠 한숨 자고 일어나니 저녁시간이라 거하게 먹고서 소화도 시킬 겸 한 번. 홈시어터 설비를 갖춘 방에서 영화 한 편 보다 새벽녘에 불끈 동하는 바람에 또 한 번. 푹 자고 일어나니 정오는 이미 훌떡 지나가 있었고, 늦은 점심을 먹고 미적거리다 결국 또…….

"먹고 자고 하고, 자고 먹고 하고, 하고 먹고 자고."

"으음."

"겨우 '으음'으로 끝날 게 아니에요. 솔직히 우리 심각해요."

"그래. 거의 짐승이었네."

"정도로만 따지자면 '거의'가 아니라 '완벽히'였죠."

심각하게 중얼거리는 미소를 힐끗 쳐다보며 키득거리던 영준이 중얼거렸다.

"힘썼더니 또 배고프다."

"난 졸려요."

"그럼 한숨 자고 일어나서 밥 먹을까?"

고민하던 미소는 또 한 번 울리는 벨소리에 몸을 벌떡 일으키고 사이드테이블의 휴대전화로 손을 뻗었다. 쉬는 시간에도 긴장을 늦추지 못하는 건 그녀의 오랜 직업병이었다.

"휴가잖아. 받지 마."

"수성그룹 비서실이에요. 스케줄 변동 때문인가 봐요."

"흐음."

방글방글 웃으며 전화를 받은 미소는 자리에서 일어나 침실을 가로질러 걸어갔다.

"김미소입니다. 어머 안녕하세요, 오 실장님. 네. 괜찮아요. 휴일인데 갑자기 무슨 일이신가요? 아아 네. 왠지 그러실 것 같더라니. 1월 3일이요? 에, 가만있자. 그날은 이미 일정이 잡혀 있어서 다음 날은 어떠실까요? 아, 네……."

선이 곱고 가느다란 몸에 실오라기 하나 걸치지 않은 채 걸어가며 충실하게 업무를 해치우는 미소의 뒷모습을 황당하게 바라보던 영준은 또 한 번 웃음을 터뜨렸다.

어느새 해가 서산으로 넘어가고 한적한 산중의 별장은 깊은 어둠에 잠겼다.

미소는 부드럽고 포근한 벽난로 불빛이 환하게 밝히고 있는 거실 한쪽에 앉아 서류작업을 하고 있었다.

"이런 데까지 일을 가지고 오다니. 너무하는 거 아니야?"

"어차피 내일부턴 또 과로의 연속일 텐데 한가할 때 미리 좀 봐두면 낫잖아요."

랩톱에서 시선을 떼지 않은 채 열심히 작업에 임하고 있는 미소의 뒤에서 움직임이 감지되었다.

의자 끄는 소리가 들리는가 싶더니 영준이 어딘가에 털썩 앉는 소리, 그리고 팔락팔락 책장 넘어가는 소리까지 이어졌다.

이어 시작된 것은 귓가에 속삭이는 듯한 피아노 선율이었다.

가브리엘 포레의 무언가 3번.

랩톱을 내려놓고서 가만히 뒤로 돌아앉은 미소는 무릎을 끌어안고서 영준을 올려다봤다.

어느새 정장 차림을 하고서 검은색 그랜드피아노 앞에 앉아 건반을 쓰다듬듯 연주에 몰두하고 있는 그의 모습은 숨이 막히도록 아름다웠다. 지금 영롱한 선율에 실어 보내고 있는 그 고백만큼이나.

달콤하고 부드러운 그 분위기에 취해 당장이라도 잠이 들 것만 같았던 그녀는 무릎에다 턱을 얹고서 눈을 지그시 감고 그의 연주에 귀를 기울였다.

삼 분도 채 되지 않을 정도로 짧은 곡이었지만 사랑의 속삭임을 사흘 내내 들은 것 같았다.

마지막 음이 현을 떠나 공중으로 흩어지자 미소는 살며시 눈을 뜨고 영준을 바라봤다. 이 남자 언제부터 이렇게 로맨틱해졌대?

"도대체 못하는 게 뭐예요?"

"그러게 말이야. 이젠 나 스스로도 놀라고 있다니까."

"윽."

미소가 짓궂은 표정으로 혀를 쏙 빼물자 영준은 씩 웃더니 건반을 쓰다듬었다.

"괜찮았어?"

"괜찮다마다요. 감동했어요."

영준의 얼굴이 환해졌다.

자리에서 천천히 일어선 그는 미소를 벽난로 앞에다 그대로 내버려둔 채 어딘가로 가더니 잠시 후 의자 하나를 들고 나타났다. 잔잔한 꽃문양의 앤티크 암체어였다.

"예쁜 의자네요."

"마음에 들어?"

"네. 정말."

"분위기에 어울릴 것 같아서 특별히 프랑스에서 공수해 왔지."

벽난로 앞의 러그를 살피던 영준은 한쪽에다 의자를 내려놓고서 이리저리 위치를 바꾸어보곤 미소에게 자리를 권했다.

"앉아."

지난번 제대로 스포일링 폭탄을 맞았던 그 크리스마스 선물 수여식이 시작될 것을 감지한 미소는 어색한 웃음을 지으며 의자에 앉았다.

"편하게 앉으라고."

"네."

쭈뼛거리던 그녀는 팔걸이에다 양팔을 얹고 어깨와 등을 등받이에다 댔다. 영준이 일부러 구해왔다는 특별한 의자라 그런지 몸에 맞춘 것처럼 꼭 맞고 편안했다.

준비는 다 되었건만, 영준은 우뚝 선 채 미동도 없이 미소를 내려다보고만 있었다.

벽난로 불빛이 어른거리며 영준의 얼굴과 온몸에 부드러운 음영을 드리웠다.

서로를 말없이 바라본 지 얼마나 됐을까.

영준이 나직한 목소리로 그녀를 불렀다.

"미소야."

그 소리를 듣는 순간 미소의 머리부터 발끝까지 정체를

알 수 없는 짜릿함이 쫙 훑고 지나갔다.

그는 그냥 이름을 부른 것만이 아니었다. 코끝이 시큰하고 눈앞이 뿌옇게 흐려지게 만드는 그 이름은 오랫동안 간직하고 있었던 그리움을 남김없이 말해주고 있었다.

"미소야."

"오빠……."

듣고만 있지 않고 미소 역시 화답하자, 영준은 다소 놀란 듯 움찔했다가 이내 피식 웃음을 터뜨렸다.

"오랜만에 듣네. 그 오빠 소리."

방글방글 웃으며 얼굴을 붉히는 미소를 지그시 내려다보던 영준은 포켓에서 뭔가를 꺼내 손에 들었다. 그게 뭔지, 미소는 보지 않아도 금세 알 수 있었다.

이윽고 영준이 놀라운 행동을 보였다. 지금 미소의 눈앞에 있는 사람이 적어도 이영준이 확실하다면 절대 있을 수 없는 일.

그가 그녀의 앞에 무릎을 꿇은 것이다.

"부, 부회장님!"

한쪽 무릎은 바닥에 대고 나머지 한쪽은 굽힌 채 미소 앞에 무릎을 꿇은 영준은 부드럽게 웃음 지으며 그녀의 앞에 반지 케이스를 들이밀고 뚜껑을 열어 보였다.

"아아……."

'눈깔사탕만 한 다이아몬드가 박힌 반지'라는 소릴 들었을 땐 전혀 감이 안 왔었는데 눈으로 보니 알 것 같았다. 다

이아몬드라고는 도저히 생각할 수도 없는 크기의 스톤이 박힌, 비상식적으로 으리으리한 청혼반지였다.

"김미소는 이영준이, 이 내가 세상에서 유일하게 인정하는 여자라는 거. 알고 있지?"

미소가 얼떨떨한 표정으로 고개를 끄덕이자 영준은 자신감 있는 눈으로 그녀를 올려다보며 이어 물었다.

"내게 미소의 남편이 되는 영광을 누리게 해주겠어?"

아.

세상 끝 간 데 없이 저 혼자서만 잘난 남자가 이렇게까지 자신을 낮추고 청혼하는데 안 넘어갈 여자가 어디 있겠나. 피라미드의 정점에서 아래를 내려다보는 심정이 이럴까 싶었다.

천천히 자리에서 일어난 미소는 영준의 앞에 똑같이 몸을 낮추고 무릎을 모아 앉은 후 살며시 왼손을 내밀었다.

"이런 저라도 괜찮으시다면 얼마든지."

더없이 만족한 표정으로 미소의 왼손 약지에다 살며시 반지를 끼워준 영준은 환하게 웃으며 말했다.

"'저라도 괜찮으시다면'이 아니야."

반지는 함께 가서 맞추기라도 한 듯 미소의 손가락에 꼭 맞았다.

영준은 하얗고 보드라운 미소의 손등에다 정성스럽게 입 맞춘 후 고개를 들어 그녀의 눈을 똑바로 바라보며 속삭였다.

"나는 미소가 아니면 안 된다고 했잖아."

감동에 겨워 눈물이 글썽글썽해진 눈으로 영준을 마주 본 미소는 방글방글 웃으며 고백했다.

"사랑해요."

"사랑해."

오랜 기다림 끝에 마침내 하나 된 인연처럼, 벽난로 앞의 긴 그림자 두 개가 하나로 겹쳐져 창가에 걸쳤다.

눈 쌓인 창가엔 대낮처럼 밝은 보름달빛이 내리쬐고 있었다.

그 너머, 새하얗게 펼쳐진 눈밭 위로 다섯 살 소녀와 아홉 살 소년이 손을 꼭 맞잡고 도란도란 이야기하며 걸어가는 모습이 아지랑이처럼 피어올랐다 꿈결처럼 사라졌다.

발단은 봄기운이 완연한 3월 말의 토요일 밤, 유식의 전처 홍미경이 내놓은 한마디였다.

"안 나오네."

지난 크리스마스, 영준이 청혼하러 가느라 기분이 좋은 나머지 하해(河海)와 같은 은덕을 내려준 덕분에 유식은 '닫혀버린 전처의 마음의 문 열기 대작전'의 첫발을 내디딜 수 있었다.

권태기 따위 뭐라고. 그래. 인생은 길다. 얼마든지 헤쳐 갈 수 있는 걸 너무 쉽게 포기하지 않았나. 이제 더 이상은 외롭게 살지 않으리라. 이제 더 이상은 지난 일을 후회하며 살지 않으리라.

그런 마음가짐으로 유식은 끈덕지게 미경을 설득하고 구애에 힘 쏟아 마침내 2월 초순경 그녀와 함께 밤을 보낼 수 있었다. 영준과 미소가 결혼식을 올리고 타히티로 신혼여행을 떠났던 날, 신혼부부를 배웅하고 돌아오는 길 두 사람이 유식의 집에 들러 와인 한잔하며 첫날밤 이야기를 꺼내다 눈 맞았던 바로 그날이었다.

　오랜만에 한 침대에서 눈을 뜨니 다시 연애하던 시절로 돌아간 듯한 기분이었고, 그것이 관계 개선의 촉매가 되어 둘은 지금까지도 제법 좋은 분위기를 유지하고 있다. 오늘은 그녀가 새벽부터 찾아와 집 대청소를 해주겠다며 하루 종일 그의 집에 머물며 부산을 떨었을 정도로, 두 사람 앞에 남은 것은 오직 재결합뿐인 듯했다.

　그런데.

　"뭐?"

　유식이 되묻자 미경은 보글보글 끓는 된장찌개에 두부를 썰어 넣으며 아무렇지도 않게 대답했다.

　"안 한다고. 멘스."

　식탁에 앉아 미경의 뒷모습을 흐뭇하게 바라보고 있던 유식의 턱에서 딱 소리가 났다.

　한참이나 멍하니 앉아 있던 그는 이내 귀를 격하게 후비더니 되물었다.

　"방금 뭐라고?"

　"벌써 일주일이나 지났는데도 안 해."

　"정확했잖아."

　"그러니까 걱정이지."

　"어디 몸이라도 안 좋은 거 아닐까. 병원에 가봐."

　"병원 가기 전에……."

　잠시 말을 끊었던 미경이 어렵사리 덧붙였다.

"아무래도 테스트해보는 게 좋을 것 같아."

눈만 껌뻑이는 유식의 얼굴에 온갖 혼란이 다 스쳐 지나
갔다.

다음 날 오전 7시 간부회의 시작 직전, 영준의 집무실에
서 차를 마시고 있던 유식이 잔을 내려놓으며 뜬금없는 소
릴 내놓았다.

"임신일 리가 없어."

밑도 끝도 없는 말에 영준의 눈썹이 꿈틀거렸다.

"갑자기 그게 무슨 소리야?"

"와이프 말이야. 일주일 넘게 안 나온대."

한 안건을 두고 벌써 며칠째 날 선 공방이 계속되는 회의
를 앞두고 영준은 신경이 몹시 날카로워져 있는 상태였다.
이런 상황에 회사 일과는 아무 상관도 없는 유식의 말은 평
소 같으면 대수롭지 않게 무시해버리고도 남을 성격의 것
이었지만 이번엔 그럴 수가 없었다. 그건 영준이 유식과
그의 전처가 오랜 불임으로 상처받았던 과거를 다른 누구
보다도 잘 알고 있기 때문이었다.

"검사는 해봤어?"

"아니, 아직."

"왜."

집무실 안에 한동안 불편한 침묵이 내려앉았다.

유식이 어렵게 대꾸한 건 꽤 시간이 지난 후였다.

"검사해봤다가…… 아니면 어떡해. 와이프 또 속상해할 거 아니야."

사안이 사안인지라 자세한 속사정까지는 모르겠지만 불임의 원인이 전처 쪽에 있다는 것을 영준은 대충 눈치로 알고 있었다.

"너도 생각해봐라. 우리 결혼 10년 차에 이혼했어. 그사이 시험관 시술도 몇 번이나 시도했고. 생길 아기였으면 벌써 다섯 번도 더 생기고도 남았을 거야."

"그건 그렇지."

영준이 턱을 문지르며 수긍하자 유식은 스스로를 달래려는 듯 재차 되뇌었다.

"임신일 리가 없어. 그저 스트레스 때문에 조금 미뤄지는 걸 거야."

그때 김지아가 노크하고 들어와 회의 준비 완료를 알렸다.

자리에서 일어선 영준은 위로라도 하듯 유식의 어깨를 툭툭 두드리며 짓궂은 농담을 건넸다.

"재결합하더라도 청첩장 보낼 생각은 하지 마라. 축의금 또 내기 싫다."

"으이그. 돈도 많은 놈이 쩨쩨하긴. 너 인마, 그렇게 살지 마라. 너 같은 놈이 제수씨 같은 여자를 만났으니 그나마 사람 소릴 듣고 살지, 안 그랬으면 진짜…….."

다소 힘없이 처져 있던 유식이 평소처럼 종알종알 잔소

리를 늘어놓자 영준은 그제야 피식 웃으며 걸음을 옮겼다.

❦ ❖ ❖ ❖ ❦

일요일 오후, 미소는 영준과 함께 시댁으로 건너갔다. 생일을 앞둔 미소를 위해 최 여사가 자택에서 직접 생일상을 차려주기로 한 것이다.

식사를 하기엔 조금 이른 시각이었기에 준비가 끝날 때까지 영준은 부친인 이 회장을 모시고 서재로 건너가 최근 문제가 되고 있는 투자 안건에 대해 조언을 구했다. 그런데 하다 보니 이야기가 다소 길어지는 모양이었다. 심각한 대화가 벌어진 지가 벌써 두 시간을 훌쩍 넘어 창밖에는 어느새 해가 지고 있었고 상차림 준비는 이미 다 끝난 지 오래인데도 가사도우미들만 우왕좌왕할 뿐 식탁 앞은 여전히 휑했다.

미소와 함께 응접실에서 담소를 나누며 부자간의 이야기가 끝나기만을 기다리던 최 여사는 안절부절못하더니 조심스럽게 물었다.

"미소 배고프지?"

"아니에요, 어머님. 아까 과일도 많이 먹었는걸요."

"결혼 후에 처음 맞는 생일이라고 모처럼 신경 많이 썼는데 이게 무슨 일이람. 우리 먼저 저녁 먹을까?"

"아니에요. 저는 정말 괜찮아요. 고맙습니다, 어머님."

손사래를 치며 웃는 미소를 찬찬히 훑어보던 최 여사가 별안간 진지한 어조로 물었다.

"오빠가 요즘 잘 안 챙겨주니?"

"네에?"

"영준 오빠가 소홀하게 대하냐고."

거듭되는 '오빠' 소리에 미소의 얼굴이 새빨갛게 달아올랐다.

"왜 그래? 아아, 괜찮아, 괜찮아. 엄마 눈치 볼 것 하나도 없어. 오빠라고 부르는 게 어때서? 가깝고 좋기만 한데 뭐."

둘만 있을 때 미소가 영준을 부르는 호칭은 여보, 자기, 당신, 영준 씨도 아닌 바로 '오빠'였다. 나이도 먹을 대로 먹어 다소 징그럽게 여겨지긴 하지만 옛날 생각도 나고 해서 그대로 이어가고 있었는데 낯 뜨겁게도 그걸 시어머니가 눈치챘을 줄이야.

"대답 안 해? 혹시 싸웠어?"

"아, 아니요. 싸우긴요. 저희 얼마나 사이좋은데요. 그리고 그이야 항상 잘해주죠. 무슨 당연한 말씀을 하세요, 어머님."

미소는 얼굴을 잔뜩 붉히고 웃었지만 최 여사는 여전히 진지한 표정으로 그녀를 빤히 건너다보며 말을 이었다.

"그런데 왜 이렇지? 아무래도 우리 미소, 지난주에 봤을 때보다 얼굴이 좀 상한 것 같은데……."

"제 얼굴이요?"

손으로 얼굴을 더듬더듬 만져본 미소는 한참이나 지난 후 어색하게 대답했다.

"아무래도 춘곤증인가 봐요. 요새 자꾸 잠만 오고 소화도 잘 안 되고……."

"어머머머머, 그거 혹시!"

최 여사의 얼굴이 마치 폭설에 일주일 내내 기다리던 택배아저씨 만난 사람마냥 활짝 피어났다.

결혼 준비 단계부터 결혼 후 지금까지 이 회장과 최 여사는 미소를 늦둥이 막내딸 대하듯 금이야 옥이야 둥개둥개 하기나 했을까 누가 들으면 거짓말이라고 할 정도로 그녀에게 아무런 부담도 주지 않았다. 그러나 세상에 다시없을 것 같은 이 시부모 역시도 숨기지 못했던 단 한 가지 욕심이 있었는데 그게 바로…….

"아이고, 내가 무슨 주책을! 아니야, 아니야. 우리 미소, 부담 갖지 마. 절대로 부담 갖지 마. 부담 가져서 오히려 더 안 들어설라. 조금 전 내 말은 절대, 저얼대로 신경 쓰지 말고 오빠랑 둘이서 사이좋게 지내, 응? 아 참, 집에 갈 때 차 트렁크에 보약 두 제씩 들어 있을 거야. 박스 앞에 영준이랑 미소 이름 각각 붙어 있으니까 잘 보고 매 끼니마다 하나씩 챙겨 먹어. 용하다는 데서 지어온 거니까 엄마 성의 봐서라도 절대로 빠뜨리면 안 된다, 절대로. 응?"

교양 있고 조곤조곤한 어조로 어떻게 저리 얘기할 수 있나 싶을 정도로 다다다, 말을 이어가던 최 여사는 고운 손으로 입을 슬쩍 가리고 웃더니 돌림노래 후렴구처럼 덧붙였다.

"절대로 부담은 갖지 말고, 알았지?"

"네, 어머님."

웃는 것도 아니고 우는 것도 아닌 기묘한 표정으로 미소가 고분고분 대답하자 최 여사는 기다렸다는 듯 활짝 웃더니 테이블 한쪽에 놓여 있던 뭔가를 불쑥 들이밀었다. 금색 보자기에 싸인 것은 꿀병 크기의 도자기였다.

"별건 아니고, 유기농 들깨가루야. 두유에 타서 먹으면 여자한테 그러엏게나 좋단다. 얼마나 몸에 좋은지 방 회장님 댁 큰며느리가 매일 이걸 먹고서 지난달에 쌍둥이를 낳았다지 뭐니."

아아, 이 어머님은 지금 당신 차남이 신혼시절도 좀 즐겨야 하지 않겠냐며 결혼 전부터 철저히 라텍스 피임용구를 사용하고 있는 건 꿈에도 모르시겠지.

"아유우, 어머님! 부담 하나도 안 되고 와안전 좋네요! 어머님, 진짜 느무느무 고맙습니다! 오호호호호."

"아유우, 고맙긴 무얼. 얘도 참 별소릴 다 해. 오호호호호. 참, 그리고 이제 주말에는 건너오지 마라. 대신 둘이서만 오붓하게, 아주아주 오붓하게 시간 보내야 해. 알겠지? 그리고 너희 이제 슬슬 집도 좀 알아봐야 하지 않겠니? 아무리 시설이 좋대도 애 태어나면 삭막한 아파트보다는 마당 있는 집이 좋아. 애들 어릴 땐 그저 잔디밭에서 동물들이랑 뛰어노는 게 최고지. 일 바쁘면 내가 대신 알아봐줄게."

"쿨럭."

미소는 작년 말 영준이 세워뒀던 올해 스케줄에 자녀계획은 전혀 없었다는 것을 상기했다. 이 문제에 대해 언젠가 날 잡아 제대로 부모님께 말씀드려야 한다는 생각을 물론 하고는 있었지만, 최 여사가 저렇게까지 눈을 빛내고 기다리는데 거기다 대놓고 철없이 '오빠가 올해는 낳지 말자고 했떠엄.' 할 수는 없는 일 아닌가.

복잡한 표정으로 뉘 집 큰며느리 쌍둥이 낳게 해줬다는 들깨가루 병을 끌어안은 미소의 얼굴이 마침내 울상으로 변했다.

"아 참. 그건 그렇고, 너 혹시 성연이 얘기는 들었니?"

올해 초 호주 여행 간다며 훌쩍 떠난 성연은 이리저리 자리를 옮기다 멜버른에서 한 달째 머무르고 있는 중이었다.

"무슨 얘기요?"

"맞선 봤다가 차인 거."

"푸우웁! 네에에에에에?"

미소의 격한 반응에 최 여사는 너도 그런 반응 보일 줄 알았다는 표정으로 심각하게 말을 이었다.

"아니 글쎄, 만난 지 딱 세 번 만에 차였단다. 다른 사람도 아닌 우리 성연이가. 어떻게 그럴 수가 있지?"

멜버른에서 유학 중인 지인의 외동딸 이야기를 지난주 초에 접한 이 회장은 번개같이 성연의 맞선을 주선해주었다. 그런데 벌써 차였다고?

아니, 초고속으로 걷어차인 건 둘째 치고, 마성의 남자로 맹위를 떨치던 이성연이 여자에게 거절당했다고? 도무지 믿을 수 없는 일이었다.

그 이유가 궁금해 죽을 것 같은데 딱 그 타이밍에 가사도우미가 최 여사를 불렀다.

"사모님, 전화 왔습니다."

"이 시간에 누가 날 찾지? 미소, 여기 조금만 앉아 있어. 엄마 금방 갔다 올게."

"전 괜찮으니 천천히 오셔요, 어머님."

최 여사가 황급히 자리를 떠버린 후 혼자 덩그러니 남겨진 미소는 할 일이 없어 멍하니 앉아 하염없이 창밖만 내다봤다.

그렇게 얼마의 시간이 흘렀을까.

자기도 모르게 깜박 졸았나 보다.

고개가 꾸벅 떨어지며 몸이 기우뚱 한쪽으로 쏠리는 순간, 포근한 온기가 그녀의 상체를 부드럽게 감쌌다.

"졸리면 방에 가서 자. 청승맞게 이런 데 앉아서 졸지 말고."

어느새 들어왔던지 영준이 곁에 앉아 있었다.

상체를 그에게 안긴 채 게슴츠레하게 눈을 뜬 미소는 졸린 눈을 깜박이며 몸을 세우다 늘어지게 하품을 했다.

"후아암. 또 자버렸네. 자꾸 왜 이러지?"

눈가에 배어나온 눈물을 찍어내는 미소를 가만히 살피던 영준이 고개를 갸웃거리며 물었다.

"너…… 요즘 들어 계속 조는 것 같지 않아?"

"내가 그랬어요?"

"응. 어디 아파? 안색도 별로야."

"아픈 데 없는데. 춘곤증인가 봐요."

"그런가?"

"그렇다니까요."

영준은 영 미심쩍은 눈초리였다.

"혹시 아프면 미련하게 참지만 말고 언제든지 말해."

"알았어요."

미소는 평소처럼 방글방글 웃는 얼굴로 영준을 올려다보았다.

"아버님하고 말씀은 다 나눴어요? 어떻게 됐어요?"

"그냥…… 그렇지 뭐."

딱 부러지는 대답이 아닌 걸 보니 생각처럼 잘 안 됐다는 것을 금방 알 수 있었다.

영준이 더 이상 아무 부연설명도 붙이지 않자 미소는 더 이상의 자존심을 건드리지 않으려 얼른 화제를 바꾸어버렸다.

"참, 오빠."

"응."

"아주버님이 여자한테 차였다던데, 그 소식 들었어요?"

"누가 그래?"

"어머님이요."

"비밀이라더니 그 인간, 결국 자기 입으로 여기저기 다 말하고 다녔군."

씩 웃으며 중얼거리던 영준이 어깨를 으쓱했다.

"오이지 알지?"

"이지 씨라면……, 나라 유통 오 사장님 외동딸 아니에요?"

"맞아. 상대가 걔였어."

"어? 그분, 전에 대한식품이었던가? 아무튼 무슨 식품 회사 누구하고 무슨 일 있지 않았던가요?"

"승주 형한테 차였지."

"아아, 맞다! 윤승주 씨였구나."

"그때 한번 제대로 까이더니 남자에 영 관심이 없어진 모양이야."

"에구, 쯧쯧. 안됐네. 좋은 사람이던데."

"지난주에 형이랑 처음 만났을 때 오이지가 에둘러 거절했었는데 형이 억지로 졸라 두 번을 더 만났대. 그런데 그저께 만난 자리에서 걔가 솔직하게 까놓고 털어놓더라는 거야."

"뭘요?"

"형 생김새부터 이미 자기 마음에 안 든다고."

"우왁! 정말요?"

아아. 그 말을 들을 당시 성연의 얼굴 표정이 어땠을지 짐작이 가고도 남았다. 너무 놀라 눈알이 300㎓ 대로 진동했겠지. 정신은 이미 칼텍 천문대를 떠난 후 120광년을 날아가 블랙홀로 빨려들어 갔겠지.

"그 이후로 지금까지 형이 안달을 하며 저렇게 매달리고 있는 모양이야."

"세상에나. 아주버님한테 그런 일은 처음이었을 텐데."

사실 성연의 마성에 안 넘어온 여자라면 오이지 이전에도 딱 한 명 있었지만, 그 사실을 까맣게 모르고 있을 당사자는 해맑기 짝이 없는 표정으로 안타까워하는 중이다.

"어휴, 너무 안됐다."

"안되긴 뭘 안돼? 그 인간은 제대로 더 당해봐야 해. 생각 같아선 오이지한테 파이팅 전화라도 해주고 싶은 심정이라고."

"하긴. 그것도 그렇긴 하네요."

짓궂은 눈빛을 교환한 두 사람은 한참이나 키득거렸다.

웃음이 잦아들 때 즈음 영준이 의아한 표정으로 물었다.

"그건 또 뭐야?"

"뭐가요?"

"신주단지처럼 끌어안고 있는 거."

"어? 아. 이거……."

그제야 품 안의 들깨가루 병을 확인한 미소는 얼굴을 붉히고 진지하게 대답했다.

"오빠. 우리 피임하고 있는 거, 어머님 아버님께는 언제쯤 말씀드릴 거예요?"

"왜? 부모님이 부담 주셔?"

"부담 주시는 건 아니지만 그렇다고 부담이 아주 안 될 수는 없으니까……."

미소가 말끝을 흐려 버리자 영준은 어깨를 으쓱했다.

"언제 한번 제대로 말씀드릴게."

"그치만."

"내가 다 알아서 할 테니까 넌 아무 신경 쓰지 마."

마지못해 고개를 끄덕이는 미소의 새치름한 얼굴을 가만히 내려다보던 영준은 그녀의 품에서 병을 뺏어 테이블에다 얹어놓더니 부드럽게 그녀의 어깨를 밀쳤다.

힘없이 뒤로 쓰러져 의자 팔걸이에 반쯤 기대 누운 미소는 살짝 영준을 흘겨보며 핀잔을 주었다.

"어머님 곧 오신댔어요. 하지 말아요."

"발소리 들리면 그만둘게."

"안 돼요. 민망하게 왜 이래, 저리 가요."

"한 번만."

"안 된다니까, 아, 하지 마, 간지러워! 아하하!"

키스하려는 영준과 밀어내려는 미소 사이에 이내 한바탕 실랑이가 벌어졌다.

신혼부부가 응접실 소파에서 토닥토닥 장난을 치며 까르르 자지러지던 그때, 문밖에선 이 회장과 최 여사가 흐뭇한 표정으로 잔뜩 주린 배를 움켜쥐고 서 있었다.

"밥을 안 먹어도 배부르구먼."

"아이구, 당신도 참. 그래도 밥 안 먹으면 배고프지요."

❧ ❖ ❖ ❖ ❧

4월의 첫날인 월요일 오후.

영준은 최종회의를 앞두고 집무실 회전의자에 앉아 조용히 생각을 정리하고 있었다. 며칠 동안 이사진들과 공방전을 벌였던 문제에 대해 이제는 결정을 내려야 할 타이밍이었다.

계속해서 신경을 쏟고 있자니 골머리가 지끈거렸다.

길게 한숨을 내쉰 그는 푹신한 등받이에 몸을 깊이 묻고서 가만히 눈을 감았다.

문득 어디선가 파도가 들고 나는 소리가 들리는 듯해 눈을 떠보니 눈앞에 넓은 수평선이 펼쳐져 있었다. 끝도 없이 이어진 바다와 새파란 하늘, 눈부신 햇살에 어안이 벙벙했다. 바로 조금 전까지만 해도 집무실 책상 앞이었는데 말이다.

아, 꿈이구나 하는 걸 깨닫는 순간 천지가 개벽하는 소리와 함께 눈앞의 수평선이 요동치며 거대한 황금 용 한 마리가 엄청난 물보라를 일으키며 솟구쳤다. 입에 물린 여의주가 한두 개도 아니었다.

게다가 그놈의 용, 얼마나 욕심껏 욱여넣었던지 여의주 몇 개를 아주 입 밖으로 질질 흘리기까지 하며 뭐가 그리 바쁜지 허겁지겁 승천하고 있었다.

그런데, 이건 또 뭐야, 할 새도 없이 이번엔 수평선 너머로 봉황새 한 마리가 거대한 날개를 펄럭이며 날아오더니 언제부터 거기 있었는지도 몰랐던 으리으리한 소나무에 떡하니 내려앉았다.

너무 황당해서 할 말도 잊은 채 입만 벌리고 있던 영준은 이윽고 더 황당한 상황에 직면하고 말았다.

어째 점점 더워지지 않나 했더니 풍경이 좀 어색하다.

어라. 저 해(日)? 느낌 탓인지는 몰라도 묘하게 커지지 않았나?

묘하게 커진 느낌이 아니었다. 점점 커지고 있었다. 확연하게 커지고 있었다. 벌써 이만큼이나 다가와 있었다.

어어, 하는 사이에 코앞으로 바싹 다가온 태양은 형언할 수 없이 상서로운 기운을 내뿜으며 순식간에 영준의 품으로 빨려들어 왔다.

"헉!"

용수철처럼 자리에서 튕겨 일어난 영준은 가쁜 숨을 몰아쉬며 정신을 차리려 애쓰다가 뒤늦게 미소를 발견했다. 그녀는 사색이 된 채 그를 내려다보고 있었다.

"괜찮아요, 오빠?"

"아……, 으응."

"또 그 꿈 꿨지요?"

평생 영준을 괴롭혀 왔던 악몽은 빈도만 줄었을 뿐 결혼 후에도 쉽사리 사라지지 않았다.

"아니야. 그 꿈은 아니었어. 걱정하지 마."

"그럼 무슨……?"

안타까워하는 미소를 올려다보며 영준은 꿈 이야기를 해주려 했지만 그랬다간 어째 꼴만 이상해질 것 같아 포기하고 말았다.

"그냥…… 개꿈."

아니, 개꿈이라기엔 스케일이 심하게 블록버스터 아니었나? 승천하는 황금용에 봉황에 거대 소나무에 태양을 품에 안기까지 했다. 맨몸으로 지구정복도 능히 가능할 분위기 아닌가?

어? 잠깐. 뭐 좀 이상하다. 이거 혹시……?

"미소야. 너, 지난달에……."

시기적으로 다소 불안했던 날 하필 콘돔이 다 떨어진 바람에 어쩔 수 없이 그냥 잠자리를 했던 적이 딱 한 번 있었다. 그렇지만 그로부터 얼마 지나지 않아 미소가 '이번 생리는 왜 이리 양이 적지?' 하고 화장실에서 중얼거리는 걸 분명히 들었으니 그럴 리는 없다.

"네?"

"아무것도 아니야."

영준이 평소답지 않게 흐지부지 얼버무리자 미소는 안타까운 표정으로 물었다.

"요즘 신경을 너무 많이 써서 그런가 봐요."

"그럴지도."

한동안 침묵이 흐른 후 미소는 업무모드로 영준을 불렀다.

"부회장님."

"왜."

"이번 안건 말이에요. 다들 반대하니까 불안하시죠?"

"뭐?"

"이건 제가 오랫동안 모셔온 수석비서로서 드리는 말씀인데……."

몸을 살짝 굽혀 영준과 시선 높이를 맞춘 미소는 그의 눈을 가만히 들여다보며 진지하게 말했다.

"누가 뭐래도 전 부회장님을 믿어요."

지금의 유일그룹이라면 충분히 승산이 있는 투자 안건이었지만 미소의 말마따나 반대도 만만치 않았다.

물론 이전의 영준이었다면 확신이 서는 순간 주변의 반대 따위 전혀 아랑곳 않고 저돌적으로 밀어붙였을 것이다. 그러나 지금은 달랐다.

이 회장은 올해 말 회장 자리를 영준에게 물려주고 경영 일선에서 완전히 물러날 예정이다. 제아무리 천재라 해도 이제 삼십 대 중반에 들어서는 영준에게 있어 그건 큰 부담이 아닐 수 없었다. 그런 상황에 다수의 이사진들, 심지어 부친인 이 회장까지도 부정적인 태도를 보이니 평소의 그답지 않게 결단을 주저할 수밖에 없게 된 것이다.

"온 세상 사람들이 다 반대해도 부회장님이 확실히 옳다고 믿는 일이라면 고민하지 말고 강행하세요."

조금의 흔들림도 없는 미소의 눈동자는 오랜 세월 동안 함께해온 파트너로서의 확신을 대변하고 있었다.

"부회장님은 그래도 돼요. 이영준이니까."

진심을 담은 미소의 그 말에 영준의 눈앞을 가로막고 있던 희뿌연 안개가 마침내 걷혔고, 다시 한 번 맑아진 시야엔 어느새 탄탄대로가 쭉 뻗어 있었다.

신기한 일이었지만 한편으론 익숙한 일이기도 했다.

되돌아보면 미소는 늘 그랬으니까. 아주 오래전부터 영준이 곤경에 처해 있을 때마다 척척 나타나 곁에 있어주고 금세 기운을 북돋아줬던 유일한 존재.

"이영준이니까?"

"응. 이영준이니까요."

"그렇지. 이영준이니까."

"응응."

"다른 사람 아닌 이영준이니까."

"응응응. 이영준이니까."

서로 마주 보고 똑같은 말을 되뇌며 바보처럼 고개를 주억거리던 두 사람은 이윽고 누가 먼저랄 것도 없이 서로를 끌어안고서 시원하게 웃음을 터뜨렸다.

"이제 마음 정했어요?"

"그래."

"어떻게요?"

"어떻게는 뭐가 어떻게야? 내가 한다면 무조건 하는 거지."

"오. 역시, 이 정도는 나와 줘야 천하의 부회장님이시죠."

너스레를 떨던 미소는 방글방글 웃으며 덧붙였다.

"이제야 얼굴이 한결 낫네요."

부드럽게 미소를 올려다보던 영준이 정중하게 감사인사를 건넸다.

"고마워."

미소는 대답 대신 짓궂은 표정을 짓더니 이내 잔뜩 들뜬 어조로 속삭였다.

"그럼 생일선물 기대하고 있을게요."

"무슨 생일선물?"

영준이 짐짓 모른 체하며 짓궂은 장난을 치자 미소는 눈을 흘기고 그의 어깨를 슬쩍 밀어내더니 손목시계를 내려다보고 재촉했다.

"회의시간 다 됐어요. 이동하세요."

"이후로 스케줄 없지? 퇴근하고 우리 오랜만에 드라이

브나 할까?"

"좋지요."

"기다리고 있어."

영준이 뜨거운 키스를 퍼붓고 자리를 뜬 후 미소는 한결 편안한 마음으로 집무 책상 위를 정리하기 시작했다.

필요 없어진 물건을 차곡차곡 정리해 한쪽으로 치우는 순간 노크와 함께 김지아가 나타났다.

"사모님."

"에이, 지아 씨 또 저런다."

미소는 결혼 후에 상무이사로 승진했지만 주로 영준의 자택업무와 외부 스케줄을 중심으로 수행했고 특별한 일이 없으면 회사에 나오진 않고 있었으며 팀원들에게도 업무 중일 땐 '사모님' 대신 '실장님'으로 부르도록 지시했다. 본인 스스로에게도 비서팀에게도 서로 심적 부담을 줄이기 위한 방편이었다.

"아, 맞다. 실장님."

"왜요? 무슨 일 있어요?"

"혹시 패드 남는 것 있으면 하나만 빌려주실 수 없을까요?"

"패드?"

"네. 똑 떨어졌어요. 거의 다 끝나서 안 해도 괜찮을 것 같기도 하지만 그래도 아주 안 하자니 좀 찜찜해서요."

"내 핸드백에 있을 거야. 잠깐만."

백을 가지러 옷장으로 걸어가던 순간 미소는 뒤늦게 뭔가를 떠올리고 되물었다.

"다 끝나간다고? 지아 씨 이번 달은 일찍 터졌네?"

"네? 아닌데요."

"원래 나보다 하루 늦지 않았었나?"

"그렇긴 한데 저는 정확하게 제 날짜에 나왔어요."

"뭐?"

어라? 이거 뭔가 좀…….

휴대전화를 꺼내 달력을 체크한 미소는 한참이나 미동도 없이 서서 화면만 내려다보고 있었다.

❦ ✤ ✤ ✤ ❦

4월 3일 수요일 점심시간.

"아까 이 서방한테서 참석 못해서 미안하다고 전화 왔더라. 그래서 다음번에 또 빠지면 넌 지옥행 익스프레스라고 해줬지. 으하하하!"

"아빠. 하나도 재미없어요."

영준이 전용헬기로 지방출장을 내려간 사이 미소는 친정 가족들을 찾아가 점심식사를 했다.

"필남아, 고기 다 익었냐? 여기 좀 덜어봐라."

"아직 덜 익었어요."

"야, 인마. 소고기는 너무 익히면 질겨서 맛없어. 이야

329

아, 그나저나 최상급 한우라 그런지 기름이 좔좔 흐르는구나."

"오늘은 말희가 쏘는 거니까 천천히 많이 드세요."

돼지껍데기 집이 아닌 고급 한우전문점 룸의 너른 창엔 왕복 4차선 도로를 사이에 두고 건물들이 즐비하게 늘어서 있었는데 그중 한 5층 신축건물에 '김말희 의원 4월 말 개원 예정'이라 쓰인 대형 플래카드가 걸려 있었다.

"많이 드세요, 아빠. 미소도 많이 먹어. 생일날 딱 맞춰서 축하해주면 좋을 텐데 아쉽네."

"언니는 걱정도 팔자다. 생일이라고 남편이 하루 휴가까지 냈다는데, 게다가 시모는 생일상 차려줘, 시부는 선물로 비싼 스포츠카도 사줘. 그런 애가 아쉽긴 뭐가 아쉽겠어? 안 그러냐, 김미소?"

"아유, 언니도 참."

미소가 얼굴을 붉히며 손사래를 치자 말희가 은근슬쩍 한마디 얹었다.

"건물주님. 그런 의미에서 병원 자리 잡을 때까지만 월세 좀 낮춰주시면 안 될까요?"

"안 됩니다."

미소가 방글방글 웃으며 딱 잘라 거절하자 말희는 짓궂은 표정으로 췌, 하며 고개를 돌렸다.

"아빠. 그나저나 가게는 저렇게 닫고 나와도 되는 거예요?"

"길 하나 건너면 금방인데 뭐. 손님 오는 거 보고 뛰어나 가면 되지."

같은 건물 일층에는 대형 악기점이 하나 들어서 있었다. 미소가 건물을 매입한 후 부친을 위해 열어준 가게였다.

"장사는 잘되세요?"

"아이구, 그러엄. 지난주에 천만 원 넘는 기타도 한 대 팔았지 뭐냐."

딸들이 '오, 울 아부지 대단하시네.' 하고 신기한 표정으로 건너다보자 그는 어깨를 으쓱하더니 덧붙였다.

"미소야. 사돈께서 열의가 아주 대단하시더구나."

"네?"

"지난주에 가게에 놀러 오셨는데 아이고, 그 냥반 참, 지미 헨드릭스 이야기를 좀 해드렸더니 은퇴 후에 그 길을 걸어보고 싶다고…….""

"뭐라고요?"

"아니, 나도 사실 원래 그렇게 비싼 기타를 팔려던 건 아닌데, 미쓰 박이 돈도 많으면서 좀 쓰시라고 옆에서 막 뽐뿌질을 하는 바람에, 으하하."

"미쓰 박은 또 누구래요?"

"응. 저 옆 청기와 다방에 신인 등판한 아가씨. 원래 이런 일 하던 애가 아닌데, 부모 잃고 어린 동생들 돌보느라 이 길로 뛰어들었다 하더구나. 안쓰러워서 단골로…….""

"아악! 아빠아아아!"

방글방글 웃고 있던 미소의 얼굴이 우거지상이 되었다.

요사이 사돈지간이 어째 돈독하다 했더니 그런 쪽으로 돈독했던 거구나. 엊그제 시댁을 나설 때 시부가 안 어울리는 해골반지를 낀 손을 치켜들고 어설프게 손가락을 접어 올리며 '피스!' 외치시기에 뭘 잘못 드셨나 했더니, 확실히 잘못 드셨구나. 물을 잘못 드셨어. 오염돼버렸어.

"아빠. 두 분 취미생활까지 뭐라고 할 순 없지만, 한 번만 더 다방 아가씨 부르면 월세 두 배로 올려버릴 거예요."

"뭐?"

"진짜예요. 그렇게 아세요."

"와아! 미소야, 미소야! 너, 너, 인마 너, 진짜 그러는 거 아니다, 와, 진짜 내가, 너, 진짜, 쩝쩝. 하이고, 그 오랜 세월 동안 홀로 외롭게 딸년 셋을 다 키워놨는데 내가 왜 이런 괄시를 받아야 하나, 으흑, 건 그렇고 고기가 살살 녹네."

미소 부친은 터프하고 타이트한 가죽 상하의와 양손 손가락에 주렁주렁 낀 해골반지가 민망할 정도로 뒷방 늙은이 같은 푸념을 계속해서 늘어놓으며 쉴 새 없이 고기를 흡입했다.

못 말린다는 눈으로 한참이나 부친을 쳐다보고 있던 자매들은 이내 고개를 돌리고 식사를 계속했다.

"미소 너도 좀 먹어."

"난 밥맛이 없어서……."

"너 또 다이어트하니? 이 서방이 뭐라고 안 해? 어서 먹어."

아까부터 묘하게 고기 냄새가 신경 끝에 거슬리던 미소는 필남의 핀잔에 어색하게 웃으며 억지로 고기 한 점을 집어 들었다. 바로 그 순간 미소의 위장이 거칠게 요동쳤다. 저 깊은 곳에서부터 비위가 뒤틀리는 느낌. 단순한 소화불량은 아니라는 것을 본능적으로 알 수 있었다.

"왜 그래?"

"아, 아무것도 아니야."

이쯤 되니 미소는 슬슬 짚이는 게 있었다.

더 이상 밥이 넘어갈 리 만무했다.

부친과 언니들이 눈을 동그랗게 뜨고 건너다보는 가운데 미소는 조용히 자리에서 일어났다.

"미안한데, 잠깐 급한 일이 있어서 나 먼저 일어날게. 아빠. 저는 신경 쓰지 마시고 천천히 식사 마치고 오세요. 이따 전화 드릴게요."

미소가 긴장한 표정으로 서둘러 자리를 떠버리자 남은 사람들은 서로의 얼굴을 멀뚱멀뚱 바라보다 고개를 갸웃거렸다.

그로부터 정확히 한 시간 후, 미소는 근처의 한 산부인과 입구에서 얼떨떨한 표정으로 서 있었다.

멍하니 서서 손에 들린 엽서 크기의 수첩을 한참이나 내려다보고 있던 그녀는 고개를 들어 바로 곁에 있는 대형 풍선 입간판의 문구를 바라봤다.

'로또 1등, 이번 주엔 바로 당신입니다!'

이 소식을, 이 기쁜 소식을 효과적으로 전달할 방법에 대해 고민하고 또 고민했던 미소는 영준이 출장을 마치고 돌아오는 시각만을 기다렸다. 그런데 오늘따라 시간은 또 왜 이리 더디게 흐르는지, 밤이 되길 기다리는 게 너무도 힘들었다.

오매불망 기다리던 영준이 저녁 늦게 집에 도착하자 미소는 성질 급하게 그에게 달려들어 말을 꺼내려 했지만, 안타깝게도 문을 열고 마주한 그는 폭삭 익은 파김치 상태였다.

지칠 대로 지쳐 돌아온 사람 붙잡고 아무렇게나 할 소린 아닌 것 같아 그녀는 조용히 입을 다물고 재킷을 받아들고서 말없이 그의 뒤를 따랐다.

"가족모임은 잘 마쳤어?"

"네? 아…… 에에. 뭐, 그렇죠. 헤헤."

"나도 참석했어야 했는데 미안해."

"괜찮아요. 그보다 출출하지 않아요? 요기라도 좀 할래요?"

"저녁 먹고 왔어. 씻고 바로 누워야겠다."

"목욕물 받아놨어요."

"같이 할까?"

"피곤하잖아요. 오늘은 됐어요."

안방의 욕실로 향하며 타이와 셔츠 단추를 풀던 영준이 문득 눈을 반짝거리며 뒤를 돌아봤다.

"같이 하자."

"싫다니까요."

"에이이이, 같이 하자아아, 응?"

영준이 어울리지 않게 짓궂은 어조와 장난기 가득한 몸짓으로 들이대자 미소는 눈을 흘기면서도 못이기는 척 그에게 기댔다.

그런데 바로 그때, 귓속에서 산부인과 의사의 목소리가 울렸다. 임신 초기 부부관계는 조심하라던.

"아, 아, 안 돼요. 안 되겠다. 안 돼."

정색을 하고서 품을 빠져나가 고개를 도리도리 젓는 미소를 의아한 표정으로 건너다보던 영준이 물었다.

"왜 그래? 무슨 일 있어?"

"그게, 그러니까……."

"말해봐."

"오빠. 실은 나……."

주저하던 미소가 마침내 마음을 굳게 먹고 들뜬 표정으로 고백하려던 순간이었다. 영준이 손에 들고 있던 휴대전화가 울렸다.

"이 시간에 박 박사가 웬일이지?"

발신자를 확인한 영준은 미소에게 잠깐 기다리라는 제

스처를 취한 후 전화를 받았다.

미처 '여보세요.'라고 하기도 전, 우렁찬 유식의 목소리가 욕실 앞 공간에 왕왕 울렸다.

– 영준아! 내 친구 영준아아아아! 으허엉! 드디어 성공했다, 성공했어! 끄흑! 미경이가 임신했대! 아기가 생겼어! 아기가! 와이프도 돌아오고 우리 애도 생기고, 할렐루야! 아름다운 밤이에요! 저는 밥상에 밥그릇만 얹었습니다!

실성한 사람처럼 한참이나 횡설수설하는 유식의 말을 가만히 듣고만 있던 영준은 이내 씩 웃으며 대꾸했다.

"그 녀석, 생길 거면 진작 생기지 하필이면 이혼하고 생길 게 뭐냐. 헛소리 그만하고 얼른 혼인신고나 새로 해라. 아무튼 축하한다. 진심으로."

얼마나 기쁘고 정신이 없었던지 유식은 인사도 없이 전화를 끊어버렸다.

기별도 없이 뚝 끊긴 전화를 황당한 표정으로 내려다보며 저도 모르게 헛웃음을 흘린 영준은 미소를 돌아보며 말했다.

"들었지? 유식이 엑스와이프 임신했대."

"아…… 에, 헤헤, 축하할 일이네요, 정말 잘됐어요. 정말로 잘됐지 뭐예요."

흐뭇하게 고개를 끄덕인 영준이 문득 눈을 동그랗게 뜨더니 물었다.

"아, 그러고 보니 아까 뭔가 얘기하려고 하지 않았어?"

순간 미소의 표정이 싹 굳었다.

무슨 임신 배틀하는 것도 아니고 박 박사네 임신했다는 소식 들은 지 삼십 초도 안 돼서 '어머, 나도 임신했는데.' 라고는 죽어도 말 못 한다.

일생일대의 중요한 소식 아닌가. 굳이 지금을 고집할 게 아니라 이쪽도 분위기 제대로 잡고서 눈물 쏙 빠지게 감동 연출을 하고 싶었다.

"아, 아무것도 아니에요."

미소가 어색하게 웃고 고개를 저으며 대답을 피해버리 자 영준은 뒤늦게 뭔가를 떠올리고서 아차 싶었다.

그러고 보니 결혼 전부터 이 회장과 최 여사가 아기 문제 로 미소에게 부담을 주고 있던 것을 알면서도 신경 쓰지 않았다. 그게 그녀에게 큰 스트레스가 됐을지도 모르는데 말이다.

갑자기 얼굴색이 어두워지고 묘하게 당황해하는 눈치를 보니, 어쩌면 미소는 그런 상황에서 전해 들은 유식의 2세 소식에 착잡한 건지도 몰랐다.

영준은 그런 미소의 기분을 달래주기 위해 애써 과장하 며 맘에도 없는 소리를 늘어놓기 시작했다.

"박 박사 저 녀석 지금이야 철없이 저렇게 좋아하지, 나 중에 애 태어나봐라. 시끄럽게 울지 말 안 듣지, 기껏 힘들 게 키워놓으면 사춘기 때 '아버지가 나한테 해준 게 뭐가 있어요?' 소리나 듣게 될걸? 애들은 결국 귀찮은 존재라고."

아기가 귀찮다거나 싫은 건 절대 아니었다. 영준의 입장
에선 오랫동안 함께 있으면서도 제대로 보내지 못했던
둘만의 깊은 시간을 좀 더 길게 즐기고 싶었던 거니까. 그
렇지만 미소에게 스트레스 아닌 스트레스를 주면서까지
그걸 강요할 생각은 전혀 없었다.

사정을 알 리 없던 영준이 이제 피임은 그만두겠다고 다
짐하는 순간.

핀트가 어긋났다. 정도로 따지자면 얼굴은 모자이크 뺨
치게 흐릿하고 배경만 애잔하게 선명한 인물사진 정도?

"애들은 귀찮은 존재……라니."

미소의 얼굴에 짙은 그림자가 내려앉았다.

아아, 이 사람 어렸을 때 형이랑 그렇게 다퉜다더니, 혹
시 그 일로 어린애를 싫어하게 된 걸까.

그런데 어쩌지? 이걸 어쩌지? 어떡하면 좋지? 마음의
준비를 할 새도 없이 이미 생겨버렸는데?

복잡한 표정으로 생각에 잠겨 있던 미소가 길게 한숨을
내쉬었다.

"오빠……."

"미소야……."

마주 선 채 역시 깊은 생각에 잠겨 있던 영준 역시 무거
운 한숨을 뱉어냈다.

생각이 깊고 넓은 건 두 사람의 큰 장점이었지만, 적어도

지금에 있어서는 그렇지만도 않은 듯했다.

　얇은 커튼을 통한 새벽빛이 별장의 너른 침실 안에 구석구석 스며들고 있었다.

　사이드테이블 위의 디지털시계가 4월 5일 오전 5시를 알리고 있었다. 오늘은 미소가 태어난 날이다.

　이날을 축하하기 위해 영준은 어렵게 휴가를 냈다. 오늘만큼은 하루를 오롯이 그녀와 보낼 생각이었다.

　천장을 보며 뻑뻑한 눈을 몇 번 깜박여본 영준은 살며시 고개를 돌려 미소를 바라봤다.

　자리가 바뀌어서인지 밤새 뒤척이며 잠을 이루지 못하는 듯하던 그녀는 어느새 깊이 잠들어 있었다. 무슨 좋은 꿈이라도 꾸는 건지 배시시 웃기까지 하고 있었다.

　한쪽 팔로 고개를 받치고 비스듬히 누운 채 한참이나 아내의 얼굴을 감상하고 있던 영준은 이불자락을 그녀의 턱 아래까지 끌어올려 잘 덮어준 후 조용히 자리에서 일어났다.

　가운을 걸쳐 입고 발소리를 죽인 채 살금살금 침실을 나선 그는 크게 기지개를 켠 후 곧장 주방으로 건너가 냉장고 문을 열었다. 맨 위 선반 안쪽엔 어제 그가 고용인에게 비밀리에 부탁해두었던 미역국 재료들이 각각 잘 손질되어 밀폐용기에 준비되어 있었다.

　재료가 든 통들을 꺼내 조리대 위에 늘어놓은 그는 머릿

속에 입력해두었던 레시피를 다시 한 번 상기한 후 본격적
으로 요리에 돌입했다.

밥을 안치고 불린 미역을 참기름에 볶으며 영준은 깊은
생각에 잠겼다.

아기라.

어렸을 때 만난 이후 오랜 세월 동안 자석처럼 붙어 지냈
던 미소와 마침내 결혼해 가정을 꾸렸다.

둘만의 이런 생활도 물론 더할 나위 없이 좋지만 아기를
낳아 키우는 것도 지금만큼이나 의미 있고 행복한 일일 것
이다. 둘 사이에서 태어날 아기는 분명 두 사람을 골고루
닮을 테니까 말이다.

한번 결단만 내리면 실행까지의 움직임이 민첩한 영준
의 머릿속은 이미 새로운 미래 계획과 기대로 꽉 들어차 있
었다.

아기를 갖자고 말하는 게 좋겠지. 언제쯤 할까. 오늘 깜
짝 이벤트로 한껏 달아오른 분위기에서 하는 것도 괜찮을
것 같다. 그 말을 들은 순간 미소의 표정은 과연 어떨까. 상
상만으로도 흐뭇해졌다.

사정도 모른 채 혼자서 이런저런 망상에 빠져 있는 영준
의 손길이 바빠지기 시작했다.

'우와. 멋지다.'

그저 감탄만 나오는 자태였다. 미소는 동화책에서나 봤

던 집채만 한 호랑이가 우아하고 고고한 자세로 앉아 있는 것을 바로 코앞에서 마주 보면서도 전혀 무섭거나 떨리지 않았다.

이윽고 몸을 낮춰 기어와 미소의 품에 안긴 호랑이는 그녀가 목덜미의 부드러운 털을 쓰다듬어주자 그녀의 볼에다 자기 볼을 비벼대기 시작했다.

'아하하, 간지러워. 그만.'

손을 내저으며 밀어내보아도 호랑이는 여전히 막무가내였다. 오히려 혀를 내밀어 이곳저곳을 핥고 깨물며 장난을 치기까지 했다.

간지러움을 참을 수 없던 미소가 숨넘어가게 웃는 순간, 어디선가 익숙한 속삭임이 들려왔다.

'언제까지 그렇게 자고만 있을 거야?'

눈을 번쩍 뜬 미소는 빙글빙글 웃으며 내려다보고 있는 영준을 발견하고 천천히 몸을 일으켰다. 사이드테이블의 시계가 8시를 알리고 있었다.

"으음. 미안해요. 늦잠 잤네."

"더 자도록 놔두고 싶지만 그래도 아침은 먹이고 재워야겠다는 생각에 깨웠어."

눈을 동그랗게 뜨는 미소의 앞에 예쁜 케이크 하나가 나타났다.

감동으로 코끝이 시큰해진 건 둘째 치고.

이럴 땐 좀 눈치껏 긴 초 마구 꽂아 눈에 안 띄게 해줄 순 없었을까. 하필 숫자 초로 3과 0을 야무지게 꽂아둔 걸 보니 살짝 얄미워지려고 했다.

"생일 축하해."

부드럽게 입김을 불어 촛불을 끈 미소는 방글방글 웃으며 감사인사를 했다.

"고마워요."

왼손으로 케이크 아래를 든든하게 받친 영준의 오른손은 미소의 뒤통수에 닿아 있었다. 햇수로 10년이나 그의 업무를 보좌하다 보니 이미 척하면 탁인 미소는 조용히, 그러나 섬뜩할 정도로 단호하게 뇌까렸다.

"얼굴에 투척하면 그 순간 바로 각방이에요."

"투척이라니. 날 어떻게 보고 그런 소릴 하는 거지? 가만 놔두니 이제 머리꼭대기에서 놀려고 하네."

거드름을 빼며 짐짓 엄한 어조로 힐난하긴 했지만 영준의 오른손이 슬쩍 내려왔다. 말 안 했으면 바로 투척했을 거란 사실을 쉽게 알 수 있었다.

"커피 내려가지고 올게요. 아침……."

"아니. 잠깐."

벌떡 일어나 잠시 사라졌던 영준은 목재 베드트레이를 들고 다시 나타났다. 그 위에는 반질반질한 유기(鍮器)가 한 쌍 놓여 있었다. 그 안에 든 것이 무엇일지 금세 알 수 있었다.

"영광으로 알도록. 생일선물로 내가 직접 끓인 미역국이야."

"직접이요?"

"그래."

"세상에⋯⋯!"

안 그래도 피곤할 사람이 새벽부터 일어나 정성스럽게 끓여준 생일 미역국이라니. 눈물이 안 날 수가 있을까.

속에서부터 뭔가가 울컥 치밀어 미소는 손으로 입을 가리고 촉촉해진 눈을 깜박였다.

베드트레이를 미소의 무릎에 내려놓고 침대에 걸터앉은 영준은 숟가락을 집어 들더니 손수 그릇 뚜껑을 열고 밥 한 술을 미역국에다 적셔 미소의 입 근처로 가져다 대주었다.

"다 먹어야 해. 남기지 말고."

"오빠⋯⋯."

어울리지 않게 얼굴을 붉히며 환하게 웃는 영준의 얼굴은 그 어느 때보다 더 준수하고 믿음직스러웠다.

가만히 그의 눈을 들여다보던 미소는 짧은 순간 동안 깊은 생각에 빠져들었다.

그래. 말해야 했다. 이렇게 멋진 남자가 자신에게 보여주었던 그 사랑에 보답하기 위해 그의 남은 아픔을 좀 더 적극적으로 보듬어 안고 숭고한 새 생명을 통해 상처를 극복한 후 앞으로 펼쳐질 밝은 미래를 향하여⋯⋯, 아, 뭐래, 냄새 뭐야, 울렁거려. 미역국 좀 치우라고.

미소의 머릿속에 펼쳐지던 장황한 연설이 어느 순간부터 투덜거림으로 바뀌더니 이내 위장이 격동하기 시작했다.

"우, 우……."

미소가 입을 더욱더 가리고 눈을 질끈 감자 영준은 감동에 겨운 그녀의 격한 반응이 멋쩍었던지 어색하게 시선을 돌리며 말했다.

"괜찮으니까 어서 들어."

"우, 우."

"그렇게 고마워할 것 없다니까. 어서……."

"우, 우웨에에에엑!"

미소가 몹시 저질스럽게 헛구역질을 하자 영준은 놀란 나머지 트레이 위에다 숟가락을 놓치고 말았다.

"우욱, 저리 비켜……!"

자리에서 일어나 허겁지겁 영준을 밀치고 욕실로 간 미소는 한참만에야 다시 나타나 황당한 표정으로 서 있던 그의 앞에다 뭔가를 불쑥 들이밀었다.

"이, 이게 뭔데?"

"아기수첩이요."

"너……!"

미소는 공포의 눈알 비우기를 무한반복하고 있는 영준에게 조그맣게 속삭였다.

"이달 생리가 좀 늦는다 싶더니, 아기 가졌어요. 병원에서 그저께 확인했어요. 10주 됐대요."

"10주나? 지난달에 분명히……!"

"그건 아마 착상혈이었을 거래요."

한동안 아무 말도 못 하고 얼어붙어 서 있는 영준을 걱정스럽게 올려다보던 미소가 부드럽게 말했다.

"우리, 잘 키워봐요."

"그걸 지금 말이라고 해? 병원은 청승맞게 왜 혼자 간 거야! 나한테 말도 없이 어떻게 그럴 수가 있어?"

발끈한 영준은 이내 몹시 당황한 듯 어쩔 줄을 몰라 하며 온 방을 이리저리 휘젓고 돌아다니더니 유식이 했던 것과 똑같이 횡설수설하기 시작했다.

"역시 그건 태몽이었구나. 그래, 어쩐지 너무 어마어마하다 했지. 아니, 잠깐! 일단은 마당 있는 집을 구해야 해. 애들은 역시 잔디밭에서 동물들이랑 뛰어노는 게 최고지. 어디가 좋을까? 이름은 뭐로 짓지? 아들? 딸? 아니, 잠깐. 아직 성별 모를 거 아니야? 아니다. 아들이든 딸이든 상관없어. 걘 분명 지구를 정복할 녀석이야. 그나저나 아기라니, 아기라니, 우리한테 아기가 생겼다니……."

말하다 말고 고개를 홱 돌려 미소를 바라본 영준은 이내 성큼성큼 걸어와 그녀의 어깨를 으스러지도록 끌어안더니 속삭였다.

"축하해. 아니, 고마워, 아니. 사랑해. 사랑한다, 김미소."

이내 사랑한다는 말을 몇 번이고 되뇌어보던 영준은 미

소의 입술에 진한 키스를 퍼붓더니 차분하게 물었다.

"태어나기 전까지 부를 아기 이름이 있어야겠지?"

"음, 아빠가 지어봐요."

심각한 표정으로 곰곰이 생각하던 영준이 진지하게 제안했다.

"'승룡봉송(乘龍鳳松) 수평선 너머 태양을 안다' 어때?"

방글방글 웃고 있던 미소의 이마에 힘줄이 불끈불끈 솟았다. 그녀는 양손을 야무지게 모아 영준의 파자마 멱살을 틀어쥐고서 조용히 되물었다.

"진심 미치셨어요? 우리 애한테 그딴 중2병 돋는 이름을 지어줄 순 없어. 다시 지어요."

"왜? 괜찮은 이름이잖아? 흔하지도 않고."

"아, 싫어, 싫어, 싫다고! 그게 뭐예요! 제발 좀 평범하게 갈 순 없어요?"

"미쳤어? 우리 앤데 어떻게 평범해?"

"아니, 평범의 반대는 비범이지 비정상은 아니지 않습니까요?"

"'승룡봉송 수평선 너머 태양을 안다'가 어때서!"

"이미 인간의 이름이 아니잖아!"

둘이서 토닥토닥 다투는 소리는 그 후로도 한참이나 더 이어졌다.

아기의 태명은 난상토론 끝에 결국 '태양'으로 결정됐다.

그리고 그해 겨울 건강하게 태어날 아들의 이름을 두고
두 사람이 다시 격한 토론을 시작하게 되는 건 좀 더 나중
의 이야기.

"울 아빠가 토요일 날 '드래곤 파이어' 사준댔다아."

"와아, 대박. 철수 좋겠따아아, 완전 부럽따아아."

"칫. 좋긴 뭐가 좋냐? 울 아빠는 '액션 소닉 울트라 전차' 사준댔거드은."

"우와, 민재네 아빠가 최고다아. 액션 소닉 울트라 전차 되게 비싸잖아아."

"아니다아. 울 아빠가 더 짱이다아. 울 아빤 있지, '드래곤 파이어'랑 '액션 소닉 울트라 전차'랑 '안드로메다 어썰트 바이크'도 사준댔따아!"

"에이, 그짓말!"

"그짓말 아니다, 진짜다!"

"언제? 언제 사준대?"

"언젠지는 몰라도 암튼 사준댔단 말야!"

하원 직전, 유일 꿈나무 센터 내 유치원의 고운햇살반 교실에서 작은 실랑이가 벌어졌다.

케이블방송의 어린이 채널에서 절찬리에 방영되고 있

는 3D 만화영화 '안드로메다 GO!' 시리즈는 최근 남자 유치원생들 사이에서 핫이슈였다. 그에 따라 완구 역시 줄곧 인기 가도를 달려, '안드로메다 GO!' 완구는 상당히 고가임에도 매장마다 없어서 못 파는 초인기품목으로 확실히 자리매김하고 있었다.

"야, 그럼 여기서 태양이네 아빠가 짱 아니냐? '안드로메다고' 태양이네 아빠가 만드는 거 아니야?"

누군가의 말에 일곱 살 남아들의 초롱초롱한 눈이 교실 한쪽 책상으로 쏠렸다.

모서리가 둥근 어린이 책상에 단정한 자세로 앉아 두꺼운 책을 보고 있던 소년이 고개를 들어 그들을 바라봤다.

부드러운 반곱슬머리, 흰 피부, 쌍꺼풀 없이 크고 둥근 눈에 오밀조밀한 코와 입, 감탄이 절로 나올 정도로 출중한 외모의 소년은 감히 범접할 수 없는 오라를 발산하고 있었는데 그건 바로 DNA 고리 마디마디에 새겨진 듯한 '원단 귀티'였다.

유일그룹 이 회장을 단 한 번이라도 마주한 적 있는 사람이라면 여기 있는 이 소년이 누구인지 모를 수가 없을 정도로, 이영준과 이태양 부자(父子)의 얼굴은 영락없이 24K순금붕어빵이었다.

"우리 아빠가 만드는 거 아니야."

책을 탁 덮으며 태양이 툭 내뱉은 말에 누군가가 의아한 어조로 되물었다.

"울 아빠가 그러는데 안드로메다고 공장이 다 너네 아빠 거라던데? 아니야?"

"우리 아빠 거 맞아."

"그럼 너네 아빠가 만드는 거 맞잖아."

"아니, 우리 아빠가 '만드는' 건 아니지. 와이실업은 유일 그룹 계열사 중 하나고 울 아빠는 모그룹 회장님이니까."

전혀 이해하지 못한 듯 해맑은 친구들의 얼굴을 주욱 훑은 태양은 책을 탁 덮으며 나직이 한숨을 쉬었다.

"휴우. 내가 너희들이랑 대체 무슨 대화를 하겠니."

태양의 근처로 몰려든 아이들이 하나씩 질문을 던졌다.

"그럼 너희 집엔 안드로메다고 전부 다 있겠네?"

"너 혼자 조립 다 할 수 있어?"

"나 딱 하나만 주면 안 돼? 너는 아빠한테 또 달라고 하면 되잖아."

무표정한 얼굴로 앉아만 있는 태양의 앞을 누군가가 딱 막아섰다. 이영준 회장의 절친이자 유일그룹 부회장 박유식의 외동딸 박보배였다.

"야아아! 니네들 진짜 바보 아니냐?"

혹시나 부계유전으로 저질체력이 될까 우려해 좋은 것만 마구 먹여댄 후유증인지 또래보다 훨씬 더 후덕한 몸매인 보배는 건강한 몸뚱이만큼이나 목소리도 우렁찼다.

"우리 태양이가 시시하고 유치하게 안드로메다고 같은 거 가지고 놀겠냐고! 우리 태양이는 있지, 니들이랑은 달라! 완전 달라! 그취이이, 태양아아아?"

보배가 몸을 배배 꼬며 들러붙자 태양은 난처한 표정으로 그녀를 밀어내려 했지만, 파워에 있어선 이미 상대도 되지 않았기 때문에 도무지 피할 수가 없었다.

"우와아. 아빠가 안드로메다고 공장도 갖고 있고, 태양인 진짜 좋겠다."

누군가가 부러운 듯 중얼거리자 근처의 친구들이 제각기 고개를 주억거리며 맞장구를 쳤다.

"응응. 완전 좋겠다, 태양이."

"태양이 아빠 부러워."

그 소리에 태양의 표정이 떨떠름해졌다.

"부럽긴 뭐가 부러워. 울 아빠…….."

"너네 아빠가 왜?"

"아빠…….."

그때, 검은색 정장을 입은 거구의 남자 경호원 한 명이 교실 문을 열고 나타나 태양을 불렀다.

"도련님, 하원하실 시간입니다."

"네."

가방을 메고 일어서 가슴에 책을 끌어안은 채 친구들을 둘러본 태양은 입술을 쭉 내밀더니 들릴 듯 말 듯한 목소리로 중얼거렸다.

"울 아빠…… 아무튼…… 쫌 그래."

외부 스케줄이 늦게 끝나는 바람에 영준은 예정보다 약
간 늦은 시각에 자택에 도착했다.

창립기념일 파티에 늦지 않게 참석하기 위해선 서둘러
야 할 텐데 그는 여전히 느긋한 태도였고, 그런 그를 보고
있는 미소의 마음은 바빠졌다.

"태양이는 준비 다 끝내고 진작부터 기다리고 있단 말이
에요. 얼른 갈아입어요."

"잔소리는. 알았어."

입고 있던 드레스셔츠 버튼을 급하게 풀면서 영준은 미
소를 빤히 건너다봤다.

검은색 슬립 한 장을 걸치고 의자에 한쪽 다리를 올린 채
밴드스타킹을 끌어올리고 있는 미소의 각선미는 예나 지
금이나 전혀 변함없이 감탄할 수준이었다.

"오늘 그 원피스 입고 갈 거야?"

"네."

행거에 걸려 있는 미소의 옷은 긴소매 부분이 시스루 스
타일로 되어 있는 실크 소재의 검은색 원피스였다.

영준의 탐탁지 못한 반응에 미소는 원피스를 꿰입으며
걱정스럽게 되물었다.

"이상해요?"

"아니. 이상한 건 아니고, 조금 위험하지 않나 싶어서."

"뭐가 위험한데요?"

"기념사 읽다 미소랑 눈이라도 마주치면 나도 모르게 흥분해서 마이크에다 대고 헐떡거리게 될지도 모르니까."

"내가 못 살아, 정말."

영준의 짓궂은 농담에 인상을 찌푸린 미소는 핀잔을 주다 말고 그를 향해 등을 내보이며 부탁했다.

"지퍼나 좀 올려줘요. 오십견이 왔나 요즘 팔이 잘 안 올라가네."

다가온 영준은 양쪽으로 벌어져 있는 미소의 옷자락을 여며주려다 말고 오른팔로 그녀의 날씬한 허리를 단단히 끌어안았다.

"바쁘다니까 정말 왜 이래요."

"잠시만."

영준이 몸을 숙여 검은 슬립 위로 드러나 있는 미소의 새하얀 등에다 가만히 입을 맞추자 그녀의 어깨가 잠시 움찔했다.

"안 돼요. 진짜."

"십 분. 아니, 오 분만."

"지금은 정말 안 돼. 늦는단 말이에요. 기념식 끝나고 밤에 해요, 밤에."

"밤은 밤이고 지금은 지금이지."

영준의 젖은 입술은 견갑골을 따라 느릿느릿 이동하고 있었다.

"안 된다니……까……, 아."

영준이 혀를 내밀어 척추를 따라 길게 핥아올리자 미소의 목소리가 점점 잦아들었다.

"금방 끝낼게, 응?"

영준이 귓바퀴에다 입술을 딱 붙인 채 나직이 속삭이자 미소는 마침내 뜨겁게 달아오른 한숨을 길게 내쉬더니 고개를 돌려 그의 눈을 똑바로 마주했다.

한참이나 눈빛을 교환하던 두 사람은 누가 먼저랄 것도 없이 허겁지겁 옷을 벗어 던지기 시작했다.

"딱 십 분만 일찍 오지, 이게 뭐예요."

"미안. 차가 너무 막혔어."

"알았으니까 후딱 끝내요."

"오케이."

영준이 다급한 손놀림으로 미소의 슬립을 들추고 허벅지를 더듬어 올라가던 바로 그 순간.

노크와 함께 전혀 예상치 못했던 일이 발생했다.

문밖에서 누군가가 총기 가득한 목소리로 또박또박 잔소리를 시작한 것이다.

"엄마. 아빠. 물론 이미 알고 계시겠지만, 지금 십 분 전다섯 시예요. 아빠가 늦게 도착하시는 바람에 우리 다 늦게 생겼어요. 지금쯤은 옷 다 갈아입으셨겠지요?"

당황한 미소는 후다닥 튀어 영준에게서 멀어진 후 다급하게 옷을 챙겨 입었다. 얼마나 다급했던지 등 뒤의 지퍼

도 초인적인 유연성을 발휘해 혼자서 끌어올리는 데 성공
했다.

"으, 으응, 태양아, 엄마 다 했다. 금방 나갈 테니까 내려
가 있어."

미소가 애써 평정을 가장하며 달랬지만 태양은 하필 오
늘따라 심지가 자로 잰 듯 올곧았다.

"아니에요. 기다렸다 같이 내려갈래요."

"아빠가 아직 준비가 다 안 됐어. 내려가서 조금만 기다
려, 응? 우리 태양이 착하지?"

목재 문 너머에서 몹시 한심하다는 듯 가느다란 한숨이
새더니 이윽고 잔뜩 가시 돋친 말이 건너왔다.

"'무릇 사내대장부라면 시간을 소중히 여겨야 하는 법!'
이라고 아빠가 그랬잖아요. 근데 아빠 왜 만날 늑장부려
요? 난 아침에 유치원 갈 준비하는 것도 한 번도 늦은 적
없는데 아빠 저번에도 약속시간 어겼잖아요. 약속 어기는
건 아주 나쁜 짓이에요."

미소가 어쩔 줄을 몰라 하는 사이 태양은 어쩔 수 없다는
듯 아주 거만한 어투로 한마디를 덧붙인 후 문 앞을 떠나버
렸다.

"내려가서 책이라도 보고 있을 테니까 빨리 내려오세요.
기다리는 건 아주 질색이에요."

타박타박 가벼운 발소리가 멀어져가자 미소는 뒤늦게
고개를 돌려 영준을 바라봤다.

상반신 탈의상태로 테이블을 짚고 서 있는 영준은 눈부시게 아름다운 자태였지만 얼굴 표정만은 그렇지 못했다.

붉으락푸르락 다채롭게 변하는 안색으로 한참이나 입을 뻐끔거리던 그는 도무지 믿을 수 없다는 듯 소리쳤다.

"아니, 이태양 쟨 대체 누굴 닮아서 저렇게 재수가 없지? 우리 아들이지만 정말 재수 없지 않아?"

흥분해서 목소리를 높이던 영준은 이내 한숨을 길게 내쉬더니 못마땅한 어조로 덧붙였다.

"그런데 가만히 듣고 있으면 또 틀린 말은 아니란 말이야. 이상하게 재수가 없긴 한데 또 재수 없지만은 않아. 뭐야, 이게? 어떻게 이런 일이 다 있지?"

가만히 듣고만 있던 미소의 얼굴 표정이 미묘하게 일그러졌다.

"아이고, 그러게 말입니다요. 쟤가 도대체 누구를 닮았을까요?"

❣ ✤ ✤ ❖ ❣

창립기념식이 진행되는 내내 태양은 조부모인 명예회장 내외 곁에 정자세로 앉아 어린아이답지 않게 훌륭한 면모를 보였다.

식이 끝난 후 그런 태양을 두고 명예회장 내외는 평소처럼 '어쩜 이렇게 영준이 어렸을 때랑 똑같나 몰라.'라며 혀를 내둘렀고 관계 인사들 모두 비슷하게 한마디씩을 거들었다. 아버지를 닮아 훌륭하게 자라날 재목이라고.

비단 이 자리뿐이 아니었다.

지금껏 태양이 만난 모든 어른들은 전부 약속이라도 한 듯 똑같은 반응을 보였다. 아버지, 아버지, 아버지, 귀에 못이 박히도록 듣는 아버지 소리에 이젠 멀미까지 날 지경이었다. 심지어 유치원 같은 반 친구들까지 아빠 얘길 끄집어내기 시작하니 태양은 좋은 것도 한두 번이지 이젠 그런 아빠가 얄미워지려고까지 했다. 도대체 아빤 어쩌자고 날 쏙 빼닮아서 이런 일을 만드나 싶어 화가 나 견딜 수가 없었다.

거기다 아빠에게 진짜 서운한 건 따로 있었다.

주말을 지낸 후 월요일이 되면 친구들은 제각기 아빠랑 놀다 온 자랑에 아우성이었지만, 그럴 때마다 태양은 도무지 할 말이 없었다.

주말이고 주중이고 할 것 없이 회사 일에 모임에 출장에 퇴근까지도 한밤중, 어쩔 땐 이틀 넘도록 얼굴 마주친 적도 없을 정도로 아빤 늘 바쁘고 정신이 없었다. 가끔씩 감질나게 놀아주긴 했지만, 그것도 어쩌다 스케줄이 좀 빌 때뿐이었다.

태양은 아까부터 아들 입이 이만큼 튀어나와 있는 것도 모른 채 정신없이 아빠 수발만 하고 있는 엄마를 원망스러운 표정으로 올려다봤다.

이럴 때 세상에서 제일 예쁘고 착한 엄마마저도 아빠 편인가 보다.

엄만 왜 아빠 편인가. 나는 치카도 혼자서 잘하고 유치원 원복도 혼자서 다 입고 숙제가 아무리 많아도 누구한테 대신 해달라고 부탁도 안 하는데, 아빠는 엄마가 없으면 넥타이도 못 매고 재킷도 입혀줘야 하고 스케줄은 만날 엄마한테 물어보기나 하지 않나. 도대체 바쁜 것 빼고 아빠가 하는 일이 뭐란 말인가.

역시, 아빤 쫌 그렇다.

"태양아."

마침내 눈치를 챘던지 엄마가 방글방글 웃으며 태양을 향해 몸을 숙였다. 그럼 그렇지. 역시 엄마밖에 없다.

"우리 태양이 어서 쑥쑥 커서 아빠처럼 훌륭한 사람 되어야지, 응?"

아이고, 억울해. 엄마도 이제 다 필요 없다. 세상에 내 편이라곤 하나도 없구나.

잔뜩 울상을 한 태양은 멀리서 외국인들과 심각하게 이야기를 나누고 있는 아빠를 노려보다 비장한 어조로 선언했다.

"아니. 난 커서 꼭 아빠보다 더, 훨씬 더, 하늘만큼 땅만큼 더 많이 훌륭한 사람 될 거야! 꼭!"

"어므나, 역시 우리 아들."

대견하다는 듯 내려다보는 엄마를 내버려둔 채 태양은

돌아서서 마구 달려가버렸다.

❦ ✧ ✤ ✧ ❦

식장에 딸려 있는 미니 정원을 하염없이 서성거리고 있
던 태양은 누군가가 부르는 소리에 뒤를 돌아봤다.

"태양아아아!"

우렁찬 목소리 덕분에 굳이 얼굴을 확인할 것도 없었다.
보배였다.

"여기서 뭐 해?"

"그냥."

"초코케이크 맛있던데 많이 먹었어?"

"아니."

"왜?"

기분이 이런데 뭔들 목구멍으로 넘어가겠니? 태양이 한
심한 표정으로 고개를 돌려버리자 보배는 걱정스러운 눈
으로 건너다보다 덥석 태양의 손을 잡고 흔들었다.

"왜 그래? 생크림케이크가 더 맛있어서?"

"그런 거 아니야."

"에이. 괜찮아, 괜찮아. 나도 생크림케이크 좋아해."

아, 그놈의 케이크 타령 좀 제발 집어치우라고!

"그럼 우리 손잡고 생크림케이크 먹으러 갈까?"

태양이 뭐라고 대답해야 할지 몰라 쭈뼛거리는 순간 두

사람의 뒤로 거대한 그림자가 덮쳐 왔다.

또래보다 제법 키가 큰 태양과 또래보다 무척 후덕한 보배마저도 당해낼 수 없어 보이는 덩치의 동갑내기 소년은 기획실 왕 부장의 늦둥이 아들 왕진성이었다.

"야, 니네 손 안 놔?"

툭 불거진 눈을 위아래로 희번덕인 진성은 어설프게 태권도 폼을 잡더니 사납게 위협했다.

"야, 이태양. 너, 내가 보배는 내 여자친구니까 친하게 지내지 말라고 전에 그랬지? 너 왜 내 말 안 들어?"

태양은 아무렇지도 않게 '내가 잡은 거 아닌데.'라고 말하려 했지만 보배가 한 박자 빨랐다.

"어머머, 웃겨! 왕진성 니가 왜 우리 사이를 갈라놓으려고 하는데?"

'뭐? 우리 사이라니? 우리 사이가 무슨 사이인데? 사이라니, 그거 먹는 거?' 하는 표정으로 황당하게 쳐다보는 태양을 깡그리 무시한 채 보배는 목소리를 높이며 해선 안 될 소리까지 덧붙였다.

"잘 들어! 태양이랑 나랑은 결혼할 사이야! 그러니까 넌 빠져! 넌 가서 뽀로로 7기나 봐!"

뽀로로 소리에 발끈한 진성이 쓸데없는 걸 물고 늘어졌다.

"난 뽀로로 같은 거 안 봐! 안드로메다고 본다고! 우리 집에 안드로메다고 시리즈별로 다 있다! 뽀로로는 이태양이나 보겠지!"

어설픈 도발에 태양은 한심하다는 표정으로 내뱉었다.

"안 봐, 뽀로로."

"솔직히 말해. 너 보잖아. 매일매일 본방 사수하잖아."

"안 본다고!"

"에이. 보는 것 같은뎨?"

"안 본다니까! 시시해서 안 본다고!"

상황은 점점 유치한 자존심 대결로 흐르기 시작했다.

"누가 그러는데 너네 집에 안드로메다고 하나도 없다더라?"

"그, 그건⋯⋯."

"혹시 너 혼자서 못 맞춰서 그러는 거 아니야?"

"아니야!"

다른 아이도 아닌 이태양이다. 그깟 쉬운 블록 따위 못 맞출 리가 없었다. 다만, 이쪽도 말 못 할 사정이 있었단 말이지.

작년 어린이날을 앞둔 주말, 온 가족이 다 모였을 때 할아버지가 안드로메다고 시리즈를 전부 다 사줄까 물었었다. 그런데 거기다 대놓고 덜렁 '네! 몽땅 다 사주세요!' 하기엔 너무 어린애 같지 않나. 그래서 한 번 사양한다고 한 것이 그만 '유치해서 싫어요.'라고 대답해버리고 말았다. 말이 헛나갔다는 걸 깨달았지만 이미 늦은 후.

한 번만이라도 더 물어봐 주지, '그래도 할아버지가 사주는 거니까 받거라.' 하는 훈훈한 말은 결국 끝까지 돌아오지 않았다. 그 대신.

「역시, 하는 짓도 영준이 어릴 때 판박이라니까. 우리 태양이 이렇게 어른스러운 걸 보라고. 누가 뭐래도 유일그룹의 미래야.」

미래고 나발이고, 미치도록 갖고 싶었던 안드로메다고는 그렇게 영영 안드로메다로 GO! 해버렸고, 태양에게 덩그러니 남겨진 것은 허울뿐인 어른스러움이었다.
"아니면, 갖고는 싶은데 아빠가 안 사주냐?"
"그런 거 아니라니까."
"그럼? 뽀로로 인형 갖고 노냐? 아니, 혹시 밤에 안고 자는 거 아니냐?"
"아니야! 아니야! 아니라고!"
"지지배 같으니라고. 너 꼬추는 달려 있냐?"
안 그래도 안드로메다고랑 아빠 때문에 잔뜩 골이 나 있었던 상황에 키득거리며 자꾸만 놀리는 녀석이 너무나 얄밉고 화가 나, 태양은 순간 참지 못하고 진성에게 주먹을 휘둘러 버렸다.
퍽 소리와 함께 뒤로 주저앉은 진성은 한참이나 어이없는 표정으로 뻐끔거리더니, 이내 덩치가 아까울 정도로 큰 소리로 울기 시작했다.

"으와아악! 으와아아악! 우아아아앙! 엄마아아아아아!
태양이가, 우워어어억, 태양이가, 태양이가 나 때렸쪄어어
어어!"

당황한 태양이 어쩔 줄을 몰라 하는 사이, 뒤에서부터 긴
그림자가 덮쳐왔다.

"이태양."

위엄 있는 목소리만 들어도 알 수 있었다.

이런 장면만큼은 절대 들키고 싶지 않았던 단 한 사람,
아빠였다.

아니나 다를까, 그는 굳은 표정으로 태양을 내려다보며
무슨 일인지 추궁하는 듯한 눈길을 보냈다.

"아빠! 진성이가…….."

"진성이가 왜."

"진성이가 놀렸단 말이에요."

"그래서 네가 때렸어?"

"내 잘못 아니에요."

"질문에 대답해. 네가 때렸냐고."

한참이나 입을 다물고 있던 태양은 마지못해 대답했다.

"네."

"사과해라."

"내가 잘못한 거 아니라니까요!"

"일으켜주고 깔끔하게 사과해."

짐짓 엄한 꾸지람에 태양은 한참이나 쭈뼛거리다 돌아

서서 진성을 향해 손을 내밀었다.

손을 잡고 바보처럼 질질 짜며 일어난 진성을 노려본 태양은 내키지 않는 듯 꾹꾹 숨을 참더니 몹시 어렵게 한마디를 내놓았다.

"미안."

짤막한 사과를 하고 돌아선 태양은 잔뜩 야속하고 억울한 표정으로 제 아빠를 올려다보더니 이내 크게 울음을 터뜨리며 도망쳐버렸다.

❧ ✤ ✤ ✤ ❧

집으로 돌아온 후로도 태양은 완전히 토라져 방에 틀어박힌 채 코빼기도 비치지 않았다.

영준은 씻은 후 곧바로 잠자리에 들지 않고 내려와 아들의 방을 찾았다.

조용히 노크하고 문을 열어보니 방 안은 작은 취침등 하나만 켜져 있을 뿐 캄캄했다.

"자니?"

아무 대답도 없었지만 침대 쪽에서 이불이 움찔하는 게 눈에 띄었다. 영준은 들고 왔던 짐을 문 옆에다 조용히 내려놓은 후 곧장 방을 가로질렀다.

책상 의자를 가져와 침대 앞에 놓은 그는 편한 자세로 앉아 나직이 말을 붙였다.

"태양아. 얘기 좀 하자."

"몰라요."

"아빠한테 할 말 있으면 해라."

기다렸다는 듯, 잠시의 지체도 없이 한마디가 건너왔다.

"아빠 미워."

"왜?"

"그냥요."

"그런 대답이 어딨어? 똑똑한 녀석이면 똑똑한 증거를 보여보란 말이야. 제대로 대답해봐."

"그냥……."

여전히 돌아누운 채 한참이나 말이 없던 태양이 조금씩 말문을 열기 시작했다.

"다른 친구들 아빤 주말에 야구도 같이 보러 가고 박물관 에도 가고 낚시도 간다는데 울 아빤……."

"울 아빤 만날 스케줄에 출장에 바쁘다?"

"네."

"너 방금 나 싫다며. 그런데 아빠랑 같이 있고 싶어? 놀고 싶어?"

"음……."

"싫은 거 아닌가 보네?"

영준이 씩 웃으며 아무렇지도 않게 툭 내뱉은 말에 태양은 정곡을 찔렸는지 또 입을 꼭 다물었다.

천천히 몸을 숙인 영준은 태양의 귓가에다 대고 조그맣

게 소곤거렸다.

"주말에 엄마 빼놓고 아빠랑 둘이서만 야구 보러 가자. 그리고 박물관이랑 낚시는 다음 주말. 어때?"

아무리 똑똑해도 어린애는 어린애였다. 좋으면서도 일부러 아닌 척하는 게 눈에 보였다.

그러고도 한참이나 반응이 없던 태양은 어색하게 고개를 끄덕였지만 여전히 돌아누워 영준을 마주 보진 않았다. 제발 뭔가 눈치 좀 채달라는 듯한 분위기가 진하게 풍겼다.

"아무리 좋아도 밤새우면 안 된다."

의미심장한 한마디를 남기고서 영준은 자리에서 일어나 문을 향해 걸어갔다.

이상한 낌새에 벌떡 일어난 태양은 입구 쪽에 쌓여 있는 짐을 보고 펄쩍 뛰어올랐다. 거기엔 그동안 갖고는 싶은데 자존심 때문에 말 못 하는 바람에 하마터면 태양을 최연소 사리 보유자로 만들 뻔했던 안드로메다고의 모든 시리즈가 다 쌓여 있었다.

"아빠아아아!"

영준이 문손잡이를 돌리려다 말고 뒤를 돌아보자 태양은 고개를 숙이고 울먹거리며 사과했다.

"아까…… 잘못했어요."

"무슨 소리야?"

"진성이 때린 거, 내가 잘못했다고요."

366

다시 성큼성큼 걸어 침대 앞으로 돌아온 영준은 태양의 어깨를 꽉 잡고서 진지하게 말했다.

"아빠 너한테 잘못했다고 한 적 없다."

"아빠아······!"

오올, 울 아빠 쫌······ 멋있는데? 태양의 눈에 초롱초롱 동경의 빛이 머물렀다.

"다음에 진성이가 또 놀리거든······."

잠시 말을 멈춘 영준은 무척 담담하게 덧붙였다.

"날려버려."

"네에?"

"그리고 사과해."

"어······, 예?"

"또 놀리면 또 날려. 혼이 쏙 빠질 정도로 아주 세게 패. 그리고 또 사과해."

어, 이거, 뭔가 좀······ 사회적으로 나름 훌륭하다는 어른이 자식 앞에서 대놓고 할 말은 아니지 않나? 농담인가? 진담인가?

혼란스러운 태양이 고개를 갸웃거리자 영준은 말을 이었다.

"차라리 죽을지언정 지고 살지는 말란 말이야. 알았지?"

"아······ 넵."

태양이 떨떠름한 표정으로 마지못해 대답하자 영준은 부드럽게 말을 이었다.

"그리고 진성인 앞으로 너 못 괴롭혀. 절대로. 왜냐고? 진성이 아빠는 태양이 아빠 못 이기니까."

태양이 눈을 동그랗게 뜨고 올려다보자 영준은 섬뜩할 정도로 환하게 웃었다.

"내가 걔 고등학교 선배거든?"

아빠가 하는 말이 무슨 말인지 다 이해할 수는 없었지만, 태양은 금세 깨달을 수 있었다.

아. 어른들 사는 것도 그렇게 어른스럽진 않구나.

❦❖❖❖❖

어둠에 잠긴 침실, 미소가 딱 알맞은 체온으로 데워놓은 킹사이즈 침대에 쑥 기어들어간 영준은 얇은 실크 원피스 잠옷자락 아래로 손을 넣어 거침없이 허벅지를 더듬어 올라가며 그녀의 귓불을 살짝 깨물었다.

"화 풀어줬어요?"

"어느 정도는."

"바쁜 건 알지만 신경 좀 더 써줘요. 우리 아들 아빠앓이 하는 거 안쓰러워 죽겠다고요."

"알았어, 알았어."

"안드로메다고는 잘 전해줬어요?"

"녀석, 진작부터 갖고 싶으면 갖고 싶다고 말을 하지, 하여튼 고집은 누굴 닮았는지."

영준이 피식 웃으며 중얼거리자 미소는 간지러움에 몸을 꼬며 돌아눕더니 그의 입술을 찾아들었다.

뜨거운 입술과 혀를 나누며 진한 키스를 음미한 두 사람은 이내 은밀한 시선을 주고받았다.

"이제 슬슬 둘째 어때요?"

"음. 난 싫은데. 지금 이대로도 괜찮잖아?"

"딸 갖고 싶지 않아요?"

"생각 좀 더 해보고."

영준이 미소의 목덜미를 아프도록 핥고 깨무는 바람에 대화는 거기서 끊기고 말았다.

넓은 침실 안에 뜨스운 숨소리와 은밀한 마찰음이 들어차기 시작했다.

미소의 풍만한 가슴에 파묻은 얼굴을 들지 않은 채 영준은 손만을 움직여 파자마 버튼을 풀기 시작했다. 여름 뙤약볕 아래 달구어진 아스팔트처럼 뜨겁게 달아오른 미소의 피부가 코끝에 스칠 때마다 온몸이 짜릿짜릿 저리는 것만 같았다. 오늘은 부드러운 전희 같은 것 모두 생략한 채 이대로 거칠게 그녀를 삼켜버리고픈 욕망이 아랫배 깊숙한 곳에서부터 팽창했다.

그런데 바로 그때.

"아빠."

그 목소리에 찬물이라도 뒤집어쓴 듯 순식간에 열이 식었다.

어느새 홑이불 안에서 대 혼란이 벌어졌다. 흐트러진 옷매무새와 머리카락을 다급하게 바로 한 영준과 미소는 동시에 이불을 들추고 벌떡 일어나 목소리가 들린 쪽을 내려다봤다.

침대 앞에서 커다란 공룡 베개를 안고서 방글방글 웃고 있던 태양이 무슨 대단한 선심이나 쓰는 것처럼 말했다.

"아빠한테 사과하는 뜻에서 오늘만 같이 자줄게요."

"아…… 태양아. 지금 아빠 귀가 좀 이상한 것 같다. 잘못 알아듣겠는데, 뭐라고?"

"오늘은 아빠랑 엄마랑 같이 자준다고요. 에헴. 오늘만이에요. 알았죠?"

다짜고짜 침대로 기어올라온 태양은 두 사람 사이에 야무지게 자리를 잡더니 베개를 베고 편하게 벌렁 드러누웠다.

어느새 피치 못하게 넘을 수 없는 골짜기를 사이에 두게 된 영준과 미소는 오랫동안 황당한 표정으로 서로를 바라보다 이내 크게 웃음을 터뜨리고 말았다.

뭐, 가끔은 이런 것도 나쁘지 않겠지, 하며 두 사람은 태양을 토닥토닥 두드려주며 담소를 나누었다.

이런저런 이야기를 나누던 중 나지막이 코고는 소리가 들렸다. 피곤했던 모양인지 태양은 어느새 깊이 잠이 들어 있었다.

사랑 담뿍 담긴 눈으로 아들의 자는 얼굴을 내려다보던

미소는 판박이 아빠의 얼굴을 바라보며 말했다.

"아까 태양이가 나한테 뭐라고 했는지 알아요?"

"뭐라고 했는데?"

"커서 아빠보다 더, 훨씬 더, 하늘만큼 땅만큼 더 훌륭한 사람이 되겠대요."

그 소리에 영준은 피식 웃더니 당연하다는 듯 내뱉었다.

"내가 죽기 전엔 꿈도 꾸지 말라고 해. 어딜 감히."

"아이고, 예에, 어련하시겠습니까요."

마주 보며 키득키득 웃던 두 사람은 아들을 사이에 두고 가볍게 입 맞추었다.

평범한 한 가족의 하루는 이렇게 저물고 있었다.

　짧은 연휴를 맞아 유식은 영준과 함께 제주도에 내려와 오랜만의 가족여행을 즐기고 있었다.

　바쁜 아빠와 오롯이 함께할 수 있는 시간에 늘 목말라 있던 다섯 살 아이들은 뛸 듯이 기뻐했고, 온종일 호텔의 야외 온수풀에서 물놀이로 하루를 보냈다.

　아직도 풀에서 비치볼을 주고받으며 아들과 놀아주고 있는 영준과는 달리, 일찌감치 체력이 바닥나버린 유식은 프라이빗 카바나의 베드에 누워 꾸벅꾸벅 졸고 있었다.

　"자기야, 자?"

　"아니, 아직."

　"있잖아. 보배 수영복 말이야. 작년 가을에 샀는데 벌써 작아. 이제 다섯 살인데 키 크는 것에 비해 너무 찌는 거 아닌지 걱정이네."

　아내 미경의 말에 유식은 건너편 베드에 앉아 어린이용 홍삼농축액 파우치를 야무지게 쪽쪽 빨고 있는 딸을 바라봤다. 수영복 길이는 괜찮은 것 같은데, 터질 듯 빵빵한 배

때문에 그런지 확실히 품이…… 꽉 끼어 보이긴 한다.

"든든하고 보기 좋기만 한데 뭘 그리 걱정해."

"그런가? 흐음."

부모가 바라보는 가운데 홍삼파우치를 거꾸로 들고 혀
에다 마지막 한 방울까지 탈탈 털어낸 보배가 문득 눈을 동
그랗게 뜨고서 유식을 불렀다.

"아빠, 아빠."

"우쭈쭈, 우리 딸. 아빠는 왜 불렀쩌요?"

"보배는 결정했어요."

"뭘?"

"보배는 아빠랑 결혼할 거야."

흘러내린 안경을 밀어 올리며 유식은 거만한 표정으로
저 멀리의 영준을 바라봤다. 보고 있나, 이영준! 이게 바로
딸 키우는 맛이란다. 아들만 둔 네놈은 죽었다 깨도 모르
겠지만, 껄껄.

"그리고 아빠."

"응?"

"나 츄러스 먹고 싶어요."

"여긴 츄러스 없는 것 같은데."

"엄마! 그럼 아까 그 치킨 또 시켜줘."

"얘는, 점심 먹은 지 얼마나 됐다고 또!"

미경이 핀잔을 주자 유식은 손을 내밀어 그녀를 제지하
며 말했다.

"어허. 몸도 약한 애가 물놀이하고 얼마나 허기지겠어."

"자기야, 아무리 딸바보라도 그렇지, 정신 좀 차려. 얘가 몸이 약하긴 어딜 약해? 유치원 전체에서도 몸무게로 짱먹은 지가 이미 오래야."

"아무튼 먹고 싶을 때 먹게 주문 좀 해줘."

"어휴. 자기가 자꾸 그렇게 봐줘 버릇 하니까 애가 점점 더 튼실해지기만 하잖아. 큰일이네, 정말."

보배는 엄마가 툴툴거리며 나가든 말든 아랑곳 않고서 그녀의 뒤통수에다 대고 두성으로 우렁차게 소리쳤다.

"엄마! 치킨무 많이이이이!"

"내가 못 살아."

유식은 보배의 홍조를 띤 통통한 뺨을 사랑스러운 눈으로 바라봤다. 아유우, 얜 뭘 먹고 이렇게 예쁘게 컸는지 몰라.

"자. 그럼 우리 보배, 방금 했던 얘기 좀 더 해볼까?"

"무슨 얘기?"

"커서 아빠랑 결혼한다면서. 왜 그런 생각을 했어?"

보배는 커다란 눈을 이리저리 굴리다 빵긋 웃으며 답했다.

"은서는 커서 지혁이랑 결혼하기로 약속했어. 그리고 서연이는 준호랑 짝꿍인데, 걔네도 나중에 결혼한대."

은서와 서연이라면 보배가 다니고 있는 유치원의 같은 반 친구들이었다. 그나저나 요즘 애들 왜 이렇게 조숙한 거야?

"으음…… 그렇구나."

"나도 질 수는 없으니까 아빠랑 해야지. 결혼."

아아, 그런 이유였나. 유식의 눈가에 슬며시 이슬이 맺혔다.

"그래, 우리 보배 커서 꼭 아빠한테 시집와야 한다, 아라쮜?"

"아라쪄."

"아빠가 제일 잘생겼쮜? 하늘만큼 땅만큼 멋있쮜?"

"당연하지. 보배는 세상에서 아빠가 쩰 좋아."

"그러니까 앞으로도 다른 놈 좋아하면 안 된다. 약속이다."

"당근이지, 당근! 아앙, 보배 당근케이크도 먹고 싶다."

"여기 당근케이크는 없을걸."

"힝."

그때까지만 해도 유식은 알지 못했다. 딸 키우는 아버지라면 누구나 맞닥뜨린다는 그 인생의 시련이 그렇게 일찍 찾아올 줄은.

"태양이 접시 비었네? 엄마가 과일 담아다 줄까?"

"아니요. 제가 갈게요."

해가 질 때 즈음 물놀이를 접고 뷔페식당으로 가 저녁을 먹는 동안 어른들의 이야기는 점점 더 길어졌다. 보배와 태양이 다니는 유치원에서 뉘 집 딸이 뉘 집 아들을 한 대 때려서 그 부모들이 원장실에서 맞짱을 떴네 어쨌네로 시작한 이야기가 언제 국제정세 쪽으로 흘러갔는지는 몰라도, 그 안에서 다섯 살 난 아이들이 할 수 있는 일이라곤 먹는 것뿐이었다.

"태양아, 태양아, 저거 맛있던데."

언제 따라붙었는지, 보배가 과일코너 앞에서 태양을 잡아끌었다. 보배는 계집애가 힘이 어찌나 장사인지, 옷소매만 붙잡혔는데도 태양의 온몸이 훅 딸려갔다.

"뭔데?"

"이거, 이거. 똥케이크."

"우웩. 똥케이크가 뭐야."

"케이크에 똥크림이 올라가 있어. 근데 맛있어, 이 똥."

"똥 아냐. 마롱이야. 무식하긴."

"뭐라고?"

"여기 이름 쓰여 있잖아. 마롱몽블랑."

"마…… 이렇게 복잡한 건 아직 못 읽는데."

"로에 이응 붙은 건 롱, 모에 이응 붙은 건 몽……."

보배는 듣기 싫었던지 태양의 말을 중간에 끊고서 끼어들었다.

"아무튼 똥케이크 맛있다고. 그나저나 태양이는 모르는 게 없구나."

아빠한테 물어보니 밤으로 만든 디저트라고 해서 아 그

런가 보다 한 거지, 사실 똥처럼 보인 건 태양도 마찬가지였다. 하지만 그렇다고 해서 솔직히 말할 수는 없었다.

"응. 나 모르는 거 없어. 태어날 때부터 전부 다 알았어."

"오와아."

입을 헤벌리고 신기해하는 것도 잠시, 보배의 무신경한 신경은 다시 디저트코너로 향했다.

"이거 푸딩도 맛있더라. 나 두 개나 먹었어. 너도 먹어봐."

태양은 갑자기 기분이 팍 상했다. 아니, 지금은 이쪽을 향한 칭찬과 찬양이 마구 쏟아져야 할 타이밍이 아니던가. 이 계집애는 도대체 내 칭찬은 안 하고 뭘 하는 거람? 하여튼 일곱 살 형아들 정도는 돼야 말이 통하지, 같은 나이의 어린 녀석들하곤 도무지 대화가 안 된다.

"디저트는 적당히 먹어야 해."

태양의 말에 보배는 눈을 댕그랗게 뜨고서 물었다.

"뭐? 왜애애애애?"

"디저트는 원래 밥 먹고 난 뒤에 조금만 먹는 거랬어."

"누가?"

"아빠 잡지책에서 봤어."

"오와아."

"그리고 달고 기름진 걸 너무 많이 먹으면 건강에도 좋지 않아. 그건 상식이지."

"상시기가 뭐야? 먹는 거 아니지?"

"상. 식. 먹는 거 아니야. 상식이란 건……, 어……
아……그, 그러니까, 어, 엄마랑 아빠가 다 아는 거야."

아직 어려 아는 건 없는데 아는 척은 굳이 하고 싶었던
태양의 헛소리에도 보배의 눈망울은 정직하게 초롱초롱해
졌다.

"너……."

"뭐."

"너, 완전 똑똑하다."

드디어 마음에 드는 반응이 건너오자 태양은 어깨를 으
쓱하며 거만한 표정을 지어 보였다.

바로 그때, 태양과 보배 곁을 지나던 한 금발 외국인 아
가씨가 실수로 태양을 살짝 밀치고 말았다.

"Oh! Excuse me."

외국인이 몹시 미안해하며 사과하자 태양은 생긋 웃어
보이며 또박또박 대꾸했다.

"No problem. Never mind."

외국인은 그런 태양이 귀여워 죽겠는지 돌고래 소리를
내고 물개박수까지 치며 지나갔고, 그 모습을 본 보배의
머릿속이 복잡하게 엉켜들었다.

"야야, 지금 큰일 났다, 태양아."

"왜?"

"너 되게되게 멋있어."

"응. 나 원래 멋있어."

"근데 어떡하지?"

"뭘 어떡해?"

"보배, 아까 결혼 약속해버렸거든."

태양은 요즘 유치원에서 들불처럼 번지는 신랑신부 놀이를 떠올렸다. 지금껏 태양에게 결혼하자고 덤비는 여자애들 역시 한둘이 아니었다. 자유놀이 시간에 혼자서 차분하게 블록도 맞추고 책도 보고 싶은데 들러붙으면 여간 귀찮은 게 아니어서 줄곧 다 거절했지만 말이다. 그런데 그게 뭐.

"응······, 그렇구나."

"어떡하지. 네가 이렇게 멋있는 줄 알았으면 보배, 아빠랑 결혼하자는 말 안 했을 텐데!"

"어? 아빠랑은 결혼 못 하잖아?"

"뭐라고?"

"아빠랑은 결혼 못 하지. 네 아빠는 벌써 네 엄마랑 결혼했으니까. 결혼은 한 번만 할 수 있는 거 아니야?"

"정말이야?"

"응. 아마 맞을 거야."

보배는 무슨 생각을 했는지 비장한 표정으로 케이크도 포기한 채 태양의 손을 덥석 잡았다.

"가자, 태양아."

"응? 나 과일 가지러 왔는데?"

"과일이랑 채소 같은 건 안 먹어도 돼. 그런 거 먹으면 배

불러서 치킨이랑 케이크 못 먹는단 말야.”

“아니, 나는 오렌지랑 수박이랑……!”

“어휴, 돼지냐? 고만 좀 해!”

“끄아앗!”

태양은 속수무책으로 보배에게 잡혀 짐짝처럼 질질 끌려갔다.

한창 국제정세에 대해 심각하게 토론하던 어른들은 어느새 내일 흑돼지를 먹으러 가냐 마냐로 설전을 벌이는 중이다.

“아빠, 아빠!”

보배가 우렁찬 목소리로 부르자 이쪽 테이블뿐 아니라 근방 다섯 테이블 앞에 앉은 모든 사람들이 보배에게로 시선을 돌렸다. 실로 대단한 위엄의 목청이었다.

유식은 저도 모르게 빨개진 얼굴로 딸을 바라보며 물었다.

“어이구, 우리 딸. 똥케이크 가져왔어요오?”

“어머, 아빠. 똥케이크가 뭐야. 무식하게. 마…… 마마동까스?”

“마롱몽블랑.”

“응, 그래, 그거다, 그거.”

태양이 옆에서 귀띔해주자 보배는 고개를 주억거리다 유치원에서 발표하는 모양새로 오른손을 번쩍 들고서 소리쳤다.

"아무튼 아빠! 박보배, 할 말 있습니다."

"우리 딸이 무슨 재밌는 말을 해주려고 이렇게 뜸을 들이나?"

"보배 결정했어. 보배는 태양이랑 결혼할 거예요!"

그 소리에 테이블에 둘러앉은 어른들의 안구 여덟 개가 동시에 대지진을 일으켰다.

"뭐라고?"

"태양이는 세상에서 제일 잘생겼어. 하늘만큼 땅만큼 멋있어. 그래서 보배는 태양이가 좋아. 결혼할 거예요."

"잠깐! 야? 너 갑자기…… 읍읍!"

당황한 태양이 뭔가 말하려 하자 보배는 무지막지한 손길로 태양의 입을 틀어막고 사정없이 문질러버렸다.

"맞기 싫으면 조용히 해, 이태양."

무시무시한 협박과 무차별 공격에 당한 태양은 어쩔 줄을 몰라 하다 울음을 터뜨리고 말았다.

미소는 터지려는 웃음을 간신히 참으며 태양을 품에 안고서 달랬고, 영준은 무척 거만한 표정으로 두 손을 깍지끼고서 턱을 괴더니 유식의 딸을 불렀다.

"보배야."

"네, 아저씨."

"네가 커서 태양이랑 결혼하고 싶다고?"

"네."

영준의 입술 한쪽 끝이 비틀려 올라갔다.

"그게 과연 네 맘대로 될……, 푸읍!"

미처 말을 끝맺기도 전, 영준의 얼굴 한복판에 두꺼운 냅킨이 날아와 덮였다.

"이영준. 거기서 한마디만 더 하면 나 회사 그만둔다."

평소답지 않게 카리스마 짙은 유식의 목소리에 영준은 저도 모르게 숙연해지고 말았다. 평소 보배의 일이라면 벌벌 떨던 유명 딸바보 유식이 갑작스럽게 이런 일을 겪었으니 얼마나 절박하겠는가. 그의 마음을 헤아리자 눈물이 다 날 지경이었다. 웃음 참느라.

"보배야. 너 왜 그래? 너 아까만 해도 아빠가 제일 잘생겼다며. 아빠가 하늘만큼 땅만큼 좋다며."

"응. 아까는 그랬어."

"지금은!"

"지금은 태양이가 좋아."

부들부들 떨던 유식은 확인사살에 얼굴까지 창백해졌다.

"야! 박보배! 내가 널 어떻게 키웠는데! 네가 나한테 이럴 수 있어? 아앙?"

"미안, 아빠."

"으허엉! 어떻게! 어떻게 사랑이 변하니?"

가슴을 팡팡 치던 유식은 우는 태양을 또 한 번 질질 끌고 똥케이크를 담으러 가는 보배의 뒷모습 앞에 재차 좌절하고 말았다.

"딸 키워봤자 아무 소용도 없다더니! 크흑, 제기랄!"

"뭐라고, 흡, 위로, 흡, 할 말이 없다. 힘, 흡, 내, 박 박사. 푸훗."

"너는, 이 자식아, 웃든지 말을 하든지 둘 중 하나만 해! 그리고 나중에 딸 낳아서 똑같이 당해라!"

주머니에서 청심환을 꺼내 씹으며, 딸바보는 쓰디쓴 눈물을 삼켜야만 했다.

외전 3. 어서 와, 우리 집안은 처음이지?

여러분, 안녕하세요. 저는 현재 서울 소재 모 사립초등학교 1학년에 재학 중인 남자 어린이 이태양입니다.

더 이상의 자세한 개인정보는 생략합니다. 아빠 말씀처럼 워낙 무서운 세상이니까요.

아빠는 어릴 때 무슨 일이 있기라도 했던 건지, 절대 세상 어느 누구도 믿지 말라고 귀가 아프도록 말합니다. 그리고 그렇게 말할 때마다 '물론 아빠는 믿어도 되지만.'이라고 꼭 덧붙입니다. 매번 덧붙입니다. 계속 덧붙입니다. 돌림노래 후렴구처럼 끝없이 덧붙입니다. 왜 그런지는 몰라도.

울 아빠…… 뭐라고 딱 꼬집어 말할 순 없는데…… 아무튼 쫌 그렇습니다.

저는 지금 강남 유일병원 22층 VIP 병동에 와 있답니다.

어디 아프냐고요? 아니요. 병실에 누워 있는 사람은 제가 아니라 세상에서 제일 예쁜, 아니, 예뻤던 울 엄마입니다.

엄마는 완전히 변해버렸습니다. 더 이상은 예전의 엄마
가 아닙니다. 병원으로 출발할 때까지만 해도 방글방글 웃
고 있었던 엄마는 이제 더 이상 내게 웃어주지 않습니다.

엄마는 조금 전 병실에서 응접실로 저를 내보내면서 제
손을 꽉 잡고서 말했어요.

"태양아……, 엄마는 아무 걱정 말고……, 우리 착한 태
양이, 으으윽."

그렇게 말하는 엄마의 얼굴은 평소답지 않게 일그러져
있었습니다. 피부도 새하얗고 식은땀도 흘리고, 항상 따뜻
했던 손도 몹시 차가웠지요.

"후하후하, 태양이 숙제에에에에엣! 내일 준비물 잘 챙
기잇, 후우, 후우, 아그그그그그, 나와, 나온다, 나온다아
아아아앗! 하아아아, 괜찮아, 이제 괜찮아. 후우후우, 아
아, 그런데 이 인간은 대체 왜 안 오는 거야아아아! 당장 애
가 나오게 생겼다는데, 으윽, 지금 출장이 문제에에에에,
아으윽! 둘째는 덜 아프다며, 순 구라쟁이들아아아아아!
무통을 내놔, 무통을!"

무통이 뭔지는 모르겠지만 엄마는 그걸 놔달라고 아까
부터 계속해서 노래를 부르는데, 의사 선생님은 진행이 너
무 빨라서 지금 해봤자 아무 소용도 없다고 그냥 참으라고
했습니다.

평소 엄마는 무척 침착하고 참을성 많은 사람이었는데,

그런 건 이 앞에서 아무 의미도 없는 건가 봅니다.

"갸아아아아아악!"

여러분도 알고 계신지 모르겠지만 우리 외할아버지는 롸커입니다.

언젠가 할아버지랑 손잡고 외할아버지의 공연을 보러 간 적이 있었는데, 그때 외할아버지는 관객석을 향해 이렇게 소리쳤습니다.

「목소리가 그것밖에 안 되냐, 이것들아! 똥꼬 밑바닥에서부터 힘을 끌어 모아 외쳐! 롹 스피릿은 아직 살아 있따아아아!」

그때는 그게 무슨 말인지 몰랐는데 엄마가 저렇게 소리를 지르는 걸 보니 이제 확실히 알 것 같습니다. 롹 스피릿은 울 엄마의 안에 아직 살아 있었네요. 피이쓰.

이쯤 되면 눈치채셨겠지요?

네.

조금 있으면 저, 이태양에게도 동생이 생깁니다.

큰아빠네 아들, 큰이모네 아들, 작은이모네 아들들처럼 만날 시끄럽고 얄밉기만 한 사촌동생들이나 작년에 태어난 유식이 삼촌네 둘째아들 말고 제게도 '진짜 동생'이 생기는 거예요. 거기다 무려 여동생이죠. 흥흥.

처음 그 사실을 안 건 작년 여름이었어요.

그동안 늘 바빴던 아빠가 무슨 바람이 불었는지 장장 일주일의 휴가를 냈답니다. 그래서 아빠, 엄마, 나까지 우리 가족 모두는 아빠의 전용기를 타고 타히티로 놀러 갔습니다.

저는 비행기보다 헬리콥터가 더 좋아서 헬리콥터를 타고 가자고 했지만 아빠가 타히티는 너무 머니까 비행기로 가자고 해서 화가 났어요. 한동안 아빠랑은 말하기도 싫을 정도로.

그치만 그날 엄마가 싼 캐비아와 푸아그라 김밥 도시락을 비행기 안에서 펼쳐놓고 먹었던 건 정말 맛있었지요. 후식으로 먹었던 트뤼프 아이스크림도 참 별미였고요. 그래서 좋은 기분으로 너그러이 아빠를 용서해주었죠. 저는 보기보다 마음이 넓은 어린이니까요.

어? 표정이 왜 그러세요? 다들 그렇게 평범하게 사는 거 아닌가요?

그건 그렇고, 타히티에서 닷새 머무는 동안 저는 정말이지…….

지루해 죽는 줄 알았습니다. 물놀이 모래놀이가 좋은 것도 한두 번이지, 바다 말곤 아무것도 없는 동네였죠. 책이라도 안 들고 갔더라면 큰일 날 뻔했잖아요.

그런데도 아빠 엄만 뭐가 그리 좋은지 눈만 마주치면 아주 입이 귀에 걸쳐지고 해변에선 안 그래도 더워 죽겠는데 손잡고 끌어안고 뽀뽀를 하고 더듬고 사랑해, 사랑해, 아유우, 정말 눈꼴이 시어서 내가.

흠흠.

뭐, 그렇지만 꼭 두 분만 사이가 좋았던 건 아니랍니다. 아빠 엄마가 거기서 얼마나 저를 걱정하고 챙겨주셨던지, 지금도 생각하면 좀 감동이니까요.

두 분은 혹시라도 제가 피곤할까 봐 해만 지면 그렇게 '어서 자라 태양아 어서 자 얼른 자야 키가 크지 푹 자라 우리 태양이 푹 자 깨지 말고 밤새 자 우쭈주 늦잠자도 괜찮으니 자라 자 제발 자라 자 백만 원 줄게 어서 자 부탁이니 얼른 좀 자.' 아주 끝도 없이 노래를 부르시더군요.

훗. 엄마 아빠가 얼마나 절 생각하고 사랑해주는지를 엿볼 수 있는 일 아니었겠어요?

물론 두 분이 애타게 걱정해주신 덕분에 밤마다 잠은 푹 잘 자고 왔습니다만, 자다가 새벽에 화장실에 다녀오며 살짝 부모님 침실 문을 열어보려 했을 때마다 번번이 문이 잠겨 있었던 이유까지는 잘 모르겠습니다.

타히티에서 돌아온 후 얼마 지나지 않았을 때였어요.

아빠가 퇴근길에 엄청나게 커다란 장미꽃다발을 사가지고 와 대뜸 엄마에게 건네더니 엄마 볼에다 징그럽게 뽀뽀를 마구 퍼부어대는 것이었어요.

아빠가 왜 저러는지 이유를 묻는 제게 엄마는 방글방글

웃으며 대답했지요.

「우리 태양이한테도 곧 동생이 생길 거야. 좋지?」

동생?
동생이라니. 내게도 동생이라니.
얼떨떨했지만 무척 기뻤습니다. 그동안 다른 친구들이
동생 이야기를 하며 투덜거릴 때 나는 동생이 없어 서운했
던 적도 많았으니까요.
아직 이름이 없는 배 속의 동생을 위해 아빠는 즉석에서
요란하고 뻑적지근한 별명(엄마의 표현을 빌자면 '중2병 돋는')을
지어줬다가 엄마한테 세게 꼬집혀서 옆구리에 커다란 멍
이 생겼습니다.
멍이라니, 거짓말 아니냐고요? 정말이에요. 제 눈으로
똑똑히 봤거든요. 제가 그날 밤에 아빠랑 같이 목욕했는데
요, 옆구리에 엄청나게 커다란 멍이 있었어요.
그런데…… 아빠가 꼬집힌 데는 분명히 옆구리였는
데…… 목덜미 뒤랑 가슴 한복판이랑 허벅지에는 왜 멍이
들어 있었을까요? 등에는 길게 긁힌 자국도 몇 개나 있더
라고요.
이것도 다 엄마가 그런 거냐고 아빠한테 물어봤더니 아
빠 얼굴이 새빨개지더니 '어린 녀석이 별걸 다 물어.' 하고
중얼거리면서 대답 대신 '숙제는 다 했니?'라고 묻질 않나,

'오늘 본 건 아무한테도 얘기하면 안 된다, 알았지? 이건 엄마의 버릇, 아니, 사생활, 아니, 명예 문제라고.'라고 알 수 없는 말을 하질 않나, '비밀로 해주면 다음 주말에 아빠가 야구장 데려가줄게. 이대로 선수 만나게 해줄게.' 하고 어르기까지 했습니다. 무슨 영문인지는 모르겠지만.

울 아빠가 구단주인 유일 나르시시스터즈의 거구 간판 타자 이대로 선수의 사인 배트를 또 받고 싶었던 나는 그러마 대답했고 정말로 그 다음 주에 이대로 선수를 만나 함께 아이스크림도 먹고 사인 배트도 받았습니다.

음, 그 며칠 후 큰아빠가 귀국했다고 해서 할아버지 댁에 놀러 갔을 때 할머니가 '아빠 엄마는 사이좋게 잘 지내지?'라고 물으셔서 그 일을 저도 모르게 실토했던 건 명백히 실수였습니다. 정말 드문 실수였어요. 저는 머리가 무척 좋아서 절대 약속을 잊지 않는데 말이에요.

옆에서 듣고 있던 큰아빠는 '제수씨가 보기보다 꽤 적극적이구나.' 하고 중얼거리다 큰엄마(우리 큰엄마 이름은 '오이지'입니다. 웃기죠?)한테 험한 잔소리를 들었고, 할아버지는 뭔가 굉장히 애매한 표정을 지으며 헛기침을 마구 해대다 '다른 데 가서 이 얘긴 하지 말거라.' 하시며 제게 엄청난 용돈을 주셨습니다.

그건 대체 무슨 일이었을까요?

제가 생각해도 제 머리는 참 좋지만, 세상은 이 좋은 머리로도 이해할 수 없는 일들이 많은 것 같습니다.

어쨌든 엄마 배 속에 있는 동생의 태명은 결국 '로라'로 결정되었습니다.

아빠가 그 전 주 유럽 출장길에 졸다가 꿈을 꿨는데 하늘을 꽉 메운 '오로라'를 국수 빨듯 한 입에 후루룩 삼켰답니다. 그래서 오로라라고 지으려 했지만 엄마가 도저히 오그라들어서 안 되겠다고 '오'자를 빼버렸습니다. 그렇게 로라.

에에이, 로라라니. 너무 시시하지 않나요? 게다가 남자애면 어쩌려고 로라?

저는 '하이퍼소닉네메시스울트라메가소닉' 정도면 좋지 않을까 생각했었지만 이름이 너무 길고 동생이 여자애일 수도 있으니까 쫌 아닌 것 같기도 해서 저도 그냥 대충 로라라고 부르기로 했습니다. 결국 동생은 여자였고요.

동생이 생기는 건 물론 엄청 좋은 일이긴 했지만 한편으론 좋지 않기도 했어요.

엄마가 자꾸 아팠기 때문이었지요.

언제부턴가 엄마는 식탁 앞에서 자꾸만 인상을 쓰고 입을 가리고 웩웩거리기 시작하더니 급기야 밥도 안 먹고 아빠 일도 안 도와주고 하루 종일 누워 있기만 했어요.

아빠에게 엄마 또 다이어트 하냐고 물었더니 아빠는 심각한 표정으로 제 머리를 쓰다듬으며 다이어트가 아니라 '입덧'이라고 말했지요. 더불어 엄마는 '로라 입덧은 태양

391

이 너 가졌을 때에 비하면 아무것도 아니지. 네가 엄마 배 속에 있을 때 아빠 엄마 비위맞추느라 두 달 사이에 몸무게가 3킬로그램이나 빠졌단다. 오호호호호.'라고도 했고요.

무슨 말인지 그 뜻까지는 잘 모르겠지만 당연한 일이긴 했습니다. 오빠인 내가 로라보다 못하다니, 있을 수 없는 일이죠. 암요.

그로부터 얼마쯤 후 엄마는 아빠의 표현을 빌자면 '식신(食神)과 접신(接神)'했습니다.

전국 각지에서 특송으로 온갖 희한하고 진귀한 음식들이 줄을 이어 날아들었죠. 전국뿐 아니었습니다. 아빠 엄마가 먹고 싶어 하는 간식을 직접 공수하기 위해 해외출장 루트까지 바꾸기도 했습니다.

한번은 엄마가 새벽 2시에 어두운 주방의 냉장고 앞에서 허겁지겁 뭔가를 먹는 걸 보고 저는 경기를 일으킬 뻔 했는데 아빠 네 엄마 너무 예쁘지 않느냐며 그저 싱글벙글 웃기만 하더군요.

제 엄마 아빠지만 가끔 두 분을 보면 뭔가 쫌…… 그렇습니다.

그렇게 먹어대서인지, 항상 날씬했던 엄마는 작년 말부터 눈에 띄게 뚱뚱해지기 시작했어요. 지난달부터는 아예 숨도 못 쉴 정도로 배가 튀어나와서 무서울 정도였는데 아빠 제게 엄마가 먹는 게 아니라 로라가 먹는 거라고, 엄마가 살찌는 게 아니라 로라가 살찌는 거라고 계속해서 말도 안 되는 소릴 했습니다.

엄마를 포함해서 저를 아는 모든 사람들은 제게 아빠가 천재라고, 커서 아빠처럼 훌륭한 사람이 되라고 입을 모아 말하지만, 우리 솔직히 까놓고 말해 봅시다. 저렇게 이치에 맞지 않는 말을 잘도 하는 아빠 정말 천재에다 훌륭한 사람일까요?

제가 응접실에서 대기하는 동안 엄마의 신음 간격이 점점 좁아지는 것 같더니 안에서 지금까지와는 확연히 다른 분위기의 말소리들이 새어나오기 시작했습니다.

"아으윽!"

늘 사근사근했던 엄마의 목소리가 좋았는데 지금 들려오는 엄마 목소리는 꼭 다른 사람의 것만 같습니다.

엄마의 짧고 처절한 비명 뒤에 침묵이 이어지고 의료진들이 바쁘게 움직이는 소리들이 몇 차례나 반복되자 전 그제야 덜컥 겁이 났습니다.

"하, 할머니……. 울 엄마 괜찮은 거예요?"

"그래, 그래, 괜찮아. 원래 아기 낳을 때 엄마는 아픈 법이란다. 낳고 나면 괜찮아져."

"정말요?"

"그러엄. 우리 태양이도 그렇게 태어났는걸."

그때 병실 문이 열리고 안에서 간호사 아줌마 한 명이 응접실로 나와 할머니를 불렀습니다.

조용히 나누는 대화를 들어보니 아빠는 언제쯤 도착하는지, 아기가 곧 나올 것 같은데 엄마가 자꾸 신경 쓰는 것 같으니 큰애는 밖으로 내보내는 게 좋지 않겠냐는 이야기들이었습니다.

줄곧 걱정스러운 표정으로 경청하던 할머니는 제 쪽으로 다가와 제 손을 이끌고 말했습니다.

"태양이, 할머니랑 잠깐 나가 있을까?"

문득 오늘 아침의 일이 떠올랐습니다.

엄마의 출산 예정일인 이번 주말을 앞두고 아빠는 며칠간의 휴가를 냈습니다. 휴가 전 마지막인 오늘 일정은 지방출장이었고 아빠 새벽부터 집을 나섰지요.

엄마와 함께 출근하지 않는 날이면 아빠는 현관에서 작별인사를 한 후 습관처럼 엄마의 양 볼에다 뽀뽀를 하고 나가는데, 오늘은 좀 달랐습니다.

볼 뽀뽀에 이어 입 뽀뽀도 하고, 몸을 숙여 엄마의 배에다 대고 '아빠 내일부터 휴가니 우리 로라, 오늘은 나오면 안 된다.' 하더니 내게 '아빠 없을 때 엄마는 태양이 네가 지켜줘야 해. 알겠지? 약속이다.' 하며 몇 번이고 대답을 확인했습니다.

엄마의 상태가 이상해진 건 내가 학교에서 돌아와 씻고 간식을 먹은 후 바이올린 레슨 선생님을 기다리고 있던 중이었어요. 엄마가 갑자기 '아, 배야.' 하더니 얼굴이 새파래져서는 시계를 쳐다보다 병원 갈 채비를 갖추기 시작했습니다.

엄마와 함께 차를 타고 병원으로 건너올 때까지, 그리고 아빠가 미리 연락해 수속을 마쳐둔 병원에 엄마가 입원할 때까지, 그리고 엄마가 멀쩡하다 아프다를 반복하다 할머니가 도착한 후 나를 응접실로 내보낼 때까지, 나는 아빠랑 약속은 했지만 뭘 어떻게 해야 할지 도무지 알 수가 없었습니다.

엄마는 지금까지 계속해서 아빠만 기다리고 있습니다. 중요한 회의를 하러 부산에 간 아빠는 지금 급하게 돌아오고 있다고 했지만, 그 전에 엄마가 어떻게 될까 봐 불안해서 견딜 수가 없었어요.

할머니 손에 이끌려 복도로 나오자 시끄러운 헬리콥터 소리가 사방에 울렸습니다.

이윽고 옥상으로 이어지는 비상구 쪽에서 요란한 발소리가 들리나 싶더니 웬 키 큰 남자 한 명이 엄청나게 커다란 장미꽃다발을 끌어안고 실성한 사람처럼 뛰어오는 것이었어요.

엄마의 표현을 빌자면 '어디에다 아무렇게나 꽂아놔도 절대 눈에 안 띌 수가 없는 미친 외모'의 아빠였습니다.

"태양아!"

"아빠아아아아아! 흑!"

아빠의 믿음직스러운 얼굴을 보니 괜스레 눈물이 났습니다.

아빠는 긴 다리로 성큼성큼 뛰어와 격한 숨을 몰아쉬고 내 머리를 쓰다듬으며 말했습니다.

"우리 태양이, 아빠랑 약속 지켰구나. 기특한 녀석."

"아빠아……, 나 아무것도 못했는데……."

"엄마 곁에 씩씩하게 있어줬잖아. 그걸로 된 거야."

오올?

울 아빠…… 오늘 좀 멋있는데?

커서 다른 건 몰라도 이런 상황에 이렇게 멋진 대사 한 줄 정도 날릴 수 있는 사람이 되자는 생각이 들었습니다.

아빠는 씩 웃으며 할머니랑 몇 마디 나눈 후 다급하게 안으로 들어가 버렸고, 이내 의료진들이 바쁘게 들락날락하더니 얼마 후 희미하게 아기 울음소리가 새어나왔습니다.

"어머나! 나왔나 보다!"

할머니는 기뻐서 어쩔 줄 몰라 하셨지만 저는 얼떨떨해서 어떤 반응을 보여야 할지 알 수가 없었어요.

그렇게 한참의 시간이 흐른 후, 안에서 간호사 아줌마가 문을 열고 나타나 할머니와 저를 불렀습니다.

응접실을 지나 엄마가 아기를 낳은 병실 앞에 서니, 안에서 아기가 빽빽 우는 소리와 아빠와 엄마가 조용히 나누는 대화가 들려왔습니다.

"고생했어."

"오빠도요."

"이럴 줄 알았으면 오늘 출장 가는 게 아니었는데. 혼자서 많이 무서웠지?"

"조금요."

엄마랑 아빠 늘 사이가 좋아서 가끔 두 분이 나누는 대화를 듣고 있으면 오그라들 때도 있었는데, 오늘 주고받는 말은 평소와는 조금 달랐습니다. 어디가 다른지 콕 집어 설명할 순 없지만, 괜히 코끝이 시큰해지는 그런 느낌?

할머니도 마찬가지였는지, 할머니는 제 손을 잡아끌고 검지를 입술 앞에 대며 조용히 하라는 제스처를 취한 후 문 앞에 그대로 서 계셨습니다.

덕분에 엄마와 아빠의 애틋한 대화는 계속해서 이어졌습니다.

"우리 아기 예뻐요?"

"그래. 예뻐도 정말 심하게 예쁘네."

"정말?"

"응. 누구라도 사랑하지 않고는 못 배길 정도로 예뻐."

"그 정도예요? 흠. 쭈글쭈글해서 난 잘 모르겠는데."

"무슨 소리. 누구 딸인데 안 예쁠까."

잠시 키득거리던 엄마가 물었습니다.

"누구 닮은 것 같아요? 딸이라 그런지 태양이 때랑은 또 다르네."

한참이나 말이 없던 아빠는 대답했습니다. 아까처럼 또 코끝이 시큰해지는 목소리로.

"다섯 살 때 미소를 꼭 닮았어. 눈도, 코도, 요 예쁜 입도.”

무슨 뜻인지 도무지 알아들을 수 없는 아빠의 말에 엄마
는 웬일인지 울먹거리다 핀잔을 주었습니다.

“말도 안 돼. 그때 내 얼굴을 기억한단 말이에요?”

“그럼. 당연히 선명하게 기억하고 있지.”

“거짓말.”

“정말이야. 날 어떻게 보고 이러는 거야?”

“아아, 하여튼 못 말린다니까요.”

“예쁜 딸 낳아줘서 고마워. 그리고……. ”

아기 울음소리도 잦아들고 한동안 아무 말도 이어지지
않는 것을 보니 엄마 아빠가 뭘 하고 있는지 안 봐도 알 수
있었습니다. 하여튼 시도 때도 없이 뽀뽀입니다. 게다가
이번엔 좀 많이 깁니다.

“알지?”

“뭘요?”

“내가 미소를 얼마나 사랑하는지.”

“그럼요.”

“사랑해.”

“나도 사랑해요.”

우리 엄마 아빠 ‘사랑해.’ 소리에 인색하지 않은 편이라
제게 그 소릴 꽤 자주 합니다. 하지만 자세한 이유까지는
잘 모르겠지만, 같은 ‘사랑해.’ 소리도 엄마 아빠가 서로에
게 하는 말은 내게 하는 말과 그 분위기와 느낌이 좀 다릅

니다.

왜일까요. 크면 알 수 있으려나요?

저와 할머니가 조용히 생각에 잠겨 있는 사이, 뒤에서 갑자기 문이 벌컥 열리더니 할아버지, 외할아버지, 큰아빠네 가족, 큰이모랑 작은이모네 가족들까지 온 가족들이 다 쏟아져 들어왔습니다.

소동을 눈치챈 아빠가 응접실로 나와 몇 가지 주의사항을 알려준 후 병실 안으로 가족들을 안내했습니다.

엄마는 심하게 부은 얼굴로도 방글방글 웃으며 침대에 누워 우리를 맞았고, 아빠는 싸개에 돌돌 말린 로라가 누워 있는 아기바구니를 조심스럽게 가족들 쪽으로 돌려 세워주었습니다.

모인 가족들은 갓 태어난 아기에게 먼지라도 묻을세라 전원 한 발짝 물러나며 허둥지둥했고, 그 덕에 저는 가까이 다가가 혼자서 로라를 실컷 볼 수 있었습니다.

"태양아. 동생한테 인사해야지."

아빠랑 엄마가 흐뭇하게 지켜보는 가운데, 전 떨리는 목소리로 첫인사를 건넸어요.

"어서 와. 우리 집안은 처음이지?"

엄마와 아빠가 왜 저렇게 떨떠름한 표정을 하는지, 가족들은 왜 저렇게 크게 웃음을 터뜨리는지 그 이유를 끝까지 알 순 없었어요.

세상엔 제 좋은 머리로도 이해할 수 없는 일이 아직 많다는 걸 또 한 번 깨달은 날이었습니다.

어쨌든, 내 동생 로라는 생각했던 것보다 훨씬 더 작았고, 예상했던 것보다 무지무지무지무지무지무지하게 더 예뻤습니다.

그리고 보는 순간 딱 알 수 있었지요.

'아. 얘는 누가 뭐라고 해도 이 이태양 님의 동생이구나!' 라는 것을.

보세요. 저를 똑 닮아 나무랄 데 없는 이 이목구비와 제 천재적인 머리를 그대로 이어 총기 가득한 이 눈동자를 말이에요. 얜 분명 저만큼은 아니더라도 아주 크게 될 애라니까요.

어? 다들 표정이 왜 그러세요?

왠지 재수 없다는 눈빛으로 쳐다보고 있는 것 같은데, 제 느낌일 뿐인가요?

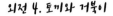
외전 4. 토끼와 거북이

"굳이 이렇게 신경써주실 것까진 없는데요. 바쁘신 분께서."

미소가 방글방글 웃으며 내놓은 말에 영준은 우아하게 포크와 나이프를 놀리며 진지하게 답했다.

"잘 아네. 숨 쉬는 시간조차 금쪽같은 이 몸께서 친히 나서서 생일밥을 사주시는 거니까 고맙게 생각하고 다 먹어."

평소 같으면 발끈해 한마디 했을 미소였지만 오늘 그녀는 웬일인지 샐쭉 웃으며 어깨를 움츠리기만 할 뿐 아무 말도 하지 않았다.

미묘한 반응에 영준은 힐끗 미소를 쳐다봤다. 하지만 그조차도 알아채지 못할 정도로 그녀는 다른 생각에 깊이 빠져 있었다.

영준은 포크와 나이프를 내려두고서 무알코올 샴페인으로 입안을 씻어냈다.

"왜 그래?"

"네?"

"무슨 일 있었어?"

"아니요, 아무 일도 없었는데요."

대답은 그렇게 했어도, 사실 아무 일이 없지는 않았다.

미소가 전혀 예상하지 못했던 전화를 받은 것은 며칠 전 영준의 중국 출장을 수행하고 귀국한 직후였다.

수하물을 기다리다 화장실을 갔던 때, 모르는 사람으로부터 전화가 걸려왔다. 버스정류장이나 길거리에서 흔하게 광고를 접했던 외국계 대부업체의 담당자라고 했다. 당연히 광고인 줄 알고 에둘러 거절하고서 끊으려 했다. 전화 저편의 사무적인 목소리가 부친의 이름 석 자를 또박또박 불러주기 전엔.

부친이 빌린 원금이 얼마였는지, 얼마나 오랫동안 숨기고 이자를 불린 건지는 들었지만 전혀 기억나질 않았다. 지금 당장 갚을 돈이 삼천만 원이라는 것만 또렷하게 머릿속에 각인되었을 뿐.

사실 통장에 돈이 없는 건 아니었다. 딱 삼천이 있긴 했다. 하지만 그건 대출상환일자가 코앞으로 도래한 큰언니 필남의 몫이었다. 둘째 언니 말희는 다니던 병원이 갑자기 잘못되는 바람에 두 달간의 급여도 떼인 채 지방에서 힘들게 알바를 하는 중이었다. 그러니 도움을 요청할 데도 없었다.

아무리 생각하고 이리저리 재봐도 도저히 각이 안 나왔

다. 그러니 생일이고 뭐고, 미슐랭 3스타 명성에 빛나는 유일호텔 프렌치레스토랑 수석셰프의 금가루 뿌린 요리라 한들 목구멍으로 술술 넘어갈 리가 없다.

"아무 일도 없었다고?"

"네."

영준은 다시 묻는 대신 미간을 좁히는 것으로 불편한 심기를 표현했다.

"흐음."

영준은 거의 원형 그대로를 유지하고 있는 미소의 접시 위 요리를 건너다보며 턱을 매만졌다.

중국 출장 내내 살인적인 스케줄을 소화하면서도 전혀 흔들림이 없던 미소였는데, 지금의 그녀는 웃고는 있어도 확실히 풀이 죽어 보였다.

그녀의 분위기가 미묘하게 변한 시기는 아무리 생각해 봐도 출장 직후였다. 그로써 영준은 며칠간의 의심을 확신으로 굳힐 수 있었던 것이다.

"김 비서. 사람이 왜 그래?"

"네……?"

"지난 일은 좀 잊고 넘어갈 수 없어? 언제까지 그렇게 꽁해 있을 거야? 속이 그렇게 좁아서 일은 어떻게 해?"

대화가 갑자기 종잡을 수 없는 방향으로 튀자 미소는 영문을 몰라 눈을 깜박이고만 있었다.

"일일이 상대하고 있자니 유치해 죽겠군."

"죄송하지만, 제 미천한 머리로는 부회장님께서 무슨 말씀을 하시는 건지 도통 이해를 못 하겠는데요."

"그거잖아."

"뭐가요?"

"지금 상하이에서 내가 기념품 잃어버린 걸로 시위하는 거 아니야?"

"아……? 으음……."

그 소리에 웃고 있던 미소의 얼굴이 딱 굳었다. 아, 그러고 보니 그런 일이 있었지.

어느 날 누가 그랬다. 구남친은 새남친으로 잊는다고. 들을 땐 그게 무슨 뜻인지 몰랐는데 제 일이 돼보니 그 말이 딱 맞았다. 똥을 밟아 기분이 안 좋았지만 당장 새로운 똥이 발 앞에 떨어지면 당연히 아까 밟은 똥 따위는 산뜻하게 잊어버릴 수밖에 없지 않겠는가. 아니, 가만. 그러고 보니 왜 새남친까지도 자동으로 똥 행이지?

아무튼 현실이란 그렇게도 잔인한 것.

미소는 하도 큰일을 맞닥뜨리는 바람에 간신히 잊었던 사실을 영준 덕에 상기하고 말았다. 게다가 슬프게도, 새로운 똥을 가슴에 안았건만 아까 밟은 똥도 확실하게 자각하는 이중고에까지 시달리게 된 것이다. 하여튼 사람이 얄미워도 저렇게 얄미울 수가.

그 사건의 발단은 그랬다. 중국 출장길, 상하이에서의

마지막 밤에 있었던 일.

❦ ✥ ✥ ✥ ❦

9박 10일의 중국 출장을 마무리하던 날 늦은 오후였다.

호텔로 돌아와 방에서 서류 정리를 마치자마자 영준이 말했다.

"시간이 꽤 남았는데, 괜찮으면 저녁이나 함께 들지."

"죄송합니다. 오늘은 좀."

"김 비서가 여기서 만날 사람이 있을 리도 없고. 만날 사람이 있어봤자 딱히 할일도 없잖아?"

물 흐르는 듯 자연스러운 영준의 태도에 미소의 눈동자가 대지진을 일으켰다.

"아니, 부회장님은 어쩜 늘 그렇게 절……!"

"잘 알지?"

"따흐흑."

"근처에 레스토랑 괜찮은 데 있어. 그리로 가자."

아이고, 벌써 메뉴도 다 정하셨고만. 미소의 이마 3시 방향에 힘줄이 불끈 솟아났다.

"저기요. 부회장님께서 아까 '괜찮으면'이라고 단서를 다셨잖아요."

"내가?"

"네."

"그래서?"

"제가 전혀 안 괜찮아서, 저녁은 혼자 먹을게요."

영준은 물끄러미 미소를 바라보더니 이내 천진난만하게 씩 웃으며 덧붙였다.

"그럼 정정. 시간이 꽤 남았는데, 저녁 같이 들지."

영준이 '괜찮으면'이라는 단서를 빼버리고서 버티기에 들어갔지만 미소는 질 수 없었다.

이게 어떤 기회인데!

그동안 해외를 밥 먹듯이 들락거리긴 했어도 그건 모두 업무의 연장이었다. 휴가 개념 같은 건 머릿속에 아예 없는 게 틀림없는 영준이 올해라고 해서 특별히 여름휴가를 내줄 확률은 희박해 보였다.

그래도 사람이 죽으란 법은 없다더니, 중국 출장여정의 마지막인 상하이에서 마지막 저녁일정이 취소된 것이다. 드디어 쥐꼬리만 하긴 해도 느긋하게 혼자 관광할 여유가 생겼다는 말이다! 이 목숨만큼이나 귀한 기회를 어찌 놓칠쏘냐.

"싫은데요."

"좋아. 밥 먹고 분위기 좋은 바에서 칵테일까지 쏠게."

"죄송합니다. 오늘은 칵테일이 아니라 칵테일 할아버지가 와도 싫습니다."

영준의 눈매가 가늘어졌다. 뭔가 냄새를 맡은 모양이다. 불길한데.

아니나 다를까, 그가 진지하게 물었다. 먹이를 노리는 매의 눈을 하고서.

"뭐 하려고?"

미소는 영준의 눈빛만 봐도 딱 알 수 있었다. 지금 나가서 명소를 구경하고 맛있는 걸 먹은 뒤 쇼핑을 하고 싶습니다, 라고 말하면 백 퍼센트 확률로 이 인간 강제동행이다. 안 된다. 그럴 순 없었다.

"아무것도 안 할 건데요. 제 방에 가서 씻고 내일 아침 귀국길에 오를 때까지 푹 잘 예정입니다. 피곤하니까요."

"흐음, 그래?"

꿰뚫는 듯한 눈빛으로 미소의 눈동자를 똑바로 들여다보던 영준은 한참 만에야 마지못해 덧붙였다.

"알았어. 가봐."

"고맙습니다. 식사 맛있게 하세요. 그리고 부회장님도 피곤하실 테니 일찍 주무시고요. 오호호."

혹시라도 속을 들킬까 봐 숨까지 참았던 미소는 그 어느 때보다도 방글방글 환한 미소를 보이고서 돌아섰다.

무식하게 넓기만 한 방을 가로질러 간 그녀의 눈앞에 마침내 천국의 문이 열리려 하고 있었다. 이제 딱 세 걸음만 더 가서 저 손잡이를 비틀어 열고 밖으로 나가기만 한다면, 상하이 여행안내서에서나 봤던 이런 짓 그런 짓 저런 짓들을 잔뜩……!

"아, 참. 김 비서."

"네, 부회장님."

급똥의 순간 간신히 변기뚜껑 잡았다고 해서 끝난 것이 아니다. 이 바지를 확실하게 다 벗을 때까지는 절대로, 절대로, 그 아슬아슬한 긴장의 끈을 놓쳐선 안 되는 것이다. 그 끝에서 누군가를 기다리는 게 천국이냐, 지옥이냐를 가르는 것은 결국 마지막까지 확실하게 참았느냐 못 참았느냐가 아니겠는가.

"셀카봉은 챙겼어? 내 거 빌려줄까?"

"어머, 아니에요, 괜찮아요. 얼마 안 비쌀 텐데 나가서 하나 사죠, 뭐."

일순 방에 싸늘한 정적이 내려앉았다.

뒤를 돌아보는 미소의 애잔한 눈동자에 가소롭다는 듯 웃고 있는 영준의 매끈하고 재수 없는 모습이 한가득 들어찼다.

"자아, 그래서 어디를 가시겠다?"

"크윽!"

❧❖❖❖❧

"조금만 더 왼쪽으로."

"이렇게요?"

"너무 갔잖아. 중도라는 걸 모르는군."

"넵!"

"지금 딱 좋아. 잠시만 그대로 있어."

"부회장님, 빨리요."

"좀 자연스럽게 웃어봐. 너무 작위적이잖아."

"아니, 됐으니까 좀 빨리……."

미소의 등허리로 식은땀 한 줄기가 길게 흘러내렸다.

인산인해인 좁은 길을 정통으로 막고 서서 사진을 찍으면서도 영준은 너무도 느긋했다. 여기가 본인 집무실 앞 복도인 줄 알고 있는 모양이다.

"좋아. 한 장만 더 찍자."

"아니에요! 됐어요!"

"왜? 포즈 다르게 해서……."

"아닙니다, 정말 됐습니다! 어찌나 만족스러운지 이제 칠순잔치 때까지 사진은 안 찍어도 될 것 같아요!"

영준이 고개를 갸웃거리는 사이 미소는 얼른 한쪽으로 물러나 지금껏 투덜거리고 있던 행인들에게 길을 터주고서 한숨을 내쉬었다.

"포즈가 너무 아쉬운데. 촌스럽게 브이가 뭐야, 브이가."

영준이 휴대전화 화면을 내려다보며 중얼거리자 미소는 눈을 질끈 감고서 몸을 부르르 떨었다.

"센스가 구려 죄송합니다."

"뭐 어쩌겠어, 노력한다고 되는 일도 아니고."

"크윽."

미소가 똥 씹은 표정을 하든 말든 아무렇지도 않게 주변을 둘러본 영준은 턱을 매만지며 중얼거렸다.

"예원 얘기만 들었지 직접 와서 보는 건 처음이네."

"아, 그러고 보니 정말 그러네요."

"생각했던 것보다 훨씬 멋진데."

"어머, 정말요?"

"그래."

"여기로 모시고 오길 잘했네요."

영준은 아닌 게 아니라 꽤나 흡족해 보였다.

상해의 명소 예원상성은 전통 중국식 고풍스러운 건물들에 화려한 조명이 더해 더없이 화려한 야경을 자랑하고 있었다.

"안쪽의 정원이 그렇게 좋다던데 못 봐서 조금 아쉬워요."

"그러게. 좀 일찍 출발할 걸 그랬나."

"매표가 2시 반에 마감이라, 아마 일찍 와도 못 들어갔을 거예요."

"흐음. 많이도 알아봤네?"

영준이 놀란 듯 돌아보자 미소는 어깨를 으쓱이며 제 치밀함을 한껏 뽐냈다.

"이 정도야 기본이죠."

"아아, 그렇게 오고 싶어서 안달이 났었구나. 어젯밤에 잠은 제대로 잤어? 다섯 살짜리 애도 아니고, 원, 쯧쯧."

영준이 대놓고 비웃자 미소는 얼굴을 확 붉히고서 발끈

했다.

"부, 부회장님이 제 맘을 아세요? 상하이를 지금 몇 번을 와봤는데 남들 다 가본다는 관광지 한 번을 못 가보고! 이런 구차한 인증샷이라도 한 장 건져서 친구들한테 자랑하고 싶은 제 맘을 아시냐고요!"

"별로 알고 싶지 않은데. 그리고 여긴 그렇게 한가하게 인증샷이나 찍고 돌아다닐 곳도 아니잖아."

"무슨 말씀이세요?"

"예원이 어떤 곳인지는 알고 있어?"

"네에……."

"이곳은 명·청대의 강남 정원 중 대표적인 곳으로써 지금까지 건설된 중국 정원의 장점들을 모두 아우르는 곳이지. 하지만 그 주인 일가는 결국 몰락했고, 19세기엔 그 안에 있던 보물들을 영국군에게 약탈당했어. 게다가 태평천국 시대엔 군의 상하이 기지였다가 청나라 관군에 의해 완전히 파괴되기까지 했지. 김 비서가 그렇게 보고 싶어 했다는 이 예원은 현 중국 정부에 의해서 약 40퍼센트 정도밖에 복원되지 않은 곳이라고."

영준이 관광가이드 뺨치게 청산유수로 내놓은 설명에 지나가던 한국인 관광객들조차 발걸음을 늦추었다가 고개를 끄덕였다.

눈을 동그랗게 뜨고서 영준의 이야기를 경청하던 미소는 그제야 뭔가를 깨달을 수 있었다.

긴 세월, 똑같이 일에 치여 꼼짝도 못 했던 그가 그녀의 마음을 몰랐을 리가 없다. 후다닥 달려가 '나 여기 왔다 감!' 하고 구차하게 인증샷이라도 한 장 건지고 싶은 그 맘을 말이다.

"부회장님."

"왜."

"여기 배경으로 한 장 찍으실래요?"

"뭐? 나 말이야?"

"네. 제가 찍어드릴게요."

"나는 그런 낯부끄러운 짓 안 해. 김 비서나 많이 찍어."

"에이, 그러지 마시고. 혼자서 부끄러우시면 저랑 같이 찍으세요."

"김 비서한테서 바보 묻을 것 같아 싫어서 그러는데, 저 만치 좀 떨어져줄래?"

"떨어지면 한 화면에 안 잡히잖아요."

"유치해서, 원."

툴툴거리면서도 영준은 착실하게 미소의 곁에 서서 포즈를 취했다.

바보 묻을 것 같아 멀리 떨어지라고 했던 건 깡그리 잊었는지 어깨동무도 하고, 그 촌스럽다던 브이까지 야무지게 손으로 그려 보이고서 말이다.

"아앗!"

좁은 골목 사이로 **빽빽**하게 들어찬 인파 사이를 걷던 중 미소는 누군가에게 세게 떠밀려 중심을 잃고 말았다. 화려한 프린트의 원피스에 맞춰 신은 새 하이힐 탓도 있었을 것이다.

아니나 다를까, 예상에서 조금도 벗어나지 않은 잔소리가 건너왔다.

"파티도 아니고, 어쩌자고 이런 데 그런 불편한 차림새로 나와?"

영준의 힐난에 미소는 울상을 하고서 답했다.

"그러게요. 너무 욕심부렸나 봐요."

"발목 괜찮아? 다치진 않았어?"

"네, 괜찮아요. 죄송합니다."

그 소리에 영준은 잠시 생각에 잠기는 듯하더니 의외의 소릴 했다.

"뭐, 어쩔 수 없지. 후회 남지 않도록 사진이나 원 없이 찍으라고."

"네?"

"그놈의 인증샷 예쁘게 찍고 싶어서 그렇게 입은 거 아냐?"

"아……."

주황색 조명이 따스하게 밝히고 있는 거리를 물끄러미 바라보던 영준은 퉁명스럽게 한마디를 덧붙였다.

"앞으로 이런 일 또 없을 테니까, 아마도."

기분 탓인지는 몰라도 몹시 미안한 것처럼 들리는 말이었다.

영준에게 손을 잡혀 있다는 것을 뒤늦게 깨달은 미소는 여느 때보다도 더 따뜻한 온기에 새삼 놀랐다.

"음. 그럼 저 다음 출장 때부터는 땡땡이 치고 나갈래요."

어울리지 않게 짓궂은 장난을 치는 미소를 내려다보며 영준이 싸늘하게 대꾸했다.

"김 비서는 그렇게 사소한 일에 일일이 목숨 거는 타입이었구나."

"어휴, 그런 일로 무슨 목숨씩이나요. 다시는 기어오르지 않겠습니다."

눈을 쭉 찢고서 떨떠름한 표정을 한 미소는 영준의 손아귀에서 슬그머니 손을 빼고서 어색하게 헛기침을 했다.

키득거리는 영준을 뒤로하고 몇 걸음 앞으로 걸어가던 그녀는 좌우로 길게 늘어선 상가들 중 다구(茶具) 상점 한 곳에 눈길을 뺏겼다.

"어머."

한 박자 늦게 도달한 영준은 미소와 같은 자세로 허리를 숙이고 쇼윈도를 들여다봤다. 그곳엔 중국 전통 자사호들과 함께 진흙으로 작게 빚은 동물 모양의 인형들이 나란히 진열되어 있었다.

"귀여워라! 이것들 좀 보세요. 뭘까요?"

"차총이잖아."

"차총……이요?"

"본 적 없어? 중국인들이 차 마실 때 곁에 두고 보는 장식품 같은 거. 음. Tea pet이라고 하면 이해가 좀 쉬우려나."

"아아, 알 듯도 하네요."

"재물이나 복을 부른다고 하더라고. 나도 잘은 모르겠지만."

웬일로 겸손?

미소가 놀란 눈으로 돌아보자 영준은 허리를 세우지 않은 채 고개만 돌려 그녀를 마주 보고 물었다. 무슨 일인지, 바라보는 눈빛이 퍽 다정한 빛을 띠었다.

"안에 들어가서 구경할래?"

"그럴까요? 기념품으로 사가면 좋을 것 같아요."

의기투합해 가게 안으로 들어간 두 사람은 이것저것 구경하던 중 밑도 끝도 없는 설전을 시작했다.

"이건 사장님 사다 드리면 되겠어요."

"센스 구리네. 같이 일한 지가 얼마인데 아직도 박 박사를 그렇게 몰라?"

"무슨 말씀이세요? 귀여운 캐릭터 좋아하시잖아요."

"그쪽은 먹지도 못하는 이딴 거 대신 몸에 좋고 짐승 똥처럼 생긴 한약을 백배는 더 반길걸."

"그렇군요. 그건 그렇고 스에상에나, 부회장님 존경하니다."

'말 한마디로 중국 전통 한의학과 절친을 동시에 멕여버리시네.'라는 소리까진 도저히 덧붙일 수 없었던 미소는 그저 웃기만 했다.

"박 박사는 됐으니, 몇 개 골라봐."

"네?"

"오늘 왜 이렇게 말귀를 단번에 못 알아들어? 마음에 드는 걸로 골라보라고. 내가 사줄 테니까."

영준이 툭 내뱉은 말에 미소는 눈을 초롱초롱 빛내며 기뻐했다.

"정말요? 고맙습니다! 혹시 여기 순금으로 된 건 없을까요?"

"대단하다. 예의로라도 한 번 사양을 안 하네."

"부회장님의 호의를 거절하는 게 도리어 예의가 아니지 않겠습니까."

주거니 받더니 하던 중 영준이 먼저 피식 웃음을 터뜨리고서 고개를 저었다.

"하여튼 넉살도 좋아."

눈을 부릅뜬 미소는 쇼케이스에다 이마를 찧을 정도로 얼굴을 가까이 대고서 마음에 드는 차총을 고르느라 여념이 없었다.

선택의 수고를 덜어주려는 건지, 영준은 가게 주인을 불러 중국어로 이것저것 묻기 시작했다.

귀여운 차총들을 눈으로 훑는 미소의 귀에 영준과 가게 주인의 대화가 들려왔다.

현지인들과 간단한 의사소통 정도만 가능한 미소와 달리 영준은 만다린어가 아주 유창해 비즈니스 미팅에서도 웬만한 일 아니면 통역이 필요 없을 정도였다.

무슨 재미있는 이야기를 들은 건지 영준이 웃음을 터뜨렸다. 그의 나직하고 편안한 웃음소리가 귓가에 와 닿자 미소는 무슨 일인지 집중이 흐트러지고 말았다. 차총을 고르기 위해 눈으로 보고는 있었지만, 보이는 것들이 전부 뇌로 전달되지는 않았다. 목구멍 안쪽이 간질거리는 저 웃음소리만 자꾸 신경이 쓰일 뿐.

살며시 고개를 돌려 돌아본 영준은 그새 다시 진지하게 고개를 끄덕이며 가게 주인의 말을 경청하고 있었다.

파티도 아니고 이런 차림으로 나왔다고 타박한 주제에, 영준 역시 그다지 프리한 차림새는 아니었다. 어쩌면 그 역시도 쥐꼬리만 한 자투리 시간의, 별것도 아닌 이 관광이 설렜던 건지도 모를 일이다.

괜스레 가슴 한구석이 찌르르 울린 미소는 청승맞은 생각을 잊기 위해 다시 쇼케이스를 내려다봤고, 고만고만한 크기의 진흙인형들 중 하나와 눈이 딱 마주쳤다.

"어……?"

토끼 주제에 도도하게 치켜 올라간 저 눈매와 불퉁하니 튀어나온 주둥이라니. 어째 굉장히 익숙한 기분이 들지 않

나. 예를 들자면 뭔가 마음에 안 든 부회장이라든지, 일이 제대로 풀리지 않아 짜증이 난 부회장이라든지, 심기가 슬슬 불편해지기 시작하는 부회장이라든지…….

"지금 보고 있는 건 뜨거운 물을 부으면 물을 뿜는다는데."

"히익!"

엉뚱한 생각의 대상이었던 당사자가 갑작스럽게 난입하자 미소는 놀라서 숨을 잘못 들이쉬는 바람에 기침까지 하고 말았다.

"인형이 물 뿜는다는 게 그렇게까지 놀랄 일이야?"

"죄, 죄송합니다, 콜록콜록!"

"흐음."

옆에서 숨이 넘어가거나 말거나 여전히 제 페이스를 고수 중인 영준은 쇼케이스 안을 들여다봤다. 조금 전 미소가 보고 있던 토끼 차총을 관찰하는 그의 눈빛은 그 어느 때보다도 반짝이고 있었다.

문득 시선을 돌려 미소를 똑바로 바라본 영준은 부드러운 어조로 한마디를 내놓았다.

"귀여워."

"부회장님, 그렇게 작업처럼 들리는 말씀은 대상을 정확히 지정해서 해주시는 게 좋을 것 같아요."

"흠. 안 속네."

"저를 어떻게 보시고."

418

"그런데 얼굴은 왜 빨개졌어?"

"안 빨개졌어요."

"쳇. 재미없어."

장난이 막히자 영준은 미간을 좁히고 조그맣게 투덜거렸다.

그런 그의 표정과 토끼 차총의 얼굴을 번갈아 본 미소는 자신의 눈썰미가 꽤나 좋다는 것을 다시 한 번 확신하고서 말했다.

"저 다 골랐어요, 부회장님. 이 토끼로 할게요."

"인형 주제에 표정이 너무 건방진 것 같지 않아?"

"기분 탓일 거예요."

"흐음."

토끼 차총 옆엔 한 쌍인 듯한 거북이도 진열되어 있었다.

"이 거북이 봐. 푹 퍼진 게 얼굴 부은 김 비서랑 꼭 닮았다."

"아무리 수면부족으로 부어도 이렇게까지 부어본 적은 없는데요."

"자세히 보니 눈매도 비슷하고."

"제 눈매 이렇게 처지지 않았거든요? 그리고 제가 이렇게 못생겼나요?"

"역시 그렇지? 좋았어! 그럼 이 둘로 결정!"

"잠깐. 저기요? 부회장님? 여보세요?"

미소가 울상을 하든지 말든지, 영준은 저 혼자 신이 나서

가게 주인을 부르더니 토끼와 거북이 한 쌍을 포장해달라
고 했다.

"자."

가게를 나서며 영준이 불쑥 내민 쇼핑백을 받아든 미소
는 그제야 얼굴을 붉혔다.

"고맙습니다. 소중히 간직할게요."

"두고두고 가보로 물려주라고."

"당연한 말씀을요."

졸지에 마음에 들지도 않는 인형과 미묘하게 디스당한
기분까지 덤으로 받게 되긴 했어도 뭐, 그리 나쁘진 않았
다. 영준이 저렇게 기분 좋게 씩 웃는 모습이 꽤 오랜만이
었기 때문인지도 몰랐다.

"근처에 썩 괜찮은 딤섬 식당이 있대요. 현지인들도 많
이 가는 곳이라던데, 가보실래요?"

"그럴까."

"선물 주신 보답으로, 저녁은 제가 쏠게요."

"정말? 거기 혹시 순금으로 된 메뉴는 없대?"

"어머, 못 살아."

두 사람은 별로 우습지도 않은 농담을 계속 주거니 받거
니 웃으며 거리를 가득 메운 인파 속으로 빨려들어갔다.

버스가 출발하자 오픈된 2층 좌석들 위로 쌀쌀한 바람이
불기 시작했다.

"이런 거 처음이시죠?"

"눈앞에 지나가는 것만 봤지, 타보는 건 처음."

"그럴 줄 알았어요."

"김 비서도 마찬가지 아니야?"

"저도 처음이죠. 재밌네요. 직접 타보니 어떠세요?"

"운치 있고 좋은데."

"다행이네요. 마음에 안 드시면 어쩌나 걱정했는데."

미소가 안도의 한숨을 내쉬자 영준은 대낮같은 거리를 내려다보며 피식 웃어버렸다.

"걱정도 팔자다."

야경을 바라보며 두 사람은 한동안 말이 없었다.

"부회장님께서 그렇게 과식하시는 거 처음 봤어요."

침묵을 깨고 미소가 내놓은 말에 영준은 더부룩한 명치 끝을 쓸어보며 너스레를 떨었다.

"다 김 비서 탓이야."

"제가 또 뭘요?"

"김 비서가 쏜다고 해서 오기로 막 퍼먹어버렸잖아."

"너무하시네요. 제 주머니 사정 빤한 거 다 아시면서."

"솔직히 말해봐. 식대 많이 나올까 봐 쫄았지?"

"쪼, 쫄다니요. 저는 절대로 그런 일로 쪼, 쫄지 않습니다."

미소가 일부러 손을 벌벌 떨며 장난을 치자 영준은 크게 웃음을 터뜨렸다.

말은 그렇게 했어도 그가 겨우 그런 유치한 이유로 자기 위장을 혹사시킬 사람이 아닌 것도, 그리고 부하직원에게 일부러 바가지를 씌울 사람이 아닌 것도 그녀는 처음부터 이미 잘 알고 있었다. 아닌 게 아니라 영준은 맛있게 식사를 하고서 미소 수준에는 제법 부담이 될 정도인 식사비까지도 직접 다 결제해버렸다.

"오늘 김 비서 덕분에 정말 재밌었어. 고마워."

미소는 놀란 나머지 눈을 동그랗게 뜨고서 그를 돌아봤다.

오늘따라 이 사람이 대체 왜 이러나.

스쳐 지나는 길가의 조명들이 비쳐 다채롭게 빛나는 영준의 얼굴은 오늘따라 새삼스레 준수해 보였다. 찬바람에 귓불도 코끝도 시렸지만, 미소의 손끝부터 가슴속까지엔 정체 모를 온기가 피어오르고 있었다.

"저, 저야말로 감사하지요."

"뭐가?"

처음으로 출장지에서 시내관광도 하고 비즈니스 접대가 아닌 식사도 즐기고 거기다 기념품까지 선물로 받았으니 들뜨고 설레는 마음이 쉽게 가라앉을 리가 없다. 미소는 영준을 슬쩍 곁눈질하며 나직이 말문을 열었다.

"이런 선……."

미소가 뭔가가 이상하다는 것을 눈치챈 것은 입술이 떨어진 직후였다.

"왜 말을 하다 말아?"

"어……? 부회장님, 그거……?"

"뭐."

아무것도 알아차리지 못한 듯 순박하게 눈을 깜박이는 영준은 완벽하게 빈손이었다. 그의 무릎 위엔 당연히 있어야 할 그것이 없었다. 아까 식당에서부터 굳이 본인께서 친히 들어주시겠다며 뺏어가 달랑달랑 들고 다니던 그 쇼핑백 말이다!

"차총이요!"

"아……?"

자리에서 벌떡 일어난 영준은 다급하게 몸 여기저기를 더듬다 버스가 갑자기 속도를 내는 바람에 크게 휘청거리기까지 했다.

"설마…… 잃어버리신 거예요?"

자리에 앉은 영준은 생전 보인 적 없던 당황스러운 표정으로 미소를 마주했다.

한참이나 지난 후, 그는 몹시 어색하게 웃어 보이며 궁색한 변명을 내놓았다.

"아까 버스 기다리면서 앉아 있던 벤치에다 놔뒀는데, 박 박사한테서 전화 왔었잖아. 그래서……."

"으윽."

방글방글 웃고 있는 미소의 얼굴에서 웃음이 사라지는 데까진 단 오 초도 걸리지 않았다.

"그런 유치한 인형 따위 뭐 그리 중요한 거라고 오늘 같은 날까지 인상을 찡그리고 그래?"

"남이 받은 선물을 유치한 인형 따위라고 치부하지 말아주세요. 저한텐 중요한 거였다고요."

"언제부터 그렇게 중국 다도에 심취해 계셨어? 차총이 뭔지도 몰랐던 사람이."

중국 다도고 차총이고, 미소에게 있어서는 중요한 게 아니었다. 다만 누구를 꼭 닮은 그 토끼 차총이 아쉬울 뿐. 그걸 집 식탁에다 올려두고서 열 받는 일이 생길 때마다 뜨거운 찻물을 콸콸 부어주며 잔뜩 귀여워해주려고 했었는데, 제길! 뭔가 제 용도에서 조금 변질된 듯한 것은 기분 탓이겠지.

어쨌든, 아아, 경력 9년 차 베테랑 비서의 소박한 꿈은 산산이 깨지고 말았도다.

❦ ❖ ❧ ❖ ❦

"그러게 말입니다요. 하지만 상하이에서 선물 잃어버린 것 때문은 아니에요."

"그럼 뭔데."

"계속 말씀드리고 있잖아요. 아무 일도 없었고 기분이 안 좋지도 않아요. 음식 남긴 것 때문에 그러시는 거면 죄송해요. 며칠째 식욕이 좀 없네요."

미소의 해명에도 영준의 표정은 쉽사리 풀어지지 않았다.

"식욕은 갑자기 왜 없어졌지? 무슨 고민 있어?"

"없다니까요."

미소가 단호하게 고개를 젓자 영준은 더 이상 캐묻지 않고서 입을 다물어버렸다.

눈치가 보인 나머지 미소는 디저트는 남기지 않고서 다 먹었다. 단것을 억지로 밀어넣어서인지 자리를 뜰 때 즈음엔 속이 쓰릴 정도였다.

"그만 일어나지."

"잘 먹었습니다, 부회장님."

뭔가 더 말을 하려다 말고 영준은 탐탁지 못한 표정으로 자리를 떠버렸다.

계산을 하고 로비로 내려갈 때까지 두 사람은 말수가 부쩍 줄었다.

어색한 분위기를 지우고자 미소는 쓸데없는 말을 몇 번 붙였지만, 영준은 여전히 굳은 표정으로 간단한 대꾸만 할 뿐이었다.

두 사람의 차량은 벌써 로비 앞으로 나와 얌전히 대기 중이었다.

영준은 앞에 서 있는 자기 차를 스쳐 지나가 미소의 차 앞으로 가 섰다. 얼마 전 영준이 출퇴근용으로 쓰라고 사 주었던 미소의 중형차는 얼마나 소중하게 관리를 잘했던지 광이 번쩍번쩍했다.

"저는 부회장님 가시는 것 보고 출발하겠습니다."

"아냐, 오늘은 먼저 가."

"이후에 무슨 약속이라도?"

"그게 아니라. 오늘은 김 비서의 날이잖아."

"아…… 생일 다 지나갔는데요, 뭘."

미소가 배시시 웃자 영준은 커프스를 밀어내고 손목시계를 내려다보더니 정떨어질 정도로 싸늘한 목소리로 내뱉었다.

"아직 세 시간이나 남았다고."

"그러네요."

영준이 친절하게도 운전석 문까지 열어주는 바람에 미소는 다소 놀라 그를 올려다봤다.

"타."

"오늘 이상하신데요. 왜 이렇게 자상하세요?"

"김 비서가 자각하지 못하고 있었을 뿐, 나는 늘 자상했어. 배려킹이잖아."

"푸훗."

그제야 웃음을 터뜨리는 미소를 내려다보며, 영준은 차에 올라탄 그녀의 무릎에다 뭔가를 살며시 내려놓았다. 그때까지 손에 들고 있던 제법 큰 박스와 쇼핑백이었다.

"이건 제 생일선물……인가요?"

"아니. 오다 주웠어."

"고맙습니다."

"귀한 거니까 떨어뜨리지 않도록 조심해. 제과명인한테 특별히 제작 부탁한 거야."

미소가 아무 대답도 못 하고 우물쭈물하자 영준은 운전석 문을 닫아주고서 몸을 숙이더니 작별인사를 건넸다.

"내일 봐."

"네. 조심히 들어가세요, 부회장님."

대답 없이 씩 웃고서 돌아선 영준은 미소보고 먼저 가라고 했던 말을 깡그리 잊었던지 자기 차에 올라 쌩하니 출발해버렸다. 좀 전에 자기 입으로 배려킹이라고 했으면서. 웃음이 절로 났다.

"부회장님이 그럼 그렇지."

호텔 정문을 지나 도로로 접어들자마자 정지신호가 떨어졌다.

브레이크를 꾸욱 밟은 미소는 교차로 너머로 유유히 멀어져가는 영준의 차 후미를 물끄러미 바라봤다.

라디오에서는 유행 지난 가요가 흘러나오고 있었다. 수능을 친 직후 대유행했던 곡이어서 유독 기억에 남은 곡이다.

멍한 눈으로 차창 너머를 바라보고 있던 중, 대시보드 위에 먼지 몇 톨이 떨어져 있는 게 그녀의 눈에 띄었다. 얼른 손을 내밀어 먼지를 털어낸 미소는 더없이 소중한 손짓으로 운전대를 쓸어보며 중얼거렸다.

"역시 이걸 파는 수밖에 없나…….."

얼마 타지도 않은 새 차가 아까워 미칠 노릇이지만, 이것 말고는 당장 급하게 삼천만 원을 마련할 방법이 없었다.

"아니면 부회장님께 부탁드려볼까? 군말 없이 해주실 것 같긴 한데…….."

조수석에 놓인 케이크박스와 선물이 담긴 쇼핑백을 힐끗 곁눈질한 미소는 이내 눈을 질끈 감고서 고개를 세차게 저었다.

"아니, 역시 그건 아니지."

입술을 깨무는 미소의 귓가에 찢어질 듯한 경적이 울렸다. 어느새 신호가 바뀌어 있었다.

울상을 한 미소는 허겁지겁 쫓기며 달리기 시작했다.

언제부턴가 그녀는 계속해서 쫓기는 게 일상이 되어버린 것만 같았다.

"하…….."

일찍 씻고 푹 쉬어야지 하는 계획은 집에 들어오자마자 수포로 돌아가고 말았다.

부친이 이용한 대부업체에서 날아온 우편물 봉투를 보는 순간 잠도 달아났다.

차마 뜯을 용기도 나지 않는 우편물을 책상에다 던져놓고서 한참이나 주저하던 미소는 침대에 털썩 주저앉아 천장을 올려다봤다.

주책없이 눈물이 고였다.

"오늘 내 생일인데."

사는 게 제각기 다 바쁘고 팍팍한 걸 왜 모르겠는가. 그래도 이런 날은 문자나 전화 한 통 정도 해줬으면 좋았을 텐데. 내가 누구 때문에 이렇게 쉬는 날도 없이 일하고 있는지, 당신들은 잘 알고 있을 테니 말이다.

"흐⋯⋯."

말라붙어버린 줄만 알았던 눈물이 곧 터질 것만 같았다.

"안 돼, 안 돼."

이대로 울기 시작하면 끝이 없을 거란 생각에 미소는 얼른 손으로 두 뺨을 철썩철썩 때렸다. 숨을 고르고 일부러 이를 악물며, 머릿속을 비워내기 위해 안간힘을 썼다.

그러던 중 영준에게서 받은 선물이 떠올랐다.

우울한 기분을 떨치기 위해 일부러 동작을 크게 하며 자리에서 일어난 그녀는 식탁에 올라 있는 박스와 쇼핑백 중 백을 먼저 열어보았다.

제법 튼튼한 포장을 풀자 그 안에서 눈에 익은 정육면체 상자 두 개가 나왔다.

"아! 이건⋯⋯!"

잃어버렸던 차총 한 쌍이었다. 그날 골랐던 토끼와 거북이가 그대로 있었다. 포장지가 달라진 것을 보니 분실물을 찾은 것 같진 않고, 일부러 상하이의 가게에다 주문을 한 게 분명했다.

"아아, 부회장님도 참."

코끝이 시큰해진 미소는 케이크박스도 조심스럽게 열어 보았다.

유명 장인에게 특별히 부탁했다던 케이크는 눈으로 보기에도 황송할 정도로 예쁘고 먹음직스러워 보였다. 케이크 한복판에 멋들어지게 쓰인 문구는 더욱더 인상적이었다.

"김 비서, 만수무강해……? 풋! 푸핫!"

별로 그렇게 우습지 않은 장난인데도 미소는 한참이나 배를 붙잡고 깔깔거리며 웃었다. 웃음소리가 복도까지 새어나갈 정도로 크게 말이다.

"아하하! 하핫! 우리 부회장님은 진짜, 하, 흐흐……."

가족들도 다 잊어버린 생일이었다.

늘 밉다, 밉다 했어도 이영준이 아니라면 어느 누가 김미소를 이렇게 살뜰하게 챙겨주고 신경을 써준단 말인가.

"흑!"

입을 가린 손이 눈으로 향하는가 싶더니, 그녀는 마침내 참지 못하고 크게 울음을 터뜨려버렸다.

"으흑! 어형형!"

자리에 쪼그리고 앉은 미소는 그동안 참아왔던 눈물을 서럽게 쏟아내기 시작했다.

격하게 울며 그동안 고여 있던 울분을 발산한 그녀는 한참 만에야 후련한 얼굴로 고개를 들었다.

눈물과 화장이 범벅된 얼굴을 티슈로 대충 슥슥 문지른

미소는 억지로 방글방글 웃으며 식탁 위를 정리했다.

"그래. 인증샷 찍어야지, 인증샷. 훌쩍."

사진을 찍어 보내고 고맙다고 제대로 이야기할 생각이었다. 그리고 예의상 오늘 한 조각 먹고 나머지는 깨끗하게 싸가지고 가서 내일 아침 비서실 직원들도 좀 나누어주고, 그리고…….

"어? 허, 아악! 아, 안 돼!"

인증샷 예쁘게 찍어보겠다고 들어올리다가 케이크 방향을 살짝 돌린 게 화근이었다.

한쪽으로 삐딱하게 기운 장인의 케이크는 중심을 잃고서 방바닥에 투척돼 형체를 알아볼 수 없을 정도로 뭉개지고 말았다.

"어떡하지! 아악!"

발을 동동 구르던 미소는 식탁 위의 휴대전화를 바라봤다. 마침 그 순간 딱 수신된 메시지가 화면에 선명하게 떠 있었다.

[집에 잘 도착했지? 케이크 봤어? 어때? 끝내주지?]

"네! 끝내줬어요. 제 손으로 끝내버렸어요! 흑흑."

간신히 멈추었던 눈물을 다시 찔찔 흘리는 미소에게 있어서 그날은 정말이지 잊지 못할 생일이었다.

❦ ❖ ❖ ❦

오늘은 영준이 모처럼 유학 시절 대학원 동기들을 집으로 초대한 날이다.

손님들 중 몇 명이 중국인 기업가들이라는 말에 태양이 특별한 선물을 준비했다. 최근 배우기 시작한 중국어로 그들을 환대하겠다는 것이다.

아들이 또박또박 연습하는 중국어 인사에 미소는 그럴 줄 알았다는 듯 고개를 끄덕였다.

"어쩜 성조가 그렇게 완벽하니. 우리 태양이는 아빠 닮아 도무지 못하는 게 없구나."

딱 자기 칭찬만 하면 좋으련만 거기다 꼭 아빠 닮았다는 말이 추임새처럼 붙자 태양은 어김없이 우거지상이 됐다.

"손님들께서 정말 좋아하시겠다."

"아빠 친구분이시라니 제대로 인사드려야지요."

"역시 우리 아들."

"유식이 아저씨도 오신다면서요? 혹시 보배도 와요?"

"아니, 오늘은 아저씨만."

"휴, 다행이다. 보배는 왜 그렇게 시끄러운지, 같이 있으면 머리가 아파요."

미소가 피식 웃자 그녀의 다리에 매달려 서 있던 갓 돌 된 딸아이가 까르륵 따라 웃었다. 영준과 미소의 둘째 하늘이었다.

"우리 하늘이 기분 좋구나? 뭐가 그렇게 좋아?"

"빠아아! 압빠!"

"넌 할 줄 아는 말이라곤 아빠밖에 없냐. 바보."

태양이 한심한 듯 중얼거리자 미소는 어깨를 으쓱하고서 대꾸했다.

"아직 어리니까 당연한 일이지. '엄마'보다 '아빠' 소리를 먼저 한 게 나도 좀 분하긴 하다만."

"그런데 엄마, 아까부터 뭐 찾으세요?"

"아아. 그거, 분명히 이 근처에 둔 것 같은데 말이야……, 으음. 아! 여기 있다!"

장식장 안쪽에서 작은 박스 두 개를 꺼낸 미소는 기분 좋게 웃으며 테이블로 다가가 준비해둔 자사호 다기들 옆에다 그것을 내려놓았다.

박스 안에서 진흙 토끼와 거북이 인형이 나오자 아이들은 즉각 호기심을 보였다.

"뭐예요, 이건?"

"차총이야. 오래전에 상하이에 갔다가 아빠한테서 받은 선물인데……, 아, 너희도 볼래?"

주방으로 가 뜨거운 물이 든 주전자를 가져온 미소는 다반에 차총들을 올리고서 조심스럽게 물을 붓기 시작했다.

"히익, 펄펄 끓는 물로 샤워하네. 뜨겁겠다."

태양이 걱정스러운 표정으로 내려다보는 것과는 달리 하늘은 그저 신이 나서 소리만 꽥꽥 질러댔다.

"꺄! 꺄!"

"가만히 보면 얘가 보배보다 더 시끄러운 것 같아요."

투덜거리던 태양의 눈이 동그래졌다.

"어?"

토끼 모양 차총 쪽의 성질이 조금 더 급했는지, 불퉁하게 튀어나온 주둥이 끝의 구멍에서 깜찍한 물줄기가 뿜어져 나오기 시작했다.

"우왓! 귀여워!"

"자, 거북이도 어서 힘내야지, 영차."

미소의 말이 끝나기도 전, 거북이도 한 박자 늦게 물을 뿜었다.

"우와아아!"

"꺄하하!"

이게 뭐라고 아들딸 엄마 할 것 없이 웃음꽃이 만발했다.

뜨거운 물을 계속 부으며 차총들이 물 뿜는 것을 지켜보던 미소가 짓궂은 눈빛으로 태양을 내려다보며 물었다.

"너, 이 토끼 누구 좀 닮지 않았니?"

"네? 누구요?"

"잘 봐."

"으음."

"아빠랑 닮았잖아!"

"어? 진짜다!"

"아하하! 그때 이거 딱 보는 순간, 세상에, 어쩜 이렇게 똑같이 생겼나 몰라, 특히 이 눈 착 치켜 올라가서 심술 맞아 보이는 게 아주 딱……."

미소가 저도 모르게 신이 나서 떠드는 동안 태양의 표정이 딱 굳었지만, 그녀는 전혀 눈치채지 못한 채 흥분해서 말을 이어갔다.

"그래서 그걸 아빠라고 생각하고서 가져와 집에서 마구 괴롭혀주려고 그랬는데, 아이고, 하필이면 또 그걸 잃어버리셨지 뭐래니. 뭐, 잃어버렸으니 어쩔 수 있나 싶어서 포기했더니, 이건 또 웬일이야, 그걸 일부러 공들여 다시 구해가지고 올 줄이야! 깔깔깔! 자기 분신 괴롭혀달라고 아주 열심히 구해가지고 오셨더라고!"

배를 붙잡고서 까르르 웃던 미소의 등줄기가 문득 서늘해졌다.

"압빠!"

아, 이거 뭔가 느낌 안 좋지 않은가 싶던 순간.

슬픈 예감은 틀리는 법이 없다고, 미소의 귓가에 더없이 달콤하고 낮은 목소리가 휘감겼다.

"치켜 올라간 눈매가 누구를 닮았고, 그걸 가져가 뭘 어떻게 하시겠다고?"

"아……."

영준은 여전히 변함없이 잘생기고 매력적인 마스크를 미소의 눈앞에서 뽐내며 물었다.

"이건 무슨 신종 도발이지?"

"아, 그, 그러니까……."

"이제 보니까 나쁜 여자였네, 당신."

"미안해요. 그런 뜻 아닌 거 알죠?"

"무식해서 깊은 뜻 같은 거 난 모르겠고. 얘들아."

"네, 아빠."

"압! 빠!"

"나쁜 사람은 벌을 받아야지?"

"보통은 그렇죠."

"압! 빠빠!"

미소를 돌아본 영준은 어깨를 으쓱했다.

"그렇다는데?"

"무슨······!"

영준은 미소의 귓가에다 입술을 바싹 들이대고서 들릴 듯 말 듯 낮은 목소리로 속삭였다.

"오늘 밤 각오하라고."

"어머, 미쳤나 봐!"

"아니, 아무리 생각해도 용서가 안 돼서 말이지."

"미안하다고 했잖아요!"

"오래전 사나이 순정과 추억을 그렇게 짓밟아놓고서 미안하다면 다냐고. 우리 애들이 당신이 잘못했으니 벌 받아야 한다잖아! 애들 앞에서 비겁하게 도망치기야?"

"아니, 이건 또 결론이 왜 이렇게 나는 거야!"

미소가 절규하는 사이 차총들은 묘하게 약 오르는 표정으로 그녀를 올려다보고 있었다.

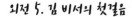

"자, 우리 김 양도 한 잔 더 해."

"앗, 네."

총무부 박 전무의 퇴임기념 회식 분위기는 다소 경직되어 있었다. 사내 현자 어르신으로 존경받던 이의 퇴임이 아쉬워서인지, 아니면 회장 아들의 동석 때문인지는 알 수 없는 일이었다.

"우리 김 양, 두 달 동안 정말 고생 많았어."

"아닙니다, 전무님. 고생은요."

"아휴. 이제 익혀서 일 좀 하나 했더니 나가라고 하지? 이걸 아쉬워서 어쩌나, 응?"

박 전무와 오랫동안 호흡을 함께했던 비서가 두 달 전 갑작스럽게 건강이 안 좋아져 휴직계를 냈다. 은퇴를 목전에 두고 새로 비서를 채용할 수도 없었던 그는 두 달간 단기파견직으로 일할 비서를 찾았고, 마침 잘 알고 지내던 변호사의 소개로 성실하고 싹싹한 처자를 한 명 뽑았다. 고등학교를 갓 졸업한 이 예쁘장한 처자는 어리고 사회경험도

별로 없는데도 일을 썩 잘해내 박 전무의 마음에 쏙 들었지
만, 거기까지였다. 계약했던 두 달의 시간은 어느새 다 지
나가 있었고, 그녀는 다시 다른 일자리를 알아봐야 했다.

"아이고, 이거, 내가 왜 이렇게 미안하고 쓸쓸한지 모르
겠네."

"그런 말씀 마세요, 전무님. 그동안 감사했어요."

"아무튼 우리 김 양은 어딜 가서도 잘할 테니까."

손녀 같은 비서의 여린 어깨를 토닥토닥 두드려주던 박
전무는 괜스레 울컥해서 술을 들이켰고, 곁에서 쭈뼛거리
던 김 양은 자리에서 일어나 조용히 밖으로 나갔다.

"흐음."

그런 그녀를 긴 테이블 끝에서 아무도 모르게 날카로운
눈으로 관찰하고 있는 남자가 있었다.

미국 유학을 마치고 각 부서를 돌며 실무경험을 쌓는 중
바로 어제 총무부로 옮겨온 이영준이었다.

"아아, 죽는 줄 알았네."

술이라곤 지난 음력설 때 음복주에 입술 한번 대본 게 전
부였던 미소는 맥주 두 잔에 취해 벌써 얼굴이 벌겋게 달아
올라 있었다.

그러나 진짜 문제는 얼굴 쪽이 아니었다.

"으윽. 쌀 것 같아. 화장실, 화장실."

통로가 미로처럼 얽힌 식당을 두리번거리던 미소는 종

종걸음으로 화장실까지 달려갔지만, 쉽게 안으로 들어갈
수는 없었다.

"히익!"

화장실 통로 입구, 시선보다 살짝 위쪽에서 손톱만 한 거
미 한 마리가 집을 짓고 있었다.

미소는 거미를 보자마자 반사적으로 어깨를 움츠리며
고개를 돌렸다. 온몸에 소름이 돋고 발은 땅바닥에 붙어버
린 듯 꼼짝도 하질 않았다.

그때, 그녀의 귀에 낯선 남자의 목소리가 들려왔다.

"실례합니다."

좋은 목소리였다. 낮고 굵은, 듣는 순간 마음이 편안해
지는 느낌.

놀란 미소는 뒤를 돌아봤고, 한층 더 놀라서 눈을 휘둥그
레 떴다.

그녀를 부른 사람은 이영준이었다.

고개를 꺾어서 올려다봐야 할 정도로 훤칠한 키에 길쭉
길쭉 보기 좋게 뻗어나간 팔다리, 연예인이라고 해도 믿을
정도의 잘생긴 얼굴, 그리고 온몸으로 발산하는 저 눈부신
기운이라니. 멀리서 볼 때는 실감하지 못했는데 이 인간은
지금의 가까운 거리가 부담스러울 정도로 눈이 부신 존재
였다.

"이름이 뭐예요?"

멍하니 넋 놓고 그를 올려다보고 있던 미소는 뒤늦게 정

신을 차리고 답했다.

"아, 김미소입니다."

그 이름을 듣는 순간, 영준이 잠시 움찔했다.

물론 독특한 건 알고 있었지만 그렇게 놀랄 정도로 이상한 이름인가 생각하던 미소에게 다음 질문이 건너왔다.

"김미소 씨. 나 알지요?"

"네, 그럼요."

"그래요? 내가 누군데요?"

참 한심한 질문이다.

미소는 어린 시절부터 특별히 꿈이 많거나 진취적인 편은 아니었다. 물론 공부를 특출하게 잘하긴 했지만 그렇다고 해서 거창한 미래를 꿈꾼 적은 없었다. 뭘 하든 그저 남들보다는 조금 더 편안하고 행복한 삶을 살고 싶을 뿐이었다.

하지만 그녀의 그 소박한 바람을 이루는 것은 너무도 요원해 보였다.

큰 욕심을 부렸던 것도 아니고 지금껏 매 순간 노력하며 성실하게 살아왔는데, 어째 사회에 내디딘 첫발부터 영 쉽지가 않았다. 매 걸음마다 시원하게 미끄러져 맨땅에 헤딩하는 기분이었다. 자기 잘못도 아닌데 말이다.

그런데 이게 뭐란 말인가.

가슴 속에 도무지 어쩌지를 못하겠는 뜨거운 불덩이 하나를 안고 하루하루 불안하게 살아가고 있는 사람 앞에서 이런 사람이 '나 알지요?'라니.

그걸 꼭 확인해야 하나? 자랑 못 해 안달하는 초딩도 아니고, 기가 막힐 따름이었다.

영준의 물음 안에 담긴 본 의도까지는 전혀 이해하지 못했던 미소는 다소 삐딱하게 들리는 답을 내놓고 인상을 찡그렸다.

"회장님 아드님이시잖아요."

그 대답을 듣는 순간 영준의 표정이 딱딱하게 굳었다.

"어? 혹시…… 아니신가요?"

한동안 복잡한 눈으로 미소를 내려다보던 영준은 다소 공허하게 들리는 목소리로 답했다.

"아니, 맞아요. 회장 아들."

"아아, 예에."

이해할 수 없는 상황이 계속되자 미소는 어색함을 지우기 위해 억지로 웃어 보였다.

"일은 어때요? 할 만해요?"

"으음……, 네에. 이달 말에 그만둬야 하는 것만 빼면요. 임시파견직이라서요."

사실 급박한 생리현상과 극복 안 되는 공포증보다 더한 것이 작금의 이 불안한 현실이었다.

살얼음판 위에서 전력으로 질주하는 기분이었다. 어떻게든 버텨야 하는데, 물에 빠지지 않고 빨리 헤쳐가야 하는데, 스스로의 힘으론 버티는 게 점점 더 버거워지고 있었다.

다 때려치우고 아무 데서나 드러누워 떼를 쓰고 싶었다. 하지만 그럴 수도 없다는 게 가장 힘들었다.

"다른 데 갈 곳은 있어요?"

"에에, 뭐, 형편이 어려워서 제가 어떻게든 해야 하니까……."

바로 그때였다.

공중에 매달려 있던 거미가 꽁무니에서 줄을 뽑아내며 밑으로 쭉 내려왔다.

"꺅, 엄마야!"

신경 쓰지 않으려 애썼는데도 시야에 들어온 광경에 미소는 기겁을 하며 벌벌 떨었다.

그런 미소를 한참이나 아무 말 없이 내려다보고 있던 영준은 이내 싸늘할 정도로 등을 돌리고 그 자리를 떠버렸다.

다소 황당한 상황에 미소는 몹시 놀랐다.

'어? 내가 혹시 뭐 잘못한 건가?'

기억을 더듬어봤지만 기분을 상하게 할 정도로 잘못한 건 없는 것 같은데.

'아아, 몰라! 어차피 나는 내일모레 짤려서 백수 될 처지인데 금수저 도련님 기분이 상하든 말든 뭔 상관이냐고! 그나저나 마려워 죽겠는데 어떡하지!'

미소가 발을 동동 구르던 순간, 어디선가 종업원이 바람을 일으킬 정도로 다급하게 뛰어오더니 소리쳤다.

"아아, 이 거미구나! 고객님, 불편을 드려 죄송합니다!"

"네?"

들고 온 휴지 뭉텅이로 재빨리 거미를 잡아준 종업원은 공손히 인사하고 다시 뛰어가버렸고, 미소는 무슨 일인지 따질 겨를도 없이 화장실 안으로 질주했다.

변기에 앉아 생리현상을 해소하며 안도의 한숨을 내쉰 미소는 물끄러미 화장실 문을 바라봤다. 거기엔 누군가가 괴발개발 남겨둔 낙서가 있었다.

[우리 추억 잊지 말자. 나연쓰♥다은쓰]

"잊지 말자, 잊지 말자……."

멍하니 앉아 의미 없이 한마디를 계속 되뇌던 미소는 문득 조금 전 마주친 영준의 얼굴을 떠올렸다.

왜인지는 모르겠지만 그 얼굴이 머릿속에 그냥 떠올랐다. 공기방울이 수면 위로 떠오르는 것처럼 자연스럽게 말이다.

자괴감이 든 미소는 눈을 질끈 감고서 중얼거렸다.

"하아. 이러니저러니 해도 결국 나도 얼굴빠였나."

❣✤✤✤❣

"화장실 입구에 있는 거미를 좀 잡아줘요. 급하니까 지금 당장."

간단한 일에 비해 꽤 큰 액수의 팁을 받아든 종업원은 놀란 눈으로 영준을 일별하더니 서둘러 휴지를 들고 화장실 쪽으로 달려갔다.

종업원이 거미를 잡자마자 미소는 꽁지에 불이라도 붙은 것처럼 화장실로 뛰어 들어갔다.

먼발치에서 가만히 그녀를 지켜보고 있던 영준은 그제야 비틀비틀 걸음을 옮겼다.

"하아, 하아……!"

위태로울 정도로 휘청거리며 식당 바깥으로 나온 영준은 가로수에 몸을 기대고 거친 숨을 몰아쉬었다.

"괜찮으세요?"

지나가던 사람이 걱정스러운 듯 다가와 물었지만 영준은 고개를 들지 않은 채 계속해서 호흡하려 애쓰며 손을 내저었다.

얼마의 시간이 지났을까.

호흡이 규칙적으로 돌아오고 혼란스러웠던 마음도 안정되자 영준은 그 자리에 털썩 주저앉아 하늘을 바라봤다.

"아아, 이렇게 만나다니."

입술 사이로는 피식 웃음이 새어나왔지만 그의 눈은 전혀 웃고 있지 않았다.

그렇게 오랫동안 그리워했던 김미소를 만났건만, 그녀는 영준을 전혀 기억하지 못했다. 아무래도 그날 일이 머릿속에서 완전히 사라진 모양이었다.

"그래. 잘됐어. 차라리 잘된 일이지."

한쪽 볼우물만 깊게 패는 그녀의 미소를 떠올리자 무슨 일인지, 가슴 안쪽이 몹시 욱신거렸다.

❦ ❖ ❖ ❖ ❦

출산휴가를 앞둔 총무부 오 대리가 넌지시 내놓은 말에 미소는 영문을 모른 채 눈을 동그랗게 떴다.

"해외파견이라니요?"

"응. 회장님 아드님 본 적 있지? 이영준 전무 님 말이야."

"아, 네."

미소가 관심을 보이자 오 대리의 귓가에 영준의 속삭임이 울렸다.

「이유는 묻지 말고, 김미소 씨가 내 수행비서직에 지원하도록 몰래 도와주면 오 대리님 출산비용과 큰아이 졸업 때까지 영어유치원 학비, 내 사비로 전액 지원해드리겠습니다.」

출산비용과 영유 장학금이라니! 이유 따위 아무것도 묻지도 따지지도 않고 도와드려야죠!

"전무님이 곧 2년간 해외파견을 나가는데, 현지에서 업무를 보좌해줄 수행비서를 구하고 있대. 스펙보다 인성이랑 태도 같은 걸 더 볼 거라고 하니 미소도 꼭 이력서 내."

"아……."

이영준은 미소가 알기 전부터 이미 사내 최고의 유명인사였다.

그가 어린 나이에 황금낙하산 타고 내려와 떡하니 한자리 차지한 금수저여서가 아니었다. 그건 바로 그를 한 번이라도 마주한 사람들이 짜기라도 한 것처럼 똑같이 느끼는 감정 때문이었다.

시쳇말로 '넘을 수 없는 사차원의 벽'이라고 하던가.

이영준이 업무 파악을 위해 거쳐갔던 부서 사람들은 어김없이 절망을 맞닥뜨렸다. 각 부서의 날고 긴다는 임직원들조차 '아아, 나는 왜 이다지도 쓰레기인가.' 하는 생각에 밤잠을 못 이룰 정도로 그는 지상 최강의 넘사벽이라고 했다.

그와 한 번이라도 업무를 함께한 사람은 어느 누구도 이영준이 낙하산 인사의 특혜자라는 말을 입에 담지 않았다. 굳이 제 아버지가 그 자리에 꽂아주지 않더라도 가볍게 그 자리에 앉고 남을 인간임을 알기 때문에.

그런 사람의 수행비서라니, 솔직히 언감생심 아닌가.

"에이, 저 같은 게 어떻게요."

"어머, 무슨 소리야? 미소 똑똑하고 일 잘하고, 어디가 부족하다고."

"생각해주셔서 감사하지만 저는 힘들 것 같아요, 대리님. 출산 준비는 잘돼가세요?"

"아, 으응. 그보다, 다시 생각해봐. 스펙 안 본다고 했다니까?"

"네네. 이제 한 달 남았다고 했죠? 떨리시겠어요."

해맑기만 한 미소의 얼굴을 보는 총무부 소속 오 대리의 속은 바삭바삭 타들어갔다.

아니, 김미소, 넌 젊은 애가 왜 그렇게 도전정신이 부족해! 네가 이력서를 내고 면접을 보러 가지 않으면 내 초특급 기회가 그냥 날아간다고!

"밑져야 본전이잖아. 어차피 구직할 거잖아. 여기도 가볍게 이력서나 좀 내 보라고."

"네에? '가볍게'요?"

미소는 웃음을 터뜨렸고 오 대리의 얼굴은 마침내 우거지상이 됐다.

"집안 사정 많이 안 좋다고 하지 않았어?"

미소가 갑자기 웃음을 거두고 바라보자 오 대리는 자신만만한 표정으로 덧붙였다.

"대우가 아주 파격적이더라고. 채용만 된다면 연봉이……, 이거 비밀인데, 잠깐 이리 가까이."

목소리를 낮춰 소곤거리는 오 대리의 입에다 귀를 가까이 가져다 댄 미소의 눈이 밥그릇처럼 휘둥그레졌다.

"어억, 정말요? 그렇게나 많아요?"

"그래. 대단하지?"

미소의 눈동자에 스친 강렬한 욕망을 본 오 대리는 일이 잘 풀릴 것을 직감했다.

예감은 적중했고, 그녀는 얼마 후 빵빵한 현금봉투를 들고서 기쁜 마음으로 출산휴가에 들어갈 수 있었다.

❦ ✤ ✤ ✤ ✤ ❦

본사 최상층 회장실의 위엄은 속된 말로 쩔었다.

복도를 걷는 동안 미소는 긴장으로 정신을 잃을 뻔했다. 주변은 온통 무슨 미술관이나 박물관의 복도처럼 우아하고 고상해 보였다.

같은 회사 안에 이런 곳이 있었다는 것도 놀랐거니와, 회장 아들이라는 이유로 면접을 회장실에서 본다는 것도 충격이었다.

저 아래쪽과는 다른, 회장실 직속 비서의 위엄 또한 쩔었다. 미소는 단정하고 조신하면서도 여유와 카리스마를 겸비한 선배 비서를 동경의 눈으로 바라봤다.

"이쪽입니다."

"고맙습니다."

비서가 노크하고 출입문을 열어주자 미소는 고개 숙여 인사하고서 안으로 들어갔다.

448

미소가 사는 집보다도 더 넓어 보이는 방 안에는 희미한 머스크 향이 떠돌고 있었다.

회장 명패가 세워진 거대한 책상 앞에 앉아 책을 보고 있던 이영준은 자리에서 일어나 미소를 보며 인사를 건넸다.

"어서 와요."

"앗, 네. 안녕하십니까."

"빈 사무실이 없어서 급한 대로 여기로 불렀어요. 회장님 잔소리를 좀 듣긴 했지만, 뭐, 언젠가는 내가 쓸 방이니까 상관없잖아?"

음. 잠깐. 이건 뭐지? 살짝 재수가…….

미소의 얼굴에 당혹감이 스쳤다.

긴 다리로 성큼성큼 접객소파까지 걸어온 영준은 미소에게 자리를 권했다.

"앉아요."

"앗, 네."

"보내준 자기소개서는 잘 봤어요. 아주 인상적이더군요."

'인상적'이란 단어에 담긴 속뜻을 전혀 파악하지 못했던 미소는 어색하게 웃으며 얼굴을 붉혔다.

"아유우, 과찬이십니다."

웃음을 꾹 참는 눈으로 한참이나 미소의 얼굴을 들여다본 영준은 이내 시선을 옮겨 이력서를 내려다봤다.

그렇게 자세히 정독할 게 있나 싶을 정도로 오랫동안 서류를 보고 있던 영준은 눈을 들지 않은 채 담담하게 물었다.

"꿈이 뭐예요?"

이상한 목소리였다. 사무적인 자리에 전혀 어울리지 않는, 뭔지 모를 아련함과 슬픔이 느껴지는 목소리랄까.

갑작스러운 질문에 당황한 미소는 머릿속을 더듬었지만 쉽게 답을 찾을 수가 없었다.

"왜 대답을 못 하죠? 꿈 없어요?"

"아, 아, 아, 아니요! 꿈 있습니다! 현모양처입니다!"

미소가 잔뜩 긴장한 채 떨리는 목소리로 내놓은 답에 영준은 또 한 번 가까스로 웃음을 참고서 이력서를 내려놓았다.

"퇴사는 언제 해요?"

"네?"

"이달 말에 그만둔다고 했잖아요. 전에 회식자리에서 만났을 때."

우연한 만남, 그저 스쳐지나간 일일 뿐인데 영준이 그걸 정확히 기억하고 있었다니 조금 의외였다.

"아아, 사실은 오늘이 마지막 출근 날이에요."

"그래요? 잘됐네요."

자리에서 일어난 영준은 다시 책상으로 가더니 거기서 두툼한 서류봉투를 들고 돌아왔다.

"내가 미국 지사로 건너가는 건 3개월 뒤예요. 그 기간 안에 김미소 씨가 공부하고 준비해야 할 목록들은 이 안에 모두 다 들어 있어요."

"네?"

자리에서 일어나 서류봉투를 건네받은 미소는 영문을 알 수 없어 눈을 깜박였다.

"학원이든 과외든 뭐든 지원해줄 테니까, 공부해요. 먹는 시간, 자는 시간도 다 줄이고, 필요하다면 목숨도 걸기 바랍니다. 두 번째 기회는 영원히 없을 테니까."

"네에?"

"사실 저쪽 상황이 완전히 파악된 게 아니니 퇴근 후엔 나도 따로 준비할 게 많을 거예요. 그러니 같이 하죠. 내가 연락하면 언제든 응하고, 그날 공부한 건 저녁때 재깍재깍 보고하고 결재 받도록 해요. 수습기간 3개월 동안에도 급여는 전액 지급될 거예요."

"네에에?"

"이건 내 개인 연락처예요."

금테 두른 명함을 건네받은 미소는 갑작스러운 일에 입을 딱 벌리고 영준을 올려다봤다.

"저, 지금 무슨 말씀이신지 도무지……. 제가, 제가 설마 채용된 건가요?"

미소의 얼굴을 빤히 내려다보던 영준이 툭 내뱉었다.

"흐음. 이해력이 고작 이 정도 수준이면 곤란한데."

퇴사 바로 다음날.

다른 일자리를 구하기 위해 불안한 시간을 보낼 거라고 생각했던 미소는 하루 동안 무척 바빴다. 영준에게서 지시받은 대로 서류를 준비하기 위해 이른 아침부터 집을 나서 여러 곳을 들러야만 했고, 추천받은 학원들에서 간단한 테스트를 보고 몇 군데 등록까지 마치니 벌써 저녁 무렵이 되어 있었다.

그날그날 일을 보고하도록 되어 있었기에 그녀는 집으로 돌아가는 버스 안에서 착실하게 문자메시지를 보냈다.

급한 성질을 자랑이라도 하려는 건지, 영준은 일 분도 지나지 않아 전화를 걸어왔다.

– 저녁 스케줄 있어?

"어…… 네?"

– 두 번 묻게 하지 마. 저녁 스케줄 있냐고.

아, 기분이 왜 이런가 했더니 말이 짧다. 많이 짧다. 물론 사회에 나온 이후로 이런 일이 처음은 아니었지만 어제까진 꼬박꼬박 존대해주던 사람이 갑자기 말을 토막 내니 기분이 묘하긴 하다.

하지만 미소의 기분이 묘하든 묘하지 않든, 지금 그게 중요한 게 아니다. 어쨌든 그녀는 지금 수습비서고, 이 수습기간 동안 훌륭하게 제 역량을 보여주지 못한다면 대우 좋은 직장을 잃게 될 테니까.

"저녁 스케줄 따위 없습니다. 앞으로 3개월 간 전무(全無)합니다, 전무님."

– 좋아. 마음에 드네.

"전무님께서 마음에 드신다니 저도 가슴속 깊은 곳부터 행복감에 젖네요."

어디선가 딸랑딸랑 소리가 들리는 듯했지만, 기분 탓인가 보다.

그래도 그새 뭔가 눈치챈 게 있었는지 영준이 물었다.

– 내가 님보다 네 살 더 먹은 오빠니까 편하게 말 놔도 되겠지?

아유우, 뭘 그런 걸 다 묻고 그러세요? 이미 이쪽 의견 여부와는 상관없이 편안하게 다 내려놓으셨으면서.

"네, 그럼요."

– 내 오피스텔 주소 알아?

미소는 무릎 위에 놓여 있던 숄더백을 뒤져 수첩을 꺼냈다. 수첩은 영준이 어제 건네준 서류봉투에서 나온 것인데, 그 안에는 그의 집 주소와 차량번호 그 외에도 중요한 개인정보들이 자필로 쓰여 있었다.

"네, 여기 수첩에 적혀 있네요."

– 그럼 내 현관 비밀번호를 맞혀봐.

'으어어! 조상님께서 노하셨어. 마누라 세 번 잡아먹을 상이니 당장 부(符)를 쓰셔야겠어!'를 외쳐야만 할 것 같은 요구에 미소는 황당한 표정으로 되물었다.

"네에?"

— 원주율 소수점 이하 열세 자리까지.

미소의 표정이 종잇장 구겨지듯 일그러졌다. 아, 이 사람 뭔가 처음 생각했던 거랑은 캐릭터가 좀 다르지 않나? 많이 다르지 않나?

"314159265358979……?"

— 열세 자리라고 했잖아.

"죄, 죄송합니다, 쿨럭."

— 좋아. 그래도 이 정도로 일단은 합격.

"고맙습니다."

— 나도 지금 퇴근할 거야. 일단 내 집으로 먼저 가서 기다리도록 해.

"네에?"

— 저쪽 실무자료를 일부 넘겨받았는데 같이 정리하면서 익히는 편이 수월할 것 같아서.

"그렇지만, 전무님, 저기……."

— 그럼 이따 봐.

영준은 미소의 말은 들으려 하지도 않은 채 매정하게 전화를 끊어버렸다.

"아아, 어떡하지?"

물론 공부를 같이 하자는 얘길 듣긴 했어도 젊은 남자의 집에 아무렇지도 않게 들락거리다니 어째 좀 껄끄럽지 않

나. 만에 하나 그가 나쁜 마음을 먹을 수도 있는 문제니까 말이다.

미소는 숄더백 안의 호신용 스프레이를 슬쩍 내려다봤다. 밤늦게까지 아르바이트를 하던 당시 부친이 어디서 얻어가지고 온 것이었다.

'그래. 여차하면 직장이고 나발이고 없다. 무조건 스프레이 뿌리고 있는 힘껏 곤휴를 걷어차는 거야!'

주먹을 야무지게 말아 쥐는 미소의 눈빛이 쨍하고 빛났다.

"어떻게 오셨습니까?"

출국 전까지 잠시 머무는 곳이라던 영준의 집은 고급 오피스텔이라 그런지 들어가는 것부터도 쉽지 않아 보였다.

부터 줄줄 흐르는 웅장한 로비와 바늘 하나도 들어가지 않을 것 같은 직원들 태도에 잔뜩 기가 죽은 미소는 더듬거리며 대답했다.

"아, 저, 여기 볼일이 있는데, 전무님, 아니, 거기 집주인 분이 오라고 하셔서……."

"몇 호시죠?"

"1111호요."

영준이 미리 연락을 해두었던 모양이다. 직원은 호수를 듣자마자 간단한 본인 확인을 요구하고 미소를 안으로 들여보내주었다.

으리으리한 엘리베이터를 타고 올라가는 동안 미소는 긴장을 풀려 애를 쓰며 수첩에 적힌 주소를 내려다봤다.

"으흠. 명필이로고."

어디 하나 나무랄 데 없이 단정하면서도 한편으론 미칠 듯한 섹시함이 느껴지는 글씨체였다. 비범한 사람이라 귀에 못이 박히도록 들은 탓인지, 글씨체마저 비범하지 않나.

엘리베이터에서 내려 두리번거린 미소는 영준의 집 앞으로 가 도어록의 비밀번호를 꾹꾹 눌렀다.

아니, 세상에 어떤 인간이 현관 비밀번호를 원주율 가지고 장난을 치느냐 말이다. 보면 볼수록 특이한 인간이었다.

어려운 비밀번호에 비하면 야속할 정도로 단순한 전자음이 난 후 잠김이 풀렸지만, 그래도 역시 자연스럽게 문을 열고 들어가는 건 힘들었다.

고민하는 사이 문은 다시 잠겨버렸고, 그녀는 각오를 다진 후 또 한 번 버튼을 누르고 힘차게 문을 열어젖혔다.

"세상에……."

'혼자 사는 젊은 남자의 집'에 대한 거부감이나 두려움은 안으로 들어서는 순간 한 방에 사라졌다.

영준의 오피스텔은 뭐랄까. 척 봐도 집이 아니었다. 그저 '고급스러운 사무실'에 지나지 않았다.

넓은 거실엔 커다란 책상과 소파가 있었고 줄지어 늘어선 책장 앞에는 미처 다 들어가지 못하고 넘친 책들이 열

맞춰 쌓여 있었다.

도서관 내지는 회사의 어느 한 장소를 그대로 옮겨놓은 듯한 이 집 분위기에서 인간미라곤 전혀 느껴지지가 않았다. 보통의 집이 가지는 아늑함이나 편안함 같은 건 언감생심, 아직 알지도 못하는 업무에 대한 압박감으로 딱 질식할 것만 같았다.

"세상에 이런 집도 있었다니……?"

중얼거리던 중 안쪽에서 인기척이 감지됐다. 그러고 보니 온 집안에 맛있는 음식 냄새가 진동을 하고 있었다.

지금 이 집에 자신 말고 누군가가 또 있다는 것을 뒤늦게 알아챈 미소는 조심스럽게 주방으로 향했다.

혼자 쓰기엔 너무 크지 않나 싶은 6인용 식탁에 꽤 많은 가짓수의 반찬이 차려져 있었고, 수저 두 벌이 마주 놓여 있었다.

그리고 식탁 옆에는 이 식사를 차린 것으로 보이는 검은 원피스를 입은 중년 여인 한 명이 서 있었다.

"아, 안녕하세요! 죄송합니다. 안에 계신지 모르고 그만."

미소가 어쩔 줄을 몰라 하며 어색한 인사를 건네자 중년 여인은 에이프런을 벗어 손에 들더니 뜬금없이 보고를 시작했다.

"오늘도 청소는 모두 완벽히 끝냈고 도련님께서 지시하신 대로 2인분의 식사 준비도 마쳤습니다. 냉장고 안의 홍삼 달인 물은 사모님께서 직접 만드신 거니까 남기지 말고 다 드시라는 전언이에요."

눈앞의 이 중년 여인은 바쁜 영준을 위해 본가에서 보낸 가사도우미인 모양이다.

뭐, 그거야 그렇다 치고. 어떤 반응을 보여야 할지 미소는 도무지 알 수가 없었다.

"아…… 저기, 그러니까 저는 아직……."

"도련님 첫 비서가 이렇게 어린 아가씨일 거란 생각은 못 했었는데 의외로군요. 물론 도련님께서 직접 뽑으신 분이니 걱정할 일이야 없겠지만, 그래도 제가 오랫동안 유일가(家)에서 일하며 접한 그분 성격을 토대로 충고 하나 하자면……."

날카롭게 생긴 중년 여인이 한 걸음 다가오자 미소는 저도 모르게 몸이 뻣뻣하게 굳어 한 발 물러나고 말았다.

"아가씨. 1등 비서가 되세요."

"네?"

"도련님께 있어서 2등 따위는 필요 없어요. 도련님 주변의 모든 존재들은 무조건 그 분야의 최고여야만 하지요."

"네에?"

"목숨까지 걸어야 할 겁니다. 앞으로 각오하도록 해요."

"네에에?"

무시무시한 분위기와 이해할 수 없는 말들에 미소는 몹시 당황했다.

"그럼 저는 이만."

절도 있게 인사를 건넨 여자는 곧 자리를 떴고 미소는 멍하니 서서 눈만 끔벅이다 한참만에야 정신을 차리고 중얼거렸다.

"뭐, 뭐지, 이게……?"

조금 전 그 아주머니가 나갈 때 함께 주방을 벗어났어야 했는데 타이밍을 놓친 게 화근이었다.

꼬르륵.

배 속에서 또 한 번 우렁찬 소리가 들려왔다.

미소는 이제 더 이상 견딜 수가 없어졌다.

온종일 이리 뛰고 저리 뛰느라 제대로 식사할 겨를이 없었다. 아침은 입맛이 없어 걸렀고 점심은 겨우 김밥 한 줄.

그런 그녀에게 있어서 눈앞에 펼쳐진 수라상은 참을 수 없는 자극이었다.

"으윽. 배고파아."

가만히 식탁을 바라보니 부자들은 이렇게 좋은 반찬을 참 많이도 차려 먹는구나 싶었다.

눈과 위장을 자극하는 음식들에 더는 견딜 수가 없어진 미소는 식탁 가까이로 다가갔다.

마주 보고 수저가 한 벌씩 놓여 있는 걸 보면 분명 이따 밥 퍼서 같이 먹으라고 차려준 것 같은데, 먼저 반찬 맛 좀 본다고 대역죄를 저지르는 건 아니지 않나.

가만히 선 채 식탁 위를 눈으로 훑은 미소는 조심스럽게 젓가락을 들고서 먹음직스러워 보이는 산적을 집었다.

한입에 넣기는 좀 크다 싶은 산적이었지만 욕심이 앞섰다. 필시 미소는 먹어본 적도 없을 고급재료들로 만든 것일 테고 방금 나간 아주머니도 보통의 가사도우미는 아닐 터. 얼마나 맛있을까.

입을 한껏 벌리고서 한입에 그것을 욱여넣은 미소는 아니나 다를까, 마음속 깊은 곳에서부터 번지는 충만감에 전율했다.

아직 온기가 가시지 않은 소고기와 달걀과 각종 채소들은 나무랄 데 없이 잘 어우러져 훌륭한 풍미를 이루고 있었다.

"우와, 이거 머양, 마이쩡, 징짜 마이쩡, 우와, 우와."

바로 그때였다. 볼이 미어터져라 한껏 산적을 우물거리며 행복감에 젖어 있던 미소의 귀에 예상치 못했던 소리가 들려왔다.

"아아, 여사님은 벌써 가셨나?"

"후뷥."

이영준이었다. 언제 들어온 거지? 도대체 언제?

놀라서 눈을 휘둥그레 뜨는 미소 앞에 불쑥 나타난 영준은 재킷을 벗어 식탁 의자에 걸치더니 가볍게 인사를 건넸다.

"오래 기다렸어?"

"부붑."

얼른 씹어서 넘기고 모르는 척해야 할 텐데, 미소는 난관에 봉착하고 말았다.

"빨리 배 채우고 후딱 시작하자. 저녁 아직 안 먹었지?"

뭐랄까, 본 게임 들어가기 전에 가볍게 워밍업은 하고 있네요.

"무슨 일이지? 왜 그러고 있어?"

"부웁."

계속해서 미적거리던 미소는 울상을 하고서 오물거리더니 입안에서 뭔가를 쭉 뽑아냈다. 짧은 대나무 꼬챙이였다.

"죄, 죄송합니다. 너무 배가 고파서 그만."

꼬챙이를 손에 든 채 얼굴을 새빨갛게 물들이는 미소를 한참이나 빤히 바라보던 영준은 무언가를 떠올렸다.

오래전, 빽빽 울다가도 캐러멜 한 알에 금세 기분이 좋아졌던 계집애.

그때 일을 떠올린 그는 피식 웃음을 터뜨리고 말았다. 그 긴 세월 동안 변했을 줄 알았는데 이런 엉뚱한 면은 어째 하나도 안 변했구나 싶었다.

영문을 모른 채 눈만 끔벅이던 미소는 배시시 따라 웃었고, 그걸 본 영준의 얼굴엔 조금 전보다 더 환한 웃음이 어렸다.

"설거지는 놔둬. 낮에 따로 하는 사람 있다니까."

"에이, 그래도 밥을 얻어먹고 어떻게 그래요? 밥그릇이랑 접시 몇 개밖에 안 되는걸요. 얼른 하겠습니다."

착착 포개진 접시들을 한 장씩 들어 수세미로 재빠르게 문지르는 미소를 곁에서 지켜보며, 영준이 중얼거렸다.

"보기보다 손이 야무지네."

"고등학교 졸업 전에 잠깐 식당 아르바이트도 했었거든요."

"그래?"

한동안 물소리와 접시 부딪치는 소리만 울릴 뿐, 대화는 더 이어지지 않았다.

"그 성적으로 대학 진학 안 하고 취업한 건 사연이 있어서겠지?"

영준의 질문에 미소는 거품이 잔뜩 묻은 접시를 물끄러미 내려다보다 담담한 목소리로 대답했다.

"수능 성적표를 받은 날 길거리로 쫓겨났어요. 아빠가 사기당하는 바람에 집도 가게도 다 뺏겼거든요."

영준이 아무렇지도 않게 툭 내뱉었다.

"요즘 같은 세상엔 흔한 일이지."

지극히 무감각한 말투 덕이었을까, 서글프거나 씁쓸한 기분은 들지 않았다. 미소는 배시시 웃으며 다시 뽀득뽀득 접시를 닦기 시작했다.

"맞아요. 누구나 당할 수 있는, 흔한 일이죠. 그래도 머리가 복잡해지는 건 어쩔 수 없지만, 열심히 일하다 보면 언젠가는 다 괜찮아질 테니까 지금 당장은 아무 생각도 안 하려고요."

영준은 잠시 생각에 잠긴 듯 아무 말도 없다가 이내 커피 머신 앞으로 가 버튼을 누르며 나직이 말했다.

"굳이 어렵고 복잡하게 생각할 것 없어. 인생은 레이스 야."

"레이스요?"

"그래. 넘어졌을 때 그 순간의 아픔에 집중해 깨진 무르 팍이나 내려다보며 징징거리면, 아파도 참고 일어나 다시 달리는 사람보다 뒤처질 수밖에 없지. 당연한 이치야."

"아아."

"승리는 레이스에서 다른 사람을 제치고 가장 먼저 골인 하는 자의 것. 인생도 마찬가지라고. 살다 보면 숱하게 넘 어지고 깨지고 다칠 텐데, 그럴 때마다 주저앉아 신세한탄 하는 건 꼴사납잖아. 그건 결국 '나는 커서 훌륭한 패배자 가 될래요.' 하고 광고하는 것밖에 안 되는 거야."

이런 걸 두고 인생철학이라고 하는 건가. 도무지 집처럼 느껴지지 않는 집 분위기도 그렇고, 뭔가 이영준의 이면을 엿본 기분이었다.

"넘어져서 많이 아플 텐데도 일어나 열심히 달리려는 김 미소 씨의 그 의지, 높이 사겠어."

이게 도대체 얼마만의 칭찬이고 격려인지.

하루하루 힘들게 버텨오는 동안 누구 한 사람도 미소에게 고생한다는 말, 잘하고 있다는 말을 해준 적이 없었다.

　갑자기 코끝이 시큰해질 정도로 감동한 미소는 영준을 돌아보고 감탄했다.

　"우와아."

　"왜 그런 눈으로 봐?"

　"좀 의외여서요."

　"뭐가?"

　"사람들한테 듣기로 전무님은 순도 백 프로 자기 잘난 맛에 사는 사람이라고⋯⋯."

　"그래?"

　"어? 헙! 아앗! 죄, 죄송합니다, 죄송합니다! 제가 무슨 망발을!"

　영준의 화려한 언변에 멍하니 정신 팔려 저도 모르게 해선 안 될 말을 하고 만 미소는 사색이 되어 사과했지만, 그는 의아한 눈으로 그녀를 바라보며 되물었다.

　"그게 왜 망발이지? 나는 내 잘난 맛에 사는 사람 맞는데."

　"네⋯⋯?"

　"잘났잖아. 내가 잘나서 잘났다고 하는데, 무슨 문제야?"

　"아, 네. 맞네요. 그러네요."

　뭔가 상당히 찜찜하지만 명쾌하게 납득이 간다.

"설거지 끝냈으면 슬슬 일하러 가볼까?"

"아, 넵!"

고무장갑을 벗으며 미소는 왠지 익숙해 보이는 영준의 뒷모습을 물끄러미 바라보다 그를 불렀다.

"저기요, 전무님."

"왜."

"좀 전에…… 위로해주셔서 고맙습니다."

영준은 아무런 대꾸도 하지 않았다.

끝까지 뒤도 돌아보지 않은 채 가만히 서 있기만 하던 그는 이내 주방을 나가버렸다.

'어머나, 어울리지 않게 부끄럼이라도 타시는 건가? 어쨌든 보기보다는 정말 좋은 분이시구나. 귀엽기도 하고 말이야. 훗.'

이게 얼마나 주제넘은 생각이었는지를 미소가 깨닫게 되는 데까지는 그리 시간이 걸리지 않았다.

❦ ❖ ❖ ❦

"저기…… 전무님."

"왜."

"좀 쉬었다가 하면 안 될까요?"

"최대한 빨리 익숙해지도록 해. 앞으로 출퇴근도, 쉬는 시간도 일정치 않을 거야."

미소는 자리에 비해 대우가 파격적으로 좋은 이유를 이제야 알 것 같았다. 그건 노동력 착취한다는 소리가 나지 않게 하려는 방편이었나 보다.

"이건 내가 일하는 스타일이니까 불만 갖지 마. 혹시 불만이 생기더라도 말하지 말고 그냥 삼켜. 두 번째 기회는 영원히 없을 거라고 했지?"

"쿨럭. 네, 네. 잘 알고 있습니다. 그런데…… 슬슬 능률이 떨어지는 것 같은데요."

"능률이 떨어진다고? 그게 무슨 소리야? 어떻게 사람이 일하다 말고 능률이 떨어질 수가 있지?"

"예에?"

무(無)재수의 극한을 달리는 말에 미소의 얼굴이 일그러졌다.

시계를 올려다보니 벌써 새벽 1시였다.

저녁 먹은 이후로 지금까지 쉬는 시간이라곤 커피 마시고 과일 조금 먹었던 때 빼곤 없었다. 그 긴 시간 동안 두 사람은 미국 지사에서 받았다던 실무자료를 검토하고 있었는데, 미소의 경우엔 모르는 영어단어 검색하느라 바빠 눈알이 핑핑 돌 지경이었다.

"이해가 안 되는데. 전혀."

"예에. 비루한 인간이라 죄송합니다. 흑."

미소가 울상을 하고서 한숨을 푹 내쉬자 영준은 들고 있던 서류를 테이블에다 툭 집어 던지고 그녀의 얼굴을 빤히 바라봤다.

미소의 눈 밑에는 어느새 그늘이 잔뜩 내려앉아 있었다.

그러고 보니 첫날부터 너무 험하게 돌린 건 아닌가 하는 생각이 뒤늦게 들었다. 뭐든지 잘난 자신이야 이런 일정이 숨 쉬는 것처럼 자연스러우니 아무렇지도 않지만 당하는 '보통 사람' 입장에선 힘들 수도 있을 테니까.

"피곤해?"

"아, 아닙니다. 즈언혀. 제가 한 게 뭐가 있다고, 피곤할 리가요."

손목시계를 내려다본 영준이 툭툭 내뱉었다.

"그러게 말이야. 뭘 했다고. 아무튼 늦었으니 커피 한잔 하고 퇴근해. 오늘만큼은 특별히 내가 데려다주지."

그 소리에 미소의 눈동자에 찬란한 빛이 어렸다. 퇴근 소리에 잔뜩 들뜬 얼굴은 '주인님, 학학, 주인님, 주인님 너무 좋아, 학학!' 하는 강아지처럼 보여 절로 웃음이 터졌다.

"커피는 제가 후딱 가져오겠습니다."

벌떡 일어난 미소는 발걸음도 가볍게 주방으로 향했고, 뒤에서 영준의 목소리가 카랑카랑하게 울렸다.

"나는 샷 추가!"

"예이!"

주방으로 간 미소는 찌뿌드드한 어깨와 관절을 풀며 머그컵 두 개를 꺼냈다.

금테 팍팍 두른 컵은 머그컵 주제에 무척이나 비싸 보였다. 컵뿐 아니라 주변의 모든 물건들이 다 범접할 수 없는 것들이었다.

참 보면 볼수록 신기한 별세계다.

대체 내가 어쩌다가 여기까지 왔나 싶었던 미소는 피식 웃으며 컵을 머신의 커피 토출구 아래에 받쳐두고서 식탁 의자에 앉았다.

나란히 놓인 한 쌍의 머그를 보고 있자니 무슨 일인지, 애틋한 기분까지 들었다.

원두 갈리는 소리에 이어 쪼르르 커피 떨어지는 소리가 이어지자 미소는 불현듯 몸이 나른해지고 눈앞이 가물가물했다. 참았던 잠이 솔솔 왔다.

"후아암."

늘어지게 하품을 한 그녀는 식탁에 엎드려 잠시 눈을 감았다. 커피가 다 내려지면 들고 가 후딱 나누어 마시고 퇴근, 본격적으로 푹 쉬었다가 새로운 하루를 시작하는 거다.

그래. 그때까지만 해도 분명 그럴 생각이었는데.

"뜨헉!"

썰렁한 느낌에 눈을 뜬 미소는 몽롱한 눈으로 사방을 둘러봤다. 주변이 어두컴컴했다. 창밖은 희미한 남빛이었다.

여기가 어딘지, 지금이 몇 시인지 도무지 알 수가 없었다.

"뭐지, 이게? 나 잠든 건가! 어억!"

당황한 미소는 벌떡 몸을 일으키고 상황을 파악했다.

시각은 새벽 5시 반이었고 그녀가 누워 있던 곳은 책장 앞 카우치 소파였다. 담요까지 야무지게 덮고 있었다.

수습직원이 상사의 집에서, 그것도 첫출근이나 마찬가지인 자리에서 세상모르게 퍼질러 자다니.

게다가 마지막으로 기억나는 것은 커피를 가지러 갔다가 식탁에서 엎드린 것이었다. 그렇다는 것은 영준이 거기서 여기까지 그녀를 옮겼다는 말이었다.

"아악! 어떡하지!"

「두 번째 기회는 영원히 없을 거야.」

잘리겠지. 영영 잘리고 말겠지.

어떡하지, 어떡하지, 머릿속에 떠오르는 것이라곤 온통 어떻게 할지에 대한 물음일 뿐, 답은 도무지 나오지 않았다.

머리카락을 쥐어뜯으며 자리에서 일어난 미소는 한참이나 주변을 둘러보았다.

영준은 어디에도 없었다.

잠에서 덜 깬 머리로 어떻게 된 건지 계속해서 생각하던 그때, 미소는 안쪽의 방문 틈으로 빛줄기가 새어나오고 있는 것을 발견했다.

불안감에 두근거리는 가슴을 애써 진정시키며 그녀는 방문 쪽으로 걸음을 옮겼다.

그런데, 뭔가 느낌이 이상했다.

"헉…… 헉, 으윽, 하아!"

문틈으로 새어나오고 있는 것은 빛줄기뿐이 아니었다.

잘못 들은 것이기를 빌고 빌었지만, 귓구멍을 통해 뇌까지 전달된 소리는 분명 이영준의 신음이었다.

아니, 신음이라고? 신음?

미소의 얼굴이 대번에 우그러졌다.

"오늘따라…… 윽, 왜 이렇게 아프지? 헉헉."

"오랜만이니까요."

이것은 이영준이 아닌 다른 남자의 목소리. 굵고 아주 낮은, 테스토스테론이 잔뜩 묻어 있는 듯한 목소리였다.

"숨을 길게 내쉬고 몸에 힘 빼세요. 그렇게 뻣뻣하게 힘 주다가는 다칠 수도 있으니까요. 자아, 그럼 갑니다. 하앗."

"으윽! 하앗!"

'꺅! 뭐야 이거! 무서워!'

문 안쪽에서 들려오는 대화에 미소는 저도 모르게 비명을 지를 뻔했다. 자기 입을 세게 틀어막은 그녀는 속으로 '맙소사!'를 백만 번 되뇌었다.

눈을 질끈 감았지만, 음란마귀라도 쓰인 건지 총천연색으로 화려하게 펼쳐지는 장면을 도무지 물리칠 수가 없었

470

다.

흔히 사랑엔 국경도 뭐도 없다고들 하지만 이건 좀 많이 없지 않나! 생각보다 높이 뛰어넘지 않았나!

뭐 하나 부족할 것 없는 남자가 이루어질 수 없는 금단의 사랑을 하고 있을 줄이야 누가 알았을까.

그나저나 대담하기가 짝이 없도다.

바깥에 비서가 잠들어 있는데 떡하니 애인을 불러다 애정행각이라니. 막장 오브 막장이 요기잉네.

'어떡해, 어떡해! 도망칠까? 아니, 갑자기 말없이 도망치면 의심받지 않을까?'

미소가 자신의 비밀을 눈치챈 것을 알면 영준은 어떤 반응을 보일까.

그녀는 자기가 만약 그의 입장이라면 어떨지 생각해보았고, 그 즉시 머릿속에 '모가지'라는 단어만 떠올랐다.

그 많은 빚을 갚으려면 얼마나 걸릴지 모르는데 이 좋은 직장에서 모가지를 당할 순 없었다.

그래. 세상은 넓다.

넓은 세상 안에 고기를 좋아하는 남자도 있고 채소를 좋아하는 남자도 있고, 남자를 좋아하는 남자도 당연히 있는 거다. 껌, 담배, 술등의 기호식품이 자연스럽게 받아들여지는 것처럼 개인의 성적 취향도 당연히 존중되어야 하는 것이다.

남한테 직접적으로 해를 끼치는 일도 아니고, 못 본 척

넘어가면서 업무만 열심히 하면 되는 일이었다.

　미소는 눈을 질끈 감고서 속으로 되뇌었다. 그래. 괜찮다. 괜찮다. 나는 못 봤다. 정말 아무것도 못 봤으니까 괜찮다. 저는 전무님의 편, 전무님의 사랑을 응원합니다!

　그렇게 생각하던 순간.

　이건 또 무슨 신의 장난인지 갑자기 방문이 찰칵 소리를 내며 살짝 열렸다. 아무래도 처음부터 덜 닫혀 있었던 모양이다.

　'허걱!'

　미소의 마음속에서 호기심과 이성과 양심이 극렬하게 부딪치며 회오리를 일으켰다.

　봐야 하나 말아야 하나 한참이나 갈등하던 그녀는 결국 판도라의 상자를 여는 쪽을 택하고 말았다.

　몸을 움츠리고 문틈으로 살며시 안을 엿본 미소는 충격으로 말을 잇지 못했다.

　'아니, 세상에! 이럴 수가……!'

　"으윽! 잠깐, 이거 너무 아픈데!"

　"당연히 아프죠. 힘을 더 **빼**시라니까요."

　"으드드드!"

　"후우 하고 숨을 내뱉으세요. 더, 더 길게! 그렇지!"

　방 안엔 피트니스센터를 방불케 할 정도로 각종 운동기구들이 자리하고 있었다. 그리고 그 가운데, 영준과 의문의 사내가 있었다.

"그럼 한 번 더 가겠습니다."

"후우."

다리를 양쪽으로 벌리고 상체를 그대로 숙인 영준의 이마가 땅바닥에 맞닿았다. 그리고 그의 등 뒤엔 운동복 차림의 근육질 남자가 자기 몸무게를 실어가며 열심히 스트레칭을 돕고 있었다. 개인 헬스트레이너였던 것이다.

"잘하셨습니다. 자, 오늘은 여기까지. 마무리체조 하시고 끝낼게요."

만족스러운 미소를 보이는 트레이너와 영준 사이에서 훈훈한 분위기가 샘솟았다.

자리에서 일어나던 영준은 수건으로 땀을 닦아내다 문틈으로 엿보고 있는 미소와 눈을 딱 마주쳤다.

성큼성큼 걸어와 문을 활짝 열어젖힌 영준이 미소를 똑바로 내려다보며 내뱉었다.

"아이고, 상전님, 이제 일어나셨습니까."

미소의 얼굴이 새빨갛게 달아올랐다.

"죄, 죄송합니다, 제가 잘못했어요, 전무님."

"그렇게 피곤한 줄은 몰랐지. 죄송할 것까지야."

"아아, 그래도 죄송합니다. 정말 죄송합니다아. 흑."

퍼질러 잔 것에 대한 사과만은 아니었다. 비록 맘속이긴 했어도 무지막지한 오해를 한 데 대한 사과였다. 본인은 전혀 모르고 있겠지만.

"그런데 겨우 그 정도로 뻗어서 잠들다니. 체력을 좀 더 키워야겠는데."

그 소리에 트레이너가 반색하며 나서더니 미소에게 다가왔다.

"연락 주십시오. 잘 이끌어드릴게요."

명함을 받아든 미소는 여전히 웃어야 할지 울어야 할지 몰라 떨떠름한 표정으로 서 있기만 했다.

트레이너가 가고 난 뒤, 영준은 이마를 흥건히 적신 땀을 수건으로 닦아내며 미소를 건너다봤다.

"집에 말도 없이 외박해서 곤란하지는 않아?"

미소가 가볍게 웃음을 터뜨렸다. 참 빨리도 물어보시네요.

"아……. 기다리는 사람이 없어서요."

의아한 듯 건너다보는 영준의 눈을 피하며, 미소는 담담하게 말을 이었다.

"언니들은 학교 때문에 다른 지방에 있고 아빠는 지금 어디에 계신지도 모르겠어요. 사기꾼 잡겠다고 전국을 돌아다니시거든요."

"연락은 닿고?"

툭 내뱉는 말이지만 그래도 왠지 모르게 따스한 관심이 느껴지는 어조였다.

미소는 어깨를 좁히고 배시시 웃었다.

"주기적으로 문자나 전화는 와요."

"그럼 됐지."

저걸 도대체 들 수나 있을까 싶을 정도로 무거워 보이는 덤벨을 물끄러미 바라보며, 미소는 지친 어조로 말을 이었다.

"그 사기꾼을 잡는다고 해도 더 이상 무슨 의미가 있나 싶고, 솔직히⋯⋯ 이제는 좀 그만하셨으면 좋겠어요."

한동안 말이 없던 영준은 미소와 똑같이 덤벨을 내려다보며 담담하게 말했다.

"지금 뭐라도 하지 않으면 못 견딜 것 같으니 그러시는 거겠지. 그게 트라우마 같은 걸로 남아버리면 웬만해선 극복하기 힘드니까."

"가만히 보고 있으면 사기꾼을 쫓는 게 아니라 오히려 사기꾼 쫓는 일을 쫓는 사람 같다니까요. 모르겠어요. 진짜 이해 안 가요."

영준은 투덜거리는 미소를 가만히 건너다보다 뜬금없는 소릴 했다.

"어제 내가 급하게 움직이다가 문에 어깨를 부딪쳤거든. 눈에서 눈물이 찔끔 나올 정도였는데, 혹시 얼마나 아팠는지 알아?"

"네? 글쎄요⋯⋯?"

영준이 별안간 주먹으로 살짝 그녀의 어깨를 때렸다.

"악!"

제법 묵직한 아픔에 놀란 미소가 경악하며 영준을 올려

다봤고, 그는 이내 짓궂게 웃으며 덧붙였다.

"이제 알겠지?"

'아니, 뭐 이런 인간이 다 있대?' 하고 속으로 투덜거리는
순간, 영준이 진지하게 말했다.

"당해보지 않으면 누구도 알 수 없는 아픔 같은 것도 있
는 법이야. 그런 걸 굳이 이해하려고 노력할 필요는 없잖
아. 노력한다고 해서 다 이해할 수 있는 문제도 아닐 테
고."

"아……."

"언젠가는 다 괜찮아질 거야. 아버지 때문에 본의 아니
게 짐을 지게 돼서 서운하고 속상하겠지만, 살다 보면 더
좋은 일도 생길 거야. 분명히."

미소는 갑자기 뭔가에 얻어맞은 듯 머리가 멍해졌다.

그러고 보니 어제도 그렇고, 전혀 의외의 상황에서 계속
해서 위로받는 듯한 기분이었다.

'제 잘난 맛에 사는, 재수 없으면서도 재수 없지 않은 인
간'이란 항간의 소문은 어쩌면 그를 잘 알지 못하는 사람들
이 떠들어대는 말인지도 몰랐다.

지금 이 순간 미소에게 있어서 이영준은 따뜻하고 좋은
사람, 왠지 모르게 편안하게 느껴지는 사람이었다.

"아아, 전무님……."

"그 일례로, 이렇게 나를 만났잖아. 날 만난 건 김미소
씨 일생의 가장 큰 영광이자 행운이라고. 평생 감사하는

마음으로 살아."

감동에 젖어 반짝이던 미소의 눈동자가 빛을 잃었다.

"예?"

"이렇게 대단한 나님을 모시는 영광을 얻었는데 일이 쉬울 리가 없는 건 당연지사겠지? 앞으로 철야는 밥 먹듯 잦을 테니 체력을 길러둬. 아까 트레이너 명함 받은 거 어쨌어? 비용은 내가 댈 테니 오늘 중으로 연락해서 운동 시작해. 그리고…… 이거."

"무슨?"

거실로 간 영준이 건넨 것은 한 무더기의 책들이었다.

"오늘 숙제야. 거기 표시한 데까지 다 공부해와. 저녁에 테스트할 테니까."

"네에에에? 어어, 자, 잠깐만요."

팔락팔락 책장을 넘긴 미소가 사색이 되어 외쳤다.

"이거 너무 많은데요? 제가 고3 때도 이렇게 공부한 적이 없는데……!"

"처음이자 마지막으로 경고하는데, 내 앞에서 못 한다는 말은 절대 하지 마. 못 하겠으면 아무 말 말고 차라리 죽어."

"느에에에?"

"테스트 통과 못하면 처음부터 다시 시킬 테니까, 요령 부릴 생각 따위 버리고."

"헉!"

경련으로 씰룩거리는 입가를 애써 손으로 펴며, 미소는 어색하게 웃었다.

'따뜻하고 좋은 사람, 왠지 모르게 편안하게 느껴지는 사람은 개나 주라지. 제 잘난 맛에 사는, 그냥 재수 없는 인간 같으니라고오오오!'

그녀의 소리 없는 절규가 새벽어둠을 갈랐다.

❧ ✤ ✤ ✤ ❧

3개월 뒤, 미국 출국길.

"우와아."

생전 처음 와 보는 인천공항의 위용에 미소는 그간의 고된 훈련조차 잊었을 정도였다.

출입국 검사대를 지나 각자의 행선지로 향하는 인파들 사이에서 미소는 길을 잃은 사람처럼 두리번거렸다.

그녀를 한심하게 내려다보던 영준이 툭 내뱉었다.

"시골에서 갓 상경한 가출소녀 같다."

그 소리에 정신을 차린 미소는 다시 반듯한 자세로 돌아와 브리프케이스 손잡이를 꼭 틀어쥐었다.

"죄송합니다. 정신 바짝 차리겠습니다!"

"그렇다고 너무 군기 들 필요까진 없고."

"네. 적당히, 적당히."

혹독한 시간들이었다.

어학, 실무, 에티켓, 패션 등, 각 분야를 벼락공부로 익히며 수습기간을 꽉 채우는 동안 온갖 고생과 굴욕을 다 맛본 미소는 어느새 앳된 티가 많이 벗겨져 있었다.

청순하면서도 지적인 매력을 발산하는 얼굴과 늘씬한 몸매의, 그리고 언니들이 입다 물려준 옷이 아닌 유명 디자이너 브랜드의 투피스 정장을 입은 그녀는 더할 나위 없이 도도하고 완벽해 보였다. 처음의 촌스런 옷차림과 어리바리한 태도에 대하면 그야말로 괄목상대, 장족의 발전이었다.

"와아, 면세점이 이렇게나 크군요."

라운지로 가는 길, 미소는 티 내지 않으려 노력하며 주위를 둘러봤다.

그런 미소를 물끄러미 바라다보던 영준이 걸음을 멈추고 뜻밖의 질문을 던졌다.

"갖고 싶은 거 있어?"

"네?"

"사줄게."

"히익!"

놀라서 숨을 들이마시는 미소를 한심한 듯 바라보던 영준은 한숨을 내쉬고 어딘가로 향했다.

가까운 명품주얼리 매장으로 들어가 자리에 앉은 그는 매니저를 불러 이것저것을 주문했고, 주문을 받은 매니저는 쇼케이스 안에서 몇 종류의 액세서리들을 꺼내 벨벳 천이 깔린 트레이에 담아 가지고 왔다.

"마음에 드는 걸로 골라봐."

"네에?"

"빨리. 나 시간 낭비하는 거 질색하는 거 알잖아."

부담도 부담이었지만, 화려한 브로치들은 모두 다 너무나 아름다워 하나를 고를 수가 없었다.

"저기……, 아니, 저는……."

미소가 우물쭈물하자 영준의 미간이 좁아졌다. 검지로 테이블을 톡톡톡 두드리는 태도에 짜증이 잔뜩 배어 있었다.

"저는 못 고르겠어요! 전무님이 골라주세요!"

"흐음."

처음부터 맘에 두고 있었던 건지, 영준은 주저하지 않고서 브로치 하나를 집어 들었다.

"이게 어울리겠어. 이걸로 해."

눈부신 태양을 형상화한 브로치였다.

영준이 골라준 것이라 그런지, 그 브로치는 다른 것들보다 훨씬 더 특별해 보였다.

"지갑 줘."

미소가 브리프케이스에서 지갑을 꺼내 건네자 영준은 신용카드와 여권을 매장 매니저에게 맡기고 브로치의 핀을 풀었다.

"이만큼 와봐."

주저하던 미소가 가슴을 살며시 내밀자 영준은 직접 그녀의 옷깃에다 브로치를 달아주었다.

서로의 숨결이 교차하자 두 사람은 왠지 야릇하면서도 애틋한 기분이 들었다.

"예쁘네. 잘 어울려."

"아아, 정말요? 고맙습니다."

"이 은혜 절대 잊지 마."

"네, 네. 암요. 백골난망이옵니다."

주거니 받거니 짓궂은 농을 건네며 앉아있기를 얼마쯤, 매니저는 영준의 카드와 영수증, 그리고 브로치 케이스가 든 쇼핑백을 들고 돌아왔다.

"더 살 것 없으면 이만 가지."

"네."

자리에서 일어난 영준은 매장 밖으로 성큼성큼 걸어 나갔고, 미소는 그의 세 걸음 뒤에서 그를 따랐다.

뚜벅뚜벅 또박또박, 발걸음을 맞춰 걷던 중 영준이 갑자기 그 자리에 우뚝 섰다.

"앗, 뭐 잊으신 거라도?"

미소가 놀란 눈으로 올려다보자 영준은 몸은 그대로 둔 채 고개만 살짝 돌리고 한마디를 건넸다.

"수습기간 동안 고생 많았어. 앞으로도 그렇게 쭉, 잘 부탁해."

의외의 칭찬과 격려에 미소는 다소 놀란 듯 얼굴을 붉히며 답했다.

"어머, 고맙습니다, 전무님. 저야말로 앞으로 잘 부탁드
려요."

"그래."

대견함, 믿음, 그리고 뭔지 알 수 없는 아련함 같은 게 한
데 섞인 눈빛으로 한참이나 미소의 눈을 들여다보던 영준
이 덧붙였다.

"가자. 김 비서."

'김 비서'라니. 처음 듣는 호칭이 꽤나 낯설었지만 이제
야말로 그의 사람으로 인정받는 기분이 들어 좋았다.

미소는 고개를 끄덕이며 각오에 가득 찬 목소리로 대답
했다.

"네!"

유리창을 통과한 오후 햇살은 발 맞춰 크게 한 걸음을 내
딛는 두 사람의 어깨 위에서 찬란하게 부서지고 있었다.

– fin.

작가 후기

안녕하세요, 정경윤입니다.

2013년 3월 초판 발행 후 약 5년 만에 개정판으로 다시 찾아뵙게 되었네요.

지난 5년간 많은 일들이 있었는데, 그중에서도 가장 기억에 남는 것은 역시 독자님들의 사랑이 아닐까 합니다.

여러분께서 오랫동안 찾아주시고 응원해주신 덕에 그간 '김 비서가 왜 그럴까'는 종이책, 전자책, 카카오페이지 기다리면 무료 소설, 웹툰 등 여러 콘텐츠로 제작되었고, 이 후기를 작성하고 있는 시점엔 드라마 제작과 해외진출까지 앞두고 있습니다.

아직도 많이 부족한 작품이 이토록 큰 영광을 누릴 수 있는 것은 모두 오랫동안 사랑해주시고 응원해주신 독자님들 덕분이라고 생각합니다. 감사합니다.

5년 동안 세상도 저도 많이 변한 만큼, 이번엔 좀 더 매끄러운 이야기가 될 수 있도록 각별히 신경 써서 작업했습니다.

세상 무엇보다 소중하고 사랑스러운 아이들, 남편, 그리고 우리 가족들과

늘 힘이 되어주는, 그래서 내가 너무너무 좋아하는 우리 언니들,

까맣고 따뜻하고 요즘 들어 살짝 게을러진 네 발 천사 까미,

언제나 든든하고 고마운 우리 박 대리님, 기 차장님 그리고 가하 편집부 가족분들,

열정 넘치는 파이팅이 늘 존경스럽고 또 닮고 싶은 카카오페이지 관계자님들,

누가 뭐래도 지금의 내가 있게 해준 분, 항상 보고 싶은 우리 수진 언니,

내가 제일 믿고 사랑하는, 그래서 계속 꽃길만 걸었으면 하는 내 친구 승진 부장님,

마지막으로 큰 사랑 주신 우리 독자님들께 사랑과 감사와 백만 번의 키스를 보냅니다.

이 작품만큼이나 쓸 때도 재밌고 수정할 때도 재밌고 외전을 붙일 때도 재밌고 열어볼 때마다 재밌는 작품이 또 없었던 것 같습니다. 작가로서 이런 작품을 만들어낸다는 것은 정말 행운이고 또 크나큰 행복이라고 생각합니다.

읽어주시는 분들의 마음에도 오래오래 즐겁고 기분 좋은 작품으로 남았으면 좋겠습니다.

다시 한 번 감사합니다.

2018. 2.
차향 정경윤